W0265172

LA MESSAGÈRE

Du même auteur
chez le même éditeur

Le Champ de glace

THOMAS WHARTON

LA MESSAGÈRE

Traduit de l'anglais (Canada)
par Sophie Voillot

RIVAGES/IMAGINAIRE

Retrouvez l'ensemble des parutions
des Éditions Payot & Rivages sur

payot-rivages.fr

Collection dirigée par Valentin Baillehache

Titre original :
The Book of Rain

Publié au Canada par Random House of Canada Limited

Avec l'accord de The Bukowski Agency Ltd
et de l'agence Anna Jarota

© Thomas Wharton, 2023
© Editions Alto, 2023
pour la traduction en langue française
© Éditions Payot & Rivages, Paris, 2023
pour la présente édition

Aux défenseurs et aux activistes qui nous enseignent que c'est en sauvant nos amis les animaux que nous nous sauverons nous-mêmes.

« Nature vous voit. »

Koko la gorille

Les autres

Avant notre apparition, ce monde leur appartenait. Leurs vies sans annales se déroulaient dans l'urgence, chaque génération anonyme s'éteignant sans avoir jamais connu le poème sans fin de la persistance gravé dans leurs cellules. Plus d'une fois le feu, le gel, la sécheresse et la mort tombée du ciel décimèrent leurs rangs jusqu'au seuil du silence, mais ils survécurent, échappant de justesse au précipice et croissant de plus belle, emplissant les airs, les eaux, les terres.

Le temps était un océan nommé *maintenant*. Cela se passait avant l'histoire, avant l'avenir.

Puis nous sommes arrivés. Et nous voici mardi après-midi.

Sans prévenir, toutes les connexions s'interrompent. Dans le mutisme soudain de nos appareils, notre verbiage mental se fait assourdissant. Souhaitant y échapper à tout prix, on quitte son appartement, son bureau, sa salle de classe pour s'attrouper sur les pelouses et dans les allées du parc municipal. Les rues encombrées de voitures immobiles et silencieuses laissent croire que le saboteur inconnu des signaux de nos écrans a frappé ici aussi. Les gens se déplacent avec des gestes lents, incertains, comme s'ils nageaient à contrecœur dans un élément nouveau. Cet après-midi de travail se voulait ordinaire, mais le reste de la journée, de la semaine, vient de dételer brusquement comme une remorque s'éloignant toute seule au bord de la route. Tous les projets inachevés, les tâches reportées à plus tard, les rapports qu'on devait déposer vendredi sans avoir encore commencé, tout ce qu'il faudrait régler avant la fin de la semaine : l'examen et le nettoyage chez le dentiste qu'on n'en finit plus de remettre, le détour par la quincaillerie pour rapporter les ampoules qui ne vont pas avec la lampe, la rencontre avec la professeure pour se faire expliquer comment notre enfant, qui déborde d'intelligence et de vivacité, s'y prend pour échouer à la fois en maths et en français. Tout cela reste réel et urgent, mais nous en sommes maintenant séparés par un inconcevable fossé que personne ne sait comment franchir.

Ce qu'on veut savoir, c'est ce qui s'est passé. Combien de temps on va devoir attendre avant que tout revienne à la normale. Rumeurs et spéculations ont beau jaillir comme d'un oléoduc percé, personne ne détient de renseignements concrets pour l'instant. Les gens commencent par s'inquiéter, puis se mettent à bougonner, puis à maudire les mystérieux auteurs de cette interruption, mais ne sont manifestement pas pressés de revenir à la montagne de travail qui les attend. Les fils qui nous liaient commencent à se défaire dans la tiédeur de l'après-midi, sous le premier ciel parfaitement bleu après ce qui nous a paru des semaines entières de crachin grisâtre.

Trouvant qu'on a bien mérité un peu de répit, on défait timidement un bouton ou deux, on sort les pans de sa chemise, on se débarrasse de son veston d'un haussement d'épaules. On ne veut pas aller trop loin au cas où ça ne durerait pas. Mais une fois le processus entamé, on se laisse glisser lentement hors de soi. Cravates dénouées, souliers défaits, chaussettes et bas retirés, pieds nus foulant l'herbe avec un genre de choc primal. Les gens s'étirent, secouent leurs membres, expriment leur soulagement par quelques pas de danse. S'assoient ou s'étalent carrément sur le gazon. Amis et connaissances se retrouvent dans la foule, se mettent à parler du match de la veille et des voyages de l'été prochain. Quelqu'un a apporté un ballon de foot ; des inconnus se lancent dans une partie improvisée.

Un vendeur de glaces aux abois tente de brader sa marchandise avant qu'elle ne fonde dans son camion immobilisé au bord du trottoir. Quelques minutes plus tard, jeunes et vieux se promènent en léchant des friandises glacées de toutes les couleurs. On voit bientôt arriver une voiturette de pop-corn suivie d'un marchand de ballons, puis d'un jongleur juché sur un monocycle. Apparaissent ensuite des guitaristes, des trompettistes et des joueurs de bongo qui se mettent à improviser. Une fête de rue spontanée prend son essor aux yeux de tous.

Voilà où nous en sommes. Combien dure un après-midi pendant lequel on ne fait rien d'utile ? Nous avions oublié que les heures peuvent s'épanouir en une contrée chaleureuse et paisible, celle que nous avions toujours rêvé de visiter, celle où nous trouvions sans cesse des raisons de ne pas aller. Dans ce temps d'une autre espèce, on jurerait que l'ombre des tours de bureaux refuse de s'allonger, le retour à la maison de débuter. Cette journée n'a nulle part où aller. Les gens non plus.

Mais quelque chose manque, quelque chose sans quoi il est impossible de s'abandonner complètement, même si on n'arrive pas à mettre le doigt dessus.

C'est alors que quelqu'un demande : *Où sont passés les oiseaux ?*

On lève les yeux. On tend l'oreille. C'est vrai. Pas un chant. Pas un pépiement. Pas une poursuite de moineaux dans les branches feuillées. Les réverbères devraient être coiffés de goélands blottis dans l'attente d'une bouchée, une miette de cornet semée ou jetée par un passant. On s'attendrait à entendre une corneille avertir ses congénères de ce spectacle étonnant : des humains rassemblés à une heure où, d'habitude, on n'en voit pas un seul.

Autour de nous, les perchoirs se taisent. Le ciel est désert.

On ne sait que faire de ce phénomène. Ce silence est d'une étrangeté sans commune mesure avec celui de nos téléphones. En l'absence du chant des oiseaux, on fait d'autres observations. On trouve le soleil juste un peu trop radieux, trop chaud pour cette époque de l'année. On s'aperçoit qu'en ce moment même, ses joyeux rayons font rôtir les cellules exposées à la surface de notre peau.

Et ce nuage. Ce cumulus solitaire, suspendu au zénith de la voûte céleste d'un bleu sans faille, nous paraît suspect. À moins que le problème ne soit lié à son air parfaitement irréprochable. C'est un nuage comme en dessinent les enfants, une boule de coton d'un blanc éclatant. Trop nuage pour être vrai.

Alors quelqu'un s'exclame que son signal est revenu.

Tout le monde s'empresse de vérifier. C'est vrai. Nos petits univers de poche s'allument, vibrent, tremblent dans nos mains tels des chiots perdus qui auraient trouvé le chemin du retour. L'architecture invisible s'est de nouveau assemblée autour de nous. Il n'en fallait pas plus pour ameuter le reste de la semaine, qui met le cap sur nous comme un navire chargé de tout le poids de nos vies.

Le cumulus en a profité pour filer, ceux d'entre nous qui se donnent la peine de lever les yeux s'en aperçoivent. Personne ne commente son absence. Ce n'était qu'un nuage, après tout. Ils ne font que passer.

La plupart d'entre nous ne traînent pas un instant de plus. On se hâte de retourner qui au travail, qui à la maison ; il ne faudrait pas manquer le prochain bulletin de nouvelles, qui nous dira ce qui s'est passé et ce qu'il faut en penser. Si l'on se souvient du silence des arbres, on se dit qu'il s'agissait d'un de ces caprices de la nature pour lesquels il existe une explication parfaitement raisonnable, à condition de prendre la peine de se renseigner. Quelqu'un, quelque part, sait de quoi il retourne. Ce n'est pas à nous de nous en occuper. Demain, sûrement, les oiseaux seront de retour.

Alex

Le rugissement de l'avion le tire de la somnolence provoquée par l'Ativan. À la lisière du monde s'effacent les dernières traces du jour. Son hublot lui fait voir de sombres étendues de forêt déchirées ici et là par la pâle balafre d'une route, tandis que des lumières de jardin solitaires ponctuent déjà l'obscurité. On va sans doute arriver bientôt.

En contrebas s'étale une région où il a déjà vécu. Il n'en a pas le sentiment. Sa vie adulte s'est déroulée tellement loin d'ici ; il n'avait aucune intention d'y remettre jamais les pieds.

Jusqu'à ce que sa mère l'appelle à propos d'Amérie.

Je lui ai dit que ce n'était pas à elle de tout régler, soupirait-elle au téléphone.

Lui, il s'efforçait de se montrer rassurant. Ou alors il n'avait pas envie qu'on le dérange.

Je suis sûr qu'elle va bien, maman. Elle doit être occupée, elle a juste oublié de te faire signe.

Non. Elle n'oublie jamais, Alex. On se parle tous les week-ends. J'ai insisté, elle n'en rate jamais un seul. Même si elle refuse de me dire ce qu'elle fait ou comment elle va, elle m'appelle toujours. Tu es certain qu'elle ne t'a pas donné de nouvelles ?

Je m'en souviendrais. Je ne crois pas qu'on devrait tirer des conclusions. Elle n'a peut-être pas payé sa facture de téléphone. Elle n'a pas d'argent, tu le sais aussi bien que moi.

Je ne tire pas de conclusions. Il est arrivé quelque chose à ta sœur.

Le voyant « attachez vos ceintures » s'allume. Le pilote annonce que l'avion se posera à Pine Ridge dans dix minutes. La vieille dame assise à côté d'Alex, après avoir rangé sa revue de mots croisés, noue les mains sur ses genoux et ses pouces se mettent à tourner, tourner l'un autour de l'autre comme si elle avait découvert le mouvement perpétuel. Ils ne se sont pas dit un mot de tout le vol et à bien y penser, il se rend compte qu'ils ne se sont pas non plus regardés dans les yeux. Disons plutôt qu'il s'est arrangé pour l'éviter. C'est un art dans lequel il est passé maître depuis quelques années : fuir l'espèce humaine pour se concentrer sur son travail. La pandémie n'a fait qu'accentuer cette tendance qui frôle aujourd'hui l'habitude monastique, et même en cette période de levée des restrictions, alors que le monde émerge prudemment vers un avenir incertain, il doit faire un effort pour se rappeler qu'il existe une vie hors de son crâne.

À quoi rêvait-il à l'instant ? Parfois, en plein rêve, il lui arrive de s'apercevoir qu'il est en train de rêver, mais celui-ci était comme tous les autres, ceux que l'on prend pour la réalité – aussi absurdes ou impossibles que soient leurs péripéties – jusqu'à l'instant du réveil. Redevenu petit garçon, il partait en bateau avec son père sur un lac paisible, frangé d'une dentelle de brume matinale. Les flotteurs de leurs appâts immergés remuaient à peine à la surface vitreuse de l'eau. Comme ils avaient oublié d'apporter le pique-nique que maman leur avait préparé, ils blaguaient sur le fait qu'ils allaient devoir se restaurer à bord avec ce qu'ils parviendraient à attraper.

Et si c'est une botte en caoutchouc ? demandait-il à son père.

Va falloir bien mâcher, répondait le Ben Hewitt de son rêve, bien plus sage et imperturbable qu'il ne l'avait jamais été de son vivant. Puis, en levant les yeux, il constatait que la brume s'éclaircissait. Ils étaient cachés, comprenait-il avec émerveillement, dans un nuage dont les gouttelettes infinitésimales retournaient à l'état de vapeur invisible. D'un instant à l'autre, la vaporeuse muraille flottante se lèverait comme un rideau et tout serait révélé. Ils retrouveraient la vue, ils sauraient où ils se trouvaient.

Il avait agrippé son père par le bras en disant, la voix tremblante d'excitation :

Faut que tu regardes ça, papa.

Ben Hewitt gardait les yeux fixés sur l'eau comme s'il n'avait rien entendu, ne laissant d'autre choix à Alex que de suivre le regard de son père. C'est alors qu'il les avait aperçus, hors d'atteinte dans les vertes profondeurs transparentes. De toutes sortes de formes, de couleurs et d'espèces, ils dérivaient au gré des courants de leurs insondables rêveries, dans lesquelles une créature aussi impossible que lui était inimaginable.

Tu ne dois pas faire de bruit, avait soufflé son père, si tu veux qu'ils mordent.

Tandis que l'avion amorce sa descente, Alex remballe le carnet, le stylo et le paquet de fiches en carton retenues par un élastique qu'il avait emportés pour se distraire au cours du vol. Ça n'a pas marché. *L'Almanach de sable*, le jeu le plus compliqué sur lequel il ait jamais travaillé, un monde en soi possédant ses lois, ses coutumes et son histoire propres, lui paraît maintenant d'une simplicité enfantine à côté de ce qu'il s'apprête à retrouver : la vie de sa sœur.

Il va commencer par prendre une chambre à l'hôtel ; ensuite il appellera un certain Michio Amano, l'ami d'Amérie dont sa mère lui a parlé. En plus, il aura sans doute besoin de louer une voiture pour prendre l'autoroute jusqu'à River Meadows, ou ce qu'il en reste. Il sait que c'est là qu'Amérie passe le plus clair de son temps. Dans les ruines de cet endroit où ils vivaient jadis et dont l'accès est maintenant restreint. Longtemps elle l'a nié, mais leur mère a fini par lui faire avouer qu'elle franchissait souvent la clôture dans sa croisade personnelle pour sauver les animaux.

Les feux de la piste d'atterrissage surgissent, puis défilent sous le hublot, de plus en plus vite. Alex s'agrippe aux accoudoirs, tendu par la confrontation avec le réel que représente chaque atterrissage, cet instant où l'on se trouve réduit à l'état d'objet précipité suivant une équation dont les variables se nomment temps, espace, masse et gravité. Nos espoirs, nos projets n'y ont aucune place.

Il traverse ce moment, à moins que ce ne soit le moment qui le traverse. L'avion ballotte, cahote, retrouve une vélocité humaine. Ils sont arrivés.

Le plus étrange dans sa vie, se dit-il, c'est qu'il peut mettre le doigt sur le moment exact où elle a commencé à dévier de sa trajectoire escomptée. Il n'avait jamais été question de s'installer dans ce patelin perdu. Sa famille, qui s'en allait complètement ailleurs, ne faisait que passer – quand la réalité avait enfreint une de ses lois.

C'était un de ces soirs d'été nordiques avec, en guise de ciel, une profonde flaque bleue encore baignée de lumière malgré l'heure tardive. Sur le chemin de la grande ville de la côte Est où ils allaient s'installer et qui se trouvait quand même à trois jours de route, ils avaient fait halte pour la nuit. Ayant trouvé de la place au motel Lulla-Bear, ils y avaient déposé leurs bagages avant de traverser l'autoroute dans le seul but de prendre un souper tardif, au restaurant le plus proche parmi ceux que sa mère estimait à peu près corrects pour une famille.

Il revoit encore leurs valises entassées, juste devant la porte de la chambre de motel miteuse aux lits étroits et pleins de bosses. Le reste de leurs biens matériels – les meubles, les lampes, la batterie de cuisine, les outils de son père et les livres de sa mère, ses bandes dessinées et ses figurines à lui, plus les animaux en peluche de sa sœur Amérie – voyageait à bord d'un camion de déménagement fonçant dans la nuit déjà tombée devant lui et qui débutait à peine ici, à River Meadows, cet endroit où il n'avait jamais mis les pieds et dont il n'aimait ni l'allure, ni l'odeur un peu aigre. Une vague vertigineuse déferla sur lui lorsqu'il se représenta le grondement trépidant du camion, lancé tête baissée dans l'obscurité.

Ici, dans ce restaurant routier exigu à l'éclairage aveuglant, il avait l'impression d'avoir été éjecté latéralement de leur vie, comme un déchet jeté par la fenêtre d'une voiture roulant à vive allure. À douze ans, bientôt treize, il ne décolérait pas d'avoir dû quitter leur maison et tous ses amis. Pourtant, lorsque son père lui avait confié le tracé de leur itinéraire en lui demandant de calculer la distance parcourue pendant leur traversée du pays, il avait senti monter en lui un entrain paradoxal. Les cartes l'avaient toujours fasciné. Mais ce n'est qu'après avoir passé deux jours à surligner des routes en cochant les villes qu'ils traversaient qu'il avait commencé à saisir la véritable immensité de ce pays. Les noms de lieux qu'ils n'avaient pas encore atteints – Portage la Prairie, Lac des Bois, Îles Manitou – s'étaient changés en incantations qu'il s'était mis à répéter sans cesse à voix basse tandis qu'ils poursuivaient leur chemin. Il se faisait déjà une fête d'arriver dans ces endroits et de vérifier de ses yeux s'ils étaient à la hauteur du charme exotique de leur appellation.

À cette heure tardive, le snack-bar Chez Stella était presque vide. Une jeune femme qui paraissait s'ennuyer derrière la caisse les invita à s'asseoir où ils voulaient. Dans un coin, un vieux couple solitaire penchait révérencieusement la tête, comme en prière, sur deux assiettes de lasagnes en céramique rouge. Une fille blême aux cheveux aile de corbeau d'à peu près son âge, en T-shirt noir et jean aux genoux troués, trônait seule à une table voisine de la leur. Ignorant le livre posé devant elle, elle regardait dans le vide tout en se mordillant avec application l'ongle du pouce, comme si c'était le repas qu'elle avait commandé. Un trait charbonneux soulignait lourdement ses yeux. Elle lui rappelait quelqu'un, mais il n'arrivait pas à trouver qui.

En se glissant sur le plastique froid de la banquette arrondie, Alex sentit s'ouvrir en lui un vide familier, une solitude qui pouvait le saisir même en présence de sa famille. Il lui vint à l'esprit que manger est une activité que l'on est toujours obligé de faire, peu importe qui on est ou l'endroit où on va. Même un meurtrier qui emprunterait cette autoroute après avoir assassiné quelqu'un devrait tout de même s'arrêter pour se remplir la panse comme tout un chacun. Quand il serait grand et qu'il se débrouillerait par ses propres moyens, se dit-il, il lui arriverait sans doute, un soir, d'être en chemin vers quelque part, de faire halte dans une petite ville inconnue comme celle-ci et de se demander ce qu'il faisait là, si loin de la personne avec qui il vivrait dans ce futur imprécis.

Dehors, par la vitrine du restaurant, il remarqua au bord de la route un panneau publicitaire éclairé par des projecteurs. Dans une verte prairie ensoleillée, trois personnages regardaient l'objectif : un homme blanc portant une veste et une casquette de chasseur flanqué d'une jeune femme d'origine asiatique en blouse de laboratoire, un porte-documents sous le bras, et d'un homme autochtone arborant des tresses sous son casque protecteur assorti d'un gilet de sécurité jaune. Trois têtes hautes rayonnant d'une fierté tranquille. À leurs pieds, en grands caractères gras, s'étalait le slogan NORTHFIRE : JAMAIS NOUS NE CESSERONS D'EXPLORER.

Northfire. Ce mot insolite lui fit mesurer toute la distance franchie depuis qu'ils étaient partis de chez eux. Ils n'étaient même pas censés emprunter cette route, mais son père avait insisté pour suivre l'itinéraire le plus long, le plus détourné, sous prétexte que son père à lui l'avait déjà emmené pêcher ici quand il était enfant. Tout au long de l'interminable trajet d'aujourd'hui, le père d'Alex leur avait rebattu les oreilles avec cette virée inoubliable. Il s'était même étranglé en évoquant son paternel, mort alors qu'il n'était pas sorti de l'adolescence.

La serveuse, une forte rousse frisée qui leur dit s'appeler Bonnie, prit leur commande après leur avoir apporté des verres d'eau. Chaque fois qu'elle se hâtait de retourner dans la cuisine, on entendait la voix fluette d'un jeune garçon lui poser d'étranges questions.

Comment elle fait, l'herbe, pour savoir quand pousser ?

Est-ce que les roches ont des pensées comme les gens ?

Les nuages, est-ce qu'ils sont vivants ?

La mère d'Alex supposait que ce devait être le fils de l'employée, venu lui tenir compagnie pendant son quart de travail, et qu'elle l'aidait à faire ses devoirs.

Bonnie n'avait pas mis longtemps à revenir avec leurs assiettes. Ils avaient mangé vite, en échangeant peu de mots.

Après avoir passé deux jours entiers ensemble dans la camionnette, ils en avaient plus qu'assez de leur compagnie réciproque. L'image du coup de soleil qui rougissait la nuque crevassée de son père, à force de ne voir que cela pendant des heures, flottait toujours malgré lui dans la tête d'Alex. Maintenant qu'il l'avait en vis-à-vis de l'autre côté de la table, il n'avait aucune envie de le contempler sous cet angle non plus. Il se sentit de nouveau plein d'animosité. Cet homme les avait arrachés à leur foyer, il avait séparé Alex de ses amis. Il leur avait fait ça à tous les trois.

Même Amérie, sa sœurette de neuf ans habituellement si pleine d'entrain qu'elle avait du mal à rester assise le temps de finir son repas, faisait preuve d'un calme inhabituel. Malgré les exhortations à manger prononcées d'une voix douce par sa mère, elle abandonna ses macaronis au fromage après quelques bouchées peu enthousiastes. Elle se laissa glisser sur la banquette en plastique avec un faible soupir qui ressemblait à un sanglot, puis s'affala de biais, la tête appuyée contre la vitrine. Habituellement couchée à cette heure, elle devait tomber de fatigue, comme eux tous, d'avoir passé toute la journée enfermée dans la voiture. Les parents d'Alex la contemplèrent un instant avant d'échanger un sourire attendri. Alex leva les yeux au plafond.

Bonnie vint leur demander si tout allait bien.

– Vous venez d'arriver en ville ?

– On fait que passer, rectifia son père.

Alex remarqua l'accent traînant qu'il affectait pour imiter celui de Bonnie et s'en irrita.

– Je me suis déjà arrêté ici voilà des années, quand j'étais gamin. C'est un peu plus animé aujourd'hui qu'à cette époque-là. Sans doute à cause du bond dans l'extraction, tout ça.

– Tout ça, c'est sûr, opina Bonnie en secouant la tête.

Les portes du restaurant s'ouvrirent brusquement et trois jeunes du secondaire portant vestes et casquettes de baseball firent leur entrée. L'un d'eux sourit à Bonnie, qui hocha la tête sans desserrer les dents, réagissant à peine.

– On n'a plus la ville qu'on avait, soupira-t-elle.

– La croissance, c'est pas toujours une bonne chose, observa le père d'Alex.

– En tout cas, ça en enrichit une poignée puis ça fait tourner la ville, répondit Bonnie. C'est pas si mal, dans le fond.

Tandis que deux des garçons s'installaient à une table, le troisième – grand, blond, souriant –, resté devant le comptoir, discutait avec la jeune caissière qui riait en s'enroulant une mèche de cheveux autour d'un doigt. Alex comprit instantanément de quel type de gars il s'agissait. À l'école, il s'était suffisamment fait bousculer et ridiculiser par ses semblables.

Il se replongea dans son assiette. Il avait commandé un cheeseburger avec des frites qu'il aurait bien aimé accompagner d'un flotteur à la crème glacée, mais sa mère, ayant décrété qu'on était trop près de l'heure du coucher pour une telle quantité de sucre, avait plutôt demandé à Bonnie de lui apporter du lait, comme s'il était tout petit. En voyant arriver le verre blanc comme l'ennui, il l'avait fait glisser vers le bord de la table d'un air maussade, bien décidé à ne pas y toucher. Mais il avait soif maintenant qu'il avait englouti ce repas trop salé. Oubliant sa résolution, ce qu'il faisait souvent sans beaucoup de scrupules à l'époque, il tendit la main vers le verre qu'il but tout en glissant un œil vers la banquette de la fille aux cheveux noirs, en espérant qu'elle ne le regarderait pas.

Évidemment, elle préférait dévisager le beau blond accoudé près de la caisse. Alex ne voulait pas voir ça non plus. La tendance des filles à l'ignorer en faveur de quelqu'un qui ne méritait pas leur attention l'insupportait. Mais ce sentiment se dissipa l'instant suivant, quand la réalité se retourna et lui montra sa face cachée.

Tandis que l'avion roule vers l'aérogare de Pine Ridge, Alex se souvient de l'ondulation qui avait parcouru tout le restaurant, semblable au chatoiement de l'air sur l'asphalte un jour d'été, et déclenché dans ses oreilles un hululement suraigu, pareil à la stridulation que produiraient de minuscules insectes. L'ensemble du champ de sa perception – l'odeur de graisse chaude et de viande carbonisée, les lamelles crasseuses des stores, les affiches de légendes du rock et du cinéma aujourd'hui disparues, la musique pop rétro que crachaient les haut-parleurs de mauvaise qualité –, rien n'avait disparu, mais l'espace d'un instant, tout avait changé. Ou alors c'était lui. Lui qui voyait cet endroit à partir d'autre part, sauf que c'était plutôt un autre temps. Dans un avenir lointain. Il se sentit brûler d'une vive nostalgie dont il ignorait le nom, comme si cette émotion lui parvenait longtemps avant l'événement qui en serait la cause. Elle se trouvait juste derrière la porte de sa conscience, cette chose qui se produirait un jour, cette montagne dressée dans le noir.

Mais il n'était pas seul à contempler ce mystère. La fille aux cheveux noirs était là, elle aussi. Elle ne lui jetait pas un seul coup d'œil, mais il sut à sa posture figée, à son regard tétanisé qu'elle aussi était happée par l'événement à venir qui découlerait de cet instant, même s'ils ne savaient ni l'un ni l'autre quand ou comment.

De nombreuses années plus tard, sur les murs du studio pragois d'un fabricant de casse-têtes, Alex se retrouverait devant l'agrandissement d'une gravure sur bois signée M. C. Escher et intitulée *Jour et nuit*. Deux volées d'oiseaux, des oies ou peut-être des canards, identiques à l'exception du fait qu'un groupe est noir et l'autre blanc, semblent surgir des espaces clairs et obscurs qui les unissent. Fuyant à tire-d'aile leur point de départ ambigu dans des directions opposées, ils passent au-dessus d'un paysage qui lui aussi se reflète lui-même : rivières, champs et village médiéval se répètent de part et d'autre, mais dans un agencement inversé de noirs et de blancs. Du côté droit de la gravure, le V parfait formé par les oies blanches traverse la partie nocturne, tandis que les oiseaux noirs planent avec la même uniformité dans la moitié diurne, à gauche. Ce qui désoriente encore plus le regard dans cette image qui lui couperait le souffle, c'est que volatiles et paysages paraissent émerger les uns des autres, le monde et les oiseaux qui le survolent se créant mutuellement.

Si l'on faisait abstraction de l'austère harmonie mathématique de cette composition, on retrouvait dans le moment du snack-bar cet indéchiffrable, cet impossible dédoublement. Or, pour reproduire fidèlement cet instant, il n'aurait pas suffi de l'observer d'un point de vue détaché. Il fallait *plonger* dans l'image, s'y mouvoir comme ces oies selon un motif insaisissable et sous deux formes, le moi présent et le moi futur, séparés par un gouffre inexplicable qui était également la même personne, ce même moi.

Ce soir-là, dans ce restaurant, avec la fille aux cheveux noirs, il avait eu la vision d'être lui-même et un autre en même temps. Puis cela prit fin. L'onde était passée. Le monde se réinstalla, familier, singulier, avec ses néons criards, son fracas d'assiettes, ses odeurs de graisse chaude et de ketchup.

Il n'y avait ni fil de trame ni motif. Les choses n'étaient plus que ce qu'elles sont.

Sur sa banquette, la fille tourna vers Alex son regard farouche et craintif. Puis, se renfrognant, elle finit par s'extirper de sa banquette et se diriger vers la porte.

– Eh, toi, souffla la mère d'Alex.

Elle examinait son fils avec une expression d'inquiétude nébuleuse, comme si elle s'éveillait à peine, en maman qui devine que l'un de ses enfants ne va pas bien, même si elle ignore ce qu'il a.

– Tu étais… chuchota-t-elle.

Il secoua la tête.

– Non, fit-il, redoutant ce qu'elle pourrait lui dire. Pas du tout.

Elle l'inspecta de plus près avant de rire à voix basse :

– OK.

Bonnie s'approcha de la table avec une carafe d'eau fraîche.

– Comment ça va ici ? s'enquit-elle.

– Tout va bien, déclara le père d'Alex sans en paraître tout à fait sûr. Euh… à l'instant… qu'est-ce que…

– Ah ouais, laissa tomber Bonnie avec un haussement d'épaules. Ça nous arrive une fois de temps en temps. Les gars du labo, chez Northfire, ils appellent ça des *décohérences*. Mais par ici, la plupart des gens les appellent des trébuches. Ça fait bizarre, mais c'est sans danger. Allez-vous prendre autre chose ?

– Juste la douloureuse, merci.

– Je vais vous laisser l'addition au comptoir. Vous n'aurez qu'à payer quand vous serez prêts à partir. Bonne soirée.

Quand Bonnie se fut éloignée, le père d'Alex sortit son portefeuille avec un soupir de martyr. Tout ce qui touchait de près ou de loin à l'argent lui faisait le même effet.

– Bon, les amis, lança-t-il en se levant. En voiture. Alex, réveille ta sœur.

Amérie s'était pelotonnée dans le coin de la banquette, les yeux fermés, la bouche entrouverte. Il n'en avait pas conscience à l'époque, mais c'était une enfant ravissante à la chevelure blond platine, à la peau de lait presque diaphane, aux immenses yeux bleu clair. Il ne voyait en elle que sa petite sœur, essentiellement une source d'irritation, surtout dans des circonstances comme celles-ci. Il avait besoin de quitter cet endroit et de repenser à ce qui s'était produit. Seul avec lui-même, comme chaque fois que la vie et l'univers le désarçonnaient. Comme toujours, Amérie retardait le groupe.

– Viens, lança-t-il en la secouant par le bras. On s'en va.

– Il faut que tu la réveilles, mon chou, intervint sa mère.

– J'essaie.

Il secoua encore plus fort le bras d'Amérie.

– Lève-toi, arrête de faire semblant.

Pendant que son père payait à la caisse, sa mère passa de son côté de la table, en fit sortir Alex et, se penchant sur sa fille, lui écarta les cheveux du visage. Amérie feignait parfois de dormir si elle ne voulait pas participer à une activité familiale ou s'il était tard et qu'on lui disait d'aller se coucher. Mais elle n'y arrivait pas très bien en raison de sa vivacité naturelle. Il suffisait en général de quelques chatouilles ou d'un bon coup de coude pour mettre fin à la comédie. Cette fois-ci, rien n'y fit.

Amérie était toujours endormie, ou inconsciente, lorsqu'ils l'emmenèrent à l'hôpital de la région. On la fit passer dans une salle d'examen, puis on lui donna un lit. La mère d'Alex insista pour passer la nuit à son chevet au cas où elle se réveillerait.

Alex et son père retournèrent au motel. Ben Hewitt repassait sans cesse dans son esprit tout ce qu'ils avaient fait depuis leur arrivée à River Meadows. Il fallait qu'il comprenne ce qui s'était passé. Qu'il trouve une solution. Il s'était toujours senti obligé de résoudre les problèmes.

– Tu as pris un verre de lait avec ton repas, lança-t-il depuis la salle de bains, la bouche pleine de dentifrice qui empâtait son élocution. Amérie aussi, je pense. Oui, c'est logique. Maman ne lui aurait jamais permis de commander une boisson gazeuse aussi tard. Impossible. Elle est déjà assez hyperactive comme ça.

Alex ne répondit pas. Allongé sur l'un des deux lits, la tête soutenue par un oreiller plié en deux, il regardait un épisode des *Cabots de l'espace*. Il avait déjà vu celui-ci, mais il concentrait son attention dessus dans l'espoir que son père finirait par se taire et le laisser tranquille. Lui aussi, il s'inquiétait pour Amérie, mais il était bien décidé à maintenir le plus de distance possible entre son père et lui-même. Après tout, c'était sa faute. Il n'avait qu'à ne pas les emmener ici.

Son père cracha dans le lavabo de la salle de bains.

– Mais le lait ne peut pas avoir cet effet sur quelqu'un, reprit-il en rinçant sa brosse à dents. La nourriture non plus. Ce n'est pas… je veux dire, ce qui est arrivé à Amérie n'a rien à voir avec une intoxication alimentaire. Ni, sans doute, avec une allergie. Non, elle n'a jamais été allergique à quoi que ce soit, que je sache. Ça ne peut pas être ça. J'ai entendu dire des choses à propos de cette ville. Enfin, de ce truc qu'ils déterrent, ce minerai fantôme ou je ne sais quoi. Il paraît qu'il est très rare, mais il ne doit pas être si différent de tout ce qu'on extrait du sol. Charbon. Pétrole. Gaz. Je me trompe ? Ces produits-là, si on s'en approche de trop près, si on en respire trop, s'ils s'infiltrent dans nos pores ou dans nos poumons, ils font des ravages. Évidemment. Sauf que ces puits d'extraction, ils sont à des kilomètres de distance, alors je ne vois pas comment des particules feraient pour arriver jusqu'ici. Comment le minerai pourrait s'attaquer à la tête de quelqu'un *ici* ? Pas vrai ? Non, ça n'a pas de sens. On peut aussi écarter cette hypothèse-là. Sinon, il y a les fameuses trébuches. Quel nom savant est-ce qu'elle leur donnait, Bonnie, déjà ? Désintégrances ?

– Décohérences.

Alex n'avait pu s'empêcher de le corriger.

– Voilà. Elle a dit que c'était sans danger. Et puis, nous trois, on n'a rien eu du tout. Alors ça ne rime pas à grand-chose. Qu'en penses-tu, toi ?

Il sortit de la salle de bains et se mit à défaire le reste de ses bagages, épiloguant toujours, réfléchissant à voix haute ainsi qu'il lui arrivait de le faire quand il y avait un problème à résoudre. Alex devinait qu'il se donnait du mal pour traverser cette crise en restant optimiste et rationnel, qu'il déployait de gros efforts pour s'accrocher aux choses ordinaires : faire la conversation, se brosser les dents, ranger ses chemises et ses chaussettes, tout cela dans le but de tenir ses craintes à distance, mais cela ne lui inspirait que du mépris pour lui, sans compter la manière dont la peur qui hantait la voix de son père s'insinuait en lui, amplifiant la sienne.

– J'en sais rien, finit par laisser tomber Alex sans détacher son regard du tourbillon chatoyant de son dessin animé préféré à l'écran de la télévision.

Une demi-heure de comédie satirique délirante qui, bien que mettant en scène des animaux, ne s'adressait pas vraiment aux enfants. Un feu roulant de références astucieuses à la culture pop ou à la politique dont le sens échappait en grande partie à Alex, même s'il s'esclaffait souvent, faisant semblant de comprendre. Si on voulait suivre, il fallait rester attentif.

Mais il ne suivait pas. Il pensait toujours à l'instant vécu au restaurant et se demandait si cette transformation en étrange miroir de lui-même risquait d'affecter de nouveau l'univers familier, et lui aussi par la même occasion. Et l'idée qu'Amérie risquait de ne jamais se réveiller le terrifiait. On n'a rien à faire dans cette petite ville ridicule, se dit-il. On devrait déjà être en route vers le but de notre voyage. Non, on devrait faire demi-tour et rentrer chez nous. Or, plus que tout, une partie de son être rêvait en même temps de reprendre pied dans cette autre réalité un instant entrevue, de se retrouver face à face avec son autre moi. De découvrir, si c'était possible, ce que cette fille signifiait pour lui. Ou allait signifier.

– Tout ce que j'ai ressenti quand la trébuche est passée, ç'a été une ou deux secondes de *hé, qu'est-ce qui se passe*, observa le père d'Alex. C'est tout. Il ne t'est rien arrivé, j'imagine ?

– Non.

– Ta mère t'a dit quelque chose, juste avant que Bonnie nous apporte de l'eau, ajouta son père en repliant le couvre-pieds qui ornait son lit.

– Non, rien du tout, grogna Alex.

Sorti dans le vide, Roquet Pateau, l'un des Cabots de l'espace, venait de tomber dans un trou noir, ce qui avait pour effet de l'étirer comme du fromage fondu.

– Mais si, insista son père. Elle a prononcé *toi*, non ?

Alex haussa les épaules.

– Je m'en souviens plus.

Sauvé du trou noir par ses congénères, Roquet n'était plus qu'un mol amas de spaghettis canins enroulés sur eux-mêmes.

Le père d'Alex se força à sourire.

– En tout cas, j'ai vu comment tu regardais la fille sur l'autre banquette. Plutôt mignonne, hein ?

Dès que ces paroles eurent franchi ses lèvres, il se détourna, les sourcils froncés. En essayant de détendre l'atmosphère, il venait de fournir à Alex un moyen de se venger. Ils ne parlaient pas de ces choses-là. Alors qu'un nouvel épisode des *Cabots de l'espace* qu'il mourait d'envie de voir commençait à peine, le garçon éteignit la télévision, se tourna sur le côté de manière à faire face à la porte et s'enfonça sous les couvertures. Il était peut-être coincé avec son père dans cette chambre de motel exiguë qui sentait le renfermé, la fumée de cigarette et le nettoyant, mais il lui restait au moins le pouvoir de lui tourner le dos. Les draps raides, à l'odeur inconnue, n'étaient pas les siens. Idem de l'oreiller, rêche contre son visage et cependant trop moelleux pour lui soutenir la tête. Quant au sien, qu'ils avaient laissé sur le siège arrière de la camionnette dans le tohu-bohu soulevé autour d'Amérie, il n'avait pas envie de sortir le chercher parce qu'il aurait fallu demander les clés à son père et ça, pas question.

– Bon, c'est l'heure du dodo, déclara son père au terme d'un long silence. Ça ira mieux demain, j'en suis sûr. Restons positifs, c'est la seule chose à faire. Tout va s'arranger.

Alex ne réagit pas. Le matelas de son père émit des grincements et des couinements grotesques lorsqu'il s'installa lourdement dans l'autre lit, s'agitant pour trouver une position confortable. Après avoir éteint la lampe de chevet, il poussa un long soupir.

– B'nuit, fiston, souffla-t-il.

Alex laissa passer ce qui lui parut assez de temps pour le punir, mais ensuite, trouvant qu'il était trop tard, ne répondit pas du tout.

Allongé sur le dos, il écoutait le souffle de son père et remuait le moins possible en respirant sans bruit, bien décidé à ce qu'il ne puisse même pas l'entendre. Comme si des sons anodins annonçant qu'il s'endormait avaient représenté une forme de capitulation. Qu'il n'entende que le silence, qu'il se demande s'il était seul dans la pièce. Mais cette longue journée, escortée de ce qui s'était passé au restaurant, finit par éroder ce qui restait de sa ténacité morose. Tandis que l'assoupissement s'insinuait dans ses fissures, des mots et des images sans queue ni tête surgirent de son obscurité intérieure, éclairs et fragments de sa journée mêlés à des bribes de pensées se nouant et se dénouant si vite qu'il parvenait tout juste à les saisir au passage.

À partir de ces débris flottants, une histoire se mit à prendre forme. Les *Cabots de l'espace.* Sa famille et lui se trouvaient dans un épisode de la série ; sa mère, son père et Amérie aussi. Ils volaient au secours de la famille Pateau dont le vaisseau spatial s'était écrasé en pleine rue, juste devant le motel. Mais un motel qui ressemblait énormément à leur ancienne maison. Qui *était* en fait leur ancienne maison, il le voyait maintenant, celle où ils vivaient avant que son père, ayant perdu son travail, n'en trouve un autre à l'autre bout du pays. La famille Pateau allait emménager avec eux : Roquet, Bergère et leurs enfants Médor et Princesse, sans oublier Spam, leur chat-robot. Mais qu'avait donc Spam ? Ses processeurs devaient mal fonctionner, car il marchait de façon saccadée, tout de travers, et il perdait des morceaux de métal. Suivant Spam à la trace, Alex ramassait ce que laissait tomber celui-ci dans ses soubresauts erratiques à travers la pièce. Entre ses mains, les morceaux de métal étincelants se mettaient à noircir, puis à fumer comme des charbons ardents. Ça faisait mal, mais il ne pouvait pas les lâcher.

C'était à lui de sauver Spam. Quelqu'un lui demandait s'il avait besoin d'aide, c'était la fille aux cheveux noirs du restaurant, mais elle n'était pas tout à fait la même. Plus âgée, amicale. Alex lui répondait que tout allait bien, mais ajoutait qu'il ne savait pas ce qu'avait Spam, qu'il était très fatigué et que ce serait bien si elle l'aidait à l'empêcher de se disloquer. Sans répondre, la fille traînait vers Alex une chaise pliante sur laquelle il s'asseyait. Puis elle lui apportait un verre d'eau. L'une après l'autre, il laissait tomber dedans les pièces de métal incandescentes, qui reprenaient leur parfait luisant tandis que l'eau s'évaporait en chuintant.

Ça devrait régler le problème, disait la fille.

Elle lui avait adressé la parole. Alors il comprit.

C'est un rêve, dit-il.

Il leva les yeux. La fille n'était plus là. Tous les autres étaient partis, eux aussi. Au bout du couloir se trouvait une pièce qu'il n'avait pas remarquée jusque-là. Elle était emplie d'une merveilleuse lumière bleue dont la seule vue par la porte entrebâillée suffit à le rendre heureux. Dans cette pièce tombait de l'eau, comme si le toit avait disparu, laissant cette partie de la maison ouverte au ciel.

Alex se retrouva alors dans la chambre au motel, entièrement réveillé. Il entendait la respiration régulière de son père. Par la fenêtre, l'enseigne au néon du motel projetait une lueur bleue sur le rideau. Dehors, dans la nuit, tombait la pluie.

Carnet imperméable n° 25

17 juin, 15 h 10, route d'accès au site de Northfire

La pluie tombe sans relâche. J'attends que ça s'arrête dans la Buick Skyhawk abandonnée. Elle n'a plus de portières ni de vitres. Je verrai ou entendrai tout ce qui pourrait survenir à temps pour m'enfuir en cas de besoin.

Tout en me glissant sur le siège avant, je viens juste de penser à mon frère. Sans savoir pourquoi, puis je me suis souvenue : cette voiture était déjà là avant que tout se mette à aller de travers. On est tombés dessus un jour quand on était petits, l'été de notre arrivée à River Meadows. Pendant une de nos expéditions. Enfin, de mes expéditions. Alex m'accompagnait parce qu'il n'avait pas le choix. Nos parents insistaient pour qu'il ne me lâche pas des yeux chaque fois que je partais à l'aventure.

Cette vieille épave rouillée, qu'est-ce qu'on était contents de l'avoir trouvée. Alex s'est mis à faire semblant de conduire, comme si on partait en vacances. Et puis on a entendu un son sortir de la boîte à gants, une vibration caverneuse que je ressentais dans mon ventre, ma poitrine. On aurait dit qu'elle me sortait des tripes.

Je me rappelle que j'ai tendu la main vers le loquet. Qu'Alex m'a crié de ne pas l'ouvrir. Que je l'ai fait quand même. Je savais ce qui faisait ce bruit et je voulais voir.

Alex a pris ses jambes à son cou. Moi je suis restée.

Pas une seule abeille ne m'a piquée. Elles continuaient à vrombir, à sortir de leur ruche et à y rentrer comme si elles ne savaient pas que j'étais là. Ou comme si ça n'avait aucune importance pour elles. Je crois que c'est ce jour-là que je l'ai sentie pour la première fois : l'existence, autour de nous, d'un univers entier qui se soucie de notre présence comme d'une guigne.

Inspecté de nouveau la boîte à gants à l'instant. Rien. Les abeilles sont parties depuis longtemps.

Claire

Elle est en train de débarquer avec les autres passagers quand son attention somnolente est attirée par deux personnes qui la précèdent sur la passerelle. Une femme d'un certain âge et un adolescent qu'elle n'avait pas remarqués dans l'avion. Main dans la main, ce qui lui paraît bizarre. L'autre main du garçon tient fermement la poignée d'un sac de transport pour animaux avec quelque chose dedans. L'espace d'un instant, les corps en mouvement s'écartent devant elle, lui permettant de l'observer de plus près. C'est un tout petit chien, la tête entre les pattes. Elle ne l'a pas entendu japper ni gémir une seule fois de tout le vol, qui a duré onze heures. Puis elle l'entrevoit de nouveau : la petite bête endormie lui semble un peu trop *sculptée*… elle s'aperçoit alors qu'il s'agit d'un animal en peluche d'un réalisme hors du commun. Ce garçon doit être sujet à la peur en avion, ou peut-être autiste. C'est ainsi qu'on l'aide à rester calme dans un environnement stressant et inconnu, en lui donnant quelque chose à surveiller. Cela explique aussi pourquoi ils se tiennent par la main.

Claire se demande ce que ce serait de voyager avec quelqu'un d'aussi dépendant, une personne dont il ne faudrait jamais détacher les yeux ni cesser de s'inquiéter. Mais elle est fourbue et de toute façon, cela ne vaut pas la peine de s'imaginer une situation qu'elle ne connaîtra jamais.

Par la vitre mouchetée de pluie du monorail, son regard plonge dans des canyons formés par des complexes industriels, des marchés en plein air, un dépôt ferroviaire, la courbe sinueuse d'un canal. Dans les étroits créneaux qui séparent les édifices résidentiels, elle aperçoit l'éclat sourd de la mer étendue comme une feuille de métal cabossée. La voie s'élève au-dessus d'une autoroute encombrée de véhicules qui n'ont pas l'air de bouger, comme si le temps s'était figé dans le monde qui s'étale à ses pieds. Sur le toit d'une voiture, un jeune homme torse nu est en train de danser ou alors d'agiter les bras, fou de rage. À cette hauteur, difficile de le dire.

Trop de choses à voir. À absorber. Elle se détourne de la fenêtre et se met à feuilleter l'ouvrage à peine entamé dont elle a pris soin de se munir, celui qu'elle est venue mettre à jour. Il fournit aux voyageurs contemporains tout ce qu'ils ont appris à attendre d'un guide de voyage et dont ils sont persuadés d'avoir besoin : nombreuses photographies couleur sur papier glacé, cartes joliment exécutées à différentes échelles, encadrés amusants où il est question de coutumes intéressantes, de la flore et de la faune locales ou des meilleurs endroits à visiter. Si seulement ces livres-là préparaient vraiment leurs lecteurs à ce qui se passera quand ils arriveront.

L'un des encadrés attire son regard.

Certains habitants de l'île portent encore un petit objet creux nommé quith, *le plus souvent en terre cuite ou en cuivre, suspendu à leur cou par une lanière de cuir. Le* quith, *qui ressemble un peu à une petite boule à thé, contient habituellement une pincée de terre provenant de la région natale du porteur, mais certains y mettent de minuscules os d'animaux ou des matières végétales telles que des semences ou des pétales de fleurs séchés. Bien que la fonction originale du* quith *fasse l'objet de vifs désaccords entre ethnographes, on suppose qu'il aurait servi de talisman contre la noyade.*

Elle n'a vu personne en arborer un, pas encore ; mais les gens de l'île les dissimulent peut-être pour éviter de répondre aux questions indiscrètes des étrangers.

Le train s'immobilise en douceur, plus tôt qu'elle ne l'avait prévu, mais il s'avère qu'ils n'ont pas encore atteint le quartier des hôtels. Une voix annonce dans le micro qu'après cet arrêt, la voie est fermée pour cause de travaux et que tous les passagers doivent se rabattre sur les autobus qui assurent la navette.

Avec sa valise à roulettes et son sac à dos, Claire gagne avec les autres un quai extérieur trop petit. Des pancartes indiquent quel autobus correspond à quel groupe hôtelier ; à travers la clameur, la cohue et la nervosité ambiantes, tous ces gens se tortillent, se faufilent, se fraient à grand-peine un chemin vers celui qu'ils doivent prendre. Claire évite le plus possible d'être touchée par tout cela.

Le reste de son voyage s'effectue dans un vieux véhicule cahotant à l'odeur de moisi qu'on semble avoir tiré de son hangar à cette seule fin. Par la vitre détrempée, il n'y a pas grand-chose d'autre à voir que des chaussées ruisselant d'eau de pluie et des foules de piétons sans visage qui se hâtent, recroquevillés sous leur parapluie. En plein après-midi, il fait déjà aussi sombre qu'au crépuscule.

Son voisin de banc, un vieux monsieur britannique, entame immédiatement la conversation. Où qu'elle aille, les gens, même de parfaits inconnus, ont la manie de voir en elle quelqu'un à qui se confier. Cette manie de s'asseoir à côté d'elle dans un salon d'aéroport, une gare routière, un hôtel, un café, et de lui raconter aussitôt leur vie. Elle excelle sans doute trop dans l'art de ressembler à une page vierge. S'ils ne trouvent rien à y lire, autant écrire dessus.

Le vieux monsieur lui raconte qu'il est venu rendre visite à Abigail, son ex-épouse. À la suite de leur divorce, qui remonte à plusieurs dizaines d'années, elle a émigré ici avec leur fils pour vivre avec son second mari, cadre supérieur d'un réseau de télévision, décédé trois ans plus tôt d'un cancer du pancréas. C'était quelqu'un de bien, un homme de qualité. Le vieux monsieur et son ex-femme sont restés amis au fil des ans. Aujourd'hui atteinte de la maladie de Parkinson, elle est hébergée dans une maison de soins et ne voyage plus, elle qui aimait tant ça. Plus l'itinéraire était imprévisible et reculé, plus il lui plaisait. Lui-même, aujourd'hui retraité de la firme d'ingénierie qu'il a cofondée voilà plus de quarante ans (et qui a dessiné le plan directeur de la barrière de la Tamise, mais c'est une autre histoire), lui rend visite chaque fois qu'il le peut. Elle se sent bien seule ces temps-ci. Leur fils est parti s'installer à Cape Town où, en plus de sa petite famille, il se consacre au cabinet de droit maritime dans lequel il joue un rôle important, exigeant.

– Abby ne reprendra pas la route de sitôt, soupire-t-il. Mais elle aime que je lui raconte mes aventures. Voilà quelque chose que je peux toujours lui apporter. Une bonne histoire.

Pour le bénéfice de Claire, il se lance alors dans une de celles-ci, qui date de quelques années, alors qu'il séjournait en Afrique du Sud chez son fils et ses deux petits-enfants. Ils avaient passé de beaux moments à Hermanus où ils étaient allés observer les baleines, mais au bout de quelques jours, épuisé par les enfants, il avait décidé de partir au

Zimbabwe de son côté pour visiter les chutes Victoria. Après tout, c'était peut-être sa dernière chance de voir cette grande merveille de la nature avant de mourir, n'est-ce pas ?

Il avait pris l'avion pour Livingstone, puis une chambre dans un pavillon de chasse colonial converti en hôtel de luxe, situé si près des chutes qu'on entendait jour et nuit leur grondement assourdissant. On le ressentait, aussi ; il suffisait de poser la main sur les pavés de la cour de l'hôtel.

Un soir, au terme d'un repas éblouissant composé de koudou grésillant et de côtelettes de sanglier, il était allé boire un cocktail sur la terrasse en contemplant le fleuve. Sorti depuis peu, il s'assoupissait déjà sur son verre de sundowner quand il avait entendu crier : *Là, un éléphant !* Inutile de dire que ça l'avait réveillé d'un seul coup. Ce voyage lui coûtait très cher et il n'avait pas encore aperçu le moindre animal sauvage. Il s'était tourné vers l'endroit que tout le monde regardait et montrait du doigt.

L'éléphant pataugeait dans le fleuve.

Quittant d'un bond leur chaise longue, les autres touristes s'étaient hâtés de dévaler la pelouse méticuleusement entretenue jusqu'à la rive, certains sans lâcher leur verre. Il leur avait emboîté le pas, évidemment, en se demandant déjà comment il s'y prendrait pour en faire un récit qui passionnerait Abby la prochaine fois qu'il la verrait.

– Et c'est alors que je l'ai aperçu, poursuivit le vieux monsieur. Plus vrai que nature.

L'éléphant franchissait lentement les flots tumultueux du Zambèze, à moins d'une vingtaine de mètres du nuage d'eau rugissant de la plus haute cataracte d'Afrique.

L'homme apprendrait plus tard que l'animal essayait de passer en Zambie, car le fleuve délimitait à cet endroit la frontière entre ces deux pays, cherchant fort probablement à échapper à des braconniers. Leur nombre avait augmenté ces dernières années à la faveur d'une désagrégation sociale qu'aggravaient les difficultés économiques (le raffut des armes à feu sur la rive zimbabwéenne, l'un des seuls bruits à pouvoir se faire entendre par-dessus celui, omniprésent, des chutes, était devenue monnaie courante). De ce côté-ci, deux petits éléphants plus jeunes attendaient que l'autre, une femelle plus vieille et plus expérimentée, trouve la meilleure façon de traverser. Leur espèce passait à gué depuis toujours à cet endroit, mais le niveau des eaux avait monté et le courant n'avait pas été aussi fort depuis des années. De plus, sur la rive zambienne, on venait de bâtir un hôtel cinq étoiles flambant neuf en plein dans un corridor faunique très fréquenté, ce qui forçait les animaux qui voulaient passer à emprunter des voies moins familières, plus risquées.

L'homme observait et attendait en compagnie d'autres clients de l'hôtel, d'employés et d'une poignée d'agents de la faune sortis de nulle part au début de l'attroupement. L'éléphante émergea, recula, puis, faisant une nouvelle tentative, se lança, manqua perdre pied, trouva une prise solide qu'elle perdit et, emportée par le courant, se mit à lutter pour s'éloigner du précipice. Les spectateurs la prenaient en photo et donnaient de la voix pour l'encourager, déclarant avec indignation qu'il fallait faire quelque chose. Plusieurs pleuraient.

La pauvre bête saisissait-elle sa situation ? Avait-elle une image claire de ce qui l'attendait en cas d'échec ? Sans doute, car sinon, on pouvait supposer que l'éléphante se serait tout bonnement mise à nager après avoir plongé.

Or, ce n'était pas ce qu'elle faisait.

– Je crois qu'elle ne voyait pas d'autre choix que de traverser à cet endroit où des êtres humains l'observaient, dit le vieux monsieur à Claire. Je précise : des êtres humains sans fusils. Comme si elle savait que notre présence constituait à tout le moins une forme de protection.

Lorsqu'elle parvenait à vider l'eau de sa trompe, l'éléphante lançait aux jeunes qui l'attendaient sur la rive un barrissement épuisé, presque un hurlement auxquels ils répondaient de leurs cris stridents. Sans doute pour les prévenir de ne pas s'aventurer dans le fleuve. Ou pour leur faire savoir qu'elle n'avait pas encore abandonné.

Après avoir réussi à atteindre le dernier îlot rocheux avant la rive zambienne, l'éléphante plongea dans l'ultime chenal qui la séparait du salut. Les spectateurs se mirent à applaudir en poussant des exclamations enthousiastes. Mais cette rude bataille l'avait trop épuisée. Il ne lui restait plus assez de force pour résister au courant.

Sous les yeux horrifiés de tous, l'éléphante impuissante, happée par la cascade, sombra dans le chaos bouillonnant du fameux *Boiling Pot*.

Quelques jours plus tard, on retrouva sa carcasse en aval, échouée sur la rive zimbabwéenne et dépouillée de ses défenses.

Quand le vieux monsieur termine son récit, Claire répond par les paroles attristées de rigueur, non sans l'étudier de plus près. Depuis qu'il lui a narré la tragique histoire de la mort inutile d'un animal, elle se demande s'il s'agit vraiment d'une rencontre fortuite dans la navette d'un hôtel ou si ça ne serait pas quelque chose de plus.

– Jamais vu un éléphant, lance-t-elle d'un ton neutre, comme si elle ne souhaitait pas particulièrement combler cette lacune. En personne, je veux dire.

– Jamais ?

– Ma ville natale n'avait pas de jardin zoologique et je n'en ai jamais visité un seul.

Il lui demande d'où elle vient. Elle lui dit la vérité, au cas où quelqu'un serait vraiment sur sa piste. Elle a fini par apprendre que pendant ces voyages-là, il vaut mieux mentir le moins possible si on ne veut pas se retrouver englué dans sa propre toile. Il en a entendu parler comme la plupart des gens, même si personne ne sait exactement où situer ce lieu sur une carte. Il accueille cette nouvelle étonnante en sourcillant, mais, faisant preuve de retenue, laisse tomber le sujet.

– Et quel bon vent vous amène sur cette île détrempée ? lui demande-t-il plutôt.

– Je suis venue mettre à jour un guide de voyage, répond Claire, qui décide alors d'en étaler un peu plus. L'éditeur veut ajouter un chapitre à la nouvelle édition, sur le tourisme en régions dangereuses.

Elle espère que cela suffira. Pour rendre crédible son rôle d'autrice, elle devrait parler avec plus d'abandon, poser des questions et même se montrer indiscrète, mais elle se sent incapable de trouver l'énergie nécessaire à cet instant. Quand elle sera arrivée à destination, elle retrouvera sa concentration. Elle se dit que ça ne compte pas puisqu'elle est toujours en déplacement.

L'homme hausse ses épais sourcils blancs.

– Ah oui. Effectivement, cet endroit est censé être dangereux ; encore que, personnellement, même si j'y viens depuis des années, l'idée ne m'a jamais effleuré. Bien entendu, à notre époque, on n'est vraiment en sécurité nulle part, n'est-ce pas ? En fait, il se produit des calamités partout, tout le temps, et elles sont toutes reliées d'une manière ou d'une autre. Nous vivons tous sur la même planète de nos jours, qu'on le veuille ou non. Nul n'y échappe. Et voilà qu'en plus de tout le reste, on a affaire à ces nuages. Ceux qu'on a créés avec des nanorobots ou je ne sais quoi, pour réparer notre atmosphère déréglée. Dieu du ciel. Pirater les nuages, c'était ça, leur brillante idée. Les envoyer où ça nous chanterait, faire pleuvoir la quantité voulue au moment voulu, les pâlir artificiellement pour qu'ils réfléchissent lumière et chaleur vers l'espace. Quel risque pouvait-il y avoir ? gronde-t-il.

Ils ont fini par admettre que certains avaient cessé de réagir à leur contrôleur. Qui s'en étonne ? Les cerfs-volants ont rompu leur corde et maintenant ces objets, ces nuages déserteurs, comme on les appelle, vagabondent là-haut et n'en font qu'à leur tête. Ils risquent d'aggraver les tempêtes ou de les rendre plus fréquentes. D'emprisonner de la vapeur d'eau ou d'altérer la composition gazeuse de l'atmosphère. Personne n'en sait rien.

Elle a entendu des rumeurs de ce genre pendant ses voyages, mais sans y faire très attention. L'idée que des nuages persistants refusent de s'évaporer, obéissant à leurs propres objectifs mystérieux, lui paraissait comme une invraisemblable théorie du complot de plus.

– Évidemment, je n'en comprends pas un mot, avoue le vieux monsieur. Je trouve cette histoire de nuages très nébuleuse.

Les yeux baignés de larmes de vieillard, il s'amuse de sa propre blague.

– Ce qui ne signifie pas, ajoute-t-il, que l'on ne réussit jamais à endiguer les marées destructrices. On peut dire que la barrière de la Tamise était visionnaire à cet égard…

Ayant trouvé le moyen de ramener la conversation sur ce qui constitue manifestement la principale réalisation de sa vie, il se lance dans une description exagérément détaillée des difficultés et gratifications inhérentes au célèbre projet de lutte contre les inondations. Lorsqu'il finit par se taire,

Claire en conclut qu'au fond, c'était sûrement une rencontre fortuite.

Dans le hall d'entrée de l'hôtel Trident Regency règne une ambiance claustrale, feutrée. Après la course ruisselante et brinquebalante qui l'y a menée, Claire a l'impression d'avoir pénétré dans une grotte enchantée.

À la réception, l'employé tout de noir vêtu garde la tête penchée sur son ordinateur tel un prêtre absorbé par son bréviaire.

Tandis que Claire attend sa clé, un présentoir rempli de cartes touristiques vient à sa rencontre en patinant sur le comptoir. Un tintement au plafond, elle lève les yeux : ce sont les gouttes de cristal du lustre qui frissonnent. Son cœur se soulève quand elle se rappelle qu'elle se trouve sur une île fréquemment agitée par des tremblements de terre. Elle s'agrippe au rebord de marbre. C'est vraiment en train d'arriver. Et si c'était *celui-là* ?

– Ça n'a pas arrêté de la semaine, laisse tomber le réceptionniste sans même lever les yeux lorsque la secousse prend fin.

Claire respire avec force, régulièrement. Il lui tend la carte de sa chambre, accompagnée d'un carré de plastique aplati qui ressemble à un préservatif emballé.

– Ça, c'est… ?

– Un timbre cutané, madame, à mettre quand vous arriverez dans votre chambre.

Il s'exprime dans un anglais infléchi par l'insaisissable accent local.

– C'est obligatoire maintenant, dès que le séjour dépasse une semaine. Toutes nos excuses pour le désagrément.

– Le mettre sur moi, vous voulez dire. Le porter sur mon corps.

– Tant que vous demeurerez parmi nous, oui. C'est entièrement sans danger. La plupart des gens disent qu'après quelque temps, on ne s'en rend même plus compte. Ça vous aidera à vous adapter à l'eau du robinet, aux particules en suspension, vous voyez ce que je veux dire. Un environnement différent. Ce n'est qu'une mesure de précaution. Vous trouverez les instructions sur l'emballage.

Elle a vaguement entendu évoquer la possibilité de ce genre de choses dans les années à venir, à l'heure où la planète s'approche de plus en plus de l'effondrement écologique. Ça s'appelle une *mise en condition.* Elle ignorait que c'était déjà une réalité.

Après avoir glissé le carré dans son sac, elle examine le présentoir et ses cartes. Sans doute une bonne idée. Elle en prend une.

– Elles ne sont pas à jour, celles-là, observe le réceptionniste. Beaucoup de choses ont changé récemment. Plusieurs routes côtières sont submergées.

– De travaux ?

– D'eau.

La première civilisation de l'île a disparu vers 4000 avant notre ère à la suite de bouleversements géologiques et océaniques. Selon certains, cette société impérialiste, très stratifiée, a précipité sa destruction en dépouillant l'île de ses ressources naturelles limitées – arbres et autres – afin de poursuivre l'interminable guerre qui l'opposait à des puissances maritimes rivales nord-africaines et méditerranéennes. Jusqu'au jour où un violent séisme inonda brièvement la majeure partie de sa masse terrestre.

Imaginez ceci : une culture au vertigineux sommet de son orgueil, de sa puissance et de son influence, prise au dépourvu par un terrible événement dévastateur. Agitée de convulsions, la terre s'affaisse. Des gouffres béants s'ouvrent et engloutissent des édifices entiers, des rues entières. D'immenses panaches de fumée jaillissent vers le ciel, donnant naissance à des pyrocumulonimbus qui répandent des bordées de grêle. Les cris des mourants déchirent l'air asphyxié de cendres. Puis, au moment où les rares survivants osent croire que le pire est passé, la vague gigantesque. Quand tout est terminé, le tiers de la superficie originale de l'île repose à jamais au fond de la mer.

L'unique témoignage de ce légendaire cataclysme à avoir survécu jusqu'à nous figure dans deux des dialogues du philosophe grec Platon, qui fait remonter la catastrophe à 9000 avant notre ère et affirme à tort que la totalité de l'île a sombré sous les flots. Il est néanmoins vrai que celle-ci, en proie à une activité volcanique incessante, est demeurée inhabitée pendant des siècles à l'exception d'une petite population d'autochtones u'Yoi établie sur la côte Nord. Les légendes concernant cette civilisation perdue quelque part au milieu de l'Atlantique ont persisté tout au long de l'Antiquité classique, jusqu'à la redécouverte de l'île au XIVe siècle par des marins portugais qui la baptisèrent Joia Verde après l'avoir revendiquée au nom de leur roi.

Au cours des siècles qui suivirent, elle servit de monnaie d'échange dans un jeu colonial de chaises musicales qui la vit disputée, occupée et rebaptisée tour à tour par l'Espagne (Tritón), les Pays-Bas (Inktvis Eiland) et, brièvement, la France (Jouissance). Durant les guerres napoléoniennes, ses deux principaux ports, Atlantische Haven et Asteria, furent bombardés et partiellement détruits par la marine britannique. C'est en 1821 que l'île finit par être cédée à la Grande-Bretagne en vertu du traité de Corvo, qui rétablit son nom initial. La colonie ne s'est affranchie de son statut d'avant-poste stratégique à l'économie majoritairement agraire qu'en 1946, avec l'avènement de son indépendance et l'arrivée au pouvoir du parti pro-développement Nouvelle Émergence. La poussée économique et technologique des dernières décennies a stupéfié le monde entier.

Au fil de toutes ces années, les tremblements de terre récurrents, les ouragans et les éruptions volcaniques, rappels omniprésents de leur mortalité, ont fait de ses habitants ce qu'ils sont aujourd'hui. L'impermanence et le danger, qui instillent aux insulaires leur vif amour de la vie, les motivent à accomplir des miracles.

« Tout tombe à l'eau un jour ou l'autre », a déclaré récemment la personnalité locale Aphrodaddy Eleganza. « C'est un peu notre religion. »

Dès qu'elle se retrouve seule dans sa chambre, elle commence par aller vomir dans la salle de bains. C'est le trac qui l'étreint au début de chaque contrat. Elle s'est entraînée à l'évacuer au plus tôt avant de passer à autre chose. Elle sait ce qu'elle est venue chercher, mais rien de plus. Il s'écoulera peut-être des heures ou des jours avant que quelqu'un se mette en contact avec elle pour lui donner l'heure et l'endroit de la transaction. Tout ce qu'elle peut faire, c'est attendre en mettant le guide à jour pour se tenir occupée.

Le balcon donne sur un brouillard clairsemé de clignotants rouges juchés sur les toits de tours invisibles. Elle ne voit pas la mer mais elle l'entend, ou imagine l'entendre au cours des brèves accalmies des bruits de la ville. Lorsqu'elle tend l'oreille, elle sent une longue aiguille glaciale se glisser dans son cerveau par le sommet de son crâne. Les vols prolongés lui font toujours cet effet. La solution consiste à prendre une douche chaude.

Dans la salle de bains, elle ouvre les robinets de la cabine et les canalisations se mettent à gémir comme des morts tirés de leur sommeil. Alarmée, elle a un mouvement de recul. Puis s'approche à nouveau. L'eau, qui coule en mince filet entrecoupé de bouillonnements, a une légère teinte cuivrée. À moins que ce ne soit dû à l'éclairage étrangement tamisé de la pièce. Elle recueille dans ses paumes un peu du liquide jaillissant et le hume. Métallique, avec un faible relent saumâtre. Elle envisage d'appeler la réception pour demander que quelqu'un vienne y jeter un coup d'œil. Mais, finissant par se raviser, elle passe sous le jet saccadé, réglé au plus chaud qu'elle puisse supporter.

Le sèche-cheveux ne marche pas. Elle pourrait en demander un en bon état, mais à l'heure qu'il est, même une brève interaction avec quelqu'un qui frapperait à sa porte la rebute. En attendant que ses cheveux sèchent, elle vérifiera ses courriels. Elle s'étend sur le lit et ouvre son ordinateur, mais elle n'arrive pas à obtenir une connexion. Cette fois-ci, elle appelle la réception et s'entend dire que le réseau sans fil est en panne. Il est question d'un câble important endommagé par une tempête quelque part.

Alors que la ville est renommée pour ses prodiges technologiques, jusqu'à maintenant Claire se croirait plutôt dans un coin perdu.

C'est en s'habillant pour aller dîner qu'elle se souvient du paquet carré, dont elle s'efforce de déchiffrer les petits caractères après l'avoir pris sur le dessus de la commode.

DermAegis
Acclimateur et atténuateur environnemental

Recommandé pour les séjours d'une semaine ou plus. Laver la zone d'application avant l'emploi. Retirer la pellicule de protection et appliquer le timbre sur le haut du bras, l'intérieur de la cuisse ou l'abdomen. Ne pas appliquer sur le visage ni les organes génitaux. Ne pas ingérer. Peut provoquer une décoloration temporaire de la peau. Ne pas enlever : le timbre se détachera de lui-même au bout de 4 à 6 semaines.

Pas de liste d'ingrédients, rien qu'un numéro de téléphone et un URL à consulter pour trouver plus de renseignements, ou en cas de réaction allergique.

Réaction allergique. De qui se moque-t-on ? Et quelle est l'action de cette *chose,* au juste ? Elle envoie le paquet sur l'édredon. Pas question. Elle s'acclimatera comme elle l'a toujours fait, rien qu'en étant là.

Lorsqu'elle a fini de s'habiller, elle vérifie sa coiffure dans le miroir de la salle de bains et son regard se tourne vers la flaque d'eau cuivrée qui stagne au fond de la cabine de douche. *Tu t'es lavée là-dedans.* Elle retourne chercher le paquet, le déchire et en extrait le timbre carré dont une face semble enduite d'un gel bleu pâle. Détachant la pellicule transparente, elle porte à son nez la surface gélatineuse, qu'elle renifle. Ça sent le pansement en plastique, un de ces parfums d'enfance qui vous y ramènent instantanément. Jouer dehors toute la journée pour profiter du bref été nordique. Courir, bondir, tomber de vélo, s'égratigner les genoux. Qui elle était à cette époque. Si c'était vraiment elle, cette fillette qu'elle serait incapable de relier à la personne qu'elle est aujourd'hui.

Elle appuie sur le haut de son bras gauche le timbre qui l'engourdit légèrement après une première sensation de fraîcheur, à la manière d'un onguent contre les piqûres d'insectes.

Elle mange au restaurant de l'hôtel, le guide de voyage et un carnet à reliure spirale ouverts sur la table à côté de son assiette, afin d'ébaucher l'itinéraire des prochains jours.

Comme pièce de résistance, elle choisit l'ambarie qui, comme l'en informe le serveur digne et grisonnant, est le plat national : *anémone de mer braisée farcie d'une mousse de turbot sur lit de riz bleu noir à l'encre de calmar.* Ça ne ressemble à rien de ce qu'elle a jamais goûté, où que ce soit. Elle savoure lentement son repas en se demandant ce qu'il peut lui apprendre au sujet de ce peuple, mais n'éprouve qu'une tristesse inexplicable qu'elle soupçonne de venir surtout d'elle-même. L'image d'un océan gelé flotte dans sa tête. De noires profondeurs sous la surface glacée, solide comme du métal.

Elle commande un deuxième verre de vin maison. Cela ne lui ressemble pas de consommer ainsi. De se le permettre. Le guide contient un encadré qui lui rappellerait ce qu'elle est venue faire ici, si elle n'évitait pas de le regarder depuis son arrivée. C'est inutile : elle l'a lu tant de fois qu'elle le connaît plus ou moins par cœur.

Le lambeau de forêt équatoriale millénaire qui couvre le versant ouest abrite une rare espèce amphibienne, la grenouille saphir, qui fréquente les cours d'eau et la couche humide formée par les feuilles en décomposition sur le tapis forestier. Les adultes, qui atteignent une longueur de 3 à 6 centimètres, se caractérisent par leurs coloris chatoyants, leurs membres courts saillant du corps à angle droit, leur tête aplatie et la queue vestigiale qu'ils conservent souvent à la sortie du stade têtard. La caractéristique la plus remarquable de cette grenouille est son ensemble de marques d'une riche couleur indigo, fréquemment parsemées de tavelures dorées ou cuivrées. On croit que certains spécimens de cette championne de longévité du règne amphibien auraient survécu vingt-cinq ans ou plus à l'état sauvage.

La grenouille saphir, déjà menacée par la perte d'habitat, est maintenant considérée comme une espèce en danger critique d'extinction à cause du trafic illégal dont elle fait l'objet. Sa peau d'un bleu intense (répulsive pour les autres animaux, mais à peine toxique pour l'être humain) est prisée en tant qu'ingrédient principal de remèdes traditionnels d'Asie du Sud-Est et d'ailleurs. Séchée, on la réduit en poudre avant de l'ajouter à des élixirs censés accroître la longévité humaine. L'espèce connaît par conséquent un grave déclin, malgré l'adoption récente d'un cadre juridique sévère interdisant le trafic d'animaux, qui a récemment valu à un contrebandier une peine de sept ans d'emprisonnement.

Prenant conscience des battements précipités de son cœur, Claire vide d'un trait son verre de vin et règle l'addition, puis, de retour dans le hall, décide de sortir se promener dans la nuit. De regarder autour d'elle, de parler vraiment à des gens, d'investir du temps dans le motif apparent de son séjour en attendant les instructions relatives à l'autre contrat. Arrivée dans le hall, elle se rappelle qu'elle était censée appeler Arthur, son éditeur, pour lui dire qu'elle est bien arrivée.

Son téléphone ne capte aucun signal.

Brusquement privée de repères, Claire reste figée au milieu du hall. Une lumière glauque lui parvient de l'extérieur. Elle a bu trop de vin. Ou alors pas assez. Quelle heure est-il ? L'heure où regarder sa montre ne veut plus rien dire.

Abruptement se creuse une fosse abyssale au bord de laquelle elle oscille, le souffle coupé.

Quelqu'un a découvert pourquoi elle est là. Ce qu'elle est venue faire ici. Ils sont sûrement au courant. Le vieux monsieur dans l'autobus avec son histoire d'éléphants et de braconniers, comme par hasard. Les espèces sauvages menacées, les gens qui en tirent profit. Ce n'était tout de même pas une coïncidence. Ils la suivent sans doute à la trace en ce moment même, épiant ses moindres gestes.

Elle se pose sur un des canapés de cuir rouge. Le dos droit, les pieds fermement plantés au sol. Les yeux fermés. *Respire.*

Merde, qu'est-ce qui se passe ? Une petite crise de nerfs de temps en temps, ça arrive ; elle s'est entraînée à les juguler sans regarder en arrière. Mais ça. Elle ignore ce que c'est, mais ça déferle sans relâche, par vagues successives. *Respire.* Elle se dit depuis toujours que la tension est un mal nécessaire pour rester vigilante, *prête à tout.* À l'époque de ses premières missions, elle prenait une pilule quand elle se sentait fébrile, mais n'aimait pas la manière dont la drogue lui embrouillait l'esprit, ralentissait ses réflexes et lui soufflait des rêveries stériles. Elle n'en a pas emporté une seule pour ce voyage-ci. C'était peut-être une erreur.

Ouvre l'œil. Comporte-toi normalement. *Respire, bordel.*

Un homme et une femme s'introduisent dans le hall par la porte qui donne sur la rue. Sans doute des citoyens de l'île, à en juger par leur habillement et l'attitude de propriétaires avec laquelle ils sont entrés dans cet espace, comme s'ils arrivaient dans leur salon et que personne d'autre n'était là. Ils se disputent à voix basse, mais avec véhémence : on devine à coup sûr qu'elle ne voulait pas entrer et qu'il a gagné, pour l'instant. Il s'adresse à l'employé de la réception en haussant les épaules, le bras tendu vers l'entrée. Claire ne saisit pas un mot de ce qu'il raconte. Restée à l'écart, la femme observe la rue par la vitrine. Elle porte une longue robe du soir moirée de vert. On dirait qu'ils sortent de l'opéra. C'est une possibilité. La ville vient de se doter d'une magnifique salle de concert construite au bord de l'eau ; l'idée lui vient d'aller y jeter un coup d'œil, pour le guide. Elle a entendu parler d'un compositeur local qui présente un opus collaboratif mettant en scène des humains et des dauphins, à la fois créateurs et interprètes d'une partie de la musique.

Allez savoir pourquoi, cette idée soulève en elle une autre vague d'anxiété. Elle enfonce ses ongles dans l'accoudoir du canapé.

Le réceptionniste, qui a fait pivoter son moniteur de manière à ce que l'homme et lui puissent le voir tous les deux, paraît lui expliquer patiemment quelque chose avec de lents gestes larges évoquant les frondes d'une plante sous-marine agitées par le courant. L'homme conclut sur un haussement d'épaules et se dirige droit vers la double porte, sans un seul regard pour sa compagne. Avant de le suivre, celle-ci attend un instant, fusillant son dos de colère humiliée.

Même les autochtones s'y perdent…

Le cœur de Claire se remet à battre la chamade. Elle a besoin de réfléchir. Cette île. Les faits. La mise à jour du guide qui lui sert de couverture. Le blog qu'elle alimente sur le site Web de l'éditeur. Quoi qu'il en soit, elle a tout de même un travail légitime à réaliser ici. En attendant que l'on communique avec elle, rien ne l'empêche de partir en exploration ni de dénicher un ou deux bons sujets d'encadrés à propos de la résilience des gens d'ici, face à l'omniprésente calamité écologique qui les menace. Elle a lu quelque chose sur la croissance fébrile qui a suivi la découverte et la mise en exploitation d'un immense gisement d'orichalque au large des côtes, accompagnée d'une alarmante augmentation de la fréquence des événements sismiques, des inondations, de l'activité volcanique et des phénomènes météorologiques d'une profonde étrangeté. Ce boum a ceci de positif qu'il a suscité une renaissance faite d'innovation scientifique, artistique et médicale que les insulaires nomment la Crue. Certaines rumeurs évoquent une nouvelle technologie énergétique miraculeuse, développée dans le plus grand secret. Une source de puissance inépuisable qui ne coûterait pratiquement rien. De toute évidence, ils ne l'appliquent pas encore à leurs sèche-cheveux ou leurs routeurs sans fil.

Qu'est-ce que c'est que ça ? Une autre secousse ?

Elle se lève tellement vite qu'un nouvel accès de vertige la fait chanceler. Appuyée contre un pilier, elle attend que les battements de son cœur ralentissent, que sa respiration s'apaise. Les gens qui passent dans le hall la regardent bizarrement.

– Je rédige un guide de voyage, glisse-t-elle au serveur du bar-salon.

Il a les cheveux frisés, des yeux d'un vert d'eau saisissant. Une beauté qu'on a envie de reluquer encore et encore, tant pour vérifier qu'on n'a pas la berlue que pour savourer la symétrie d'un objet bien fait. Elle estime qu'il a, au bas mot, dix ans de moins qu'elle. Sa peau diaphane tire sur un turquoise qui se remarque mieux autour des poignets, ou le long des muscles du cou qui saillent quand il tourne la tête. D'après ce qu'elle a retenu de ses recherches, cela signifie sans doute qu'il fait partie des rares habitants de l'île dont l'ADN remonte à ses premiers occupants. Pas un u'Yoi de sang pur, mais un de leurs descendants.

– Vous êtes autrice, alors, répond-il en étirant ses voyelles encore plus curieusement que le réceptionniste.

En général, elle évite de bavarder avec les barmans et autres préposés au service à la clientèle. Ce genre de conversation à bâtons rompus a tôt fait de prendre un ton artificiel, du moins dans son cas. C'est juste qu'elle ne veut pas attirer l'attention sur cet aspect.

– Oui, si on veut. Disons plutôt une documentaliste au prestige exagéré. Je suis venue étudier le terrain pour mettre à jour la prochaine édition.

– Vous avez déjà visité notre île ?

– C'est ma première fois. L'éditeur cherchait un point de vue différent. Un regard neuf, vous voyez. Alors me voilà.

Irritée de s'entendre jacasser nerveusement, elle avale une gorgée du cocktail qu'elle s'est dépêchée de choisir dans le menu : un corail couchant, ce qui ne lui dit rien du tout. Rhum, citron vert, quelque chose comme de la mangue et sur sa langue, un arrière-goût de poisson qui lui rappelle l'eau de sa douche. Cette combinaison qui devrait la dégoûter réussit à créer une harmonie surprenante en se déployant par étapes, à la manière d'un souvenir. Et à accomplir ce qu'elle espérait. L'abîme est toujours là, mais elle peut maintenant regarder dedans sans éprouver grand-chose.

Il l'interroge sur les autres pays qu'elle a visités. Ils passent un moment à discuter de leurs boulots respectifs. Il fait des études universitaires de cycle supérieur en physique appliquée qu'il finance en travaillant comme barman.

Lorsqu'il se penche pour essuyer le comptoir, elle aperçoit un petit quith d'argent enfilé sur une chaîne qu'il porte autour du cou. Elle se demande ce qu'il a mis dedans.

Il va servir un autre client et quand il revient voir si tout va bien, l'alcool a émoussé ses défenses.

– Corail couchant, souffle-t-elle avec un sourire. Dites plutôt corail dormant.

– Vous en voulez un autre ?

– Il vaut mieux pas.

– Je m'appelle Andros, lance-t-il, la prenant par surprise en sortant si vite de l'anonymat.

Comme c'est souvent le cas, elle a commis une erreur en lui souriant.

– Claire.

Ils se serrent la main ; elle se hâte de dégager ses doigts de la poigne tranquille et assurée du jeune homme.

– Bon, je devrais aller me coucher, fait-elle. Grosse journée demain.

Quelque chose passe fugitivement dans son regard à lui. De l'inquiétude, non, de la tristesse. Comme s'il voyait déjà les désagréments dont son lendemain sera fait. Puis son visage s'illumine.

– Je suis en congé demain pour un jour ou deux. Je serais ravi de vous servir de guide, si vous voulez. Ne serait-ce qu'avec les chantiers, les détours, c'est un vrai labyrinthe.

Se disant que son geste est purement amical, elle répond :

– En fait, je préfère me débrouiller par mes propres moyens. Dans un lieu nouveau. Aller chercher les premières impressions, vous voyez ? Mais peut-être…

Il hausse les épaules.

– Bien sûr, je comprends tout à fait. J'espère que tout se passera bien pour vous.

Pendant leur échange, trois hommes imposants dans leur complet-veston sont entrés, se sont hissés sur des tabourets et promènent maintenant leurs yeux de glace autour d'eux comme pour repérer les menaces potentielles. Andros s'en va les servir. Avec un accent à couper au couteau, ils lui demandent ce qu'il a comme bière et débattent de leur choix dans une langue que Claire identifie avec une quasi-certitude comme du russe.

À leur allure de bouchers de village engoncés dans des habits hors de prix, elle flaire les nouveaux millionnaires en pétrodollars à l'affût d'occasions d'investir dans le secteur énergétique local, en pleine effervescence.

Elle observe Andros, si élancé, si fluide à côté de ces colosses rébarbatifs qui prennent toute la place pour se donner de l'importance. Encore plus que sa peau, c'est la souplesse de ses gestes qui l'intrigue, leur aisance spontanée. Sa *fraîcheur*, se dit-elle, étonnée par sa réaction. On dirait une créature à peine sortie de la mer qui respirerait de l'air pour la première fois.

La devise locale fluctue autant au rythme des relevés sismiques qu'en fonction d'indicateurs économiques. Quand le taux de change leur est favorable, des visiteurs nord-africains, européens et américains des deux hémisphères affluent vers l'île pour de brefs séjours familièrement appelés « courses éclair ».

Entrer, faire ses emplettes et ressortir le plus vite possible. On ne sait jamais.

Le lendemain matin, elle s'éveille avant l'aurore. Comme un oiseau. Le mystérieux état qui s'était emparée d'elle s'est dissipé. Naturellement. Elle a retrouvé son aplomb, comme elle le fait toujours.

Après avoir pris son café au restaurant de l'hôtel (toujours pas de texto indiquant où et quand le transfert aura lieu), elle sort voir le parc d'athlétisme couvert qui se trouve juste à côté. Pour s'y rendre, elle franchit une passerelle presque entièrement vitrée, même sous ses pieds, de sorte qu'elle se trouve entourée de brume et de pluie de tous côtés. Au-dessous d'elle, dans la rue, le flot paresseux des feux avant et arrière des voitures luit à travers le brouillard, évoquant les organes lumineux qu'arborent les poissons-pêcheurs des abysses.

Le fleuron du parc est une immense piscine à vagues réputée être la plus grande au monde. Elle enfile son maillot de bain, puis émerge de la cabine dans un vaste espace éclairé à giorno. De toute évidence, le bassin a été conçu pour évoquer le passé de l'île avec son périmètre entouré de colonnes brisées et inclinées avec art, parmi d'autres fragments d'architecture antédiluvienne. Sur les murs, ornés d'une mosaïque d'apparence antique, bondissent des dauphins et soufflent des baleines.

Des toboggans aux vives couleurs fluos descendent en boucles et en spirales à travers les fausses ruines jusqu'au bassin déjà rempli de gens, enfants ou adolescents pour la plupart, qui pataugent et s'éclaboussent à grands cris. Sur la plage en béton incurvée peinte d'un chaleureux rose sable, de jeunes mamans regardent leurs bambins barboter dans le petit bain tandis que des couples âgés, allongés dans des transats, lisent des romans de gare en sirotant des concoctions tropicales. Du haut de sa chaise, un maître nageur souffle dans son sifflet, le doigt tendu vers deux jeunes qui se livrent à un duel de serviettes mouillées. À l'autre bout de la piscine se dresse une structure massive, couverte d'une peinture murale imitant une corniche rocheuse surplombée d'un ciel noirci par l'orage et zébré d'éclairs. À des intervalles de quelques minutes, le mugissement d'une corne de brume crève l'atmosphère, suivi quelques instants après par des vagues surgies de sous la corniche, qui soulèvent sans attendre une crête d'écume blanche. Après avoir parcouru le bassin sur toute sa longueur et atteint les petits fonds, elles se résorbent en paisibles vaguelettes.

Tout cela, saisit Claire avec un serrement de poitrine, les colonnes démolies, la nuée d'orage peinte, la sirène d'avertissement, les corps qui ondulent et qui hurlent, emportés par les vagues, c'est un monument à la mémoire du cataclysme qui a mis l'île à genoux il y a si longtemps. Ou une répétition générale en vue du prochain. Elle pense à sa ville natale, se souvient de l'avoir quittée à temps, juste avant que celle-ci soit frappée par son apocalypse à petite échelle. Cette catastrophe évitée de justesse, Claire l'avait interprétée comme un avertissement. *Bouge sans arrêt. Ne t'attache à rien. D'une manière ou d'une autre, tout part en fumée. Ou s'abîme sous les vagues. D'ici là, fais ce qu'il faut pour garder la tête hors de l'eau.*

Bien entendu, il faudra parler dans le guide de ce peuple qui compose avec la fin du monde en batifolant dedans.

Les vagues affaiblies s'engouffrent entre ses orteils nus avant de se retirer. Elle fait quelques pas jusqu'à ce que l'eau balaie ses pieds, ses chevilles. D'abord froide, celle-ci se fait agréablement tiède.

Elle s'avance dans le ressac. Jusqu'aux genoux, aux hanches et enfin, jusque sous les seins. Elle continue, s'aidant de ses bras pour se propulser, et finit par rejoindre les baigneurs avec leurs ballons de plage, leurs frites en polystyrène et leurs planches de natation ; le visage tourné vers l'autre bout de la piscine, tous attendent impatiemment la sirène et la prochaine lame de fond. Claire progresse toujours, droit vers l'espace obscur qui bée sous la falaise factice, à l'entrée de la grotte d'où surgit la vague.

Elle atteint le cordon jaune vif qui barre la piscine sur toute sa largeur, porté par ses flotteurs et orné d'une pancarte interdisant aux nageurs de s'aventurer au-delà de cette limite. Ici, elle s'arrête, se maintient à la verticale en remuant les bras, regarde autour d'elle et s'aperçoit que le maître-nageur la surveille. Si elle pousse encore un peu, le sifflet va retentir et il lui ordonnera de reculer. Cela ne vaut pas la peine d'attirer ainsi l'attention. Elle reste là où elle est.

L'eau profonde la ballotte, la bouscule, lui fait perdre pied. Elle éprouve une forte envie de lâcher prise, de laisser cet élément, tellement plus fort qu'elle, l'emporter où il le voudra. Après tout, elle est principalement composée de la même chose. Un être humain, c'est avant tout de l'eau douée de volonté.

La sirène pousse un mugissement qui se répercute dans ses os. Un instant plus tard, la surface agitée s'enfle, se soulève, glisse vers l'avant, dévale vers elle, semble s'escalader elle-même dans sa hâte de se faire versant, colline, montagne, sommet écumant de mousse blanche, révélant le vert glacé de ses dessous. Dans son dos des enfants hurlent, des adolescents rugissent comme des guerriers d'antan s'élançant au combat. Bondissant sur elle de toutes ses forces, la vague l'envoie rouler à la renverse et la plonge dans le monde silencieux dissimulé sous la surface. C'est si étrange qu'un tel calme existe au cœur du tumulte. Elle rue, se démène, se redresse, remonte d'un coup de pied, fait surface en crachant dans le sillage de l'onde, reprend son souffle sans savoir tout de suite dans quel sens elle est tournée ni d'où surgira la prochaine vague. S'aperçoit qu'elle a dérivé vers d'autres êtres qui gigotent, bondissent, se jettent dans un sens puis dans l'autre. Ils sont trop nombreux, trop proches.

Ça suffit maintenant. Elle s'est laissée aller, mais l'eau l'a châtiée d'avoir oublié ce qu'elle est venue faire ici. Se propulsant sur le dos, elle s'éloigne du cordon sans quitter la falaise des yeux, traverse la zone de sécurité relative où se tiennent les autres baigneurs, sort de la piscine en claquant des pieds sur le béton rose et mouillé. Elle n'a plus qu'une chose en tête : s'en aller d'ici.

Dans sa précipitation, elle se trompe de porte et se retrouve dans un endroit qu'elle ne reconnaît pas, un couloir étroit suivi d'une volée de marches qui mènent à un autre bassin sans fenêtre, bas de plafond, dont l'eau est éclairée en contre-plongée par des projecteurs subaquatiques bleutés. L'air est chargé de vapeur chaude.

Certains des hommes et des femmes sont nus. Pas un enfant. Pas une éclaboussure. Personne ne saute dans l'eau bleu vif, si calme et immobile qu'on dirait un autre élément, plus exotique. Jeunes et vieux se prélassent sur la pierre humide qui fait le tour de la piscine. Son regard s'accroche aux asymétries : dos voûtés, visages déformés, membres absents.

Un examen plus attentif lui révèle que certaines personnes s'occupent des autres. Les encouragent en leur tenant la main. Les soutiennent dans l'élément liquide.

Lentement, elle bat en retraite, se sentant comme une vraie touriste, mais ne détourne pas le regard en dépit de son malaise d'intruse. Ses yeux se posent enfin sur ceux, gris et sereins, d'une dame âgée aux longs cheveux blancs, les coudes appuyés au bord de la piscine, la mâchoire pendante.

Le cœur de Claire s'emballe.

La femme l'aperçoit et lui envoie automatiquement un sourire passe-partout, au cas où elle serait censée reconnaître cette inconnue. Puis elle se laisse glisser dans l'eau qui lui monte à la taille, se retourne et se met à avancer. L'eau lui monte le long du dos et des bras, jusqu'aux épaules, puis à la nuque ; sa longue crinière immaculée se déploie comme la traîne d'une robe de mariée, et maintenant elle s'immerge entièrement.

Elles étaient assises côte à côte dans la salle commune du centre de soins longue durée. La pandémie touchait à sa fin et Claire avait reçu l'autorisation de lui rendre visite pour la première fois depuis des mois. Après tout ce temps sans voyager, elle devenait folle à regarder rétrécir son compte en banque dans son minuscule appartement.

Elle revoit le soleil matinal, ses rayons obliques à travers les stores de la grande baie vitrée. Pour une fois, sa mère n'avait pas fondu en larmes en la voyant. Posée sur sa chaise avec une expression d'expectative incertaine, elle ressemblait à une femme attendant, au théâtre, que le rideau se lève sans savoir si elle ferait partie du spectacle ou du public. Claire avait saisi la main squelettique de sa mère, dont le pouls battait doucement la mesure, et s'était contentée d'observer. Dans un coin, un vieil homme laissait tomber des morceaux de sucre un à un dans l'aquarium en regardant chaque fois autour de lui pour vérifier que les préposés n'avaient rien vu.

Sa mère avait murmuré quelque chose.

– Pardon maman, quoi ?

Sa mère avait posé doucement son autre main sur le ventre de Claire.

– C'est pour quand, ma chère ?

Avec sa voix d'infirmière, chaleureuse mais empreinte d'une fermeté professionnelle, que Claire ne l'avait pas entendue employer depuis des années et autant qu'elle s'en souvienne, jamais avec elle. Il était vain de répondre à cette question, mais elle n'avait pas pu s'en empêcher.

– Je ne suis pas… avait-elle balbutié.

– Hmm, avait fait sa mère.

Un mois auparavant, lasse de se sentir claquemurée par l'interminable confinement, Claire était sortie en cachette dans un bar qui contrevenait aux consignes sanitaires. Elle y avait rencontré un homme avec lequel, inconcevable entorse à ses propres règles de survie, elle avait passé quelques minutes de frénésie insensée dans les toilettes.

Les paroles de sa mère avaient suffi à lui faire acheter un test en rentrant chez elle. Quelques instants de sueur froide plus tard, résultat négatif.

Elle voyage sans arrêt depuis. Cela fait plus de six mois qu'elle n'a pas remis les pieds au centre de soins. Elle se dit que c'est mieux ainsi. La simple vue de Claire ne fait que perturber sa mère, du moins les jours où elle la reconnaît. Toutes les erreurs, les disputes, les rancœurs reviennent au galop. Pour l'une comme pour l'autre.

Dans l'ascenseur qui la ramène vers sa chambre, Claire, enfin seule, s'affale contre la paroi et regarde grimper les chiffres en se remémorant ce qu'elle a fait pendant toutes ces années. Et pourquoi elle n'a pas le choix. C'est devenu son histoire, le scénario qu'elle fait jouer dans sa tête pour rester centrée dans ses rares moments de doute, ou quand tout menace de tomber à l'eau. Comment tout a commencé, ce qu'elle a dû subir, à quoi ça l'a menée. Le jour où son père a découvert que sa mère le trompait avec ce salaud de Ray, propriétaire d'une entreprise de construction locale qui avait assez de temps pour s'occuper d'elle, contrairement à son père. Le jour où il est parti pour ne plus revenir. Ses deux parents désinvestis lorsqu'elle n'était qu'une enfant, chacun absorbé dans sa petite vie.

Sa mère avait essayé de se racheter, ou tout au moins de la distraire, en lui offrant un chiot. Un cabot hirsute aux yeux vifs qu'elle avait baptisé Brigand. Elle savait pertinemment que c'était une ruse pour l'acheter en la prenant par les sentiments, mais bon Dieu, ce qu'elle avait aimé ce chien. Il dormait dans son lit. On ne les voyait pas l'un sans l'autre. Leur jeu préféré consistait à ce qu'elle envoie rebondir sur le toit de la maison une balle en caoutchouc que Brigand essayait d'attraper quand elle retombait en bondissant. Comme il ignorait où la balle réapparaîtrait au bord de la toiture, cet imbécile se mettait à gémir en tremblant de la tête aux pieds jusqu'à ce qu'il aperçoive l'objet de son désir, sur lequel il se précipitait comme si sa vie en dépendait. Un jour, elle avait fait exprès de la lancer très fort, de manière à ce qu'elle passe par-dessus le toit pour ressurgir devant la façade. Devinant mystérieusement qu'elle ne reviendrait pas, le chien s'était élancé à sa suite de l'autre côté de la maison. Quelques secondes plus tard, elle avait entendu un crissement de freins suivi d'un couinement. Elle avait lentement fait le tour de la maison. Elle avait déjà compris et même si elle ne voulait pas voir ça, il fallait qu'elle y aille.

Un camion postal était garé de travers, empiétant à moitié sur le trottoir. Le conducteur montait l'allée en pleurant, le chien dans les bras, tel un colis qu'elle n'attendait pas.

La vie est injuste, il faut bien que les enfants l'apprennent, avait-elle entendu Ray dire à sa mère ce soir-là.

C'était juste avant qu'il se mette à lui faire des avances chaque fois que sa mère travaillait de nuit à l'hôpital.

On pouvait dire qu'elle avait retenu la leçon. *Tout ce à quoi tu tiens finira par te laisser tomber tôt ou tard.* Eh bien, elle aussi, elle échapperait à tout ça. À cette bourgade de merde avec ses trébuches, son air vicié, ses mâles arrogants obsédés par leurs camions, leurs quatre-roues, leurs hors-bords.

Première étape de son plan, il fallait ramasser assez de sous. En gardant des enfants ou en servant aux tables à temps partiel, ça n'irait pas assez vite ; elle s'était donc mise à détrousser Ray, sachant qu'il n'oserait pas l'accuser. À lui voler de l'argent dans son portefeuille, quelques petites coupures pour commencer. Bientôt par liasses entières. Puis elle s'était introduite par effraction dans sa camionnette pour en ressortir avec son système de son hors de prix. Devinant qu'elle était coupable, il passa les jours qui suivirent à la fusiller du regard, mais ne dit rien. Elle avait revendu le stéréo à un gars du voisinage qui avait payé la totalité de ce qu'elle demandait avant d'essayer de la convaincre de monter dans sa voiture en pleine nuit, sous prétexte d'essayer les haut-parleurs. Pas question, mon bonhomme.

De là, elle était passée à fournir de la drogue aux élèves de l'école secondaire et de fil en aiguille, elle avait rencontré un homme qui trafiquait des vésicules biliaires d'ours forestiers et qui l'avait engagée comme passeuse. C'était beaucoup plus lucratif et moins risqué que d'écouler des sachets à dix dollars dans le parking d'une école.

La nature est cruelle, lui avait dit le trafiquant, un jour. *La raison du plus fort est toujours la meilleure, pas vrai ?*

Du plus rapide, en tout cas. S'étant tirée de tout sans la moindre conséquence, elle s'était découvert un talent pour se sortir des mauvais pas sans se faire remarquer. Pour ignorer tout le reste et garder le cap sur un objectif jusqu'à ce qu'elle l'ait atteint.

Après avoir amassé suffisamment d'argent, elle avait quitté la région et n'y avait plus remis les pieds. Sa mère avait déménagé à Edmonton à la suite de la catastrophe de Northfire et de l'évacuation. Ray n'était qu'une petite merde, mais il avait raison sur un point : la vie est injuste. Il faut la forcer à nous donner ce qu'on veut et se montrer impitoyable. Le jour où sa mère s'en ira, elle n'aura plus d'autres liens que ceux, rarissimes, qu'elle acceptera.

Quand elle a besoin de se renflouer, elle se rend dans un pays lointain comme celui-ci, où elle se procure des marchandises que nul n'est censé avoir en sa possession, animaux ou organes d'animaux qu'elle rapporte à des gens prêts à verser des sommes énormes en échange. Ce qui lui permet de s'offrir la seule chose qui compte : la liberté de faire ce qui lui plaît. D'aller où ça lui chante. De ne rien devoir à qui que ce soit.

Une seule ombre au tableau : la liberté coûte cher.

Les archives de River Meadows

« Construis-toi une arche. Le temps presse : commence maintenant. Si tu n'as que des mots, fabrique-la avec des mots. »
RUMI

Chronologie

Il y a 175 ans : Sur les rives de Conjuring Creek, un petit cours d'eau des Territoires du Nord-Ouest canadiens, un chasseur autochtone dont la chronique n'a pas retenu le nom montre à Elijah Bayne, négociant pour le compte de la Compagnie de la Baie d'Hudson, un curieux affleurement rocheux friable et de couleur sombre. Le négociant en détache un morceau afin de l'examiner. Dans le carnet de route qu'il tient pour la compagnie, Bayne inscrit sous cette date le nom local que donne le chasseur à ce singulier minerai, même s'il n'est pas sûr de l'avoir correctement traduit de cette langue autochtone : *Fantôme qui danse dans le ciel.*

Il ajoute ensuite la note suivante : *J'éprouvai certaines difficultés à retrouver mon campement en raison de l'inhabituelle lenteur d'esprit qui m'affecta après que j'eus manipulé un morceau de ce minerai, qui émet une étrange odeur grisante évoquant celle de certains alcools minéraux bruts. Quelle qu'en soit la nature, j'estime que ce « fantôme » est sans valeur aucune pour les entreprises de la Compagnie dans cette contrée.*

Il y a 130 ans : Les comptes rendus d'autres explorateurs et commerçants de fourrure venus d'Europe commencent à mentionner au passage un minerai sombre et visqueux surnommé « fantôme ». Approché d'une flamme, un morceau de celui-ci émet des gaz pouvant provoquer des étourdissements, des palpitations cardiaques ou même des hallucinations.

Il y a 79 ans : Découverte en Alberta de la formation géologique de Conjuring Creek, une importante strate subsuperficielle de minerai fantôme située à proximité du minuscule hameau de River Meadows, un ancien poste de traite des fourrures.

Il y a 71 ans : Pendant les années 1940, à la suite de la première grande découverte d'un gisement de pétrole, l'exploration des combustibles fossiles prend son essor dans la province. Ira Salomon, un géologue mandaté par le gouvernement pour rechercher des gisements semblables à ceux des sables bitumineux de l'Athabasca voisine, établit son campement forestier près de Conjuring Creek afin d'explorer les alentours de River Meadows. Lorsqu'il repère un suintement du minerai connu dans la région sous le nom de « fantôme », il en rapporte un échantillon à son laboratoire de terrain en vue de mener des tests. Manquant de près de voir son labo rasé par un incendie, Salomon découvre alors le potentiel très élevé, quoique risqué, de celui-ci comme source d'énergie.

Après avoir scruté au microscope une goutte d'exsudat de fantôme, il note son mystérieux effet sur ses perceptions : *Un moment de vertige à l'instant. Je me sens étrangement petit et insignifiant. Comme si je contemplais l'immensité constellée d'étoiles du ciel nocturne.*

Chaque samedi, il tend le pouce pour aller faire ses provisions au village autochtone voisin de Fire Narrows.

C'est là que Salomon fait la connaissance d'un vieux trappeur du nom de Charlie MacKinnon et se met à attendre chaque visite avec impatience. Mû comme rarement par une soif de compagnie humaine, Salomon invite Charlie à une sortie de pêche au lac Thunder voisin.

À la fin d'une journée passée à prendre plusieurs dorés jaunes et truites fardées de bonnes dimensions, les deux hommes font du feu, y mettent leur butin à griller et après l'avoir mangé, commencent à discuter en buvant un thé amer. Le soir venu, Charlie, conteur-né, se lance dans des récits fabuleux mettant en scène des chasses à l'orignal prodigieuses ou des hommes se changeant en loups. Salomon ne peut s'empêcher de songer à son grand-père, le légendaire anthropologue. Au cours de ses expéditions parmi les peuples autochtones d'une Sibérie orientale révolue, il avait recueilli des légendes dont il régalerait plus tard le jeune Ira pendant les nuits d'hiver, au coin du feu, dans sa vieille maison montréalaise parcourue de courants d'air. Héros affrontant des poissons monstrueux ou déjouant des ogres cannibales, démêlés avec de dangereux esprits protéiformes capables de se changer en n'importe quel animal – oie, narval, ours ou renard – mais toujours prêts à récompenser ceux qui traitaient les êtres vivants avec respect. La seule histoire qu'Ira n'arrivait jamais à tirer de son grand-père était justement celle qu'il désirait le plus entendre, à propos de l'ogre en chair et en os qui l'avait obligé à franchir l'océan pour se réfugier en terre inconnue. Le monstre appelé Joseph Staline.

Tandis que Charlie opère sa magie verbale, Salomon se dit qu'en fait, il devrait mettre ces récits par écrit. Au cas où, un jour, il aurait des petits-enfants à qui les raconter.

Mais ce n'est pas ce butin-là qu'il poursuit, tout passionnant qu'il soit. Enfin, Salomon se décide à aborder la question du minerai fantôme, qui le préoccupe depuis qu'il en a allumé un échantillon dans son laboratoire et vu danser à sa surface des flammes vertes et bleues évoquant une aurore boréale miniature. Les gens d'ici, qui vivent plus ou moins de la même manière que leurs ancêtres, n'ont aucune idée du trésor enfoui sous leurs pieds. Lorsque Charlie se tait, Salomon, par respect, se tait un instant lui aussi avant d'avouer au vieillard que ce qu'il a découvert à propos du minerai fantôme risque fort d'attirer ici encore plus d'hommes blancs. Beaucoup plus.

Charlie encaisse la nouvelle sans rien dire. Il s'étire, jette sur le feu le fond de sa tasse de thé.

– Pas si tu ne leur en parles pas, finit-il par lancer.

Salomon éclate de rire.

– J'imagine, souffle-t-il en tournant et retournant sa tasse d'étain entre ses mains.

Dans la lueur déclinante du crépuscule, quelque chose papillonne entre les deux hommes avant de disparaître dans l'ombre des arbres. Tout ce qu'en a retenu Salomon, c'est un éclair d'un bleu surprenant.

Pressé de mettre fin au malaise qui règne entre eux, il demande à Charlie quel oiseau c'était. Charlie répond par un mot dans sa langue, inconnu du géologue, avant d'ajouter :

– On dit que c'est lui qui vole le plus loin, jusqu'à la source des oiseaux.

– Je connais une histoire comme ça, s'écrie Salomon avec enthousiasme. C'est mon grand-père qui me l'a racontée quand j'étais petit. Il l'avait entendue de la bouche d'un conteur qu'il avait rencontré dans le Nord. Enfin, le nord de l'autre bout du monde. Pas d'ici. Ça se passait il y a très longtemps.

– L'autre bout du monde, répète Charlie.

– Oui. Je ne sais pas où au juste. Ni qui. Mais ça commence comme ça…

Tout en se lançant dans son récit, peu assuré devant le maître auquel il a affaire, il regrette de lui en avoir parlé. Mais il est trop tard pour reculer. Charlie lui a fait don de ses légendes, au tour de Salomon maintenant. Il entend encore la voix basse et rauque de son grand-père l'emporter vers un monde enchanté, dans cette vieille maison pleine de courants d'air, par une nuit d'hiver…

On dit qu'au-delà du lieu le plus éloigné jamais atteint par un voyageur, la lisière du monde est baignée par un océan lointain. Dans ses profondeurs les plus insondables pousse un chêne majestueux dont la cime atteint les nuages. L'arbre est creux, et dans ce creux vit un esprit qui ne dort jamais et sort dévorer tout être vivant qui s'aventurerait trop près. De l'autre côté de cette vaste mer aux eaux traîtresses se trouve un autre continent où personne n'a jamais posé le pied. Les êtres invisibles qui l'habitent ont précipité le ciel sur la terre, tel un roc géant qui ne cesse de tomber puis de rebondir, de sorte que ciel et terre forment un portail qui s'ouvre et se ferme sans cesse.

Ce lieu que nul homme n'a vu de son vivant se nomme Impénétrable frontière des oiseaux. Ceux-ci doivent la franchir s'ils veulent revenir à leur terre natale. Mais le ciel s'abat avec une vitesse telle que de nombreux volatiles n'y arrivent pas. En se refermant, le portail emprisonne les plus malchanceux comme entre les mâchoires d'un piège, et c'en est fini d'eux. Le sol à son approche est couvert d'un amoncellement d'oiseaux broyés dont la hauteur dépasse celle d'un homme. Cet endroit funeste est constamment parcouru de plumes flottantes, portées par le vent.

Salomon se tait. Il a déterré cette légende lugubre sans réfléchir à la manière dont elle se termine, ni au parallèle avec ce qu'il est venu faire ici. Qu'arrivera-t-il à cette région quand les machines et l'argent débarqueront derrière lui ? se demande-t-il en regardant tourbillonner doucement la colonne de fumée dans le ciel assombri, parsemé d'étoiles discrètes. Bien qu'il ne soit pas – ou plus – du genre à se nourrir de chimères, il croit entrevoir un instant le lieu qu'il tente d'évoquer par ses paroles. Elle n'est pas tellement loin, l'inaccessible contrée du bout du monde. Le terrible portail lui paraît si proche qu'il entend le murmure des plumes.

Salomon finit par expédier ses échantillons à Ottawa, au laboratoire du gouvernement. L'analyse du minerai fantôme confirme ses observations.

Débutent alors des travaux d'arpentage, puis d'extraction à petite échelle.

Il y a 63 ans : Extrait d'un rapport industriel

Le « fantôme » est un agrégat d'hydrocarbures semi-fluide présentant des réseaux moléculaires tout à fait inusités. Les gisements connus, dont l'origine est incertaine, remontent sans doute à une chute de météorites datant de la fin du Mésozoïque, il y a de cela environ 70 millions d'années. On l'a découvert à l'état de trace un peu partout dans le monde et, dans l'état actuel de nos connaissances, en concentrations économiquement viables sur trois sites seulement : la Nouvelle-Zemble, la ceinture de l'Orénoque au Venezuela et les abords du village de River Meadows, dans le nord-ouest de l'Alberta, au Canada, qui représente de loin le filon le plus important. C'est là qu'une énorme strate de minerai (la formation de Conjuring Creek), mêlée à une couche de sable, d'eau et d'argile acide, gît à plusieurs mètres de profondeur sous le substrat superficiel de la forêt boréale.

Il y a 54 ans : Il s'avère que la communauté autochtone de Fire Narrows est établie sur une partie de la formation de Conjuring Creek, dont l'arpentage est maintenant achevé et les dimensions beaucoup plus considérables qu'on ne l'estimait jusqu'à présent. Début des activités minières sur des terres de la Couronne également revendiquées par la population de Fire Narrows.

Il y a 39 ans : Les tentatives de transformer le fantôme en ressource rentable se heurtaient depuis longtemps à des problèmes techniques qui rendaient difficile et dangereuse l'opération de séparation du minerai de sa matrice de sable et d'argile (l'extraction et le raffinage devant se succéder sans délai afin d'éviter une combustion explosive du minerai ainsi que la détérioration de ses principes actifs). Après des années de revers empêchant toute rentabilité, la société commerciale Northfire met au point une technologie exclusive capable d'assurer un approvisionnement fiable en produit raffiné. C'est le début de l'ère de l'extraction à grande échelle du minerai fantôme.

La petite ville de River Meadows connaît une croissance fulgurante avec l'arrivée dans la région de travailleurs et d'ouvriers spécialisés – camionneurs, poseurs de canalisations, machinistes, soudeurs, électriciens, chaudronniers, mécaniciens de moteurs petits et grands, charpentiers, vitriers, plombiers, peintres en bâtiment, cuistots – venus de partout.

Il y a 28 ans : Devenue une petite mais trépidante agglomération de cinquante mille habitants, River Meadows, plaque tournante de la nouvelle industrie, semble destinée à poursuivre sa croissance. En effet, on estime à encore au moins 70 ans les possibilités d'extraction de fantôme à pleine capacité. Une bonne moitié de sa population travaille soit sur un site de forage ou de raffinage, soit pour une entreprise du secteur secondaire assurant le traitement ou la livraison du minerai raffiné.

Plus de trois cents kilomètres carrés de terrain couvert par la forêt boréale ont déjà été déboisés ou perturbés par sept projets d'exploitation à grande échelle.

La valeur d'un gramme de minerai fantôme est de vingt-huit fois son poids en or.

Certains chercheurs associent les opérations d'extraction et de raffinage du minerai avec le phénomène encore mal compris de la décohérence. À intervalles imprévisibles, la suspension thermique (un stade intermédiaire entre les minerais brut et raffiné) émet ce que les scientifiques ont baptisé *onde DAS* (décohérence aberrante spatiotemporelle), associée à divers effets sur la population locale dont le vertige, la désorientation, une surexcitation nerveuse et de brèves hallucinations visuelles et auditives. Tant les porte-paroles de Northfire que les chercheurs du gouvernement contestent la rumeur répandue voulant que les ondes DAS, pour citer un résident de longue date de River Meadows et militant anti-extraction, « bousillent la réalité ».

Il y a 25 ans : Furet à pieds noirs. Tétras boréal. Caribou des bois. Autant d'espèces animales disparues de la région, ou dangereusement proches de le devenir, en raison de la perte d'habitat due à l'activité humaine.

Les bassins de décantation remplis de résidus miniers toxiques capturent et tuent des milliers de canards, d'oies et d'autres animaux.

Citant l'énormité des dégâts infligés à la forêt, à la biodiversité, à l'air, à l'eau et, en dernière analyse, à la durabilité de la vie sur terre, des activistes pro-environnement réclament l'arrêt immédiat de toute activité minière.

Il y a 24 ans : Arrivée des Hewitt à River Meadows.

Il y a 21 ans : Un accident catastrophique survenu sur l'un des principaux sites d'extraction marque, selon les pronostics de certains experts de l'industrie, le début de la fin de l'exploitation du fantôme. Par mesure de précaution, on évacue de nombreux foyers et commerces, dont la plupart des occupants croient qu'il s'agit d'une expulsion temporaire et qu'ils pourront bientôt revenir.

Mais le secteur de l'extraction fantomatique est en chute libre. C'est le début de l'exode massif qui videra la région.

Il y a 18 ans : Autour des sites de forage, plusieurs centaines d'hectares, y compris la majeure partie de la municipalité de River Meadows, sont bouclés et désignés comme zone de réhabilitation environnementale impropre à l'habitation humaine. Dans les quartiers évacués, où les résidents ne seront jamais autorisés à revenir, bon nombre de maisons et d'immeubles sont laissés tels quels. La forêt entame sa reconquête de la ville.

Des phénomènes inexpliqués sont réputés se produire dans le secteur interdit, rumeurs que démentent les autorités locales.

Il y a 7 ans : Retour d'Amérie Hewitt à River Meadows.

Il y a 5 ans : L'Église de la Conjuration, un groupe religieux récemment formé, se met à tenir des rencontres de prière à l'orée de la zone de réhabilitation environnementale. À l'en croire, les anomalies qu'on y observe sont des signes divins annonçant la fin du monde et la création, ici même, d'un nouvel Éden destiné aux fidèles. Les adeptes de la foi affluent du monde entier pour attendre sur place le jour du jugement.

Aujourd'hui : Retour d'Alex Hewitt à River Meadows.

Alex

Le jeune homme qui s'assoit en face de lui porte des lunettes sérieuses à monture noire, des cheveux courts ainsi qu'une chemise de coton blanc et un pantalon chino beige soigneusement repassés. Alex trouve qu'il ressemble aux démarcheurs qui vont de porte en porte et demandent aux gens s'ils ont le temps d'écouter la parole du Seigneur.

– Michio Amano, annonce le jeune homme avant de serrer la main d'Alex.

À bien le regarder, celui-ci constate que Michio n'a qu'un ou deux ans de moins que lui, sans doute la mi-trentaine. Sa voix juvénile au téléphone l'avait induit en erreur.

Ils ont pris rendez-vous au café de l'hôtel des Trappeurs, dans le bourg forestier de Pine Ridge, à une heure de route au sud de ce qui reste de River Meadows. C'est la mère d'Alex qui lui a donné le nom et le numéro de Michio, le jour où elle lui a demandé de retourner en avion dans cet endroit où il n'avait pas mis les pieds depuis une vingtaine d'années. Elle exige depuis longtemps qu'Amérie, si elle tient à poursuivre des activités aussi risquées, laisse à sa famille le nom et le numéro d'une personne à joindre au cas où il lui arriverait quelque chose. C'est ce qui s'est produit, semble-t-il, à présent.

Ils commandent du café.

– Merci d'avoir accepté de me rencontrer, lance Alex. Ma mère est très inquiète.

Pourquoi n'ajoute-t-il pas qu'il se fait du souci lui aussi ? En vérité, quand sa mère lui a demandé de partir à la recherche d'Amérie, il a résisté. Il a essayé de la rassurer :

Je suis sûr qu'elle va bien, m'man. Elle nous a déjà fait le coup.

Cette fois, c'est différent, Alex. Il y a quelque chose qui cloche. Je t'en prie. J'ai besoin que tu t'en occupes.

– Il se trouve que ma sœur n'a jamais été très portée sur la communication, ajoute Alex, mais ça fait maintenant trois semaines que ma mère n'a pas reçu un mot de sa part.

Michio hoche la tête, mais ne dit rien. Pendant leur entretien téléphonique de la veille, le jeune homme s'était contenté d'indiquer qu'il n'avait pas vu Amérie ni eu de ses nouvelles, lui non plus, avant de suggérer une rencontre en personne. Alex avait mis son évidente réticence à discuter au téléphone sur le compte de sa connaissance des incursions d'Amérie dans la zone de réhabilitation environnementale, interdite au public. Un détachement paramilitaire de la police surveille le périmètre. Toute personne s'y introduisant sans permission, ou même surprise à essayer, risque la prison. Voire la mort.

À moins qu'il ait tout simplement voulu vérifier qu'Alex est bien ce qu'il prétend être. La nature exacte de la relation entre sa sœur et Michio Amano reste un mystère pour lui.

– Votre mère m'en a touché un mot, finit par laisser tomber Michio. Elle m'a dit qu'il était vraiment très rare qu'Amérie ne se manifeste pas.

Le serveur leur apporte leur café.

– Donc, vous me dites que vous êtes dans le même cas, glisse Alex.

– Effectivement. Depuis un peu plus d'une semaine. Mais de mon point de vue, ça n'a rien d'extraordinaire. Elle a déjà disparu pendant des jours sans prévenir.

– Mais… cette fois-ci, vous croyez qu'il pourrait lui être arrivé quelque chose ?

– Je suis inquiet, oui.

– J'avoue que je ne sais pas trop par où commencer mes recherches, soupire Alex. C'est pourquoi j'ai voulu vous rencontrer. Je ne connais même pas l'adresse actuelle d'Amérie.

Encore une vérité qui a des allures de confession. Chaque fois qu'il ouvre la bouche, il révèle un peu plus à Michio – ainsi qu'à lui-même – l'étendue de son ignorance à propos de la vie de sa sœur.

– Je l'héberge chez moi, admet Michio, visiblement mal à l'aise. Elle travaillait comme concierge, mais elle a été mise à pied voilà quelques mois et elle n'arrivait plus à payer son loyer.

– Je ne savais pas qu'elle avait perdu cet emploi, s'étonne Alex. Ce n'est pas le premier. Elle n'a rien laissé chez vous qui pourrait indiquer où elle est partie ?

– Non. Rien.

Michio avale prudemment une gorgée de café. Il est si calme, si placide, se dit Alex. Non. L'expression *sur son quant-à-soi* le décrit beaucoup mieux. Il a manifestement décidé de laisser filtrer le moins d'informations possible, comme s'il s'agissait d'un interrogatoire et qu'il devait se méfier d'Alex. Ce dernier comprend que cela puisse en avoir l'air. Ou comme si Amérie lui posait un problème avec ses activités illicites, son existence au jour le jour. Peut-être qu'il est soulagé de ne plus l'avoir sur les bras, mais qu'il s'efforce de ne pas le montrer.

Alex fait une nouvelle tentative.

– Serait-ce possible qu'elle ait quitté la région ? Elle a passé plusieurs années sans domicile fixe avant son retour à River Meadows. Elle roulait sa bosse un peu partout et ne restait jamais longtemps au même endroit. Il lui arrivait d'appeler ma mère à l'improviste, d'Europe ou d'Amérique du Sud… je ne sais pas, elle a peut-être décidé de quitter cet endroit lui aussi.

– Elle m'aurait averti de son départ, décrète Michio comme s'il n'avait aucun doute à ce sujet.

Un spasme de colère, il ne sait trop envers qui, contracte la mâchoire d'Alex. À la maison, sa mère attend des nouvelles et ce Michio Amano le sait très bien. Pourquoi protège-t-il Amérie ? Ils savent aussi bien l'un que l'autre où elle va, quelles folies elle commet parce qu'elle a choisi d'en faire la grande cause de sa vie. Sans penser aux affres qu'elle fait subir à leur mère. Alex doit la retrouver et s'assurer qu'elle va bien avant de reprendre le fil de sa vie.

Il commence par regarder autour de lui pour vérifier que personne ne peut les entendre. À ce qui devrait être l'heure de pointe du milieu de la matinée, il n'y a presque personne d'autre dans le café, ce qui est sans doute révélateur de l'état de l'économie locale. Les rares autres clients sont absorbés par leur conversation ou concentrés sur leur téléphone.

– Alors, je devine que vous savez où va Amérie, reprend Alex en baissant la voix. Qu'elle se rend dans…

Il hésite, répugnant soudain à prononcer le nom de cette zone. Comme s'il suffisait de le taire pour la cantonner dans une irréalité rassurante. Ainsi qu'il le fait depuis des années.

Michio soutient un long moment son regard avant de cligner des yeux, puis d'ajuster ses lunettes comme pour mieux observer la personne assise en face de lui. Afin, sans doute, de déterminer si Alex est digne de confiance ou non.

– Oui, je suis au courant, finit-il par reconnaître. Par ici, certains l'appellent le Parc.

– Le Parc. D'accord. En tout cas, elle ne nous dit pas grand-chose des visites qu'elle y fait. Si vous êtes au courant de quoi que ce soit…

– Oui, l'interrompt Michio. On s'est parlé un matin avant que je parte travailler, il y a huit jours de ça. Elle m'a dit qu'elle s'apprêtait à y passer toute la journée. Je suis sans nouvelles depuis.

– Toute la journée. Ça ne me regarde peut-être pas, mais comment vous êtes-vous connus, ma sœur et vous ? Elle ne m'a jamais parlé de vous.

Voyant le jeune homme faire la moue, Alex se demande s'il va répondre *moi non plus, elle ne m'a jamais parlé de vous.*

– Nous sommes amis depuis quelques années, répond Michio. Et rien d'autre, au cas où vous vous poseriez la question. Elle est venue assister à une conférence que je donnais à la fac, à propos du rôle des nombres flous dans les prévisions météorologiques. Ensuite, elle est restée pour me poser des questions très judicieuses et pertinentes. Dans cette région, le mot *environnement* est honni par beaucoup de gens. Ça me faisait un bien fou de rencontrer quelqu'un qui avait les mêmes préoccupations que moi. Bref, nous sommes restés en contact et depuis, chaque fois qu'elle se prépare à entrer dans la zone de réhabilitation, je lui ai demandé de m'en informer.

– Et quand elle ressort, elle vous prévient aussi ?

– En général. Pas toujours. C'est pour cette raison que j'ai mis un certain temps à me demander si elle ne serait pas en difficulté. Écoutez, monsieur Hewitt…

– Appelez-moi Alex.

– Alex. Je connais d'autres gens qui font la même chose qu'Amérie. S'introduire dans le Parc pour secourir des animaux blessés ou pris au piège. Je ne peux pas vous dire de qui il s'agit, mais ils sont déjà allés à sa recherche.

– Ah bon ? Mais… quand ? Enfin…

– Il y a trois jours. Ils l'ont cherchée le plus systématiquement qu'il soit possible de le faire dans un endroit pareil, particulièrement là où, d'après eux, elle avait des chances de se trouver. Ses coins habituels. Ils ne l'ont pas vue.

– Ces gens, qui sont-ils ? Il faut que je me mette en rapport avec eux.

Michio baisse les yeux vers la table.

– Désolé, je ne peux pas vous révéler leur identité.

– Ah non, pourquoi ?

– C'est impossible. Voilà tout. Mais ce n'est pas parce qu'ils ne l'ont pas trouvée qu'elle ne va pas revenir. Ou qu'elle est en danger. Amérie s'est déjà absentée pendant de longues périodes sans contacter qui que ce soit.

– Écoutez, Michio, peu importe qui ils sont, je vous en prie, demandez à ces gens s'ils pourraient m'emmener. Dites-leur qu'il faut vraiment que j'y aille. Je suis disposé à les payer cher.

– Ils ne voudront pas de votre argent. Ça n'a rien à voir avec ça.

– Avec quoi, alors ? Vous n'avez qu'à leur dire que je veux leur parler. C'est tout.

– Pour l'instant, je crois qu'il vaut mieux simplement attendre et…

Alex lève les bras au ciel.

– Dans ce cas, je crois que je vais aller trouver la police. Si vous ne voulez pas m'aider, si *ces gens* ne veulent pas m'aider, quel autre choix me reste-t-il ? Je ne veux mettre personne dans le pétrin et moi encore moins, mais je n'y arriverai jamais tout seul.

– Ça ne servira à rien de vous adresser aux policiers, objecte Michio. Ils se contentent de surveiller le périmètre. S'ils surprennent quelqu'un en train d'en sortir ou d'essayer d'y pénétrer, ils l'arrêtent. Mais pas question qu'ils mettent un pied de l'autre côté de la clôture. Ils n'ont pas le droit d'y entrer, eux non plus. Ils prendront votre signalement de personne disparue et ça n'ira pas plus loin.

Alex jette un regard par la fenêtre. Voitures et camions filent à toute vitesse sur la route, dans la lumière d'un jour ordinaire. S'obligeant à un semblant de calme, il respire profondément.

– Oui, je sais, finit-il par reconnaître. Je vois qu'il va falloir que je m'en occupe personnellement.

Michio bat des paupières et ajuste une nouvelle fois ses lunettes.

– Amérie vous a déjà décrit à quoi ça ressemble, là-dedans ?

– Comme je vous l'ai dit, on n'en a jamais parlé. Pas vraiment.

Un souvenir surgit dans la mémoire d'Alex. La dernière fois qu'il a vu sa sœur, il y a de cela des années, dans la vallée de l'Okanagan, chez leur mère où ils s'étaient réunis tous les trois pour fêter son soixantième anniversaire.

Pourquoi ? avait-il demandé à Amérie. La question portait tout autant sur son retour à River Meadows que sur ses incursions dans la zone interdite.

C'est là que je suis venue au monde, avait-elle répondu.

Tu es née au service de maternité de l'hôpital général de Burnaby, comme moi.

Tu vois ce que je veux dire.

Ah bon ? Je ne comprends pas pourquoi tu t'imagines que c'est à toi de faire ça. Enfin, que représentent-ils pour toi, ces animaux ? Chaque jour, des créatures meurent d'une mort atroce dans la nature. C'est comme ça depuis toujours, bien avant notre existence. C'est ça, la nature.

Là-bas, avait-elle rétorqué en pointant physiquement du doigt par-dessus des kilomètres de montagnes et de prairies, ce n'est pas la nature. Ça vient de nous. Nous, les humains. Il faut bien que quelqu'un assume cette responsabilité.

Alex baisse les yeux sur la tasse encore pleine de café qu'il n'a pas encore goûté.

– Je n'ai pas vraiment le choix, je pense. Si c'est là qu'elle est allée, alors j'y vais moi aussi.

Michio le dévisage comme pour évaluer son courage, ou sa détermination.

– Les pouvoirs publics ont tout fait pour empêcher la population de découvrir la vérité sur ce qui s'est passé à River Meadows, déclare le jeune homme. Ils ont appelé ça « zone de réhabilitation environnementale » parce que si on donne un nom à quelque chose et que les gens l'adoptent, ça devient la vérité dans leur esprit. Mais ils ne réhabilitent rien du tout. La seule chose qu'ils ont réussi à faire, c'est l'entourer d'une clôture ; ils ne savent pas comment réparer ce qu'ils ont détraqué et personne ne veut l'admettre. Vous qui avez vécu dans cette ville, je suis sûr que vous n'avez pas oublié les trébuches, ces décohérences qui arrivaient et repartaient sans crier gare. Ce qui se passe dans la zone de réhabilitation ressemble à une décohérence interminable, imprévisible, inarrêtable. Vous ne réalisez pas à quel point il est dangereux de s'y aventurer.

Alex déglutit.

– Je n'en doute pas, mais il faut que je retrouve ma sœur. Il faut que j'essaie.

Michio se cale dans sa chaise et ajuste encore une fois ses lunettes d'un geste qui s'apparente à un tic nerveux.

– Je sais, soupire-t-il. Vous l'aimez. Elle fait partie de votre famille.

Sa voix vibre d'une conviction sans détour qui le fait paraître encore plus jeune et le nimbe d'une innocence étrange, comme s'il habitait un monde plus pur que la plupart des gens. Remarquant soudain que Michio lui rappelle Amérie enfant, Alex se revoit dans la chambre du motel Lulla-Bear avec son père pendant qu'Amérie passait la nuit à l'hôpital, leur mère à son chevet. Les efforts démesurés de Ben Hewitt pour rattraper la situation, pour tendre la main à son fils qui refusait mordicus de s'ouvrir à lui. *Restons positifs, c'est la seule chose à faire.*

Michio se redresse, écarte sa tasse de café et fouille dans son sac à dos, dont il sort un petit cahier à spirales.

– C'est un des carnets d'Amérie, explique-t-il. Dès qu'elle en finissait un, elle m'en confiait la garde avant d'entamer le suivant. Celui-ci, c'est le dernier qu'elle m'a remis, il y a quelques semaines.

Il glisse le calepin sur la table vers Alex, qui le prend et examine la couverture vert pâle, souple et froissée.

Rain-Write
Carnet imperméable
Papier hydrofuge breveté

En dessous du texte imprimé, Amérie a tracé au feutre noir, d'une main méticuleuse : *N° 24.*

Avec mille précautions, comme si l'objet risquait d'avoir été contaminé, Alex le soulève et l'ouvre en plein milieu. Un léger parfum de terre lui monte aux narines, évoquant celui de galets séchant au soleil après la pluie. Pour un cahier dont les pages sont censées résister à l'eau, le papier est terriblement gondolé, friable, maculé, ce qui témoigne, devine-t-il, du nombre d'heures qu'elle doit avoir passées sur le terrain, même dans des conditions épouvantables.

Il revient au tout début. Son écriture fine et soignée, au crayon. La première inscription date d'un peu plus de six mois. Elle a noté son heure d'entrée dans le Parc (6 h 14) et de sortie (19 h 36). Plus de douze heures. Une journée entière. Entre les deux indications de temps figurent une note sur la météo et une liste des animaux aperçus comprenant plusieurs merles, une paruline jaune et trois cerfs de Virginie.

Il feuillette les pages. Elle a aussi pris d'autres types de notes. Une chronologie d'événements liés à River Meadows et à l'industrie de l'extraction, avec une rubrique par année. Une suite d'éléments factuels et d'anecdotes décrivant soit des rencontres entre des êtres humains et des oiseaux ou autres animaux, soit des tentatives de communiquer avec différentes espèces. Ces récits puisés dans l'histoire ou ailleurs dans le monde, elle doit les avoir trouvés suffisamment importants pour les consigner.

Alex se rend à la dernière inscription. Encore un bref compte rendu de l'une de ses visites au Parc, avec l'heure exacte et les animaux qu'elle a observés.

> *18 h 47.* Deux pies sur le toit de la grange incendiée, le couple reproducteur qui a passé tout l'été dans la région. Ici, l'anomalie qui est pourtant parmi les plus imprévisibles du Parc ne semble ni les empêcher d'approcher ni les inquiéter, du moins pas là-haut. Une preuve de plus qu'elle se limite au niveau du sol.
>
> Toujours ces nouvelles vocalisations, des triolets de brefs piaillements aigus. Elles se disent quelque chose

que je ne les avais jamais entendues prononcer jusqu'à maintenant. Après avoir osé m'approcher le plus possible, j'ai essayé à mon tour pour voir comment elles réagiraient. Elles m'ont ignorée et se sont envolées quelques minutes plus tard. Je n'avais peut-être pas la bonne note. La bonne cadence. Ou alors elles n'avaient pas envie de causer avec moi.

Il lève les yeux vers Michio, ne sachant trop comment réagir aux fantaisies aviaires de sa sœur.

– Elle faisait déjà ça enfant, observe-t-il. Noter dans un cahier ses explorations dans la nature. À l'époque, ce n'était pas aussi… détaillé.

– On essaie de tout consigner sans rien oublier. On compare nos expériences. Au cas où on remarquerait des tendances difficiles à détecter de près, au quotidien.

– Merci, sourit Alex en soupesant le carnet. Je vais le parcourir. Au cas où…

– J'ai eu la même idée. Au cas où il contiendrait quoi que ce soit pouvant servir d'indice.

Alex pense à demander s'il peut le garder, puis se rend compte qu'il s'attend à ne jamais la revoir ; que cela lui ferait quelque chose à rapporter, à montrer à leur mère. Une preuve qu'il a essayé.

– Vous pouvez le prendre pour l'instant, propose Michio. Vous remarquerez peut-être quelque chose qui m'a échappé. Dans ce cas, appelez-moi. De mon côté, je vais m'adresser à ces gens et leur demander de refaire des recherches. Si vous pouvez attendre un peu que je discute avec eux et que je vous donne des nouvelles…

– Non. Ça ne suffit pas. Dites-leur que s'ils refusent de m'aider…

Michio lui coupe la parole.

– Écoutez-moi bien, Alex. Ne vous approchez pas du Parc. Vous n'aiderez pas votre sœur en vous y risquant seul. Vous ne feriez qu'y disparaître vous aussi. Ou pire.

Alex se cale dans sa chaise à son tour. Il se sent hébété, épuisé, fini avant même d'avoir commencé.

– Je veux leur parler, insiste-t-il. Donnez-leur mes coordonnées. S'il vous plaît. C'est tout ce que je vous demande.

De retour à l'hôtel, Alex se connecte à internet et retourne consulter un des sites les plus dignes de confiance qu'il a trouvés à propos de la zone de réhabilitation de River Meadows. Il a déjà étudié attentivement son contenu, mais qui sait, il a peut-être négligé un renseignement utile.

Son dernier projet, *L'Almanach de sable,* patiente sur le bureau, ignoré, dans un dossier qu'il n'a pas ouvert depuis des jours. Il ne lui est jamais arrivé de négliger si longtemps son travail.

Parfois, Alex se dit que ce ne sont ni les bandes dessinées de superhéros, ni les dessins animés télévisés, ni les jeux de rôles qu'il dévorait enfant qui l'ont mené à choisir cette voie. Il faut plutôt en chercher la cause dans ce qui s'est passé au restaurant de River Meadows le soir de leur arrivée, cet instant durant lequel il a perçu un motif chatoyant inhérent à toutes choses. Lorsqu'il avait pris fin, le monde était redevenu ce qu'il était et rien de plus : le jouet du hasard et du chaos ; s'il avait un sens, celui-ci menaçait constamment d'être emporté par le flot du vécu, un déferlement sans forme ni contours saisissables.

Puisqu'il n'arrivait pas à détecter un ordre cohérent dans ce monde qu'il partageait avec tous les êtres, il établirait le sien. Devenu créateur de mondes, il avait vu avec stupéfaction ses réalisations grandir avec lui, si bien qu'elles le dépassaient presque.

Son premier essai de jeu meurtre et mystère, *Joseph Merrick, détective*, n'avait guère impressionné le marché avant d'être acquis par le distributeur international Cardboard Cosmos. Dans la réalité alternative du Londres victorien servant de décor au jeu d'Alex, Merrick, mieux connu sous le nom d'« homme-éléphant », mène une double vie dans laquelle il est le meilleur détective de la ville. Exhibé comme un monstre de foire dans sa jeunesse, il connaît comme sa poche ses bas-fonds carnavalesques et a mis à profit sa longue captivité solitaire pour parfaire ses stupéfiantes capacités de déduction et de raisonnement. Lorsqu'il cherche à résoudre un cas, Merrick médite dessus en reconstituant la scène du crime avec des allumettes et des cartes à jouer. En compagnie de ses jeunes camarades, l'enfant yogi Rama Sadhu et Fanny Wilkins, la fille-grenouille de Whitechapel, Merrick est régulièrement sollicité par un Scotland Yard aux abois pour résoudre les crimes les plus troublants, les plus horribles.

L'équipe marketing de Cardboard Cosmos raffolait du concept, mais voulait apporter des modifications à la présentation du jeu, par exemple en rendant les illustrations plus macabres et frappantes que les images d'époque libres de droits utilisées par Alex, ou en augmentant de personnages patibulaires à la Dickens la galerie des suspects potentiels. Ils nommèrent Alex consultant de la refonte et lui offrirent des honoraires à couper le souffle, beaucoup plus élevés que tout ce qu'il avait jamais touché pour son travail. Il n'était peut-être pas d'accord avec toutes leurs idées, mais au moins, il conservait ainsi un droit de regard sur ce qui adviendrait de sa création.

Encouragé par l'équipe à lui suggérer des détails contextuels pouvant enrichir l'expérience des participants, Alex eut l'idée d'insérer dans le jeu un jeu de cartes semblable à ceux qui connurent une immense popularité au XIXe siècle. Au début, il avait pensé offrir une diversion aux joueurs des *Dossiers de l'homme-éléphant* (le jeu ayant été rebaptisé ainsi), qui pourraient s'amuser avec des cartes fournies dans l'emballage au même titre que les pièces et le plateau de jeu.

L'idée s'était emparée d'Alex au point de lui faire oublier tous les autres projets sur lesquels il était censé travailler ; il avait passé des semaines à fignoler la séquence de tours et les règles du jeu. Ce qui devait initialement servir de distraction s'était transformé en sésame permettant d'élucider le mystère.

Une série d'assassinats particulièrement crapuleux sont commis dans la banlieue est de Londres, avait écrit Alex dans un précis destiné à l'équipe de conception. *Récemment, un inconnu s'est mis à envoyer à Merrick des cartes de tarot modifiées au crayon et à la gouache : en lieu et place des quatre suites traditionnelles, celles-ci portent de nouveaux noms qui sont ceux des victimes (les Épées), de juges et d'inspecteurs de police illustres (les Bâtons), de membres de la haute société (les Coupes et les Deniers) ainsi que d'amis et connaissances de Merrick (les Arcanes majeurs). La dernière le représente lui-même : il s'agit de la carte communément appelée la Justice, mais le visage du personnage assis sur un trône a été défiguré à grands traits de plume pour ressembler à celui du détective. Tout d'abord déconcerté, Merrick finit par assembler chez lui ses complices d'enquête pour jouer à ces cartes, comme ils passeraient une soirée à jouer au whist ou au pharaon, par exemple. Il espère que ce passe-temps aux allures innocentes, en parvenant à éclairer les événements survenus dans les ruelles et les antres sordides de la cité, le guidera vers l'auteur de ces atrocités. Cependant, il commence à soupçonner qu'il n'est plus qu'un pion dans le jeu de quelqu'un d'autre...*

L'idée plaisait à l'équipe de conception, qui n'était toutefois pas entièrement convaincue de sa réussite. Effectivement, en brassant les cartes, il était impossible d'obtenir autre chose qu'un labyrinthe de combinaisons aléatoires. Or toute énigme devrait mener à une solution et non à une galerie de miroirs déformants. Pour finir, on joignit au jeu un assortiment de cartes de tarot modifiées en guise d'indices visuels suggérant l'identité de l'assassin. Rien n'empêchait les joueurs d'inventer une manière de jouer avec celles-ci, mais elles n'avaient rien à voir avec l'issue de la partie.

Les *Dossiers de l'homme-éléphant* s'étant quand même suffisamment vendus pour lui permettre de caresser un projet qui lui plairait, Alex s'était mis à bricoler un jeu inspiré du complexe de traitement du minerai que son père l'avait emmené visiter il y avait si longtemps. Dans sa version réinventée, les tours et les passerelles s'étaient changées en un labyrinthe de chambres secrètes, de culs-de-sac et de traquenards. Pour survivre et réussir à s'évader, il faut découvrir les principes qui permettent de naviguer dans cet obscur purgatoire industriel. Les joueurs, à qui seules deux règles sont imposées au départ (bouger sans cesse, chacun son tour), recueillent des indices et des règles supplémentaires au fur et à mesure de leur progrès. Le jeu se jouerait sur un plateau représentant le niveau souterrain inférieur du complexe. Les joueurs poseraient par-dessus des tuiles qui, en se superposant, formeraient non seulement des degrés leur permettant d'émerger des profondeurs, mais aussi les morceaux d'un casse-tête qui les aiderait à comprendre les rouages de ce mécanisme diabolique, à le déjouer ainsi qu'à y échapper.

Il l'avait appelé *La Citadelle de l'écho*, mais, incapable de décider si la partie se terminait quand un joueur réussissait à trouver la sortie ou si l'échafaudage de tuiles devait se recycler sans fin, il ne l'avait jamais achevé. Quand il était petit garçon, Mary Hewitt, sa grand-mère aussi catholique qu'irlandaise, lui avait dit qu'à sa mort, il irait au paradis, où il vivrait éternellement. Il s'était efforcé de saisir le sens du mot *éternellement*, mais tout ce qui lui venait à l'esprit, c'était une sorte de tunnel infini en forme de spirale, un peu comme la galerie sans fin que l'on voyait entre deux miroirs se faisant face. Cette idée le terrifiait. Comment était-ce possible d'exister sans cesse ? Que ferait-on durant tout ce temps ? Toute chose devait avoir une fin.

Deux ans après le succès du jeu de l'homme-éléphant, Alex avait décroché ce contrat pour *L'Almanach de sable*, un jeu multijoueurs en ligne que développait Aditi Virtual, une entreprise de divertissement prometteuse fondée par Suresh Sikandar. Ce génie de la technologie venait de lancer son propre écosystème virtuel, baptisé VISHNU[1] en anglais. Cet *univers narratif holistique, vaste, immersif et autopropagé*, annonçait Sikandar, finirait par lier l'ensemble des jeux, des projets d'exploration de données et des mondes virtuels Aditi pour former ce qu'il nommait l'Intrication. C'était la première fois qu'Alex travaillait sur un jeu qui ne se jouait pas avec des pièces en plastique sur un plateau de carton. Sikandar l'avait recruté dans son équipe, s'était-il laissé dire, à cause du soin minutieux qu'il avait apporté aux détails des *Dossiers de l'homme-éléphant* : l'historique des personnages, les us et coutumes, les différences subtiles entre son Londres de la fin de l'époque victorienne et la réalité.

Après avoir accepté le contrat qui le liait au projet d'*Almanach de sable* à titre d'« associé créatif », Alex s'était renseigné sur l'historique de l'entreprise et avait découvert que

1. Acronyme de *vast, immersive, self-propagating holistic narrative universe.*

Sikandar l'avait baptisée Aditi en l'honneur de sa mère, morte dans la misère alors qu'il était enfant. Le logo de l'entreprise se composait d'un sanglier stylisé soulevant ce qui ressemblait à une montagne en équilibre sur ses défenses. Le sanglier Varaha, un avatar du dieu Vishnu, se battit un jour avec un roi démon coupable d'avoir noyé la Terre dans les profondeurs de l'océan cosmique. Sorti vainqueur du combat titanesque qu'il mena contre le monstre et qui dura mille ans, Varaha souleva la Terre de l'abîme insondable sur la pointe de ses défenses et la rétablit à sa juste place dans le cosmos, au plus haut du ciel.

L'univers de *L'Almanach de sable* s'inspire d'un obscur recueil de légendes issues d'un petit pays insulaire de l'Atlantique bien connu pour ses techniques novatrices et son climat hostile. Bien que l'île ne soit jamais nommée dans le prospectus d'Aditi, de nombreuses références à certains événements historiques, notamment un ancien cataclysme d'origine volcanique, ne laissaient guère de doute sur son modèle réel. Bondissant d'une époque à l'autre, le jeu mettrait en scène une société secrète fictive recourant à des moyens magiques et technologiques pour protéger l'île contre les forces, tant humaines que naturelles, qui menaçaient de la détruire.

Mis à part ce vague résumé, les tentatives d'Alex pour s'informer de la jouabilité du projet se firent poliment rembarrer par l'équipe d'Aditi, peu disposée à lui fournir autre chose qu'un aperçu général. On lui expliqua qu'il serait consulté au besoin et qu'en attendant, rien ne l'empêchait de s'en donner à cœur joie avec l'histoire et la culture de l'île. Qu'on se ferait un plaisir d'étudier toute proposition de sa part visant à étoffer l'univers qu'on était en train de bâtir. Ce qu'Alex voulait savoir, c'était si le jeu mettait en scène des personnages principaux qu'il pourrait étudier plus en détail, s'il suivait un scénario cohérent ou ne serait-ce qu'un vague fil narratif auquel rattacher ses idées. Personne n'ouvrait la bouche. La loi du silence étant de mise dans ce secteur où la propriété intellectuelle pouvait valoir des millions, Alex se sentait frustré, mais pas vraiment surpris.

Comme il n'avait jamais visité l'île, il entama sa recherche en se procurant le guide le plus récent possible, qui présentait un nombre impressionnant de références historiques entre deux encadrés amusants vantant telle ou telle attraction touristique. Mais, bizarrement, rien n'indiquait aux visiteurs ce qu'il fallait faire en cas de tremblement de terre ou d'éruption volcanique dont, remarqua-t-il, on ne trouvait aucune mention à l'exception des passages décrivant le passé légendaire de l'île.

Platon avait beau se tromper lorsqu'il dépeignait l'île comme ayant entièrement disparu, il avait presque tout bon au sujet de son histoire ancienne. De plus, en bon philosophe, il tirait une leçon morale de la catastrophe qui avait frappé l'île dans un passé lointain. Dans l'un de ses dialogues qui nous sont parvenus, Platon raconte comment, « pendant de nombreuses générations, tant que la nature divine se fit sentir suffisamment en eux, les citoyens de cette île enchanteresse obéirent aux lois du ciel et plurent aux dieux. Dotés d'un esprit magnanime, ils se comportaient avec douceur et sagesse à l'égard les uns des autres comme en face de tous les hasards de la vie charnelle. N'ayant d'attention qu'à la vertu, ils faisaient peu de cas de la masse de leur or et de leurs autres possessions, qui leur semblait un fardeau inutile. Ils n'étaient pas enivrés par les plaisirs de la richesse et restaient toujours maîtres d'eux-mêmes devant celle-ci. Menant une vie frugale, ils voyaient nettement que le bien véritable s'accroît lorsqu'on le partage avec tous. Mais lorsque la lumière divine qui était en eux vacilla, lorsque peu à peu les désirs grossiers prirent sur eux une emprise grandissante, ils cessèrent de se satisfaire de leur lot et se mirent à convoiter ce qui ne leur était pas destiné. Devenus puissants tant par le savoir que la force des armes, ils étendirent dans le sang leur souveraineté au-delà des mers et se rendirent maîtres de maints peuples et nations. Aux yeux des sots, les habitants de l'île apparaissaient parfaitement beaux et heureux alors même qu'ils venaient d'éliminer toute trace de la part divine de leur être.

» Enfin, Celui qui règne dans les nuages, s'apercevant du malheureux état d'une race qui avait été vertueuse, résolut de les châtier pour les rendre plus sages. À cet effet, il réunit les dieux immortels dans leur demeure la plus sublime, celle qui, située au cœur de l'univers, voit toute la création, et, les ayant rassemblés, Zeus leur dit… »

Ici s'interrompt le dialogue de Platon, mais la fin escomptée de son récit ne fait aucun doute.

Moyo Jonathan, le chef de l'équipe de conception, envoya à Alex un exemplaire du recueil de légendes sur lequel était basé le jeu, une brique imposante dont, lentement, par à-coups, il parvint à venir à bout. Dans ses pages, il trouva des combats, des héros, des armes magiques et des monstres en quantité plus que suffisante pour fournir aux amateurs de jeux leur dose de dopamine. Comme la plupart des anciennes épopées, les récits brossés à gros traits mythiques laissaient des vides et des silences dans lesquels il avait tout le loisir de rêver cette culture dans ses moindres détails. Ces gens-là, que mangeaient-ils le matin ? À quels passe-temps s'adonnaient-ils durant leurs jours de repos ? De quel type d'art ornaient-ils leurs murs ? Que professaient-ils publiquement et en quoi croyaient-ils vraiment ?

Jess le quitta juste au moment où il commençait à travailler sur le projet de l'*Almanach*. Encore étudiants lors de leur rencontre, ils vivaient ensemble depuis les débuts de sa carrière. Non contente de l'encourager, elle partageait son obsession pour les menus détails et l'écoutait patiemment affronter les obstacles à voix haute pendant des heures. Il avait toujours cru qu'ils avançaient sur la même voie, vers une destination qu'ils reconnaîtraient ensemble quand ils y parviendraient. Quand les *Dossiers de l'homme-éléphant* lui avaient valu son premier succès, il s'était figuré que ça y était, mais elle avait compris quelque chose qui lui échappait : le chemin qu'il suivait n'avait pas de fin. Jamais il ne renoncerait à ses univers imaginaires pour habiter avec elle dans le monde réel.

Profitant du déclin de la pandémie, l'entreprise fit venir Alex à Londres en avion pour le présenter au reste de l'équipe de développement de l'*Almanach*. Le soir de son arrivée, il se rendit à une fête sur le toit-terrasse de l'édifice de verre et d'acier du siège social d'Aditi, qui dominait le quartier de Shoreditch. Il descendit en vitesse un verre de champagne à l'accueil et en cueillit un deuxième sur la table du buffet, puis, rassemblant son courage, il s'aventura dans la foule.

Plusieurs personnes vinrent lui serrer la main et le complimenter sur le jeu de l'homme-éléphant. Quelqu'un vanta sa représentation méticuleuse de la ville. Alex n'avoua à personne qu'il n'avait jamais mis les pieds à Londres jusque-là.

Des extraits muets de vieux films mettant en scène des animaux au ralenti étaient projetés en boucle sur un haut mur blanc. Tournant le dos à la foule, Alex se planta devant pour regarder les images. Il reconnut la source de la plupart d'entre elles. La séquence la plus célèbre du *Fidèle Vagabond*.

La première attaque d'un goéland contre Tippi Hedren dans *Les Oiseaux* d'Alfred Hitchcock. Le chien noir qui apparaît au milieu du *Stalker* de Tarkovski et qui accompagne les protagonistes humains jusqu'à la fin.

Avant qu'il ait eu le temps d'interroger qui que ce soit sur la signification de cette imagerie animale, Sikandar en personne fit son entrée, beaucoup plus tôt dans la soirée qu'on aurait pu s'y attendre de la part d'un magnat tel que lui.

Vaya, son assistante aux formes sculpturales de super-mannequin, vint chercher Alex pour le lui présenter. Celui-ci, qui l'avait imaginé comme un des entrepreneurs survoltés qu'on voyait dans des vidéos en ligne, ivres de succès, débordants de détermination et de projets, intarissables au sujet de leur prochaine idée géniale, eut la surprise de serrer la douce main chaude d'un homme de petite taille encore jeune. Presque bedonnant, il portait une ample chemise blanche sur un jean. Sa voix à peine plus forte qu'un chuchotement risquait de se perdre dans le brouhaha ambiant.

– Alex. Soyez le bienvenu. Je vous en prie, appelez-moi Suresh. Votre travail sur les *Dossiers de l'homme-éléphant*, très *très* intéressant. Mon fils Rahul et moi, nous y avons pris beaucoup de plaisir. Les cartes qui font soupçonner à Merrick qu'il est devenu un pion dans le jeu de quelqu'un d'autre… j'ai adoré cette mise en abyme cauchemardesque. Follement amusant. Après tout, nous sommes tous plus ou moins investis dans un mécanisme dont nous ignorons les règles ! Formidable. Formidable. Vous avez déjà rencontré Moyo et le reste de l'équipe, évidemment. Bien, très bien. Nous sommes ravis de vous compter parmi nous pour ce projet, très heureux des possibilités que vous nous apportez. Je sais que Moyo et les autres ont très hâte de se mettre au boulot avec vous. Si vous avez besoin de quelque chose, quoi que ce soit, n'hésitez pas à en parler à Vaya et elle s'en occupera.

Après le départ de Sikandar, aussi soudain que son arrivée, Alex se détendit un peu. De son côté, le champagne faisait son effet, ce qui ne gâchait rien. Il traversa la terrasse pour se joindre aux membres de l'équipe de l'*Almanach* et tenter de découvrir ce qu'Aditi préparait d'autre. Le prochain projet de l'entreprise, colossal – et même impossible selon certains critiques –, portait le nom d'*Arche éternelle*, apprit-il. Au départ, ce n'était qu'une application de réalité augmentée ajoutant, sur l'écran de la caméra du téléphone de l'utilisateur, des images animées des animaux qu'il aurait croisés en se promenant dans la même partie du monde à l'époque préindustrielle, avant le début de la grande extermination. Troupeaux de chevreuils broutant paisiblement. Au bord de la route, flaques peuplées de grenouilles et de salamandres. L'air bourdonnant d'abeilles et de papillons, le ciel empli de vols d'oiseaux virevoltants. Mais Sikandar n'allait pas s'arrêter là. Il voulait bâtir une planète virtuelle tout entière qui, une fois terminée, accueillerait sous forme d'avatars chacun des animaux réels non domestiqués existant actuellement sur la terre.

Le projet avait déjà commencé là où le besoin se faisait le plus urgemment sentir : identifier, géolocaliser et reproduire numériquement les dernières populations mondiales de carnivores et d'herbivores terrestres – ours, loups, chats sauvages, gorilles, zèbres, éléphants – dont le nombre total d'individus, comparé aux millions de bêtes d'élevage encagées, transformées et abattues dans des fermes industrielles, choquait par sa petitesse.

Exploit inouï, on projetait en deuxième lieu de poursuivre le processus avec tous les animaux de la terre dépassant la taille d'une souris, qu'ils vivent sur terre, dans les airs ou en mer. Chaque hirondelle rustique, couleuvre rayée, singe colobe, koala, chien de prairie, béluga, chevrotain, petite nyctale, daman des rochers, okapi, manchot des Galápagos, tortue caouanne, dugong, aigle des steppes, renard roux, phoque moine de la Méditerranée, bonobo, grand requin blanc, autruche, caïman noir, loup d'Éthiopie, blaireau, aye-aye, axolotl, orang-outan, oiseau-lyre, caméléon, baleine bleue… À la longue, même les crustacés, les insectes et les créatures abyssales pourraient s'offrir une deuxième vie sur la planète virtuelle de Sikandar. Pour cela, il faudrait assurer le suivi des animaux en temps réel et colliger des renseignements sans cesse mis à jour sur leurs déplacements, leurs migrations, leurs comportements, leur reproduction, leur cycle de vie ou leur mort. Sans oublier la mise au point d'un algorithme qui permettrait un jour aux êtres humains de converser avec d'autres espèces dans le monde réel. Un traducteur universel, autrement dit. Enfin et surtout, la planète virtuelle de Sikandar, exubérante, verdoyante, indomptable, n'abriterait pas un seul être humain dans sa biosphère intacte.

Tout se tenait, comme l'expliqua à Alex Moyo Jonathan, qui dirigeait le projet malgré son incroyable jeunesse apparente : les projets de divertissement de masse tels que l'*Almanach de sable* servaient à financer le véritable rêve de Sikandar en plus de donner à Aditi l'avantage en matière d'innovation qui lui permettrait de faire de grandes choses. Alors que d'autres milliardaires s'élançaient dans l'espace, lestés de leur ego démesuré, Suresh Sikandar se lançait dans une croisade pour sauver la planète. Parallèlement à son projet d'*Arche éternelle*, il achetait régulièrement de vastes étendues de jungle, de forêt tropicale et de prairies du monde entier dans le but de protéger leur faune des agressions perpétrées par son espèce.

Si l'espèce humaine se préoccupe si peu de préserver les autres formes de vie terrestre, poursuivait Moyo, c'est par ignorance.

– On ne les connaît pas, souffla-t-il, animé d'une ferveur missionnaire. Pas en tant qu'individus. Si nous pouvions pénétrer dans le monde des animaux et faire connaissance avec cette tigresse de Sumatra en particulier, ce dauphin du Yangzi au front barré d'une cicatrice en forme de croissant, la grenouille saphir dissimulée parmi les racines de cet acacia aux branches asymétriques, si nous apprenions à les connaître en tant qu'êtres uniques au monde au même titre que nous-mêmes, leur sort nous intéresserait beaucoup plus.

Il conduisit Alex dans une petite salle blanche donnant sur le hall principal, éclairée en douceur par des luminaires sur rail encastrés, vide à l'exception d'un tapis roulant circulaire omnidirectionnel, semblable à un petit trampoline, et d'un casque de réalité virtuelle posé sur un présentoir en verre transparent.

– Ce n'est qu'une version alpha, glissa Moyo en tendant celui-ci à Alex après l'avoir encouragé à faire quelques pas pour explorer le fonctionnement de l'appareil. Il nous reste beaucoup de chemin à faire, mais ça devrait vous donner une idée.

Il s'en coiffa. Après un moment d'obscurité totale, il se retrouva en pleine nuit sur une prairie ondoyante, sous un vaste ciel de l'indigo le plus sombre, toile de fond constellée d'étoiles glacées, parcourue de nuées silencieuses qui luisaient faiblement. Au loin, une rangée d'arbres se détachait en noir. Il entendait tout autour de lui des chants d'oiseaux, l'incessante stridulation des insectes, le coassement amoureux des grenouilles. Il sentit se déposer une fraîcheur humide sur son front, ses bras, comme de la rosée. Et ce léger parfum suave, venait-il de la prairie qui l'environnait ou seulement de son imagination ? Était-ce possible que le casque stimule d'autres sens que la vue ?

Troublé, il leva les mains, s'attendant à voir apparaître leur image virtuelle dans son champ de vision. Sans résultat. Il baissa les yeux. Il n'avait pas de corps virtuel, ce qui le désorienta. Assailli par une autre vague de panique, il chercha son équilibre à tâtons.

La voix désincarnée de Moyo lui parvint comme d'un autre monde. *On ne s'y habitue pas immédiatement. Tout va bien.*

Il prit une grande respiration pour se calmer. Ce n'était pas un jeu. Pas de barre d'état, pas de commandes affichées à l'écran. Ni quête ni adversaires, ni compétences à améliorer d'un niveau à l'autre. Nul besoin de parcourir le paysage pour ramasser des objets, ni de croiser des personnages non joueurs porteurs de renseignements utiles ou d'anecdotes sans queue ni tête. Rien d'humain ici à part lui, et encore : il n'était qu'un intrus invisible, un fantôme.

Il fit un pas en avant, le tapis roulant s'ébranla sous ses pieds et il se mit en mouvement dans le monde de Sikandar, sentant monter en lui des bulles de rire, enivré par le réalisme de son expérience. On aurait dit un de ces rêves où il devenait conscient de rêver, mais encore plus immersif et plus net. Autour de lui, les objets persistaient sans osciller entre l'être et le non-être ni changer de forme, comme cela se produisait dans les rêves.

Ce lieu débordait d'une vie foisonnante qui dépassait de loin ce que le monde réel avait à lui offrir. À lui ou à n'importe qui. Sikandar ne faisait pas que fabriquer des animaux virtuels. Il avait recréé la Terre dans sa vigueur passée, le monde perdu dont plus personne ne se souvenait.

Cet endroit l'émouvait dans ses entrailles. Il ne s'était pas attendu à revenir au bercail en enfilant ce casque.

Il s'immobilisa sur le tapis roulant et sentit monter de son tréfonds un sanglot qu'il maîtrisa juste à temps.

Tout va bien ? lui demanda Moyo.

– Oui, ça va.

Il poursuivit sa marche.

Un son, tout proche : le souffle puissant d'une grosse créature. Son corps à la merci de son instinct le plus viscéral se figea, ses épaules se voûtèrent. Il y avait là-dehors, dans l'obscurité – sauf que *là-dehors* n'existait pas – quelque chose qui sentait sa présence. Il scruta l'ombre jusqu'à ce qu'il l'aperçoive. Tapie dans les hautes herbes, à un bond de distance, une forme au pelage gris luisant faiblement sous les étoiles. Deux yeux d'un ambre pâle fixés sur lui.

Le cœur battant, il arracha le casque.

– Vous l'avez rencontrée ? lui demanda Moyo.

– Qui ça ?

Moyo lui tapota l'épaule en hochant la tête.

– Ah, je vois que oui.

Vers la fin de la soirée, les nerfs mis à rude épreuve par l'inévitable proximité d'autrui, il caressa l'idée de refaire un essai avec le casque, de fuir sur la planète sans habitants de Sikandar, mais se contenta de retourner voir le mur d'images.

Une femme vint se tenir près de lui, le crâne tondu au rasoir, d'environ son âge, estima-t-il.

– Je les ai tous reconnus, excepté celui-là, souffla-t-il en désignant un bref plan flou dans lequel un gros chien attaquait un homme râblé masqué de blanc.

– Personne d'autre n'a réussi à l'identifier non plus, répondit-elle. Ça ne m'étonne pas. Ce film est très peu connu.

Ils se présentèrent. Artiste visuelle, elle s'appelait Josefa Lastres, venait de Mexico et c'était elle qui avait assemblé pour Sikandar ce collage cinématique. Plus tard, lorsqu'Alex la chercha en ligne, il découvrit qu'elle avait aussi été pour un temps la compagne de Suresh.

– Quand j'étais petite, raconta Josefa à Alex qui l'interrogeait à propos du collage, j'allais souvent au cinéma avec ma tante Rosa. La jeune sœur de ma mère. Elle n'avait que quelques années de plus que moi et c'était elle qui me gardait quand je n'allais pas à l'école. Mes parents étaient toujours occupés. Ma mère dessinait les costumes d'une troupe de théâtre et mon père était chirurgien. Sans ma tante Rosa, j'aurais été pratiquement livrée à moi-même. On adorait visiter la ville, se promener dans les parcs, aller au cirque ou au cinéma. Au cinéma surtout. Ma tante Rosa rêvait vaguement de devenir vedette un jour. Pour elle, aller à une séance, c'était comme entrer dans une église. Elle tombait en pâmoison sur son siège, éperdue d'admiration. C'est elle qui m'a donné le virus. Ma vraie vie se déroulait sur le grand écran ; la fiction, l'irréel, c'était tout le reste. On a dû voir des centaines de films ensemble. Y compris celui-ci, fit-elle avec un signe de tête vers l'écran juste au moment où le chien bondissait encore une fois sur l'homme au masque.

– *Santo contra las lobas*. Santo contre les louves. Un film d'horreur de série B, le navet absolu. Mais vous savez, j'en suis sûre, comment ces choses-là en viennent à faire partie de notre être, qu'on le veuille ou non. Dans l'histoire, le méchant était une méchante. On opposait toujours El Santo à des femmes démoniaques.

– El Santo, c'était… ?

– Ah, suis-je bête. Vous ne connaissez pas El Santo. Un légendaire *luchador*, ou lutteur. Il était toujours masqué.

Personne n'avait jamais vu son visage jusqu'au jour où, ayant pris sa retraite, il a enlevé son masque en direct à la télévision. Il est mort quelques jours plus tard. Il était adulé comme un dieu dans mon pays, vraiment. Année après année, quand il ne luttait pas dans le ring, il jouait les héros dans des nanars grotesques où il affrontait monstres, vampires et créatures de l'espace. Bref, dans celui-ci, son adversaire est la reine des loups-garous et se nomme Tundra.

– *Tundra ?* Formidable.

– Oui. Ça commence par une voix désincarnée qui incite une jeune femme à la suivre dans la rue en pleine nuit. *Venga*, susurre la voix. *Viens… viens…* Cette voix, c'est celle de Tundra, qui apparaît tout d'abord sous les traits d'une vieille femme échevelée. Elle prend possession du corps de la jouvencelle, qui assassine ensuite la vieille Tundra d'un coup de poignard. Voyez-vous, la reine des loups-garous doit se renouveler en vue du combat que son espèce s'apprête à mener pour détruire l'humanité et régner sur la terre. Ensuite, tout s'embrouille. On voit Santo lutter dans le ring, repousser les attaques de femmes-louves enragées, puis lutter encore, avec en arrière-plan une histoire compliquée mettant en scène une famille de chasseurs de loups-garous dont certains membres en sont eux-mêmes.

Ce qui m'est resté, qui m'a obsédée en fait, ce sont les transformations. Les instants durant lesquels un personnage passait d'un rôle à un autre, celui d'une créature féroce, désinhibée, qui s'enfuyait hors du cadre vers une existence inimaginable. Tous ces êtres à l'identité mouvante, et au milieu de tout ça, ce colosse ambulant sans visage, anonyme. Ce corps masqué. Tellement étrange. Les scènes de métamorphose étaient assez mauvaises, on s'en doute, mais la façon dont le peuple loup surgissait et attaquait pour aussitôt disparaître à nouveau… il y avait là-dedans quelque chose qui faisait à la fois très peur et très envie. Changer de peau. La possibilité de mener une autre vie. Avant de pratiquer l'art vidéo, j'étais peintre et je m'étais mise à représenter des gens célèbres sous forme de loups-garous. Frida Kahlo, Gandhi, Elvis. De là, j'étais passée à des gens de ma connaissance, puis à des inconnus croisés dans la ville. Enfants des rues, agents de police, filles de joie. Je les couvrais de fourrures, je leur donnais des crocs et des yeux qui brillaient dans le noir. Ça m'a vraiment hantée pendant toute une période.

Elle se tenait si proche et le regardait si intensément dans les yeux qu'Alex recula d'un pas, ce qu'elle remarqua. Elle sourit.

– Et Suresh, vous l'avez représenté en loup-garou ? lui demanda-t-il.

– Il ne veut pas en entendre parler. Mais il a accepté de m'intégrer dans la version expérimentale de son arche virtuelle. Enfin, pas vraiment moi. Il a donné mon nom à un de ses prototypes de louves. Et aussi ma personnalité, d'après ce qu'il dit.

Il se souvint de l'élégante silhouette entrevue dans l'herbe, de ses yeux fixes et vigilants.

– Je pense que j'ai fait sa rencontre.

– Vraiment ? Je n'ai pas encore eu cet honneur. Je crains d'être déçue.

– Je ne crois pas. Alors, sur quel portrait travaillez-vous en ce moment ?

– En fait j'ai arrêté de peindre, pour l'instant du moins. Il y a presque un an, quelqu'un s'est introduit par effraction dans mon studio et a tout mis sens dessus dessous, déchiré mes toiles, répandu de la peinture partout. J'ai essayé d'imaginer le genre de personne qui serait capable de faire ça, qui pouvait bien être cet artiste de la destruction, et pour la première fois depuis des années, j'ai pensé au peuple loup du film. Tout d'un coup, j'ai réalisé qu'ils étaient partout autour de moi. Que la ville était pleine de gens à l'identité transitoire, capables de changer de forme et d'échapper à toute définition. Je me suis aperçue que d'une certaine façon, c'était pour cette raison que j'étais revenue m'y établir. Pour retrouver la cité que j'avais explorée avec ma tante Rosa il y a tant d'années. Cette cité qu'on dit monstrueuse. On connaît très tôt son appartenance.

» Bref, la propriétaire a pris sa caméra vidéo afin d'inventorier les dégâts pour l'assurance et je ne sais pas pourquoi, mais un lien s'est fait entre ces deux choses-là dans ma tête. Je lui ai demandé de m'envoyer une copie des prises de vue. Comme je ne m'étais jamais servie d'une caméra jusque-là, j'ai commencé tranquillement, en créant des collages comme celui-ci à partir de séquences tournées par autrui. Prendre ce que d'autres personnes ont vu, l'image qu'elles ont choisi de cadrer, et en faire autre chose, ça me plaisait. Aujourd'hui, j'ai ma propre caméra que j'emporte pratiquement partout où je vais.

– Pour photographier des membres du peuple loup ?

– Pour voir si j'arriverais à les prendre sur le fait. En pleine transformation.

– Si nous étions dans un film d'horreur en ce moment, observa-t-il, c'est ici que je tournerais cette notion en ridicule, ensuite il vous pousserait des crocs et vous me tailleriez en mille morceaux.

Josefa éclata d'un rire de gorge chaleureux, laissant voir ses incisives acérées.

– Sans doute, sauf que j'ai fini par comprendre que ces films disent la vérité, mais à rebrousse-poil, ou alors un mensonge qui révèle accidentellement ce qui est vrai. Selon une idée gobée par tout le monde, au fond de chacun de nous se cache une bête sauvage, un animal fantasque et dangereux que la civilisation parvient tout juste à juguler. C'est l'excuse dont se servent les gouvernements pour justifier leur contrôle, prétextant qu'il *faut* nous régenter à cause de la créature sauvage, du loup intérieur. Rien n'est plus faux. Comme toujours, on retourne la vérité sens dessus dessous. Le monstre, c'est notre enveloppe extérieure qui se promène dans un rêve, oublieuse de sa vraie nature. C'est notre animal intérieur qui nous sauve, conclut-elle en portant une main à sa poitrine.

Il pensa alors à sa sœur, sans doute en train de s'enfoncer dans une forêt froide et humide à l'heure qu'il était. De suivre quelque chose à la trace. De tendre l'oreille aux cris, aux bruissements des broussailles. Il se souvint de leur dernier jour à River Meadows, lorsqu'elle l'avait entraîné dans les bois pour lui montrer ce qu'elle avait découvert au pied du pin déraciné. *Là*, avait-elle chuchoté en désignant l'ombre qui s'enchevêtrait sous les branches. *Regarde là.*

De retour au Canada, Alex ressuscita son rêve de jeu dans le jeu auquel, dans le monde pixélisé qu'ils habiteraient, les avatars des participants pourraient s'asseoir pour jouer. Au lieu de leur permettre de marquer des points ou de progresser d'un niveau à l'autre, ce *métajeu* servirait plutôt d'outil d'exploration de leur univers, révélant aux personnages leur condition de pièces mues par des lois qu'ils ne comprenaient pas, dans un monde qu'ils ne contrôlaient pas.

À l'instar de l'équipe de Cardboard Cosmos, les concepteurs voyaient ce genre de mise en abyme d'un œil dubitatif, mais Sikandar lui-même avait donné des directives pour qu'Alex ait carte blanche.

Quel terme parfaitement approprié, se dit celui-ci avant de se barricader pour deux semaines dans son appartement, muni de dés, de crayons, de pièces en plastique et d'une montagne de cartes vierges, pour voir ce qu'il pourrait bien inventer. Il avait décidé que le métajeu se jouerait aisément, rapidement, qu'il serait facile à apprendre et que sa légèreté voulue trancherait avec le sombre milieu fantasmagorique qu'il commençait à considérer comme le « jeu périphérique ». Mais son concept ne tarda pas à prendre le mors aux dents. Le tas de cartes griffonnées grossit, puis se divisa en paquets distincts dont chacun avait son rôle et sa raison d'être. Alex recyclait pions et figurines, pillant au petit bonheur d'autres projets bloqués en cours de route. Il se mit à remplir un carnet d'une prolifération de règles, de structures de tours, d'arbres narratifs.

De temps en temps lui revenait en tête une image ou un épisode oubliés de sa vie à River Meadows, qu'il écrivait eux aussi sur une carte avant de la mettre de côté. La grande maison flambant neuve dans laquelle ils s'étaient installés. Une dispute familiale pendant le repas du soir. Le long après-midi qui fut leur dernier à River Meadows avant qu'ils se retrouvent soudain sans abri, fuyant la ville en auto avec les quelques effets qu'ils avaient eu le temps d'emporter, sans savoir s'ils pourraient jamais revenir. Qu'est-ce que tout cela avait à voir avec cette île de légende et sa période de gloire révolue ? Il n'en savait rien, mais au bout d'un certain temps, il n'inscrivit plus sur les cartes que ces brèves images de son passé. Non seulement ses souvenirs, mais aussi des épisodes de la vie de sa famille dont il n'avait pu être témoin. Sa mère, que faisait-elle vraiment de ses journées ? Et son père ?

Avant longtemps, il ne sut plus si ces fragments de son histoire personnelle, rescapés ou imaginaires, étaient censés faire partie du jeu, ni si cela s'appelait encore jouer.

Il était assis par terre, entouré de cartes et de pièces éparpillées, au moment où sa mère l'avait appelé pour lui annoncer qu'elle était sans nouvelles d'Amérie depuis des semaines.

Après sa rencontre avec Michio, Alex monte dans sa voiture louée pour aller demander des cartes de la région au centre local de renseignements touristiques. On lui en donne une qui indique l'emplacement de la zone de réhabilitation environnementale. Il passe par une épicerie où il fait provision de barres protéinées, de soupe instantanée et de mélange montagnard. De l'autre côté de la rue, au magasin d'équipement de chasse et de pêche, il se procure un grand sac à dos, un thermos, des allumettes imperméables, une lampe de poche robuste, une paire de chaussures de randonnée. Il s'immobilise après avoir rangé ces articles dans l'auto, réfléchit quelques instants, puis retourne dans la boutique pour acheter une tente et un sac de couchage ultralégers.

De retour à l'hôtel, il étale ses achats sur le lit en s'étonnant vaguement de constater que ses mains tremblent. Il va bel et bien mettre son projet à exécution. Il se verse un verre de la bouteille de whisky apportée dans ses bagages, s'assoit sur le lit et reprend le carnet d'Amérie à partir du début. Après quelques rapports d'observation de bêtes et d'oiseaux comprenant le sauvetage d'une grive blessée trouvée gisant sur une route, il se met à feuilleter le reste à la recherche de son propre nom. C'est vers la fin du cahier qu'il le trouve.

Au début de la page figure une description des incendies qui déciment l'Australie et le Brésil. En dessous, une liste d'autres endroits de la planète abandonnés à l'issue d'une catastrophe d'origine humaine et contraints de devenir comme River Meadows. Des parcs où aucun enfant ne joue, où personne ne s'assemble autour d'un pique-nique ou d'un concert en plein air, ni ne s'allonge sur l'herbe un après-midi d'été pour rêvasser en regardant passer les nuages.

Tikal. Epecuén. Varosha. Shi Cheng. Prypiat. Wittenoom. Namie. Bor. Arkwright. Fukushima. Asteria. River Meadows.

Alex crée des mondes impossibles et nous, c'est ce monde-ci que nous rendons impossible.

Mettant le journal de côté, il déplie la carte sur le lit et scrute le peu de détails qu'elle contient. Dans le trapézoïde de couleur rouge qui délimite le Parc, seuls les cours d'eau sont indiqués, ainsi qu'une constellation de marécages et de petits étangs. Rien sur les routes municipales, qui doivent pourtant subsister sous une forme ou une autre. La zone prohibée est barrée par les mots ACCÈS INTERDIT en grands caractères gras.

Chacun sait que le Parc est entièrement ceinturé d'une haute clôture électrique, mais les gens qui s'y introduisent ont vraisemblablement trouvé une brèche… sinon plusieurs. Sans doute des segments de grillage sectionnés à l'insu des autorités. En faisant tout le tour du périmètre, il découvrira peut-être une entrée. Mais à quoi ressemble le terrain qui borde l'enclos ? Il n'en a pas la moindre idée. Combien de temps lui faudrait-il pour le parcourir à pied ? Si Michio est aussi bien informé des activités d'Amérie qu'il en a l'air, il doit bien savoir par où elle passe pour entrer et sortir.

Quant à Michio lui-même, il est aussi impénétrable que le Parc.

Alex prend son téléphone, mais ne trouve pas grand-chose en ligne à son sujet. Le nom de Michio Amano – du moins celui de Pine Ridge – n'apparaît sur aucune plateforme de réseau social. Il figure en tant qu'enseignant à temps partiel dans l'annuaire de la faculté des Sciences de la terre de Pine

Ridge. Il a cosigné un ou deux articles abordant la météorologie, la théorie de la complexité et le réchauffement de la planète. Plus récemment, son nom s'est retrouvé dans la liste des participants à une course festive de charité pour le cancer. Une courte vidéo captée voici plusieurs années par une étudiante pendant un de ses cours s'intitule *Mon prof en fume du bon.*

Dans la séquence de piètre qualité tournée avec un téléphone instable, Michio discourt devant un tableau blanc couvert de ce qui, aux yeux d'Alex, reste une incompréhensible suite de hiéroglyphes numériques.

Bien que les nombres puissent nous apparaître comme des abstractions froidement indifférentes, l'entend-on prononcer, *ils nous ouvrent une fenêtre sur un univers merveilleux d'une fantastique étrangeté. C'est grâce à eux qu'aujourd'hui, nous savons que l'univers est essentiellement formé de champs d'énergie vibratoire en flux constant. Y compris nous-mêmes. Le résultat de leur interaction, c'est ce que nous appelons réalité : espace, temps, matière, vous et moi, tout ce que nous croyons solide, concret. Ils laissent aussi penser qu'à chaque instant où une partie de cette toile énergétique s'enchevêtre avec une autre, d'innombrables versions plus ou moins probables de notre univers bifurquent par-ci par-là. Chaque instant. Un nouvel univers. Un autre vous, un autre moi. Selon l'état actuel de nos connaissances, nous ne pourrons jamais interagir avec ces mondes parallèles. Jamais confirmer empiriquement leur existence. Mais le fait est que les équations… les nombres… n'écartent pas catégoriquement la possibilité qu'un jour, au hasard d'un tournant, il soit possible de tomber sur une autre version de soi-même.*

Alex fouille encore un moment sans trouver d'autres traces du bonhomme, puis laisse tomber son téléphone sur le lit. Le Parc se trouve à moins d'une heure de route d'ici. Au lieu de rester assis à ne rien faire en attendant que Michio le rappelle, il devrait y aller tout de suite.

Et s'il parvient à entrer, que fera-t-il ?

Il réunit tout ce qu'il a acheté, prend place dans sa voiture louée, s'engage sur l'autoroute. Le panneau qui, à la sortie de la ville, indiquait autrefois *River Meadows 70 km* n'est plus là, mais il n'y a pas trente-six façons d'y arriver. Il ne risque pas de le rater.

Après avoir perdu connaissance au restaurant, Amérie avait passé sept jours à l'hôpital. Elle ne dormait pas, mais n'était pas non plus dans le coma. Ce mystérieux état intermédiaire confondait les médecins et plongeait ses parents dans une mortelle inquiétude.

Vers la fin de l'après-midi de son septième jour de veille, la mère d'Alex, laissant celui-ci surveiller sa sœur, était descendue chercher un café à la cafétéria de l'hôpital en vue de la nuit qui s'annonçait longue.

Son père n'était pas encore rentré de sa première journée sur le site d'extraction de Conjuring Creek. En effet, il avait trouvé du travail chez Northfire comme conducteur de l'un des camions géants qui transportaient le minerai retiré des puits d'extraction. Pas question, plaidait-il, qu'il poireaute en se tournant les pouces pendant que l'argent leur filait entre les doigts. Son cousin propriétaire d'une entreprise de construction là-bas, dans l'Est, n'allait pas attendre indéfiniment son arrivée. Alors il avait décroché un emploi. Et un bon. Au salaire faramineux. Le triple de ce que lui offrait son cousin.

Comme il avait agi sans la prévenir, la mère d'Alex adressait à peine la parole à son père.

Alex était encore loin de se représenter clairement ce qui se passait sur les sites de Northfire, mis à part le fait que son paternel y conduirait un gros camion, comme toujours. En vérité, il s'en souciait fort peu. Ce n'est qu'après son admission au lycée de River Meadows, où on lui avait donné un devoir de recherche consistant à interroger un membre de sa famille à propos de son lieu de travail, qu'il le vit enfin de ses propres yeux. Sa mère l'avait persuadé de choisir son père comme sujet. C'était sa manière à elle, avait-il compris beaucoup plus tard, d'essayer de les rapprocher tous les deux.

C'est ainsi qu'un samedi matin, assis en silence à côté de son père, il se joignit au convoi ininterrompu de voitures et de camions qui se dirigeaient vers le site principal de la mine Northfire, au nord du village. À un moment donné, ils aperçurent des casques de protection cloués aux piquets d'une clôture, le long d'un champ de chaume saupoudré de neige. Des dizaines et des dizaines de dômes blancs, jaunes, verts, bleus, à la queue leu leu. Lorsqu'il demanda à son père à quoi servaient ces casques, Ben, mal à l'aise, répondit qu'ils commémoraient le décès d'ouvriers morts au travail. Alex essaya de les dénombrer, mais ils roulaient trop vite et il perdit le compte. Ils longèrent un bassin de décantation immense, couvert d'une épaisse mousse jaunâtre, que l'on surnommait le lac Parfumé, lui apprit son père. Avant même d'apercevoir le site de Northfire, ils sentirent son odeur piquante s'infiltrer dans la cabine : un âcre mélange de boue malaxée, de gaz d'échappement et d'œufs pourris.

Dans la cour de triage, on remit à Alex un casque de sécurité, des lunettes de protection et un gilet orange vif rien que pour lui. Il eut ensuite l'honneur de monter se percher dans la cabine de l'énorme gros-porteur semi-remorque chargé de minerai que pilotait Ben entre les puits d'excavation et l'usine d'extraction.

Un Fafnir de quatrième génération, aussi haut qu'un immeuble de trois étages, déclara son père avec une fierté manifeste. Impressionnant, non ?

En effet, dut admettre Alex.

Ben l'entraîna ensuite dans l'escalier de métal retentissant d'une tour d'observation. Au moment où la brume matinale commençait à se dissiper, ils s'élevèrent au-dessus du mur de conifères planté par la compagnie pour cacher les installations minières à la vue du complexe administratif, décoré d'images riantes de milieux humides intacts et de canoteurs guillerets, qui accueillait les visiteurs. À leurs yeux apparut, saisissante, la vision d'un autre monde.

Devant eux, une tranche de planète incroyablement longue, large et profonde avait été dépouillée, avec une inquiétante précision géométrique, de la forêt dense qui la couvrait autrefois et qui poussait toujours de chaque côté, préservée dans le lointain. Ce tableau rappela à Alex un film qu'il avait vu un jour et dans lequel la caméra s'éloignait progressivement au-dessus de Central Park, révélant un long rectangle vert vif entouré de la grisaille urbaine des murs et des gratte-ciels. Sauf qu'ici, l'image était inversée, le vert se trouvant partout *ailleurs* que dans cette fosse monstrueuse creusée dans une argile bouleversée, noircie de flaques huileuses.

Comme ils faisaient face à l'est et que le jour commençait, la mine était envahie d'ombres obscures et profondes ; on aurait dit que la nuit retournait se cacher dans son trou au lever du soleil. Plusieurs autres camions jaunes gigantesques circulaient au sol, minuscules vus de là-haut. À l'autre bout du site, si loin qu'ils semblaient flous, s'élevaient trois énormes bâtiments d'un gris argenté qui évoquaient des éléphants difformes, anguleux, coiffés chacun d'une haute cheminée crachant des banderoles de vapeur blanche effilochée et des volutes de fumée opaque. Ça, c'étaient les extracteurs, lui glissa son père. Depuis l'intérieur de la tour d'observation, Alex percevait leur pilonnage souterrain comme une vibration transmise par la rampe en métal à laquelle il s'accrochait. Les extracteurs assuraient le traitement du minerai brut en séparant le précieux combustible de sa matrice de sable, d'argile et d'eau. Tout comme l'excavation proprement dite, cette opération se poursuivait toute la journée, tous les jours, toutes les nuits. Elle ne s'interrompait qu'une fois par année ; durant quelques jours, on éteignait les extracteurs afin de laisser des équipes de soudeurs et de poseurs de canalisations s'introduire dans la machinerie pour remplacer les pièces usées par l'abrasion et la chaleur implacables.

Lorsqu'ils furent descendus de la tour, le père d'Alex l'emmena dans une imposante roulotte utilitaire, où il vit des hommes en blouse blanche et une table sur laquelle trônait un petit tube de verre rempli de quelque chose. Un fragment de roche ou une motte de terre sphérique qui luisait doucement, telle une planète miniature. C'est ça, le minerai, lui souffla son père. Regarde ce qui se passe quand on l'éclaire avec un faisceau lumineux d'une longueur d'onde particulière.

L'un des hommes en blanc effleura un commutateur sur la paroi d'un instrument qui ressemblait à une caméra de grandes dimensions. Alex n'en vit sortir aucune lumière, mais remarqua qu'il se passait quelque chose du côté de la sphère contenue dans le tube, qui se mit à flamboyer de toutes les couleurs du monde. Des demi-cercles lumineux dansaient à sa surface, arcs-en-ciel minuscules dont il ne pouvait détacher son regard ébahi.

Il n'avait jamais rien contemplé d'aussi beau.

Plusieurs mois le séparaient encore de cette vision lorsqu'il s'assit au chevet de sa sœur. Les malades s'entassaient dans l'hôpital de River Meadows devenu trop petit tandis que la construction du nouveau, beaucoup plus grand, n'était pas encore achevée. On avait donc installé Amérie dans la même chambre qu'une vieille dame endormie qui sortait d'une opération de la hanche. Elle se mit à ronfler, ce qui irrita Alex. Il se leva, alla se planter dans l'embrasure de la porte, parcourut le couloir d'hôpital du regard et remarqua, sur le pupitre du poste des infirmières, un épais classeur noir au dos duquel on avait collé un Post-it où les mots *Tu me touches, tu meurs* étaient griffonnés au feutre et soulignés trois fois.

Les garde-malades passaient à toute vitesse sans lui jeter un regard. Seule Reyna, la petite Philippine qui s'occupait habituellement d'Amérie, s'arrêta et lui demanda :

– As tu besoin de quelque chose, Alex ?

– Ça va.

– Ta sœur, elle va s'en remettre. Ne t'inquiète pas. J'ai déjà vu ça.

– C'est vrai ?

Reyna hocha la tête.

– Ma fille. Des fois elle s'endort après une trébuche. Après elle se réveille. Peut-être un quart d'heure. C'est tout.

– Et après, elle se sent bien ?

– Oui, très bien. Amérie dort seulement plus longtemps. Elle va revenir, tu verras. Pas partie bien loin.

Elle lui effleura le bras et s'éloigna rapidement.

Alex rentra dans la chambre et observa de nouveau sa sœur, son visage calme et serein. N'ayant pas l'habitude de la voir ainsi immobile, silencieuse, il éprouva soudain le sentiment troublant qu'il ne connaissait pas cette personne, qu'il ne l'avait jamais connue. C'était sa sœur, d'accord, mais *qui* était-elle réellement ? À quel point s'était-il vraiment préoccupé d'elle jusqu'à maintenant ? Qui était-elle avant cet accident ? À quoi s'intéressait-elle, à quoi rêvait-elle ?

Un gouffre d'épouvante glacée se creusa dans son ventre quand il s'aperçut qu'il avait déjà oublié le son de sa voix.

Se rasseyant, il ouvrit une bande dessinée de Mister Mobius qu'il avait déjà lue. Dans ce numéro double, le héros faisait équipe avec Crypto-Girl et Graviteen pour déjouer un complot néfaste qui venait de renaître de ses cendres, ourdi par de soi-disant Élohim dont le chef, un mystérieux gredin qui se faisait appeler le Primordien, s'avérait être le prince Chroniaque, ennemi juré de Mister Mobius. Depuis un numéro plus ancien, tout le monde le croyait mort, éparpillé dans l'espace-temps par une bombe temporelle de sa fabrication. Mais il se tenait devant eux, à la grande stupéfaction de nos héros (alors qu'il était déjà revenu deux fois d'entre les morts en autant d'années). Alex, qui n'y trouvait plus aucun suspense – ayant déjà lu ce numéro un nombre incalculable de fois –, se reprit à scruter les planches où Crypto-Girl luttait avec l'Effraie, la belle mais impitoyable complice de Chroniaque, qui pouvait compter sur la rapidité, la puissance et l'agilité d'une bête sauvage.

La fille du restaurant, comprit-il en tressaillant d'enthousiasme. Voilà pourquoi il avait eu l'impression de la connaître. Elle avait les mêmes cheveux noirs coupés court que cette créature maléfique de bande dessinée, le même regard charbonneux. Il caressa du sien les hanches fermes et arrondies de l'Effraie, le contour affriolant de sa poitrine moulée de cuir noir. Son père le taquinait parfois parce qu'il lisait encore des bandes dessinées. Il ne soupçonnait pas – c'est du moins ce que supposait Alex – la nouvelle source de plaisir qu'elles représentaient depuis peu pour son fils.

Alex savait que quelques numéros plus tard, l'Effraie allait passer dans le camp des bons, se joindre à l'Alliance justicière et lutter aux côtés des principaux acteurs – Macroman, Neutrino, l'Éclair –, revêtant pour cela une tenue encore plus suggestive qu'elle exhiberait dans un énorme volume double soigneusement empaqueté avec ses autres BD, bloquées comme le reste de leurs biens à bord d'un camion arrêté quelque part dans la fameuse grande ville de l'Est, en attendant qu'on les leur réexpédie. Après ce changement d'allégeance, le dessinateur, tirant pleinement parti de son nouveau costume, avait considérablement grossi les seins de l'Effraie. Or, une fois émoussée son excitation initiale, Alex avait décidé qu'il la préférait plus mince, sans doute parce qu'elle appartenait encore aux méchants, ce qui en faisait une figure de rêve beaucoup plus séduisante.

Mais il n'eut pas le temps de savourer tout de suite ces pages fabuleuses : Mme Chernik, la vieille dame, venait de se réveiller et parlait déjà, toute seule ou à Alex, ce n'était pas très clair. Cela faisait plusieurs jours qu'elle rebattait les oreilles à toute la famille avec ses souvenirs de River Meadows, où tout était tellement mieux avant qu'ils se mettent à déterrer cet immonde magma noir et poisseux, dans le temps qu'elle était jeune, quand il n'y avait pas encore tous ces étrangers qui ne parlaient pas un mot d'anglais mais qui s'attendaient à recevoir un bon salaire, des soins de santé et tout le reste, comme si ça leur était dû, quoiqu'il se trouvait parmi eux des gens très bien, il fallait le reconnaître. Comme Reyna, bien sûr, une vraie crème bien qu'elle vienne des Philippines, comme tant d'autres de nos jours. De toute façon, puisque personne d'autre ne voulait se charger des travaux qu'ils acceptaient d'exécuter, on ne pouvait pas se montrer trop difficile. Et vous savez, ces gens-là triment dur, ils font des sacrifices pour leur famille. Ça, il fallait bien le reconnaître. Reyna lui avait parlé de ses quatre enfants, dont un garçonnet qui n'avait pas un an ; elle avait montré sa photo à Mme Chernik, une frimousse adorable avec des joues rebondies et une houppe de cheveux noirs.

– Ils l'avaient installé devant un piano jouet, poursuivit Mme Chernik ; ils s'y prennent un peu tôt si vous voulez mon avis, mais c'est comme ça qu'ils aiment faire les choses, vous savez, les gens de là-bas. Ils font tout pour donner à leurs enfants un avantage sur les nôtres. Ils ne pensent qu'à s'enrichir et à grimper les échelons, ceux-là. Toujours est-il que Reyna, avec son nouveau bébé et sa maison remplie d'enfants, elle est déjà de retour au travail. C'était comme ça dans ce pays il y a longtemps, avant que les jeunes deviennent tellement paresseux. Les Philippins sont des travailleurs assidus, ça force l'admiration, même s'il peut être exaspérant de demander à quelqu'un de se répéter trois fois.

Alex gardait le silence. Soutenue par plusieurs oreillers, la vieille dame reposait toujours les yeux fermés, ses mains veineuses jointes sur la poitrine. Il tourna toutefois légèrement sa BD de manière à dissimuler le plus possible les détails anatomiques de l'Effraie, au cas où elle regarderait dans sa direction.

Dans la seconde moitié du récit, Chroniaque précipitait Mister Mobius des millions d'années dans le passé, jusqu'à la chute de l'astéroïde responsable de la mort des dinosaures. Il avait aussi emprisonné Crypto-Girl et Graviteen dans une noctosphère qui neutralisait leurs pouvoirs en plus d'accélérer leur vieillissement. Chroniaque avait dévoré presque tout le temps qu'il leur restait. La planche suivante était géniale. On le voyait pourlécher ses repoussantes lèvres bleues en s'exclamant : *Miam, cette bouchée de minutes était délicieuse... j'en prendrais bien une seconde !*

Alex se demanda quel goût avait le temps. Ce n'était pas quelque chose qu'on pouvait voir, entendre ni toucher, n'est-ce pas ? Quand on se régalait d'un sandwich au fromage grillé, c'était peut-être la saveur qu'avait le temps à ce moment-là tandis qu'à un autre, il avait le goût de la purée de pommes de terre, du dentifrice ou même de rien. Tout ce qu'on faisait prenait du temps. Écouter Mme Chernik et les voix des infirmières du poste de garde. Savourer le sandwich grillé bien gras qu'il avait mangé à la cafétéria de l'hôpital ce midi. Que voulait-on dire par *prendre* le temps ? Et où le prenait-on ? Le temps pouvait-il s'user, comme une bougie qui fond ou le carburant brûlé par une voiture ? *Je regrette, mais votre temps est épuisé. Pourtant, je n'ai pas gaspillé mon temps.* Le temps est un élément qui nous contient tous, qui se meut autour de nous. N'est-ce pas ? Ou bien à travers lequel nous nous mouvons. Et si les gens, les objets n'étaient pas dans le temps, mais *faits de* temps ? C'était peut-être, en réalité, la substance fondamentale de toute chose, même de lui. Le temps, omniprésent. Voilà pourquoi rien ne persistait éternellement. Parce que le temps changeait toute chose en se consumant, comme l'essence se transformait en chaleur et en fumée dans un moteur automobile.

Le temps presse.

Le temps est écoulé.

Il jeta un coup d'œil à Amérie. Quand elle s'éveillerait, se demanda-t-il, aurait-elle l'impression qu'un rien de temps s'était écoulé pendant son sommeil ?

Si elle s'éveillait.

Mme Chernik abordait maintenant le sujet de Gloria Townsend, sa voisine dont elle s'ennuyait tant depuis qu'elle était morte l'an dernier, pratiquement trois ans jour pour jour après Leopold. Elle s'ennuyait même de ses vantardises incessantes, que ce soit au sujet de l'argent que gagnait son mari gestionnaire de placements ou de son fils Tony, l'important neurochirurgien parti sauver des vies au Michigan en réalisant des opérations que personne d'autre que lui n'osait tenter.

Alex rouvrit son livre à l'endroit où Crypto-Girl luttait toujours contre l'Effraie, le temps n'ayant passé ni pour l'une ni pour l'autre, dans l'espoir de se distraire du bavardage de la vieille dame. Se retrouver coincé dans cette chambre en sa compagnie, c'était comme rester pris au piège d'une noctosphère.

– Et vous ne devinerez jamais ce qui s'est passé, lança Mme Chernik. Elle est venue me voir, pas plus tard que la nuit dernière.

Alex leva les yeux. N'était-elle pas en train de parler de sa voisine décédée ? La vieille dame lui rendait hardiment son regard.

– C'est vrai, déclara-t-elle, comme si Alex avait contesté son affirmation. Je l'ai vue comme je vous vois, juste ici, à côté de mon lit. Elle n'a pas prononcé un mot, pour une fois. Mais je savais ce qu'elle pensait, oh oui. Elle se trouvait encore plus exceptionnelle depuis qu'elle avait découvert comment revenir d'entre les morts. Eh bien, je lui ai dit…

Alex observa une oscillation rapide, un fourmillement parcourant la réalité comme une légère impulsion électrique. Ça recommençait. Cette fois-ci, cependant, cela traversa la matière sans rien altérer en lui ni autour de lui, après quoi le calme revint.

La trébuche avait réussi à interrompre Mme Chernik au milieu d'une phrase, le visage figé dans une expression stupéfaite. Elle l'avait donc sentie elle aussi, tout comme la fille aux cheveux noirs du restaurant, il en était pratiquement certain. Il n'était donc pas le seul. Mais Reyna restait l'unique personne à admettre que les décohérences puissent avoir un effet quelconque. (Au cours des semaines et des mois qui suivirent, chaque fois que l'une de ces trébuches se produisait, il prit acte de la façon dont les gens qui l'entouraient en étaient affectés, même s'ils faisaient en général semblant de ne pas l'être, poursuivant leurs activités comme si de rien n'était.)

– Mon dieu, s'exclama Mme Chernik en soulevant son drap pour regarder dessous. Je crois que j'ai…

Elle rabattit anxieusement la couverture et chercha la sonnette à tâtons avec un regard oblique en direction d'Alex.

Ce dernier baissa la tête et se replongea dans sa BD. Il se doutait bien de la nature du problème et préférait ne pas y penser malgré la surprise qu'il éprouvait. Il ne lui était jamais venu à l'esprit que cela pouvait arriver aux adultes.

C'est alors qu'il s'aperçut de l'occasion qui s'offrait à lui d'interroger cette vieille dame à propos des trébuches. Comme elle habitait la région depuis longtemps, elle en savait sans doute plus que Reyna. Il ne risquait rien à lui parler de ce qui s'était produit au restaurant, car personne n'écoutait vraiment ce qu'elle disait. Il avait vu sa mère faire la sourde oreille à plusieurs reprises au cours des derniers jours.

– Ouais… c'était bizarre, hein ? lança-t-il un peu plus fort que nécessaire. Ce qui vient de se passer.

Mme Chernik plissa les yeux vers lui, les sourcils froncés. C'était le premier effort qu'il faisait pour engager la conversation avec elle.

– On ne parle pas de ces choses-là, jeune homme, finit-elle par répondre avec un sourire pincé.

– Mais… vous savez ce que c'est ?

Elle pencha la tête de côté.

– Et vous, que pensez-vous que ce soit ?

Il hésita tout à coup, ne sachant plus s'ils parlaient de la même chose. Il s'apprêtait à faire une deuxième tentative quand Reyna, l'infirmière, entra précipitamment.

– Vous m'avez appelée ? demanda-t-elle à Mme Chernik.

– Oui, répondit la vieille dame, de nouveau embarrassée.

Elle se tourna vers Alex.

– Allez vous chercher quelque chose dans la machine à bonbons, jeune homme. Reyna, ce n'est pas vraiment la faute de ce garçon, mais quelque chose m'a fait sursauter et j'ai…

Reyna poussa un petit cri de surprise.

– Oh, bonjour, ma belle ! Tu es réveillée !

C'était vrai. Assise dans son lit, Amérie clignait des yeux, serrant contre elle Shou-shou, son panda en peluche.

Reyna bondit à son chevet, prit son pouls, lui tâta le front.

– Ça va, trésor ? Comment tu te sens ?

Le regard vide d'Amérie balaya la pièce et se posa sur son frère.

– Elle est où, maman ? demanda-t-elle.

Alex se leva de sa chaise, mais s'aperçut qu'il hésitait à s'approcher de sa sœur. Comme si, à l'instar de l'amie de la vieille dame, elle revenait d'entre les morts.

– Elle est allée chercher du café, finit-il par répondre.

– Je préviens le docteur Kapoor, lança Reyna. Alex, tu surveilles ta sœur pour moi. Je reviens tout de suite.

Elle sortit de la chambre en toute hâte. Apercevant Mme Chernik, Amérie la fixa de son regard inexpressif.

– Vous êtes qui ?

– Bonjour, ma jolie, fit celle-ci, dont l'effort intense pour prendre un ton mielleux de grand-mère ne trahissait que mieux son dépit de voir son propre embarras ignoré dans la foulée. Je m'appelle Ada. Ton papa et ta maman seront bien contents de voir que…

Elle fut de nouveau interrompue, cette fois par l'arrivée de la mère d'Alex, ravie, comme l'avait prédit Mme Chernik. Ravie au point de lâcher sa tasse de café et de fondre en larmes.

Le médecin examina Amérie, puis, ne trouvant rien d'inquiétant, lui donna son congé. Accouru à l'hôpital depuis son nouveau lieu de travail, le père d'Amérie les raccompagna au motel dans la camionnette. En chemin, Alex demanda à sa sœur si elle se rappelait ce qui s'était passé avant qu'elle tombe dans les pommes au restaurant. Elle ne se souvenait de rien, sauf d'avoir pris place sur la banquette, de s'être sentie trop fatiguée pour finir son assiette, puis d'être devenue le point de mire général quand elle avait ouvert les yeux sur un lit d'hôpital.

C'est alors qu'Alex remarqua qu'une trébuche avait précédé à la fois l'évanouissement et le réveil d'Amérie.

Le lendemain matin, ils quittèrent le motel Lulla-Bear pour un autre qui louait aux travailleurs de l'industrie des chalets détachés au bord de la rivière, dans une zone tranquille ombragée par des sapins. Chaque maisonnette portait un nom de femme pyrogravé sur une plaque vissée à sa porte. France. Sarah. Heidi. Katie.

La famille Hewitt reçut les clés de France. Les parents interdirent à Amérie de s'aventurer hors de leur vue et chargèrent Alex d'y veiller. Le terrain broussailleux du motel offrait une ou deux tables de pique-nique, un bac à sable contenant plus de mégots que de sable et un portique rouillé dépourvu de balançoires. Tandis qu'Alex et Amérie le parcouraient sans enthousiasme en cherchant en vain de quoi s'occuper, leurs parents s'enfermèrent dans le chalet pour s'expliquer.

Au loin, Alex entendait des bruits de scie et des coups de marteau. La brise lui apportait un parfum de sciure chaud et léger. Une maison neuve en construction, quelque part dans les environs.

Il se surprit à traîner derrière la maison pour écouter à la porte moustiquaire. Loin d'être impétueux, les parents d'Alex n'avaient pas pour habitude de se disputer haut et fort. Avant de se mettre à crier, ils passaient par une série de manœuvres d'évitement et de silences pendant lesquels la tension s'accumulait avec la lenteur des nuées d'orage.

Il savait que sa mère était aussi fâchée que lui, sinon plus, d'avoir dû quitter leur maison. Qu'elle n'avait aucune envie de déménager à l'autre bout du pays, dans cette grande ville où ils ne connaissaient presque personne. Or, maintenant qu'ils se retrouvaient coincés par des circonstances imprévues dans ce village perdu, elle défendait leur destination initiale et disait au père d'Alex que c'était une mauvaise idée de refuser l'offre de son cousin. Qui savait combien de temps il resterait en fonction chez Northfire ? S'il se retrouvait sans emploi, il aurait coupé les ponts avec quelqu'un qui était non seulement disposé à lui offrir du travail, mais un membre de la famille. Et leurs enfants, quelle éducation, quelles possibilités pouvaient-ils espérer dans ce trou désertique, plein de bruit et de gens de passage ?

Comment peut-il être à la fois désertique et plein de bruit ? rétorqua le père d'Alex.

Pas littéralement désertique. Tu comprends très bien ce que je veux dire.

Ah bon ?

Il y a une drôle d'odeur ici.

Ces chalets ont du vécu, d'accord, mais il faut…

Pas le chalet. La ville. Ne me dis pas que tu ne sens rien.

Tu crois que c'est le… ? Voyons donc. Il faut se rendre jusqu'au site pour en capter ne serait-ce qu'un effluve.

Peu importe ce que c'est ; cette puanteur, je la sens sur toi quand tu rentres.

Eh bien, merci de me prévenir.

Alex se trouvait puéril de les espionner ainsi, mais il ne pouvait pas s'en empêcher. Il cherchait à savoir quel sort ils lui réservaient, sans compter que le jeu d'Amérie, qui consistait à trier par couleur des cailloux récoltés dans le parking du motel, ne l'intéressait plus.

Depuis son réveil à l'hôpital, sa sœurette habituellement si turbulente le surprenait par sa tranquillité. Quand elle se donnait la peine d'ouvrir la bouche, il lui arrivait régulièrement de s'interrompre au milieu d'une phrase, le regard vide, avant de reprendre là où elle s'était arrêtée. Comme si elle restait suspendue dans le temps tandis que tout se poursuivait autour d'elle.

Derrière la maison, Alex repéra une grosse fourmilière non loin des marches de la galerie. À l'aide d'un bout de bois plat trouvé dans le fossé qui bordait le terrain, sans doute une latte provenant d'une vieille clôture, il décapita le dôme sablonneux et, sans cesser d'écouter ses parents, regarda les fourmis en ébullition s'élancer à l'assaut de l'envahisseur. Il pensa alors à se demander si les trébuches affectaient aussi les animaux. Que ressentait une fourmi quand sa cité de tunnels aveugles était parcourue par une de ces ondes ? Cette fourmi, que ressentait-elle normalement ? Éprouvait-elle quoi que ce soit ? Qu'en était-il d'un oiseau ou d'un chien ? Quel effet leur faisaient les trébuches, à eux ?

Avec l'extrémité déchiquetée du morceau de bois, il creusa une tranchée en zigzags au pied du monticule. Un autre contingent de fourmis n'écoutant que leur devoir courut affronter cette nouvelle menace. De vrais petits robots privés de libre arbitre, programmés pour combattre ou mourir à la guerre.

Dans le chalet, le ton montait. Le père d'Alex faisait valoir qu'à River Meadows, sa mère serait plus près de ses parents vieillissants. D'ici à la côte Ouest, en poussant un peu, la distance se parcourait en une journée de route. Et puis son cousin n'était pas du genre à se vexer s'il n'acceptait pas ce travail dans l'Est. En plus, même si celui qu'il avait trouvé ici ne durait pas, il leur permettrait de se remettre sur pied.

Se remettre sur pied ? cria la mère d'Alex. On était déjà sur nos pieds, Ben. Jusqu'à ce qu'on atterrisse dans ce… cauchemar.

Oh, n'exagérons rien. Amérie est rétablie maintenant et Alex se porte à merveille. Aucune raison de s'inquiéter. Ils savent ce qu'ils font, sur le site. Il n'y a aucun danger. Tu l'as dit toi-même aux enfants hier, tu te souviens ?

Je cherchais à rassurer Amérie. Elle a peur que ça lui arrive encore. Et moi aussi. Plus on passera de temps ici…

Les médecins nous ont bien assuré qu'ils ne lui avaient rien trouvé d'anormal. Mais enfin, si ça s'est vraiment passé à cause de l'endroit où nous sommes, je crois que le bon sens voudrait qu'on ne bouge pas d'ici. Si ça lui arrivait de nouveau, ils seraient les mieux placés pour comprendre ce qu'elle a.

Non, ça n'a aucun sens. Et tu viens de dire qu'elle était rétablie.

Oui. Mais on ne sait jamais, non ? Il vaut mieux rester sur place. Là où cette… chose est connue. Où on sait la soigner.

Ouais, sauf qu'on ne sait pas comment.

Une fourmi avait entrepris d'escalader la cheville nue d'Alex. S'obligeant à supporter le chatouillement de ses petites pattes, il la regarda s'aventurer sur cet étrange terrain inconnu. Qu'était-il pour cette fourmi ? Elle ne percevait qu'une partie infime de sa personne, ne sachant rien du reste, ignorant qu'il l'observait, qu'il exerçait sur elle un pouvoir de vie ou de mort. De toute façon, une fourmi isolée n'avait pas vraiment de conscience. En classe de sciences, il avait appris qu'une fourmilière formait une sorte d'organisme collectif se comportant grosso modo comme un seul animal et que chaque individu pouvait se comparer à un neurone incapable de pensée autonome, ne sachant qu'obéir au programme instinctif dont son cerveau ne pouvait jamais dévier.

Il se pencha et laissa la fourmi lui grimper sur les doigts. À partir de là, il pouvait soit la replacer sur le tas de terre d'où elle venait, soit l'emporter à l'autre bout du parking du motel, la condamnant à entreprendre un voyage épique pour revenir à son point de départ, à supposer qu'elle y arrive. Ou bien la faire grimper infiniment d'une main sur l'autre, en mouvement perpétuel vers nulle part. Ce qu'il ferait subir à cet unique insecte modifierait si peu l'esprit collectif de la colonie qu'elle s'en apercevrait à peine. Rien qu'une cellule cérébrale de moins.

Tu ne sais pas de quoi tu parles, reprochait la mère d'Alex à son père. Tu ne sais rien de ce qu'ils déterrent ici. Tu ne fais qu'inventer des excuses et elles ne sont même pas bonnes.

Quand la fourmi parvint exactement au bon endroit, Alex l'écrasa entre le pouce et l'index. Il lui suffit de s'essuyer la main sur le sol sableux pour qu'il n'en reste plus rien. Comme si elle n'avait jamais existé.

OK, d'accord, tu as raison, concéda son père. Mais bordel, s'il y a une chose dont je suis certain, c'est qu'ici, je gagne presque trois fois plus que ce que m'offrait Gilbert. Et les avantages sociaux sont bien meilleurs. Dans un an ou deux, on pourrait déposer un apport pour une maison. La compagnie épaule les employés, il y a un programme. Ça veut dire qu'on aurait notre chez-nous *bien à nous*, et plus tôt qu'on ne s'y attendait. Tu m'as dit que c'est ce que tu voulais. Que tu en rêves depuis toujours. En plus, ça serait bon pour les enfants, tu le sais aussi bien que moi. Pour nous tous. Un vrai foyer.

– Qu'est-ce que tu fais ? demanda Amérie.

Alex sursauta. Elle se trouvait juste derrière lui. Il ne l'avait pas entendue s'approcher.

– Je m'amuse avec mes fourmis, répondit-il.

Il se servit de la latte pour enlever une nouvelle tranche au monticule étêté.

– Tu devrais pas faire ça.

– Ah non ? s'insurgea Alex. Tu peux me dire pourquoi ?

– Faut pas faire de mal aux fourmis. Elles t'ont rien fait.

– Zut, c'est juste des fourmis. Des petits riens sans cervelle. Elles s'en fichent, elles ne font pas la différence.

– C'est leur maison.

– Ouais, ben elles ont qu'à faire comme nous et s'en trouver une autre.

Il se mit à donner de grands coups sur la fourmilière avec le morceau de clôture, sans relâche, faisant jaillir poussière et fourmis. Lorsqu'il en vit une ramper par terre à côté de lui, il la piétina, sachant très bien qu'Amérie le regardait. Il frappa encore plusieurs fois, jusqu'à ce qu'elle s'en aille. Alors il s'arrêta.

Le silence régnait dans le chalet. Alex avait manqué la fin de la dispute.

Par la suite, il lui apparut clairement que même si les arguments de son père ne l'avaient pas entièrement convaincue, sa mère avait baissé les bras.

À ses yeux, River Meadows restait l'arrêt imprévu qu'ils n'auraient jamais dû faire. Mais à l'assurance et à l'optimisme qu'il avait repris, ils voyaient tous à quel point leur père était heureux d'avoir retrouvé du travail. Ben Hewitt continua donc à monter dans sa camionnette tous les matins pour se rendre à Conjuring Creek et en revenir tous les soirs, l'air fatigué mais content, tandis que la mère d'Alex faisait contre mauvaise fortune bon cœur.

Le jour où le camion de déménagement leur rapporta leurs affaires, ils purent les déballer dans la maison unifamiliale qu'ils avaient louée dans un vieux quartier, non loin des écoles qu'Alex et Amérie fréquenteraient à l'automne.

À la rentrée des classes, Alex découvrit que la fille aux cheveux noirs du restaurant fréquentait le même établissement que lui, nommé en l'honneur d'Elijah Bayne.

Elle entamait sa deuxième année de lycée avec un an d'avance sur lui. Attentif à tout ce qu'elle faisait, il repéra l'emplacement de son casier et se mit à passer par là entre deux cours et à la fin de chaque journée. Il étudiait son attitude de dure à cuire, sa façon dubitative de pencher la tête et de lever les sourcils quand elle bavardait avec ses amies, l'élégance féline avec laquelle elle se haussait sur la pointe des pieds pour ranger ses manuels scolaires sur la tablette supérieure de son casier. Elle avait beau parler et agir comme si rien ne l'intimidait, cela ne correspondait pas à ce qu'elle était vraiment. Au snack-bar Chez Stella, l'espace d'un instant, il l'avait vue sous un autre jour.

Ils n'avaient pas un seul cours ensemble, mais dans le vivier qu'est un lycée, il en apprit beaucoup à son sujet par la force des choses. Selon la rumeur, sa mère couchait à droite et à gauche pendant les absences son mari, un chercheur qui étudiait les changements climatiques dans l'Arctique ou quelque chose de ce genre-là.

Alex croisa ses yeux une fois dans l'entrée, mais son regard passa sur lui sans le reconnaître. Alors qu'il s'était accroché à l'espoir qu'elle savait qui il était, qu'elle se rappelait ce qui s'était passé au restaurant ce soir-là, que c'était important à ses yeux, elle n'avait gardé aucun souvenir de lui, il devait se rendre à l'évidence.

L'année scolaire s'écoula et la suivante commença pour Alex, qui avait maintenant des amis avec qui il jouait aux échecs et à des jeux vidéo. Il avait entrepris de confectionner son tout premier jeu de rôle sur table, une imitation éhontée de *Donjons et Dragons*, qu'il avait laissé tomber avant de l'avoir poussé très loin. Non seulement c'était beaucoup trop ambitieux, mais les autres filles qui l'intéressaient en ce moment occupaient la majeure partie de son temps et de ses pensées. Comme Corinne Velasco, la fille de Reyna, l'infirmière qui s'était occupée d'Amérie à l'hôpital. Depuis qu'Alex l'avait découvert, il gardait un œil sur elle, car c'était aussi la seule personne de la ville dont il eût entendu dire qu'une trébuche l'avait affectée au même titre qu'Amérie. Toutefois, l'intérêt qu'il lui portait ne tarda pas à changer de nature. Sociable, pétillante, elle souriait à tout le monde. Elle lui avait même adressé la parole à quelques reprises dans les couloirs. La parfaite antithèse de Claire Foley.

Vers la fin octobre, on donna une soirée d'Halloween à l'école. Alex s'y rendit et se tint à l'écart avec deux de ses copains. Il avait beau se répéter qu'il pourrait inviter une fille sur la piste s'il le voulait, que rien ne l'empêchait de marcher droit vers Corinne Velasco et de le lui proposer, elle qui adorait danser, il n'en voyait pas l'intérêt. Pourquoi les gens pratiquaient-ils cette activité bizarre, qui consistait à s'agiter comme des idiots en faisant semblant de s'amuser, dans le seul but de s'approcher de quelqu'un qui leur plaisait ? Pourquoi tout le monde devait-il se plier à ce rituel absurde et obéir bêtement à sa programmation comme une fourmi débile ? Ses amis, incapables eux aussi d'inviter une fille à danser, l'énervaient en se donnant des coups de coude comme deux imbéciles. Finalement, il en eut assez et leur annonça qu'il rentrait se coucher.

Une fois dehors, il descendait les marches lorsqu'il s'entendit appeler par son nom. C'était elle. Claire Foley, sur la pelouse avec un petit groupe de ses amies. Il sentit son cœur bondir. Il ne savait ni quoi faire ni ce qu'il ressentait, à part une certaine perplexité. En l'espace de quelques mois, il en était venu à nourrir envers elle une vague hostilité. Inaccessible aux mortels, comme lui, elle traînait avec la bande cool, celle des rebelles, dont il ne faisait et ne ferait jamais partie.

Que voulait-elle maintenant ?

Il s'approcha, méfiant, et comprit à sa posture détendue et à son sourire de guingois qu'elle était soûle. Elle répéta son nom en étirant les syllabes. À croire qu'ils étaient deux vieux copains qui ne s'étaient pas vus depuis des siècles. Tous les sens en alerte, il retenait son souffle sans la quitter des yeux. Qu'allait-elle faire ?

Lorsqu'elle lui demanda pourquoi il partait si tôt, il répondit avec une indifférence soigneusement cultivée qu'il s'ennuyait et qu'il retournait chez lui.

Pas avant d'avoir dansé avec moi, en tout cas, lança-t-elle. L'agrippant brusquement par les mains, elle se mit à tournoyer avec lui pendant que ses amies s'esclaffaient. Au bout de quelques tours, il la lâcha et s'éloigna avec un haussement d'épaules, comme si cela n'avait aucune importance.

Bye bye Alex, lui cria-t-elle, reprenant son nom tel le refrain d'une chanson. *Aaaalex... Aaaalex... Aaaalex...*

De retour chez lui, il s'étendit sur son lit et se mit à rejouer l'incident dans son imagination. La façon dont elle avait prononcé son nom, comme si c'était la clé de tout. Il cherchait à se persuader qu'elle l'avait enfin reconnu, qu'elle venait d'admettre le lien qui les unissait, qu'à partir de maintenant leurs vies convergeraient comme elles y étaient destinées, il en était convaincu.

Le lendemain, à l'école, elle le croisa sans un seul regard, comme à son habitude. Plus les jours passaient, moins elle assistait à ses cours. Elle finit par décrocher complètement et disparaître dans la nature, ayant supposément quitté la ville. Il comprit alors ce qu'elle voulait faire en tournoyant avec lui cette nuit-là devant l'école : non pas s'approcher de lui, mais plutôt se donner le petit élan qui lui manquait pour se propulser encore plus loin de lui et de tous les autres.

Au mois de septembre suivant, les Hewitt déménagèrent de nouveau, cette fois-ci dans un bungalow bleu et blanc tout neuf avec plusieurs paliers et un garage pour deux voitures, dans un quartier nouveau nommé Havre-aux-Renards mais où les enfants, malgré leurs recherches effrénées, n'en aperçurent jamais un seul.

Les archives de River Meadows

Historique

Au début de sa carrière, Richard Burton, le célèbre explorateur de l'ère victorienne, également traducteur des *Mille et une nuits*, se trouve cantonné dans le nord de l'Inde en tant qu'officier de la Compagnie britannique des Indes orientales. Las de vivre avec les autres soldats dans un espace restreint, il s'installe seul dans une maison où il rassemble une quarantaine de singes d'espèces différentes pour lui tenir compagnie. Il leur donne des noms, les habille de vêtements taillés sur mesure et prend ses repas avec eux, allant jusqu'à désigner une des femelles comme son épouse.

Ayant pour projet d'apprendre la langue des singes, Burton discute avec eux, répétant et imitant les sons qu'ils produisent, et finit par recueillir une soixantaine de « mots » simiesques. L'expérience tourne court lorsque, muté à un autre poste, il se voit obligé d'abandonner sa maisonnée de singes.

Les documents de Burton datant de cette époque ont disparu dans un incendie qui a détruit l'entrepôt où ils étaient conservés.

À la fin du XVIIIe siècle, on exhibe à Londres un porc « savant » capable d'épeler des mots et de résoudre des problèmes d'arithmétique en se servant de son groin pour piocher des cartes. Lorsqu'il entend parler de ce phénomène, Samuel Johnson observe que *le cochon est une espèce injustement calomniée. Le cochon, semble-t-il, n'a rien à envier à l'homme, mais l'homme au cochon. Or, nous ne lui laissons pas le temps de recevoir une éducation ; nous le tuons quand il atteint un an.*

En 2020, on implante un prototype de micropuce dans le cerveau d'une truie nommée Gertrude, dans le but de lire et d'enregistrer ses signaux neurologiques tandis qu'elle s'adonne à des activités comme manger, fouiller le sol ou rêver. Les médias ne tardent pas à la surnommer « Cyporc ». Selon son créateur, l'expérience représente un premier pas vers la réalisation d'une interface cerveau-machine qui permettra aux êtres humains de manipuler un ordinateur ou d'autres appareils avec leur pensée. Le choix du cochon s'est imposé naturellement compte tenu de la similitude entre ses fonctions cognitives et affectives et celles des êtres humains.

À Burlington, en Ontario, un camion transportant des cochons vers un abattoir porcin est impliqué dans un accident de la route. La collision se produit suffisamment près de l'établissement pour que ses employés soient à même de tirer rapidement les animaux survivants des décombres. Sur les cent quatre-vingts cochons que contenait le camion, cent trente-huit sont secourus, visiblement traumatisés, mais autrement indemnes.

On les mène ensuite à l'intérieur pour les abattre.

Les feux de brousse de 2019-2020 ont décimé de nombreuses populations d'oiseaux en Australie, y compris le méliphage régent, déjà menacé par la perte d'habitat. Les individus restants sont dispersés au point que les jeunes ne rencontrent plus que rarement des mâles adultes, dont le rôle consiste à leur apprendre les chants qui servent à séduire les femelles. Les scientifiques redoutent que l'espèce meure de ne plus savoir parler sa langue.

Cherchant à leur enseigner des rudiments d'anglais, des scientifiques financés par la NASA administrent des doses de LSD à plusieurs dauphins en captivité pendant les années 1960. Bien que les cétacés redoublent de vocalises sous l'influence de l'hallucinogène, aucun des sujets de l'étude ne parviendra à apprendre ni même à comprendre des mots ou des phrases d'anglais.

Pendant trois mois, on isole des autres l'un des mâles, sans autre contact que celui des chercheurs humains. Ce dauphin nommé Peter s'attache à l'une des chercheuses et se met à lui faire des avances sexuelles. Pour éviter de perturber le projet, celle-ci se résout à assouvir manuellement les pulsions déviantes de Peter.

Lorsque le financement se tarit, les dauphins sont transférés dans un autre institut, à Miami, et n'ont plus aucun contact avec les chercheurs. Peter commence à présenter les signes typiques de dépression observés chez son espèce, comme une perte d'appétit et un manque d'intérêt pour les interactions sociales. Il meurt peu de temps après.

Afin de protéger ses avions chasseurs à réaction contre les dégâts causés par les collisions avec des oiseaux, la Chine a dressé une escouade de macaques rhésus (*Macaca mulatta*) à repérer, puis à détruire les nids à proximité des aérodromes militaires de la région de Pékin. Ces singes n'ont pas été capturés à l'état sauvage, mais appartenaient auparavant à des artistes de rue, ce qui les rend relativement faciles à rééduquer pour d'autres tâches. Pour cela, il faut leur apprendre à obéir à des commandes rudimentaires, vocales ou gestuelles.

Les terrains d'aviation sont situés le long de ce qu'il est convenu d'appeler la voie de migration Asie de l'Est-Australasie. Sans se soucier des frontières nationales, d'immenses vols d'oiseaux migrateurs font halte dans cette région chaque année au mois de mars, saison des nids et de la ponte, ce qui en fait une source de danger pour les avions chasseurs et leurs pilotes exécutant des manœuvres d'entraînement.

Le département de lutte contre le péril aviaire de l'Armée populaire de libération a formé les primates à grimper dans les arbres et à défaire les nids en arrachant leurs brindilles. « D'après nos calculs, à eux seuls, deux macaques ont réussi à démanteler plus de 180 nids », déclare au *China Daily* Wang Yuejian, le commandant de la base aérienne.

L'as de l'escadron est un singe qui se charge de démolir les nids avec une agilité, une intelligence et un enthousiasme inégalés parmi ses semblables. Ses dresseurs admiratifs le baptisent Sun Wukong en l'honneur du fameux roi-singe, héros des *Pérégrinations vers l'ouest*, le célèbre classique de la littérature chinoise. Personnage démoniaque à ses débuts, figure de fureur et de chaos, Sun Wukong ne vit que pour se battre et pour tuer jusqu'au jour où la souffrance des autres ouvre son cœur à la compassion, ce qui l'amène à devenir un Bouddha.

Les dresseurs affirment que Sun Wukong sait distinguer les différentes espèces d'oiseaux dont on l'envoie détruire les nids. « Quand je lui dis *grue*, précise l'un d'eux, il ne s'attaque qu'aux nids de grues. »

On justifie l'élimination des nids par la nécessité d'assurer la protection des chasseurs à réaction, d'une grande valeur et rarement présentés au public, que l'on prépare pour les cérémonies qui marqueront à Pékin le soixante-dixième anniversaire de la capitulation du Japon qui mit fin à la Deuxième Guerre mondiale. Les réjouissances comprendront un défilé de tanks traversant la place Tian'anmen ainsi qu'un spectacle aérien.

En 1800, le naturaliste allemand Alexandre de Humboldt capture en remontant l'Orénoque des singes et des oiseaux qu'il maintient dans des cages encombrant les pirogues déjà surchargées. Un mastiff se joint à l'expédition arrêtée dans l'une des missions catholiques. Humboldt accueille avec joie la présence de ce puissant molosse au milieu d'une jungle qui fourmille de crocodiles, de jaguars et de serpents venimeux.

Dans le village d'une tribu de Maypures, on lui montre un perroquet apprivoisé qui répète plusieurs mots. Fort désireux d'ajouter ce prodige ailé à sa collection, Humboldt demande par l'entremise d'un traducteur à sa maîtresse, une femme âgée, ce que dit l'oiseau.

« On l'ignore, lui répond celle-ci. Il parle la langue des Atures et il n'en reste plus un seul. »

Ses guides autochtones lui apprennent alors que le peuple caraïbe a exterminé cette tribu quelques années auparavant. Le perroquet faisait partie du butin de guerre, mais voilà : plus personne ne comprend ses paroles. Ce volatile est le dernier locuteur vivant de la langue ature.

Les villageois refusent de s'en séparer, mais Humboldt transcrit dans son journal les quarante mots que connaît l'oiseau, dernier survivant d'un peuple éteint.

Avant de se remettre en route vers la côte vénézuélienne, Humboldt prend des dispositions pour que sa ménagerie tropicale lui soit expédiée de l'autre côté de l'Atlantique. Les animaux ne survivent pas à la longue et pénible traversée, mais leurs peaux et leurs plumages finissent par aboutir au Muséum national d'histoire naturelle de Paris, où Humboldt pourra les voir après son retour en Europe, quatre ans plus tard.

En 1997, une artiste américaine et un spécialiste du comportement des oiseaux entreprennent d'apprendre à un groupe de perroquets les quarante mots d'ature ayant survécu. Ces oiseaux sont détenus dans une petite volière faite d'un plastique opaque qui répercute et amplifie leurs vocalisations tout en les dissimulant à la vue.

Plusieurs études démontrent que le sommeil paradoxal se produit chez les oiseaux au même titre que chez les mammifères, ce qui laisse supposer qu'ils rêvent.

Le Grand Pingouin (*Pinguinus impennis*) est mené à l'extinction à l'époque moderne par les Européens qui le chassent pour ses plumes, avec lesquelles on fabrique des oreillers. Sa disparition est accélérée du fait même de sa rareté, qui pousse collectionneurs et musées à verser des sommes alléchantes en échange de spécimens, sommes qui s'avèrent irrésistibles pour des pêcheurs et des éleveurs de moutons vivant dans la misère.

La toute dernière colonie de Grands Pingouins survit jusqu'au milieu du XIXe siècle sur l'île d'Eldey, un rocher pratiquement inaccessible au large de l'Islande. Le 3 juillet 1844, trois hommes lancés à leur recherche par un riche collectionneur tombent sur ce qui est sans doute l'ultime couple reproducteur de l'espèce dans le monde, occupé à couver un seul œuf. Par la suite, l'un d'eux, Sigurður Ísleifsson, décrivit en ces mots ce qui se produisit :

Les rocs étaient couverts de merles noirs mais ensuite on a aperçu les geirfuglana *(les pingouins) […]. Ils ne marchaient pas vite. Jón Brandsson s'est approché à pas de loup, les bras ouverts. L'oiseau que visait Jón s'est mis dans un coin, mais le mien s'en allait vers le sommet de la falaise. Il marchait comme un homme […] mais en agitant les pieds très rapidement. Je l'ai attrapé non loin du bord d'un précipice profond de plusieurs brasses. Ses ailes restaient proches des flancs, sans pendiller. Je l'ai pris par le cou et il les a remuées. Il n'a pas crié. Je l'ai étranglé.*

Ketil Ketilsson, le troisième homme, trouve le nid et, obéissant à une pulsion humaine familière bien qu'encore incomprise, écrase l'œuf sous sa botte. La même nuit, de retour à la maison après leur longue et épuisante journée, ses compagnons et lui s'endorment en peu de temps, la tête emplie d'un peuple fantôme et de scènes qui disparaissent dans le néant, ne laissant aucune trace à leur réveil.

Depuis cette nuit-là, plus personne ne rêve aux Grands Pingouins.

En réaction à une présence soviétique croissante dans les eaux arctiques, la marine de guerre des États-Unis lance au début des années 1980 un programme pour dresser des baleines à détecter des mines sous-marines et à récupérer des torpilles d'essai coulées. D'un naturel amical et confiant, les bélugas s'avèrent d'excellents sujets. Un jeune béluga mâle, baptisé Noc après avoir été capturé très jeune, passe la majeure partie de sa vie en captivité, interagissant avec des êtres humains.

Pour discuter avec leur superviseur resté à terre, les plongeurs responsables de l'entraînement des baleines utilisent un appareil de transmission sous-marin nommé hydrophone. Un jour, un des hommes-grenouilles entend un ordre de sortir de l'eau qu'il attribue à son superviseur. Lorsque ce dernier nie avoir donné cet ordre, ils découvrent que Noc a appris à imiter le langage humain. À partir de ce moment, les sons ressemblant au langage humain émis par Noc seront enregistrés et ses capacités vocales mises à l'essai afin de déterminer s'il s'agit d'une réelle tentative de parler ou d'une simple imitation inconsciente. Comme toutes les baleines, les bélugas possèdent leur propre système complexe de communication sonore. Noc ne babille qu'à proximité d'êtres humains, mais pas avec les autres membres de son espèce qui partagent sa captivité. Certains observateurs experts émettent une hypothèse selon laquelle Noc imite la voix humaine pour tromper son ennui, ou peut-être même pour se moquer de ce qu'il considère comme des bruits humains dépourvus de signification.

Quatre ans après avoir été surpris à parler pour la première fois, Noc cesse brusquement d'imiter la voix humaine. Par la suite, pour une raison ou pour une autre, les chercheurs cessent de le désigner par le nom de Noc et ne l'appellent plus que « le béluga ».

Voici quelques mots désignant des animaux dans des langues n'ayant plus de locuteurs natifs :

poisson, oubykh : psa
renard, woccon : tauh-he
souris, thrace : argilos
ver, anglo-normand : achée
tortue, kanza : ke
bovin, norne : kye
oiseau-mouche, taïno : colibri

loup, ancien anglais : wulf
lion, seroa : !hoeti
grenouille, u'Yoi : mana
cheval, phénicien : ss
chien, mbabaram : dog

1558 : À bord du voilier qui ramène Jean de Léry du Brésil, ou « Terre des perroquets », règne maintenant un silence sinistre. Tout au long de la traversée, les ponts encombrés retentissaient des cris, des grognements, des ululements et des gémissements nauséeux des bêtes exotiques recueillies par de Léry pendant son bref séjour au Nouveau Monde, qu'il espère offrir en cadeau à ses nobles bienfaiteurs dès son retour en France. Or, un ouragan fait dévier de son cap le navire à la vieille coque qui fuit constamment, dévorée par les vers. Les provisions étant épuisées depuis longtemps, l'équipage tombant d'inanition trouve le salut dans sa cargaison animalière. C'est à la casserole, un après l'autre, qu'ont fini singes, lézards, oiseaux à plumes de toutes les couleurs de l'arc-en-ciel, et autres créatures pour lesquelles ces hommes n'avaient pas encore de nom dans leurs langues civilisées.

À peine un an plus tôt, le jeune Jean de Léry, cordonnier de son métier, avait franchi l'Atlantique en compagnie d'une quinzaine de calvinistes français mus par le rêve d'établir sur ce continent vierge leur nouvelle foi persécutée. Derrière eux, en Europe, on ne comptait plus les vies détruites par le feu ou l'épée dans les guerres de religion sanglantes de cette époque. Là, espéraient les colons, dans ce paradis intact, les hommes réussiraient peut-être à se rappeler qu'ils sont tous frères, à vivre en paix.

Leur espoir fut de courte durée. En effet, le gouverneur de leur colonie française naissante maintenait que par la mystérieuse grâce de Dieu, le pain béni distribué pendant la messe était à la fois du pain véritable et la chair même du Christ. De Léry et les autres nouveaux arrivants, qui tenaient fermement aux principes rationnels de la Réforme, exprimèrent leur désaccord. Car ils suivaient la doctrine de Jean Calvin voulant que le sacrement de l'Eucharistie n'offre qu'une nourriture spirituelle et trouvaient grotesque l'idée d'un Sauveur qui se transporterait du Paradis tous les dimanches pour qu'on le divise en bouchées à grignoter. Les fantaisies de ce genre étaient imposées aux crédules par une Église corrompue, encroûtée dans les superstitions.

Bannis de la colonie pour cause d'hérésie, les calvinistes allèrent chercher refuge auprès d'une tribu Tupinambá. Il est vrai qu'ils étaient cannibales, mais comme ils ne se nourrissaient que de guerriers capturés dans le village voisin, la viande de Français ne les intéressait pas. De Léry dut bien vite admettre qu'il trouvait ces sauvages dévêtus plus charitables et bienveillants qu'un grand nombre de ses concitoyens. On les voyait rarement sans un large sourire. Ils partagèrent avec les exilés le peu qu'ils avaient, leur indiquèrent les plantes comestibles ou médicinales contre tel ou tel mal et reçurent avec une joie enfantine les menues breloques que leur offrirent de Léry et ses compagnons. Mais avec la guerre quasi incessante opposant les Tupinambá à leur ennemi ancestral (sans parler des Portugais qui revendiquaient leur part du pactole brésilien récemment découvert), les Français craignaient sans arrêt pour leur vie. Lorsqu'un navire de la marine marchande leur proposa de les ramener en France, ils s'empressèrent d'accepter.

Voilà plusieurs semaines que le bateau erre sur l'océan sans trouver son chemin ; les animaux de De Léry sont presque tous passés sur la table. Ce qu'il avait pris pour son arche personnelle se meurt, et lui aussi. Par miracle, il réussit néanmoins à dissimuler à l'équipage son spécimen le plus précieux, un magnifique perroquet au plumage bleu comme le ciel, gros comme une oie. De Léry lui a déjà appris quelques simples prières et formules de politesse en vue du jour où il lui aura déniché un perchoir dans la ménagerie de quelque crésus. Chaque matin, une fois ses compagnons grimpés sur le pont pour user à chercher la terre leurs yeux déjà injectés de sang, il glisse au volatile une partie de la poignée de graines qu'il a réussi à mettre de côté, tout en lui faisant la conversation.

Comment vous appelez-vous, cher ami ?

On me nomme Jacques. Enchanté de faire votre connaissance.

Je suis ravi de vous rencontrer moi aussi. Appelez-moi Jean.

Enfin, rendu à moitié fou par la faim et la peur de ce que lui feront les autres quand ils découvriront ce qu'il leur a caché, de Léry se résigne à céder son trophée.

Bonjour, cher ami, comment vous appelez-vous ? demande-t-il pour la dernière fois à l'oiseau perché sur son bras.

On me nomme Jacques, répond celui-ci. *Enchanté de faire votre connaissance. On dirait qu'il va pleuvoir.*

Effectivement. Et vous, comment vous portez-vous ce matin ?

Jacques a faim. Jacques veut manger.

Je sais, mon cher. Moi aussi, j'aimerais bien. Si nous faisions nos prières ?

Occupé à lisser ce qui reste de son plumage défraîchi, le perroquet ne répond pas.

Si nous faisions nos prières ? répète de Léry.

Père tout-puissant, finit par caqueter le perroquet. *Bénis-nous ce jour. Par Jésus Christ ton fils. Amen.*

De Léry se dit alors que ce ne sont ni l'usage de la parole, ni l'ingéniosité de nos engins, ni la portée de notre intellect qui différencient vraiment l'humanité des animaux. C'est beaucoup plus simple que cela. L'homme perd son innocence innée, les bêtes non.

De Léry monte sur le pont avec le perroquet, que l'on s'empresse d'étrangler, de plumer, de faire bouillir et de dévorer dans un silence lugubre jusqu'au dernier morceau, même son bec crochu, ses boyaux, ses pattes écaillées. Tout en mâchonnant sa part de la chair coriace de l'oiseau, de Léry pense à Noé. À bord de l'Arche, il a bien dû arriver un jour où les vivres vinrent à manquer, l'obligeant à choisir quels animaux de sa précieuse cargaison seraient sacrifiés pour sauver les derniers humains. Les élus voués au sacrifice, rayés pour toujours du tableau de la création divine. Leurs noms, comme leurs voix, sont tombés dans l'oubli. Le guoto. La malabée. L'orotain moucheté.

Cette terre d'abondance a beau regorger de vie d'un pôle à l'autre, songe de Léry, médusé, ici, sur ce navire, il ne reste rien à manger pour les hommes. Rien, sauf leurs semblables.

Cinq jours après que le perroquet s'est tu à jamais, alors qu'ils semblaient n'avoir d'autre choix que de goûter à cet ultime aliment défendu, la vigie aperçoit la côte bretonne.

Les ponts retentissent à nouveau de cris, de sanglots, de pleurs de gratitude lancés vers le ciel par les hommes ainsi délivrés.

Vers la fin de la pandémie de COVID-19, beaucoup de gens insistent sur le fait que pendant le silence relatif des périodes de confinement, les oiseaux chantaient différemment.

Des chercheurs finissent par confirmer une transformation des appels et des chants d'oiseaux accompagnant la raréfaction des véhicules, des grosses machines et même des êtres humains, tant en zone urbaine que rurale. Que ce soit pour défendre leur territoire ou attirer des partenaires, nombre d'entre eux chantaient plus fort alors que les appels d'autres espèces se faisaient plus doux, car l'absence de bruits d'origine humaine permettait à leur voix de porter plus loin.

La même observation revenait pour toutes les espèces étudiées : pendant le règne du calme, les chants d'oiseaux se faisaient plus beaux, plus inventifs, plus mélodieux.

Claire

Le lendemain matin, elle arrive à trouver dans le buffet du petit déjeuner quelque chose de vaguement familier à manger, une assiettée d'œufs brouillés trop cuits accompagnés d'un genre de petit pain en forme de coquille d'escargot, fourré d'une gelée bleue acidulée. Elle se dirige ensuite vers l'extérieur. La brume et le crachin de la veille se sont peut-être un peu dissipés. Elle arrive à voir autour d'elle sur un ou deux pâtés de maisons, et au moins deux étages vers le haut. Elle déambule dans les rues déjà animées en griffonnant des notes, prend des photos avec son appareil numérique, pose des questions aux marchands et aux gens qui se rendent à leur travail. Elle ne peut rien faire d'autre que jouer son rôle et se tenir prête.

Quant à son contact, il pourrait fort bien s'agir de quelqu'un qu'elle a déjà rencontré. On lui dit rarement d'avance à quoi il ressemblera, ni où et quand la rencontre aura lieu, et elle préfère être maintenue dans le brouillard. Tout ce qu'elle sait, c'est qu'elle doit récupérer un sac de voyage vide et le rapporter chez elle. Une grande besace en toile qu'elle pourra remplir avec ce qu'elle voudra quand elle sera prête à partir : revues, souvenirs, linge sale, peu importe. Les douaniers cherchent des marchandises illégales dissimulées *dans* les bagages et non *sous forme* de bagage. C'est le sac lui-même qui vaut toute la peine qu'elle se donne, tous les risques qu'elle prend, à cause du matériau de sa doublure intérieure.

Les peaux assemblées d'un animal d'une telle rareté que leur simple possession pourrait la mener en prison. Combien de peaux il a fallu pour doubler ce bagage, combien de temps pour les réunir en quantité suffisante, elle l'ignore. Qui sait, peut-être tous les spécimens qui restaient sur l'île.

Si cette espèce était déjà au bord de l'extinction, se dit-elle, autant que quelqu'un profite de son chant du cygne.

Bien que les anneaux parfaitement concentriques de la vieille ville aient été depuis longtemps percés, modifiés et réagencés, elle remarque au niveau du sol de nombreuses itérations de ce motif primordial : rues courbes, carrefours giratoires, complexe commercial coiffé d'un dôme en verre évoquant un tournesol immense, parcs dessinés comme des mandalas. Presque tout cela est neuf, financé par les recettes énergétiques. L'expression qu'elle entend le plus souvent est *vient d'être bâti*. La plus haute tour de la ville, une aiguille argentée qui déchire les nuages, est la flèche de l'Aethérée, qui vient d'être bâtie. Idem du Musée du temps, qui n'a qu'un an mais qu'il a fallu fermer pour réparer son toit percé. On vient de construire son voisin, le Théâtre des sons, dont l'entrée en plaques d'acier rivetées rappelle une gigantesque oreille humaine. À voir plus tard, peut-être. Sans parler bien sûr du nouvel aéroport, tout en verre et en lumière, mais dont elle a à peine remarqué la grandeur dans sa hâte d'en sortir, d'arriver au bout du voyage. Il faudra qu'elle fasse plus attention en revenant. Encore que, d'ici là, ils en auront sans doute édifié un autre.

La seule chose qui n'existe pas, c'est un centre. Le long des artères sinueuses, la circulation tournoyante semble orbiter autour d'un axe où l'on suppose que se dressait autrefois la tour du dieu des mers. Mais chaque fois qu'elle se croit sur le point d'atteindre le pivot, un virage ou un tournant la propulse à nouveau vers l'extérieur, en périphérie, tel un voilier détourné par un vent contraire.

Cette ville doit bien avoir un cœur. Elles en ont toutes un, qui n'est pas obligatoirement leur centre géographique. C'est une métaphore qu'elle garde toujours en tête, dont elle est constamment à la recherche. Dans certaines villes, l'emplacement du cœur l'a parfois surprise. Dans celle-ci, avec sa structure atavique en cerceaux, on s'attendrait à ce qu'il se trouve en plein dans le mille.

Mais il semble impossible d'y parvenir.

Partout défilent, sur d'énormes écrans vidéo, prévisions météorologiques, avertissements de tempête tropicale et bulletins de circulation indiquant les détours et les rues barrées.

Elle remarque une forte présence policière. *D'un autre côté*, se dit-elle, *tu es perpétuellement à leur affût*.

Son téléphone vibre. Un bref texto anonyme : *beau temps pour se promener*, accompagné d'un emplacement partagé sur une carte. Une place publique non loin de l'endroit où elle se trouve. Avant de s'y diriger, elle prend le temps de regarder autour d'elle, comme si elle se demandait par où poursuivre son chemin.

Le brouillard se lève. Le ciel est toujours couvert de nuages, mais les sommets de la ville se dévoilent enfin. Elle découvre qu'elle déambulait au fond d'un abîme de verre et d'acier, sous le regard de grues qui culminent dans le lointain. Le vertige ressurgit, accompagné d'un profond malaise dont le bouillonnement menace de prendre des proportions encore pires. Pour peu qu'elle se laisse aller à penser aux plaques tectoniques qui remuent sous ces rues, une vague de terreur la parcourt jusqu'aux pieds.

Voici la place. Elle est déjà passée par là ce matin. Un endroit bruyant, très fréquenté, autour duquel trois voies de circulation orbitent au ralenti. À l'autre bout se déroule ce qui a tout l'air d'une manifestation. Un noyau de gens rassemblés, brandissant des banderoles et des pancartes illisibles d'ici. Sur une plateforme, quelqu'un parle dans un mégaphone.

Cris et sifflets de la foule, flâneurs curieux qui viennent voir ce qui se passe.

Rien à voir avec elle, mais peu importe de quoi il s'agit, cela devrait suffire à détourner l'attention d'un sac en toile changeant de mains. L'heure et le lieu sont bien choisis. Éprouvant le besoin d'en finir le plus vite possible pour pouvoir rentrer à l'hôtel ensuite, elle examine les gens qui l'entourent tout en feignant de scruter l'une des cartes pliantes du guide.

C'est alors qu'elle le voit.

Quelconque à souhait avec sa barbe négligée, son jean et son chandail à capuchon, un jeune homme est assis sur le banc d'un arrêt d'autobus, penché sur son téléphone et flanqué d'une large besace en toile vert forêt au rabat orné d'un autocollant, une planète Terre de bande dessinée au large sourire : le signe de reconnaissance qu'on lui a dit de chercher. Il a l'air d'être venu étudier de l'étranger ou alors de faire le tour des auberges bon marché, histoire de vivre sa grande aventure en solitaire, peu après la fin du lycée et juste avant de s'engluer dans une carrière insipide pour le reste de sa vie. Le genre de personne qu'on ne regarde pas deux fois.

Elle ne se trouve qu'à quelques dizaines de pas de l'arrêt. L'affaire de quelques secondes. Sans cesser de consulter ostensiblement sa carte, elle avance dans sa direction d'un air dégagé en réfléchissant à la meilleure façon de l'approcher, un œil sur les possibilités de fuite au cas où elle commettrait une erreur sur la personne, ou si jamais c'était un piège.

Il lève la tête, la remarque, soutient brièvement son regard et baisse à nouveau les yeux sur son téléphone.

Elle n'est plus qu'à quelques pas de lui lorsqu'Andros se range près d'elle sur son élégant scooter bleu et argent. Elle ne peut que rester plantée là à le regarder, en évitant soigneusement de lorgner le jeune homme assis sur le banc. Andros abaisse la béquille du scooter et lance :

– Vous avez l'air perdue.

– Mais je suis perdue, répond-elle en haussant les épaules.

Elle rit et se sent rougir, non pas de gêne mais à cause de l'arrêt brutal du mouvement qu'elle opérait.

Sauf qu'Andros n'est pas censé le savoir.

– Ça arrive fréquemment ici, reprend-il. À moi aussi, parfois.

– On dirait que cette ville cherche à faire tourner les gens en rond.

Elle esquisse une pirouette avec un large sourire pour illustrer son propos, ce qui lui permet de regarder le banc du coin de l'œil. Son contact est déjà parti.

– En tout cas, si vous en avez assez de tournicoter, mon invitation est toujours valable.

Tout en inclinant la tête pour se donner l'air d'y réfléchir, elle prend une longue respiration lente afin de se calmer. Elle sait par expérience que la meilleure chose à faire est de s'éloigner le plus vite possible du lieu du rendez-vous.

– Bien sûr, pourquoi pas.

– Super. Qu'est-ce que vous avez envie de voir ?

– Je n'en ai pas la moindre idée. Faites-moi la surprise.

– Ah, d'accord. Beau défi. Voyons voir...

– La première chose qui vous passe par la tête.

– J'ai une idée.

Il tapote la selle du scooter.

– Allez hop !

Lorsqu'elle s'est installée derrière lui, tendue, il enchaîne :

– Tiens-toi bien.

Elle l'entoure de ses bras, sent les muscles élancés de son abdomen et prend conscience – mais trop tard – de l'impossibilité de maintenir une distance sur ces trucs-là.

Les pneus crissent sur la chaussée couleur de sable, mais si ce véhicule est réellement équipé d'un moteur, il n'émet qu'un léger murmure et pas la moindre odeur d'essence. Le scooter s'arrête, repart et change de vitesse avec une douceur qu'elle n'a jamais vue nulle part. Est-il électrique ? Ne voyant ni cadran, ni jauge, ni manette, elle se souvient des rumeurs faisant état d'une mystérieuse nouvelle source d'énergie.

Après s'être faufilé dans les embouteillages du centre-ville, Andros emprunte une bretelle qui monte vers l'autoroute côtière, la prenant de court. Alors qu'elle s'attend à recevoir d'une minute à l'autre un texto l'informant de l'emplacement du prochain essai, elle sera trop loin pour s'y rendre à temps. Mais il est trop tard pour lui demander de faire demi-tour.

Le scooter fait si peu de bruit qu'ils peuvent bavarder tout en roulant. Il lui apprend qu'il suit un stage pratique en dynamique cristallo-temporelle offert aux diplômés par l'institut de recherche énergétique de l'île. Elle n'en comprend pas un mot.

– Et pendant tes loisirs ? À part t'occuper des touristes incultes.

Il joue du *llir*, la version traditionnelle u'Yoi de la guitare. Ses parents, tous deux musiciens de l'orchestre national, ont insisté pour qu'il intègre la musique à son répertoire.

– Mais ils n'aiment pas trop celle que j'ai choisi de jouer, pouffe-t-il. Une forme locale de ce qu'on pourrait décrire comme du jazz. Ma mère, elle, appelle ça un ensemble de chaudrons dégringolant l'escalier.

Bien qu'infirmière, la mère de Claire était passionnée de piano. Elle avait tenté de l'enseigner à sa fille, mais cela n'avait servi qu'à les irriter toutes les deux.

Il faut laisser entrer la musique, répétait-elle tandis que Claire enfonçait les touches sans aucun optimisme. *La musique, c'est toi, Clarinette.*

Alors Claire s'efforçait d'être la musique. Elle faisait de son mieux malgré les larmes de déception qui lui montaient aux yeux. Pas fichue de comprendre ce qu'elle était censée faire, incapable d'atteindre l'espace où flottait sa mère quand elle fermait les paupières et que ses doigts couraient sur le clavier, elle avait battu en retraite. Fuyant l'instrument, elle s'était plongée dans les livres et s'était mise à écrire des poèmes abominables, bien cachée dans sa chambre. Sa mère avait fini par laisser tomber.

Mais de tout cela, Claire ne dit rien à Andros. Elle lui parle plutôt d'autres écrivains aventuriers de sa connaissance, alignant les anecdotes à moitié anonymes sur leurs rituels bizarres, leur vie dissolue, leurs mésaventures au moins à moitié vraies. Le reste, elle l'invente au fur et à mesure.

Andros s'engage sur une autre voie rapide, une longue courbe inclinée qui les ramène vers le volcan central.

Peu importe le nombre de kilomètres qu'ils dévorent, son dôme bleu pâle demeure improbable et lointain jusqu'à l'instant soudain où, au détour d'un coteau rocheux et nu, il se dresse au-dessus d'eux, nettement dessiné, enfin réel. À son sommet enneigé flotte un mince nuage de vapeur blanche, tel un ruban effiloché. Ici le vent souffle plus fort, ce qui rend leur conversation difficile.

– Ce n'est pas risqué ? lui crie-t-elle à l'oreille.

– Pas pour l'instant, répond-il sur le même ton. Je croyais que tu voulais voir les régions dangereuses.

– Ouais, mais j'espérais tout de même rester à distance respectueuse.

Après avoir contourné le pied du volcan, l'autoroute serpente en contrebas du long versant nord couvert de cendres. Devant elle, Claire entrevoit des pylônes, un remonte-pente et des silhouettes minuscules qui descendent en slalom, soulevant des traînées de poussière.

– C'est pas vrai, souffle-t-elle.

– Des cendres, on en reçoit plus que d'habitude depuis quelques années. Alors ils en profitent.

Ils garent le scooter et rejoignent d'autres grimpeurs sur un sentier abrupt menant au chalet de style nordique, point de départ du remonte-pente. Une légère odeur d'œufs pourris flotte dans l'air, mais cela ne semble inquiéter personne. Pendant qu'Andros s'occupe des billets, elle sent son téléphone vibrer dans sa poche.

J'espère que vous n'aurez pas à abréger votre voyage.

Traduction : Manque ton coup encore une fois et tu vas le regretter. Une minute plus tard suit un autre message : *Pas aujourd'hui.* Elle est tirée d'affaire pour l'instant.

Andros revient en brandissant leurs tickets.

– Prête ? lance-t-il avec un sourire de petit garçon.

L'aspect effrayant de ce qu'ils s'apprêtent à faire aide Claire à canaliser la trépidation provoquée par les textos.

– Prête à tout, crie-t-elle par-dessus le vent.

Interloqué par cet accès d'enthousiasme inattendu, il éclate de rire.

– OK.

Vue d'en haut, la pente paraît encore plus raide que d'en bas. Comme ils ne possèdent ni l'un ni l'autre une grande expérience du ski ou du snowboard, ils font le choix prudent de louer des luges. On leur fait enfiler des lunettes de sécurité, des gants et des tenues jaunes qui ressemblent à des combinaisons de protection contre les matières dangereuses avant de les laisser monter dans le télésiège.

Ils descendent une première fois la colline onduleuse, bondissant côte à côte jusqu'au moment où, s'étant trop penché d'un côté, Andros roule dans la cendre.

Elle l'attend au bas de la pente et s'esclaffe à son tour à la vue de sa figure de ramoneur.

– Pardon.

– Non, c'est vrai que c'est drôle, concède-t-il en s'époussetant.

Claire lève les yeux vers le flanc gris foncé que dévalent d'autres lugeurs dont les cris et l'hilarité lui parviennent de loin, vers les passagers du remonte-pente et le toit pointu du chalet. Elle a l'impression de contempler le négatif d'une photo prise par une belle journée aux sports d'hiver. Une saison de ski en enfer. Enfonçant sa main gantée dans la poussière grise pailletée d'éclats minéraux, elle en roule une boule qui se défait d'un frisson dans le vent. Son ardeur fébrile s'est dissipée ; elle sent qu'elle va se mettre à trembler.

À quoi bon…

– C'est moi qui t'ai demandé de me surprendre, admet-elle à son tour.

Sur le chemin du retour, Andros l'emmène visiter l'institut de recherche énergétique. Campé au milieu d'un champ de broussailles, apparemment le plus loin possible de la mer pour une île aussi petite, il a des allures de bunker industriel blanchi à la chaux. Sa silhouette trapue rappelle à Claire la station de recherche où son père passait le plus clair de son temps quand elle était adolescente et d'où il lui envoyait des photos de roulottes blotties sur la toundra monotone de l'Arctique. Ses absences duraient si longtemps que sa mère avait trouvé quelqu'un d'autre pour lui tenir compagnie. Ray. Elle se souvient du morceau de pierre abritant un lichen vivant que son père lui avait expédié de l'île d'Ellesmere. Sa mère lui avait répondu par retour de courrier qu'il n'avait plus besoin de rentrer à la maison. Claire sait que son père est revenu de ce voyage dans le but précis de la revoir avant de les quitter pour toujours, mais les détails se sont estompés dans sa mémoire. Sans doute un mal pour un bien, étant donné qu'elle n'a pas oublié à quel point il lui manquait à l'époque. Comme s'il était resté sur la banquise pour toujours.

Elle conserve encore la pierre, tout comme la dernière lettre qu'il lui a écrite, dans le petit entrepôt en libre-service où elle remise les rares vestiges qui subsistent de son passé.

– Si on te le demande, lui glisse Andros juste avant d'atteindre l'entrée pratiquée dans la haute clôture en treillis métallique, tu n'es pas une autrice, mais une chercheuse invitée.

Voilà qui aiguise son ardeur et son intérêt. Elle n'est pas censée se trouver là.

Andros présente son laissez-passer de sécurité, après quoi on les laisse entrer. L'intérieur de l'institut est un labyrinthe de corridors parcourus de conduites et de tuyaux, de bourdonnements, de sifflements. Andros lui fait longer ce qui ressemble à une salle de contrôle vitrée occupée par plusieurs scientifiques surveillant des écrans, montre sa carte à une garde plantée devant une autre porte et discute brièvement avec elle des vacances qu'elle vient de prendre au Costa Rica. En dépit des regards inquisiteurs qu'elle lance à Claire, Andros entraîne celle-ci sans la lui présenter.

Ils prennent l'ascenseur pour s'enfoncer plus profondément dans le complexe, puis suivent longuement un couloir en pente menant à une autre porte, qu'Andros déverrouille en utilisant sa carte. La longue salle au plafond bas, mi-bunker, mi-cellule, ne contient qu'une table et deux ou trois chaises pliantes. Un des murs est percé d'une étroite fenêtre horizontale renforcée d'un grillage métallique.

À travers ses chaussures, Claire sent monter dans ses os une légère vibration venant du plancher, accompagnée d'une pulsation sonore assourdie. Comme si quelque chose d'énorme raclait contre autre chose.

Andros lui fait signe de regarder par la fenêtre.

Elle obéit.

De l'autre côté de la vitre, on a creusé dans le roc noir et humide une grotte illuminée. Au sol, une cavité circulaire d'au moins vingt mètres de diamètre débouche dans l'obscurité. L'orifice où serpentent des câbles qui montent et descendent est traversé d'une passerelle.

– Qu'est-ce que c'est ? s'écrie-t-elle, étonnée d'être aussi déçue.

Après avoir fait tout ce chemin, elle s'attendait à plus grandiose.

– Nos légendes millénaires racontent qu'autrefois, nous vivions sous la mer et que nous y retournerons le jour où les dieux finiront par nous punir de notre arrogance. Ils nous ont déjà donné un avertissement, mais cette fois-ci, ils nous achèveront pour de bon.

– Tu ne crois pas vraiment à ça, réagit-elle. Que cette île va finir par disparaître entièrement.

– Elle est *déjà* en train de disparaître, réplique-t-il. Elle s'enfonce en ce moment même.

– Oui, enfin, d'un point de vue géologique.

– Non. Du point de vue de *maintenant.*

– Comment ça ? Il nous reste, quoi, quelques heures ?

– Ou quelques jours, semaines, années. Personne ne le sait. Les plus récents relevés indiquent que l'activité tectonique s'accélère ; la subduction atteint un rythme jamais vu jusqu'ici. On ignore encore si ça a à voir avec toutes nos activités d'exploitation extra-côtière et de fracturation hydraulique, mais ce que ça annonce, c'est un séisme sans précédent, à une échelle catastrophique. La seule chose qu'on ne sait pas, c'est quand.

Claire pose une main sur le mur pour assurer son équilibre. À cette profondeur, à des kilomètres de l'océan, est-elle plus en sécurité ici, ou le contraire ?

– Je vais te dire ce que *maintenant* signifie, reprend Andros. Au large, le gouvernement a fait appel à une firme de génie civil japonaise pour bâtir en secret des îles flottantes artificielles afin de parer à l'éventualité d'une évacuation massive. Voilà où nous en sommes. Cette expérience-ci consiste à trouver une façon d'empêcher tout ça. En bas, il y a le prototype de notre solution.

– Dans ce trou.

– Tout au fond, on a excavé une cuve qui sert à produire une vague d'un type particulier, non liquide. C'est difficile à expliquer, mais on pourrait dire qu'elle ouvre des voies spatiotemporelles divergentes. D'autres manifestations possibles de la réalité. Si notre travail s'appuie sur une théorie valable, alors toi, moi et tout le reste, nous existons à l'extrémité de l'une des nombreuses voies dont les ramifications innombrables, en bifurquant devant nous, mènent à une profusion de futurs possibles. Il existe d'autres réalités que la nôtre, dont au moins une où le philosophe grec disait vrai, où l'île s'est réellement abîmée dans les vagues il y a plusieurs milliers d'années. Sur une trajectoire différente, elle serait située ailleurs, à moins qu'elle n'ait jamais existé.

– Pendant des siècles, on a bien cru que Platon l'avait inventée de toutes pièces.

– Oui, et dans d'autres réalités, nous ne sommes peut-être que cela : un récit édifiant dans un livre quelconque. La plupart des autres voies, cependant, ne s'écartent qu'à peine du monde que nous connaissons. Il est possible, du moins en théorie, de modifier la probabilité de voir notre univers s'engager dans l'une ou dans l'autre. C'est du moins ce que nous espérons. La chaleur et la pression intenses qui règnent là-dessous garantissent des conditions optimales pour notre expérience. En bref, nous cherchons à imprimer à notre voie une légère déviation locale. À décaler un tantinet les probabilités. Si nous parvenons à calibrer correctement la vague, nous réussirons à faire de cette issue catastrophique une possibilité plutôt qu'une certitude.

– J'ai déjà entendu parler de ces ondes-là, dit-elle avant de se mettre à lui parler d'où elle vient, River Meadows, où l'on appliquait un procédé similaire pour extraire une substance convoitée de l'obscur minerai toxique qui la contenait.

Bien qu'elle ne révèle rien d'indiscret, elle en a tout de même l'impression.

– On a étudié cette ancienne méthode dans un de mes cours, confirme Andros. Elle causait plus de problèmes qu'elle ne permettait d'en résoudre.

Elle hoche la tête.

– Il arrivait beaucoup de choses bizarres dans cette ville. Principalement aux petits enfants et aux adolescents. Évanouissements. Visions. Maladies mystérieuses. Des gens disparaissaient pendant des heures, puis ressurgissaient sans se rappeler où ils étaient allés. Personne n'a jamais réussi à prouver que c'était la faute des ondes, ni même à intenter des poursuites contre la compagnie. La ville dépendait plus ou moins complètement de l'industrie, qui avait le gouvernement dans sa poche. Et comme tout le monde gagnait des tas d'argent, sa devise officielle aurait pu être *Au diable les torpilles, en avant toute !* Maintenant, c'est une zone sinistrée et on cherche encore comment réparer les dégâts.

– Ça n'arrivera pas ici, déclare Andros. C'est impossible. Cette technologie a considérablement évolué depuis.

– Vous faites des progrès, alors ?

D'un doigt, il tapote la vitre.

– On ne sait pas encore.

Lorsqu'il la dépose au Trident ce soir-là, elle est à peu près décidée à laisser se produire ce qu'ils souhaitent manifestement tous les deux. Ce n'est pas sans risque, mais elle l'a déjà fait en toute impunité, sans compter que dans plus d'une situation délicate, sa couverture n'en a sans doute paru que plus plausible. Elle a découvert que cela ne gâche rien d'avoir l'air imprudente ou même un peu idiote.

Elle pense à l'inviter à prendre un verre dans sa chambre. Mais que ce soit à cause d'un sursaut de prudence tardif de sa part ou d'autre chose, quand elle croise son regard en descendant du scooter, les mots lui restent dans la gorge, remplacés par un *au revoir* hâtif et maladroit devant l'entrée principale. Arrivée dans le hall, elle se retourne pour l'observer à travers la porte vitrée. Il remonte posément sur le scooter. Juste avant de démarrer, il lève la tête et voit qu'elle le regarde.

Il agite la main en souriant. Elle agite la main en souriant.

Avant d'appuyer sur le bouton de l'ascenseur, elle parcourt le hall du regard, au cas où son contact serait venu tenter un nouvel essai. Mais non, où a-t-elle la tête ? Ils ont dit *pas aujourd'hui* et de toute façon, personne ne serait assez idiot pour s'introduire là où elle loge. Elle a tellement hâte d'en finir qu'elle prend ses désirs pour des réalités, elle doit l'admettre.

Tout en se déshabillant pour aller au lit, elle examine son timbre. On dirait qu'il s'est aplati et que ses bords sont plus irréguliers, comme s'il s'étirait à la manière d'une amibe.

Encore aujourd'hui, dans bon nombre de foyers, la coutume veut que l'on verse quelques gouttes d'eau de mer sur le plancher après le repas du soir afin d'honorer les divinités marines. On dit qu'elles rendent le plus souvent visite aux habitants de l'île pendant leur sommeil et qu'elles leur prodiguent conseils et avertissements.

Chaque fois qu'elle exécute un contrat de ce genre, elle rêve plus que d'habitude, ou alors elle fait des rêves plus mémorables. Elle s'est habituée à ce théâtre nocturne qui se distingue par une précision méticuleuse et une cohérence dans le décor, l'intention, la trajectoire, rarement atteinte dans les rêves. Ils suivent pour la plupart un scénario uniforme. Tout commence dans le monde ordinaire – elle fait la cuisine chez elle, sort chercher son courrier ou faire des courses – quand, prenant soudain conscience d'avoir oublié quelque chose ou quelqu'un, elle doit se lancer à sa recherche et cette quête urgente l'entraîne de plus en plus loin de son cadre familier, vers des lieux parfois très étranges, réalités parallèles emplies de drames et de désordre où elle se retrouve empêtrée dans une intrigue déjà entamée, avec des personnages tirés du néant par son esprit endormi comme si, toute sa vie durant, ils avaient attendu l'occasion d'entrer en scène. Amis, rivales ou amants, quelques-uns de ces êtres fantomatiques sont devenus si essentiels à son moi onirique qu'ils l'accompagnent dans sa vie éveillée, au point qu'elle se languit de les revoir.

Cette nuit, elle rêve qu'elle se trouve là où elle est en réalité, au Trident, et qu'on lui décerne un prix dans l'une des salles de conférences. Elle vient de publier la version définitive du guide de l'île, un énorme volume bourré de faits, de dates et de détails mystérieux. Elle est fière de sa réussite, mais l'attention de la foule qui l'applaudit la met mal à l'aise. C'est alors qu'elle se souvient de l'enfant. Mais oui, la petite fille de sa grande sœur, dont elle était censée s'occuper pendant son séjour ici et avec qui elle a passé la matinée dans la piscine à vagues (dans sa vie éveillée, elle n'a ni frère ni sœur, mais dans le rêve, toute une histoire se construit autour de cette sœur imaginaire). Elles se sont beaucoup amusées à barboter dans le petit bain et à déguster des cornets de glaces à la buvette, mais elle a laissé la petite là-bas… elle l'a oubliée. Comment a-t-elle pu faire une chose pareille ? Il faut qu'elle y retourne, qu'elle la retrouve avant qu'un malheur se produise.

Elle sort de la salle de conférences sans se retourner, puis s'élance sur la passerelle vitrée qui mène au complexe aquatique. Il fait nuit et l'endroit est plongé dans l'obscurité, mais plusieurs personnes se promènent encore sous les étoiles. Les étoiles ? Il n'y a pas de toit : la piscine est à ciel ouvert.

Elle remarque au bord de l'eau un homme d'à peu près son âge qui n'a pas l'air dans son élément : alors que tout le monde est en tenue de plage ou en maillot de bain, il porte une chemise en épaisse flanelle rouge, un jean sale avec des taches d'herbe aux genoux et des chaussures de randonnée. Elle frôle presque l'homme qui la regarde passer et qu'elle a l'impression de reconnaître, de l'avoir connu il y a des années, mais elle n'a pas le temps d'y penser parce qu'un peu plus loin, elle aperçoit l'enfant occupée à creuser le sable.

La sirène mugit. La vague va bientôt déferler. La dernière vague, celle qui va tout engloutir.

Claire soulève dans ses bras la petite fille qui est devenue minuscule, pas plus grande qu'un chaton nouveau-né. Mais ce n'est pas un bébé, seulement une parfaite fillette mignonnette et cette créature impossible, Claire l'aime de tout son être depuis toujours. *Je suis là maintenant*, murmure-t-elle, *je te demande pardon, je ne te lâcherai plus jamais, je te le promets*. Elle enveloppe la poupée vivante dans une serviette et se hâte de revenir sur ses pas. Tandis qu'elles franchissent la passerelle, elle voit scintiller quelque chose dans l'obscurité derrière la fenêtre, une lueur vacillante. À bien y regarder, c'est quelque chose de vivant, non, plusieurs choses vivantes, un banc de poissons argentés qui lancent des éclairs dans leur course ondoyante à travers la nuit.

Trop tard. Elle est arrivée trop tard. L'eau recouvre maintenant la passerelle.

Elle reste figée devant la vitre. Une immense silhouette émerge de l'obscurité et braque sur elle en passant un curieux regard bleu.

Comme Andros travaille toute la journée à l'institut de recherche, elle est laissée à elle-même. Ce qui est une bonne chose, se répète-t-elle en s'éloignant de l'hôtel. Elle vérifie ce que dit le guide, note de menus détails erronés et sa carte mentale commence à prendre forme, tel un dessin à l'encre invisible émergeant lentement de la blancheur du papier. Elle arrive même à oublier pendant de courtes périodes que le transfert n'a pas encore eu lieu.

Vers midi, une dalle de nuages descend sur la ville, projetant une ombre crépusculaire accompagnée d'un crachin éperonné par le vent. Quand elle rentre à l'hôtel en fin d'après-midi, trempée, elle décide d'esquiver le bar et Andros.

Elle attend que le service aux chambres lui apporte son dîner quand la peur l'attaque sournoisement. Roulée en boule sur le lit, l'oreiller dans les bras, elle se met à gémir.

Qu'est-ce que c'est ?

Le timbre.

Elle s'assoit, allume la lampe de chevet et examine son bras. Il n'a plus rien d'un carré et s'est étalé encore plus, déployant des pseudopodes ou des péninsules. Sa couleur s'approche aussi beaucoup plus de celle de sa peau.

Ça doit être ça qui la démolit. La ville qui s'infiltre en elle. Qui prend possession d'elle. Eh bien, elle ne va pas se laisser faire.

Elle essaie de le décoller, mais n'arrive pas à soulever le bord. Elle le pince. Le griffe. Pas moyen de détacher ce truc.

Elle se précipite à la pharmacie qu'elle a repérée un coin de rue plus loin, montre le timbre au pharmacien et l'interroge sur ses effets secondaires. Il lui demande de quelle marque il s'agit. Derm machin, répond-elle. Elle ne s'en souvient plus et elle a jeté l'emballage. Il lui dit de ne pas s'inquiéter, qu'il faut un certain temps pour s'y habituer. Elle proteste : Mais c'est à ça qu'ils sont censés servir. Tout ce qu'il peut lui suggérer, si elle est vraiment inquiète, ce serait d'essayer une des cliniques sans rendez-vous ouvertes vingt-quatre heures sur vingt-quatre.

Elle repart vers l'hôtel en se demandant si elle va suivre son conseil, mais cela voudrait dire passer des heures sous les néons, dans une salle d'attente bondée d'inconnus indiscrets. Et une chose est sûre, ses renseignements personnels se retrouveraient quelque part dans une base de données officielle ; quelqu'un risquerait de les récupérer, de les recouper et de découvrir la véritable nature de ses déplacements, qu'elle fait tant d'efforts pour dissimuler. Bon, elle est sans doute paranoïaque, mais on ne sait jamais. Et puis, si elle entre dans une clinique, cela voudra dire qu'elle a vraiment quelque chose qui ne va pas. Et ça, pas question. Elle a une seule chose à faire avant de foutre le camp.

En traversant le hall, elle tombe sur Andros, dont le visage s'éclaire à sa vue. Il lui annonce qu'il a réussi à se procurer deux billets pour un spectacle qui aura lieu ce soir et qu'elle ne doit pas manquer. Un événement spécial qui n'a lieu qu'une fois par an. Comme Noël.

– Dans un sens, c'est un peu lié à ce que tu es venue faire ici, ajoute-t-il.

Elle va dire non. Elle dit oui.

La nouvelle salle de concert dresse au-dessus du port sa spirale nacrée évoquant une conque géante. Pour y parvenir, ils traversent l'eau sur une passerelle avant de se joindre à un public étrangement morose pour des gens qui assistent à une soirée. Prétextant qu'il vaut mieux qu'elle en fasse l'expérience sans aucune connaissance préalable, Andros ne lui a pas dit grand-chose à propos de ce fameux événement.

Il s'agit donc d'un opéra basé sur un recueil d'anciennes légendes intitulé *L'Almanach de sable*, qui semble faire office de mythologie nationale. Il est interprété en langue autochtone, malheureusement sans surtitres anglais ; seul un bref résumé figure dans le programme. Parmi les principaux interprètes figure Aphrodaddy Eleganza, une célèbre chanteuse pop u'Yoi travestie. Épais fond de teint blanc, sourcils arqués, lèvres turquoise : si la photo est récente, cette personne ne doit pas avoir plus de seize ans. C'est toujours une enfant.

Dès le début, Claire a du mal à suivre l'action. Le rideau se lève sur une tempête en mer. Des voix d'outre-tombe venues des coulisses dominent de leur chant le rugissement du vent et des vagues. Puis une naufragée, que Claire interprète comme l'équivalent féminin d'Ulysse, échoue sur le rivage où les habitants autochtones de l'île, les u'Yoi, la recueillent dans leur village. La doyenne de la tribu, qui est aveugle, narre à la voyageuse les histoires de son peuple, que miment les autres comédiens. En dehors de cela, Claire ne comprend pas grand-chose. Elle croit deviner qu'un esprit des eaux est capturé, puis apprivoisé ; qu'une rivalité dont le trône est l'enjeu oppose frères et sœurs ; qu'un dieu marin tombe amoureux d'une mortelle. Des savants – ou des magiciens – mettent au point une machine capable de propulser les navires et de rendre les cuirasses invulnérables, mais cette invention irrite l'esprit du volcan, ce qui semble pousser un groupe de rebelles à comploter pour détruire l'appareil avant qu'il ne soit trop tard. Il arrive souvent que plusieurs personnages parlent ou chantent en même temps, quand ils ne se mettent pas à gémir ou à gesticuler tout seuls dans un coin alors qu'il se passe autre chose de plus captivant sur le devant de la scène. Certains acteurs semblent jouer dans la saga un rôle d'une importance considérable, avant de disparaître pour ne plus revenir. Les places qu'Andros leur a trouvées sont situées vers le fond de la salle, ce qui rend la compréhension de l'intrigue encore plus difficile.

– Voilà Aphrodaddy, lui chuchote-t-il à l'oreille.

Elle voit une silhouette menue en longue robe violette traverser les planches, les bras en croix, tout en poussant une longue note aiguë. Son crâne est chauve. Les autres interprètes s'écartent pour lui faire de la place.

– Quel rôle est-ce qu'iel joue ? lui demande-t-elle sur le même ton.

– Celui de l'océan, répond-il.

Juste avant l'entracte, une sorte de bête marine à tentacules, sans doute un calmar géant, surgit d'une trappe et s'enroule autour d'un homme et d'une femme qui se tenaient par la main, seuls sur scène. Cette créature est d'une absence de réalisme gênante avec ses mécanismes qui couinent bruyamment. Les acteurs s'enfoncent lentement dans ses profonds replis bleu-noir où ils disparaissent sans cesser de déclamer leurs répliques, comme s'ils ne se rendaient pas compte de ce qui leur arrivait. À la vue de cet absurde amalgame entre Shakespeare et un film d'horreur des années cinquante, Claire se retient d'éclater de rire. Il lui est arrivé la même chose la première fois qu'elle a entendu une diva miauler comme une chatte en chaleur à l'opéra traditionnel de Shanghaï.

Elle jette un coup d'œil à Andros et s'étonne de voir des larmes couler sur sa figure. Il n'est pas le seul. Elle entend des reniflements, voit des visages affligés, des mouchoirs en papier ou en tissu qu'on sort discrètement, quand elle sent soudain, telle une force physique, une marée d'émotion intense submergeant cette assemblée de gens autrement sains d'esprit en apparence. Andros se tourne vers elle, lui fait un sourire à la *ne t'en fais pas* et saisit sa main dans la sienne.

Le spectacle prend alors un tour encore plus bizarre. Au troisième acte, en plein milieu d'un numéro musical, un grand pan de la toile de fond, peinte afin d'imiter la façade d'un temple antique, bascule brusquement vers l'arrière, arrachant au passage un écran suspendu, et s'abat sur les planches dans un grand fracas. Cette défaillance catastrophique fait tressaillir Claire, mais les interprètes continuent sans se démonter. Elle regarde Andros. Il est toujours captivé, transporté.

Sentant une goutte froide sur son poignet, elle lève les yeux vers le plafond voûté. Merde, est-ce que le toit fuit maintenant, ou est-ce que ça fait aussi partie du spectacle ?

La goutte n'est suivie d'aucune autre, mais sur scène, l'insolite atteint des sommets. Seule Claire semble trouver cela étrange. Des coups étouffés lui parviennent des coulisses. Elle aperçoit les contours de pièces de machinerie difficilement identifiables, qui voltigent ou glissent un instant derrière le décor avant de disparaître. Un grouillement à peine entrevu, possiblement des corps, derrière les toiles translucides censées représenter l'ondulation des vagues. Et derrière tout cela, ses oreilles détectent sans nul doute un autre son étouffé, un grondement grave, grinçant, évoquant la rotation laborieuse d'un énorme objet qu'elle est sûre d'avoir déjà entendu, mais sans savoir où. Puis elle se souvient : c'était dans le bunker souterrain de l'institut de recherche, quand Andros lui a montré sa vague expérimentale.

Elle sent vibrer le plancher, les accoudoirs de son fauteuil. Elle n'est tout de même pas la seule ? Tous ces inconscients, acteurs comme spectateurs, continuent comme s'il n'existait aucune différence entre évoluer sur les planches et être assis dans la salle. Tous absorbés par le récit, peu importe sa teneur. Mais elle a de plus en plus l'impression qu'un spectacle plus vaste se déroule en filigrane de celui-ci ; qu'elle ne reçoit que des tranches, des allusions, les répercussions légères d'un événement immense, un processus graduel avançant à une autre échelle dans un temps qui lui est propre, inexorable comme une nappe de glace. Que personne ici n'est apte à le saisir dans sa totalité, pas plus qu'à admettre son existence. À travers toute cette mise en scène, elle est la seule à voir ce qui se passe réellement.

Elle chuchote une excuse à Andros et s'élance dans l'allée, frôlant au passage une ouvreuse qui la fusille du regard, comme si elle tournait le dos à un rite sacré. Elle traverse le hall, émerge dans une nuit de bruine et se met à arpenter le préau. Elle se frotte le bras, celui du timbre, en se sermonnant à mi-voix. *Petite idiote. Arrête d'attirer l'attention et retourne immédiatement à l'intérieur.*

Elle revient sur ses pas et commande au bar du lobby un scotch qu'elle avale d'un trait. Andros l'aperçoit, lui lance un sourire penaud, mais la catharsis, le mystère de ce qu'ont vécu ces gens-là dans cette salle-là, brille encore dans ses yeux.

– Tu ne t'attendais pas à ça, j'imagine, lui demande-t-il en lui effleurant l'épaule. Ça va ?

– Ça va aller. Sauf que j'ai besoin de rentrer à l'hôtel.

– Attends, je te raccompagne. Je peux te donner des explications sur la représentation, si tu…

Elle lui prend la main.

– Non merci. Parlons d'autre chose. N'importe quoi sauf ça.

Claire s'éveille avant l'aube. Andros dort encore à côté d'elle. Ils sont tous deux allongés, nus, par-dessus les couvertures. Malgré l'orage, il a fait chaud dans la chambre toute la nuit, qu'ils ont passée dans les bras l'un de l'autre.

Elle effleure de ses doigts le quith d'argent enfilé sur une chaîne qu'il porte autour du cou. Si elle l'ouvrait, qu'y trouverait-elle ? Que conserve-t-il si près de sa personne ?

Elle se faufile hors du lit et se dirige à pas feutrés vers la salle de bains pour prendre une douche. Pendant qu'elle s'essuie, elle examine de nouveau le timbre, le pince, le relâche. Tant qu'il ne tombera pas tout seul, elle n'arrivera jamais à s'en débarrasser. Il pourra faire ce qu'il veut d'elle. Mais elle ne se laissera pas vaincre.

Quand elle est de retour dans la chambre, il lui souffle :

– C'est un secret.

– Quoi ?

– Tu te demandais ce que je mets là-dedans, répond-il en donnant une chiquenaude à son quith.

– Ah bon ?

Il sourit.

– Je te le dirai peut-être un jour.

– Pas de problème. Tout le monde devrait avoir au moins un secret.

Après qu'ils ont pris leur déjeuner ensemble au restaurant de l'hôtel, sans se dire grand-chose ni en éprouver le besoin, Andros l'embrasse sur la joue et s'en va passer la journée à l'institut de recherche.

Claire monte chercher son carnet et son appareil photo dans sa chambre. Lorsqu'elle redescend, l'employé de la réception lui fait signe d'approcher, puis lui déconseille de sortir si elle n'y est pas obligée. Une inondation s'est produite pendant la nuit, rendant les rues qui entourent l'hôtel quasi impraticables.

Elle se demande si Andros a pu se rendre au travail. Comme elle a son numéro, elle pourrait lui poser la question par texto avec un de ses téléphones jetables, mais ce serait déroger à ses habitudes. Quand elle est au milieu d'une mission, elle essaie d'éviter les coups de fil. Même pour appeler à la maison et prendre des nouvelles de sa mère. Les réseaux assurent des liaisons faciles à repérer et à cartographier ; il suffirait ensuite de changer d'échelle pour appréhender dans son ensemble la toile complexe de ses voyages. Sa vie. D'ailleurs, qu'est-ce qui lui prend de consentir à cette histoire avec Andros ? Elle peut recevoir un appel n'importe quand. Un nouveau plan d'action. Des instructions pour se rendre à un lieu de rendez-vous. Tout ça risque de se produire pendant qu'il est avec elle, et Claire raterait de nouveau son coup.

Tu t'es bien amusée. Maintenant, il faut arrêter les frais.

Devant l'entrée principale, on dirait qu'on a détourné une rivière en plein centre-ville. Elle hésite, puis remonte dans sa chambre. Après être restée plantée quelques minutes devant la fenêtre à fixer le vide, elle allume la lampe, étale notes et cartes sur le bureau et tente d'avancer un peu dans la mise à jour du guide. Mais elle constate bien vite qu'elle n'arrive pas à se concentrer suffisamment pour rassembler ses idées. La tempête se démène à l'extérieur. La porte solidement fermée du balcon n'arrête ni le mugissement sourd du vent, ni les craquements du chambranle.

Que va-t-elle faire, passer la journée ici ? Apparemment, le timbre ne se soucie guère de savoir si elle sort ou non. Et elle se doute bien que son contact ne va pas venir frapper à la porte de sa chambre d'hôtel. En ce moment même, il fait peut-être semblant de lire un magazine dans le hall en se demandant où diable elle est passée.

Elle regarde l'heure, ne retient pas les chiffres, regarde de nouveau.

Et si Andros savait ce qu'elle est venue faire ici ? S'il était chargé de la surveiller, de lui mettre la main au collet à l'instant où elle prendra possession du sac ? Non, ça n'a aucun sens. En arrivant à l'improviste, il l'a interrompue avant le transfert. S'il travaillait pour les autorités, il l'aurait laissé se dérouler, non ? Or il est arrivé avant. Oui, mais *juste* avant...

Trop fébrile pour travailler, elle s'allonge sur le lit, allume la télé à écran plat fixée au mur opposé et trouve une chaîne en anglais où commence tout juste un documentaire sur la génétique et l'évolution. L'animateur, un savant aux cheveux blancs clairsemés, pérore comme s'il avait la conviction religieuse que ce qu'il dit est vrai.

L'être humain, déclare-t-il, est en réalité un système servant à véhiculer une molécule complexe, l'acide désoxyribonucléique, dont le seul objectif est de se reproduire. Enfin, ajoute-t-il, bien entendu, cette molécule n'a pas d'objectif à proprement parler, au sens d'intention consciente ou délibérée ; ce n'est qu'un processus chimique aveugle gouverné par un autre processus aveugle, la sélection naturelle, dont l'échelle de temps défie l'imagination. Vient ensuite un plan panoramique montrant un grand nombre de phoques, à moins que ce ne soit des otaries, agglomérés sur un lointain rivage grisâtre, blottis les uns contre les autres pour se protéger de la pluie battante. Puis un gros plan de l'un d'entre eux qui pousse des rugissements lugubres, le mufle tendu vers le ciel. *C'est ça, la vie ?* semble-t-il dire. *Quelle merde.*

D'autres images se succèdent rapidement. Une galaxie étincelante fait place à une colonie d'oiseaux blancs au crépuscule, sur un coin de plage qui enfle et se rétrécit comme un pays aux frontières âprement contestées. Une masse grouillante de fourmis s'adonnant à une activité frénétique. Des trucs lumineux unicellulaires qui virevoltent et s'entrechoquent dans une obscurité scintillante, goutte d'eau ou vide intersidéral.

Notre ingénieuse espèce de primates aurait très bien pu ne jamais exister, insiste allègrement le savant tout en cherchant son chemin dans le champ de lave noire d'une île volcanique, sur fond de vagues explosant contre les rochers, tandis que la brise marine ébouriffe sa tignasse échevelée de professeur. Nous n'étions pas plus destinés à occuper ce monde qu'à nous y perpétuer.

Claire fait défiler les chaînes et finit par s'arrêter sur une émission culinaire qui oppose quatre adversaires en tablier s'efforçant fébrilement de créer le dessert le plus extravagant. Les récits personnels touchants, les défis épiques à base d'ingrédients saugrenus, la lutte à la vie à la mort pour la suprématie gastronomique retiennent son attention un bon bout de temps, jusqu'au moment où, soudain désintéressée, elle se plonge dans l'évocation somnolente de ce qu'ils seraient sans doute en train de faire, Andros et elle, s'il était là. Une image s'impose, de leurs corps enlacés. Ce n'est pas désagréable, mais ensuite, vidée de toute charge érotique comme si on avait retiré un bouchon, elle a l'impression d'observer le graphique animé d'un va-et-vient mécanique les réduisant tous deux à des *objets* en mouvement. Quelque chose comme un moteur à quatre temps pilonnant leur chair survoltée. Chloup chloup chloup.

Elle baisse les yeux sur son corps. Je suis une fente, se dit-elle. Une fente accessoirisée.

Dans l'émission de télé, le soufflé d'une concurrente s'effondre et elle aussi, en pleurs.

Claire est expulsée du lit comme par une force externe. Elle devrait descendre, donner à son contact toutes les occasions possibles. Rien que de traîner dans le lobby vaudrait bien mieux que de se terrer ici. Elle pourrait s'installer à une des petites tables, se rendre visible. Elle ne comprend pas sa réticence. Non seulement ça ne lui ressemble pas, mais c'est dangereux. Ils ne plaisantent pas, ces gens-là. Elle compte déjà un mauvais point à son actif ; ce serait vraiment catastrophique de tout foutre en l'air une deuxième fois.

Le guide de voyage est resté par terre à côté du lit, à l'endroit où Andros l'a laissé tomber après l'avoir feuilleté brièvement tout en se moquant des erreurs qu'il y trouvait. Elle le ramasse et l'ouvre à la description de la nouvelle salle de concert. Pas un mot sur la représentation dont elle s'est enfuie. Essayons l'index. Elle cherche un mot pouvant décrire…

Quelque chose heurte la porte-fenêtre du balcon, si fort qu'elle se redresse d'un bond, prête à parer une attaque.

Une tache humide macule le panneau vitré à mi-hauteur. Elle distingue une forme allongée sur la dalle de béton nu qui constitue le plancher du balcon. Une silhouette blanche indistincte qui n'était pas là tout à l'heure.

Elle s'avance à pas prudents vers le carreau et constate qu'il s'agit presque à coup sûr d'un oiseau, peut-être une grande mouette. Couchée sur le flanc, celle-ci déploie une aile abîmée, ruisselante. En se jetant contre le reflet où elle croyait voir le ciel ouvert à travers la pluie, elle s'est sans doute cassé le cou. Claire songe à ouvrir doucement la porte, puis à se glisser dehors pour s'en assurer, mais se ravise. L'oiseau vit peut-être encore. Qui sait de quoi il est capable.

Elle s'accroupit devant le verre glacial sur lequel elle s'appuie du bout des doigts. C'est plus gros qu'une mouette, on dirait. Difficile à dire. En a-t-elle jamais examiné une attentivement ?

Elle observe que le long fuselage effilé de la poitrine se soulève à peine, puis retombe. Cet oiseau est bel et bien vivant. Des couleurs iridescentes chatoient sur l'aile étendue. Elle se demande si c'est naturel ou si ce goéland, ce fou de Bassan, enfin peu importe son nom, ne se serait pas englué dans une marée noire.

Quand un spasme agite l'oiseau, Claire s'écarte brusquement de la fenêtre et tombe à la renverse sur le tapis. Les ailes jaillissent, d'une largeur saisissante, s'agitent follement et la créature se dresse tant bien que mal sur ses pattes filiformes. Immobile, elle cligne des paupières avec ce drôle de battement mécanique, évoquant l'obturateur d'un appareil photo, qu'ont les volatiles. Son long bec noir s'ouvre et se ferme en claquant.

Une grue, comprend Claire à la vue du cou allongé, sinueux, et du profil de la tête. Bien qu'elle en sache très peu sur les oiseaux, c'est ce nom-là qui monte immédiatement à la surface de son esprit, provenant sans doute d'une image vue il y a très longtemps dans un livre d'école.

De fortes bourrasques soufflent toujours de la mer, mais la profondeur du balcon en fait un rempart et son avant-toit le protège des intempéries. Elle se demande si, avant de s'élancer de nouveau dans la pluie et le vent, la grue ne se serait pas simplement arrêtée pour se reposer et se sécher les plumes. À moins qu'en réalité, elle aime le vent et la pluie ; c'est peut-être son élément, mais elle a besoin de temps pour se remettre de sa collision avec la vitre. D'une manière ou d'une autre, se dit Claire, il est peu probable qu'un oiseau sauvage se sente en sécurité dans cet espace clos artificiel, à proximité immédiate d'un être humain. Il va sans doute s'envoler d'une minute à l'autre.

La grue tourne la tête et darde sur Claire la pierre rouge de son œil courroucé.

Carnet imperméable n° 25

21 juillet, 18 h 37, fondrière à sec à 0,3 km au sud-ouest de la gare de triage

La toile d'une épeire diadème entre des tiges de roseaux. Un papillon d'un jaune laiteux pris dedans, ses ailes vibrent désespérément. Entre le thorax et la tête, l'araignée a glissé la sienne, comme pour l'embrasser tendrement. Soit elle lui donnait une morsure paralysante, soit elle suçait déjà sa substance.

Il reste donc des araignées. Et des papillons. On en voit si rarement de nos jours. Avant, j'avais une peur bleue des araignées. Avec un tas d'autres choses. Et puis j'ai rencontré la Fille squelette.

Le bruit avait commencé dès notre installation dans la maison neuve de River Meadows. Tout ce dont j'étais sûre, c'est qu'il venait de l'intérieur des murs. Maman avait mis des souricières, mais ce n'était ni un trottinement ni un grignotement. Plutôt un lent crissement fluide, très léger, mais avec des montées de volume sporadiques. Les pièges restaient vides.

Plus tôt cette année-là, on était allés sur la côte, voir grand-mère Hewitt qui était mourante. Le bruit que j'entendais me rappelait le mince filet laborieux de sa respiration tandis qu'elle gisait sur son lit d'hôpital.

Un heurt ou un coup retentissait parfois, suivi d'un long silence, après quoi le grattement quasi imperceptible repartait. Comme si la chose qui remuait dans les murs faisait tout pour qu'on ne l'entende pas, mais n'y arrivait pas toujours.

Si le même phénomène se produisait aussi dans la chambre d'Alex, il n'en disait rien.

Plus grave encore était le fait que trois nuits d'affilée, la porte de mon armoire s'était ouverte toute seule avec un long grincement. La première fois, j'avais hurlé *Maman*, mais c'est mon père qui était venu à sa place et il m'avait dit que j'étais trop grande pour avoir peur dans le noir. Depuis, je savais que j'allais devoir endurer ça toute seule, peu importe ce que c'était.

Mais comment ?

La nuit suivante, après m'être enfouie profondément sous les couvertures, je me suis figuré que j'étais une chenille, enveloppée dans son cocon pour entamer sa métamorphose en papillon. Toute recroquevillée, je me tortillais comme si la transformation était sur le point de s'opérer. J'imaginais qu'une paire d'ailes, humides et collantes, commençait à se détacher délicatement de mes omoplates en prévision du moment où je quitterais mon refuge douillet pour émerger dans la lumière. Quelles couleurs vives seraient alors les miennes ? Quel motif splendide et jamais vu mes ailes révéleraient-elles à l'univers ? En cours d'arts plastiques, j'avais peint à peine quelques semaines plus tôt un papillon géant, plus grand, plus éclatant, plus coloré que ceux de tous les autres. J'en étais fière, même si tout le monde disait préférer celui de Sandra parce qu'elle l'avait fait noir comme du charbon, avec des nervures rouges sur les ailes, avant d'annoncer que c'était un papillon vampire.

Le jeu de la chenille avait marché quelque temps, même si mes pensées n'arrêtaient pas de rebondir vers l'armoire. Me cacher comme ça sous les couvertures ne faisait qu'aggraver ma peur, mais je savais qu'en sortant la tête, je risquais de me trouver face à face avec cette chose qui aimait ouvrir les portes et les refermer.

Dans la chaleur râpeuse de l'enveloppe formée par la literie, mon œil gauche s'est mis à me démanger. J'ai levé une main pour frotter ma paupière douloureuse. Comme ça me soulageait – ou que ça changeait le mal de place –, j'ai continué. C'est alors que mon doigt a trouvé, senti, vraiment remarqué pour la première fois la dure arête inflexible de l'os qui entourait mon globe oculaire. Mon œil à moi, si vulnérable, niché dedans comme un œuf mollet dans un coquetier en céramique. Après avoir fait et refait le tour des deux orbites, j'ai descendu mon doigt jusqu'à ma mâchoire en passant par la pommette.

Et c'est des deux mains, dans l'obscurité totale, que j'ai fait connaissance avec l'autre figure cachée sous la chair. Celle qui est faite d'os blancs. Qui ne transpire pas, ne rougit pas. Ne prend jamais l'air étonné ou triste, ne révèle jamais ses sentiments sur quoi que ce soit. À supposer qu'elle en éprouve. Celle qui, au mépris de ce que la vie mettait sur son chemin, conservait en permanence la même émotion : un sourire sans lèvres aussi glacé que l'espace intersidéral. Qui était-ce ? Comment aurait-ce pu être moi ?

J'ai décidé de baptiser Fille-squelette cette dure à cuire à toute épreuve, cette créature monstrueuse dévoreuse de monstres. Elle était là pendant tout ce temps, à l'intérieur de moi. La petite fille tremblant de peur qui s'appelait

Amérie Hewitt n'était que la couche extérieure de la Fille-squelette. Son costume, sa paire de lunettes. Son Clark Kent. En y repensant, je comprenais maintenant le papillon vampire aux nervures rouge sang qu'avait peint Sandra.

La Fille-squelette, c'était la mort, la mort qui grandissait ici même, dans son cocon, en attendant son heure.

Après cette nuit-là, je n'ai plus eu peur de grand-chose.

Alex

Il rentre à l'hôtel de Pine Ridge au milieu de la soirée dans ses vêtements crottés, le visage égratigné, les cheveux collés par la sueur.

Même s'il savait que la nouvelle autoroute contournait River Meadows au prix d'un long détour, il espérait trouver une vieille route d'accès industrielle qui l'amènerait au moins à distance de marche de la clôture du Parc. Lorsqu'il en avait enfin trouvé une encore ouverte, il l'avait suivie jusqu'à sa fin abrupte dans un fossé profond aux parois escarpées, obstacle imprévu qui ne figurait pas sur sa carte. On avait dû le creuser pour empêcher les véhicules d'aller plus loin. De l'autre côté, un grand panneau flanqué d'un poteau au sommet duquel était montée une caméra proclamait, en lettres immenses, ATTENTION – ZONE INTERDITE AU PUBLIC.

Ne voyant pas trace de la clôture, il descendit de la voiture et se rendit jusqu'au bord du fossé, qui était rempli d'une eau sombre et stagnante, mais pas très large. Il pourrait sans doute le franchir d'un bond. Il tendit l'oreille : au loin, des oiseaux lançaient leurs chants et leurs appels ; il distinguait à peine la rumeur lointaine de l'autoroute. Et une légère odeur de pourriture, de végétation macérant dans la fraîcheur humide de ce début d'automne. Son regard se tourna vers la caméra fixée au poteau. Était-elle allumée ? Filmait-elle son visage, son véhicule ? Pouvait-il s'attendre à recevoir la visite de la police quand il serait de retour en ville ?

Qu'ils aillent au diable.

Il cria le nom de sa sœur. Une, deux, trois fois.

Amérie ! C'est Alex ! Je suis là !

Il écouta patiemment pendant plusieurs minutes avant de faire demi-tour et de revenir à l'auto. C'était ridicule : il ne pourrait pas l'aider s'il se faisait arrêter. Il reprit la route d'accès jusqu'au bout et passa les quelques heures qui suivirent à faire lentement, laborieusement le tour du Parc sur les rares sentiers non barrés qu'il parvint à trouver. À plusieurs reprises, il se gara dans des bosquets pour se dissimuler à la vue des véhicules qui passaient par là et se mit à marcher dans la direction où, il en était sûr, le périmètre du Parc devait se trouver, se frayant un chemin à travers des arbustes épineux aussi hauts que lui, dégringolant dans des anfractuosités et se démenant pour en ressortir, sans apercevoir une seule fois la clôture.

Il se laisse tomber sur le lit en se disant qu'il va fermer les yeux une petite minute avant de prendre sa douche et de sortir manger quelque chose au fast-food d'à côté. Tout de suite après, il se retrouve dehors sous le ciel nocturne, sur une plage de sable humide où les vagues viennent lui lécher les bottes, au bord d'une grande étendue d'eau qui s'étend dans l'obscurité. Sous la surface agitée chatoie une lueur bleue qui doit venir de créatures aquatiques bioluminescentes, se dit-il. Cet éclairage lui fait voir, non loin de la côte, des îlots rocheux et les ruines de bâtiments à colonnes d'apparence antique. Des gens en maillot de bain se promènent sur le sable et barbotent dans l'écume.

C'est alors qu'il aperçoit une femme. Elle marche sur la côte dans sa direction.

Claire Foley.

Elle a vieilli, grandi, mais à sa démarche, à l'expression pincée de ses lèvres, cela ne peut être personne d'autre.

Son regard croise un instant le sien, puis se détourne. Elle cherche quelqu'un et ce n'est pas lui.

C'est un rêve, dit-il à voix haute. Le mugissement grave d'une sirène fracasse le silence et il se réveille.

Il fait noir dehors. Il se lève, vaseux, se poste à la fenêtre et répète ce qu'il va dire à sa mère quand il lui téléphonera le matin venu pour lui donner des nouvelles. Jusqu'où pourra-t-il enjoliver le peu qu'il a accompli sans qu'elle s'en rende compte ? Quand il l'a appelée après l'atterrissage de l'avion, il a senti qu'elle était en train de pleurer.

Elle ne nous confie rien, soupirait-elle. Nous qui l'aimons, qui nous sommes occupés d'elle toute sa vie. Elle nous ferme la porte.

Je vais la trouver, maman. Ne t'en fais pas.

Je veux juste que tu fasses attention. OK ? Ne t'expose pas à… tu sais quoi.

Ça n'arrivera pas.

Il n'a pas réussi à trouver un point d'accès au Parc et voilà, il n'a plus aucune carte dans son jeu. Ça, il ne peut pas le dire à sa mère. Enfin, pas encore. Mais s'il essaie de lui cacher combien sa situation est désespérée, elle va l'entendre dans sa voix et s'inquiéter encore plus.

Comme rien d'autre ne lui vient à l'esprit, il se repasse la vidéo du cours de Michio Amano.

Quand arrive le moment où le prof de sciences si calme, si réservé, évoque *la possibilité qu'un jour, au hasard d'un tournant, il soit possible de tomber sur une autre version de soi-même*, il interrompt la lecture et compose le numéro de Michio.

– Salut Alex.

– C'est vous. Vous qui vous êtes mis à chercher Amérie. Vous qui vous aventurez là-dedans avec elle.

Long silence.

– Je vais vous y emmener demain matin, finit par soupirer Michio. On part avant l'aube, alors essayez de dormir un peu. On entrera ensemble et on fera une autre recherche.

– OK. OK, d'accord. Merci. J'ai fait des recherches sur le Parc et j'ai une bonne idée de ce qui m'attend. J'ai aussi acheté un peu de matériel. Je devrais être équipé, je pense.

Un autre silence.

– Amérie m'a expliqué que vous gagniez votre vie en créant des jeux, finit par prononcer Michio.

– C'est mon métier, oui. Et alors ?

– J'ai besoin que vous compreniez une chose. Ça, ce n'est pas un jeu.

Les archives de River Meadows

Mémoire

Décohérence est un jeu de rôles sur table qui se joue à quatre. Avec les trois autres joueurs, vous endosserez les rôles d'habitants de River Meadows aux prises avec les mystérieuses perturbations qui troublent le bonheur et la prospérité de votre petite ville. Vous allez recueillir des indices, résoudre des énigmes et prendre part à des rencontres insolites, tout en vous efforçant de survivre et d'atteindre un but qui variera selon le scénario que vous aurez choisi parmi ceux qui sont inclus dans l'emballage et les cartes que vous piocherez au hasard dans le paquet Histoires. Les combinaisons pratiquement infinies résultant de votre choix de scénario et des aléas de la pioche vous permettront de jouer encore et encore à *Décohérence,* avec chaque fois de nouveaux rebondissements au dénouement inattendu, un peu comme nous évoquons tous sans arrêt le passé, en imaginant comment les choses auraient pu se passer différemment.

Les quatre joueurs doivent se maintenir en vie et demeurer ensemble en tant que groupe cohésif jusqu'à la fin du dernier tour de jeu. La mort ou la disparition de l'un des personnages met fin à la partie.

Contenu de la boîte :
1 plateau de jeu.

1 carte de River Meadows et de ses environs.

1 manuel *Survivre à la décohérence* que vous lisez en ce moment.

6 livrets de scénarios.

11 tuiles de décor recto-verso (côté jour et côté rêve).

4 pions personnages (les pièces en forme d'êtres humains).

1 pion créature (la pièce qui ressemble vaguement à un animal).

4 fiches de personnages.

40 cartes Histoires.

18 cartes Événements.

12 marqueurs de décohérence (de trois types : trébuche, piège, anomalie).

4 dés d'actions jaunes à six faces.

4 jetons de dommages (cubes rouges).

Si vous jouez à *Décohérence* pour la première fois, nous vous conseillons de commencer par le scénario d'introduction « Les liens du sang » décrit ci-dessous.

MISE EN PLACE :

Posez le plateau de jeu au milieu de la table, de manière à ce que tous les joueurs y aient facilement accès.

En mode scénario normal, les joueurs choisissent leur personnage en piochant une fiche au hasard. Mais pour le scénario d'introduction « Les liens du sang », ils vous sont attribués d'avance de la façon suivante.

Joueur 1 : Alex Hewitt (le fils).

Joueur 2 : Amérie Hewitt (la fille).

Joueur 3 : Beth Hewitt (la mère).

Joueur 4 : Ben Hewitt (le père).

Posez chaque fiche de personnage à côté du personnage correspondant, côté imprimé vers le haut. Chaque joueur doit également se munir d'un pion personnage de la couleur de son choix (blanc, jaune, vert, rouge) et d'un jeton de dommages qu'il posera sur le plateau de jeu, dans la case la plus à gauche du compteur de dommages de son personnage. Les joueurs de *Décohérence* partent avec un point de dommages antérieurs chaque fois qu'ils entament un scénario.

Battez les cartes Événements, prenez-en quatre au hasard et posez-les, face vers le haut, dans la case d'événement correspondante sur le plateau de jeu. Mélangez les cartes restantes et posez le paquet, face vers le bas, près du plateau de jeu ; vous créez ainsi la pioche des histoires parallèles.

Divisez les 12 marqueurs de décohérence en trois sous-ensembles, selon le symbole inscrit au dos (trébuche, piège, anomalie). Battez chaque paquet et posez-le, face vers le bas, à côté du champ d'action correspondant sur le plateau de jeu.

Posez la tuile de décor Maison à sa place désignée sur le plateau de jeu, côté jour vers le haut (la face illustrée d'une maison intacte). Les quatre joueurs posent maintenant leur pion personnage sur cette tuile, après quoi chacun se munit d'un dé d'action.

Pour l'instant, le pion créature est mis de côté. Il interviendra dans le jeu plus tard.

Le but du scénario « Les liens du sang » consiste à maintenir la famille Hewitt unie et en lieu sûr pendant les événements étranges et déroutants qui se dérouleront à River Meadows pendant le jeu. Afin d'illustrer au mieux le progrès d'un scénario, voici, sous forme narrative, une séquence du déroulement de la partie dans laquelle les participants jouent les rôles d'Alex, Amérie, Beth et Ben : la famille Hewitt.

Dans la banlieue propre comme un sou neuf de Foxhaven, il n'y a presque pas d'arbres. Entre les pelouses parfaitement entretenues, les rues pavées de frais décrivent des courbes lisses ininterrompues, mais seuls des arbrisseaux récemment plantés poussent le long des trottoirs.

Alex a quatorze ans, Amérie onze.

Situé au nord-ouest de River Meadows, Foxhaven est le lotissement le plus rapproché de Conjuring Creek et des sites d'extraction. Le quartier est tellement nouveau qu'au bout de la rue des Hewitt, c'est encore la forêt. Le ruisseau se trouve quelque part par là. Bien que Beth – au cas où ils tomberaient sur un ours ou dieu sait quoi – interdise à Alex et Amérie d'entrer seuls dans la forêt, ils y vont souvent.

Tous les matins, Ben prend l'autoroute dans son demi-tonne tout neuf jusqu'au site principal de Northfire, à vingt-cinq minutes de la ville. Beth prend toujours la vieille camionnette qui les a amenés jusqu'ici pour aller au bureau municipal, où elle travaille comme adjointe administrative. De temps en temps, Ben la dépose au travail et repasse la prendre en revenant. Il n'aime pas la voir conduire quand les rues sont gelées ou par mauvaise visibilité, car elle a déjà eu un petit accident dans des conditions semblables. Beth n'apprécie pas tellement cette vigilance protectrice, mais elle se laisse faire parce que, les jours d'hiver où Ben vient la chercher au bureau, il se retrouvent seuls ensemble pour discuter des questions dont ils ont besoin de parler. C'est-à-dire, en général, des enfants et de leur adaptation à leur nouvelle vie.

Ils n'ont eu aucun problème de santé grave depuis l'incident du snack-bar. Amérie s'est fait enlever les amygdales. Elle a détesté la bouillie de blé qu'on lui a servie à l'hôpital après l'opération. Elle disait que c'était encore pire que le pudding au tapioca et que ça lui donnait envie de vomir.

Le deuxième orteil du pied droit d'Alex a une déformation, une petite protubérance ronde qu'il a montrée à ses amis une fois. À l'école de la ville où ils habitaient avant, le jour où une nouvelle qui s'appelait Virginie O'Brien était entrée dans la classe, les amis d'Alex, cherchant à l'écœurer, l'avaient traînée devant lui pour lui faire voir l'orteil mutant. Depuis qu'il est arrivé à River Meadows, Alex cache sa difformité à ses nouveaux amis.

Quand ils ont commencé à aller en classe le premier automne, Amérie et lui, ils marchaient ensemble aller-retour, le matin et l'après-midi. Ça, c'était quand ils vivaient encore dans le bungalow trop petit qu'ils louaient dans le vieux quartier. Les deux établissements, primaire et secondaire, n'étaient séparés que par la cour de récréation. Le jour de la rentrée, Beth avait insisté pour les accompagner en dépit des protestations d'Alex. Par la suite, elle était restée à la maison, mais non sans rappeler chaque matin à son fils qu'il lui incombait de veiller à ce que sa petite sœur fasse le trajet en toute sécurité.

Alex obéissait, mais au fil des semaines, après avoir fait connaissance avec d'autres garçons, il s'était mis à larguer Amérie le matin, avant d'arriver en vue de l'école. Après avoir parcouru quelques pâtés de maison, il pressait le pas de manière à la distancer pour éviter que ses amis le voient arriver avec la petite sur les talons. Il faisait la même chose après les cours, s'esquivant le plus tôt possible pour attendre Amérie quelques coins de rue plus loin.

Un après-midi, il l'avait attendue à l'endroit habituel, mais elle n'était pas venue. Il était revenu sur ses pas. Elle n'était pas devant l'école. Ni dans la cour. Alex avait fait le tour des deux bâtiments et attendu un long moment près des portes de l'école primaire avant de se mettre en route vers chez lui à contrecœur, redoutant ce qui se passerait quand il avouerait à sa mère qu'il avait perdu sa sœur.

Mais quand il était arrivé devant la maison, Amérie était là. En sortant de l'école, elle s'était égarée en suivant un chat, mais elle avait fini par trouver une autre façon de rentrer. C'est ainsi que Beth avait découvert qu'Alex se dérobait à sa tâche.

Cette ville nous est encore inconnue, lui avait-elle rappelé. On n'y connaît encore personne. Il faut se serrer les coudes.

Ben conduit l'un des énormes camions qui transportent le minerai des puits d'extraction.

On coupe la forêt boréale par tranches rectangulaires précises comme des morceaux de carrés aux dattes, on soulève le tapis détrempé des tourbières, on exhume ce qui y était enfoui depuis cent millions d'années, le miel amer et noir du temps.

Le site compte une usine de cokéfaction, ce qu'il trouve très drôle. *Cet endroit tout entier est une usine de cokéfaction.* Ben lie connaissance avec un type qui a déjà été accro au crack et qui s'en est sorti grâce à une intervention de ses amis : ils lui ont donné une bonne raclée après avoir cassé toutes ses pipes. Quand il raconte son histoire à Ben, il ajoute : *Et quand je suis sorti de l'hôpital, je les ai remerciés, et puis on est restés amis. Ces gars-là, ils m'ont sauvé la vie.*

Seules deux femmes travaillent sur les sites d'excavation. Tous les hommes présents savent exactement où elles se trouvent en tout temps. Pour la plupart d'entre eux, il s'agit simplement de lorgner les filles la bouche ouverte, mais cette surveillance trahit dans certains cas une hostilité certaine. Il y en a qui ne veulent pas de femmes sur leur terrain.

Toute l'opération se déroule de manière ordonnée, méthodique, rationnelle. Si l'on excepte la poignée d'ours mal léchés qui manient les machines. Abonnés aux marathons de travail, certains des plus jeunes se consument lentement, comme si le combustible toxique qu'ils arrachent à la terre s'était infiltré dans leurs veines pour y brûler. Ceux-là, Ben les évite soigneusement. Il est là pour sa famille. C'est la seule chose qui compte. Il ne tient qu'à lui d'agir lui aussi de manière ordonnée, méthodique, rationnelle. Sauf de temps en temps, quand ses nouveaux amis le convainquent de prendre un verre avec eux après le boulot, ce qu'il a du mal à refuser. Quelques-uns des jeunes francs-tireurs les accompagnent au bar où, une fois bien amochés, ils sont prêts à péter les plombs au moindre regard de travers.

Un beau week-end, il est invité à sortir en quad avec la bande, quelque part où la forêt n'a pas encore été rasée.

Ils se rendent dans un site de camping isolé où ils font du feu après avoir sorti la glacière remplie de bière. Leurs éclats de rire enflent tandis que le jour baisse. Quand Ben était jeune et célibataire, rien ne lui plaisait autant. Aujourd'hui, il s'impatiente en se demandant quand il va pouvoir aller se coucher sans que les autres se moquent de lui. D'un seul coup, il fait noir. Ça lui fait tout drôle de regarder les braises s'envoler dans la nuit, si loin de sa maison, sa femme, ses enfants.

On ne parle pas des trébuches à l'école.

Au cours de sciences humaines, le premier de la matinée, Alex, occupé à griffonner des visages de BD et des costumes de superhéros dans les marges de son bloc-notes, écoute à peine, comme d'habitude. S'aidant d'une carte projetée sur le tableau électronique, la prof, Mme Kishka, leur parle de Cortez et de la chute de l'Empire aztèque lorsqu'une décohérence traverse la classe.

L'espace d'un instant, la carte a changé : la grande île située au milieu de l'Atlantique, celle qui a porté tant de noms différents au fil de l'histoire, a disparu. Dans l'espace qu'elle occupait, rien que les flots bleus. L'écran s'éteint, puis se rallume en clignotant et l'île est de retour à sa place.

Mme Kishka laisse fuser un petit rire nerveux avant de reprendre le récit de la fin des sacrifices humains, précipitée par l'arrivée des conquistadors.

Les Hewitt sont abonnés au *Time*, au quotidien local et, pour Amérie, à une revue scientifique jeunesse. La chouette peut faire pivoter entièrement sa tête sur elle-même, ou presque. Elle a de grands yeux jaunes, ronds comme la lune. Il y en a une là, dans l'arbre, enfin elle était là, peut-être, croyez-vous, mais le soir tombe, il n'y a plus assez de lumière et vous ne savez pas vraiment.

Le grille-pain est encore détraqué. La manette descend, mais reste coincée en bas. Beth fait cuire du pain doré sur la plaque chauffante pour faire plaisir à Amérie, puis prépare le casse-croûte de Ben.

Il aime ses tranches de concombre bien épaisses, ses tranches de cheddar aussi. Pas trop de mayonnaise ; ça ramollit le pain si le sandwich attend trop longtemps et il lui arrive de ne pas prendre sa pause avant que l'après-midi soit bien entamé. Beth ajoute quelques tomates cerises et un cornichon à l'aneth dans la boîte à sandwich avant de la refermer. Amérie se verse un verre de jus d'orange.

Ton frère n'a pas donné signe de vie ? lui demande Beth.

Il veut pas aller à l'école aujourd'hui. Il dit qu'il se sent pas bien.

Ah ouais ? Et qu'est-ce qu'il fabrique en ce moment ?

Il dessine une BD. Il va pouvoir rester à la maison ?

Mon œil, pouffe Beth.

Amérie est la plus grande des filles de sa classe. Elle confie à sa mère qu'elle fait peur aux garçons. Elle croit que c'est à cause de sa taille, Beth le sait bien, mais ce n'est sans doute pas la seule raison. C'est toute sa personne. Elle est devenue d'une beauté presque déconcertante. Ben répète sur tous les tons qu'elle est aussi *jolie* que sa mère, mais ce mot ne rend pas justice à la sévérité angélique de sa figure, à ses pommettes aiguës ni à ses yeux sérieux, au regard profond, qui semblent cligner très peu. D'où lui vient-il, ce visage ? Beth distingue un peu de Ben dans l'expression de la bouche d'Amérie, mais rien d'elle-même. Alex tient de ses parents tandis qu'un être tout autre semble avoir été mêlé à la création d'Amérie, un troisième parent aux ailes célestes, rempli de la lumière d'une sphère supérieure.

Beth descend deux tasses de thé au gingembre et au citron à la salle de séjour moquettée où Ben est assis devant les nouvelles de fin de soirée. Il lui en prend une et ils regardent le journal ensemble en sirotant leur thé en silence. La vague de froid est censée refluer demain. Quand l'émission se termine, Ben pousse un bâillement, souffle *Je suis crevé*, se frotte la nuque et grimpe l'escalier. *Bonne nuit.*

Beth finit son thé, puis éteint la télévision. Elle ramasse les deux tasses et avant d'aller se coucher à son tour, parcourt du regard le sous-sol aménagé, ne sachant plus, l'espace d'un instant, où elle se trouve ni comment elle est arrivée là. Ce n'est pas une décohérence. Rien qu'un de ces moments où elle se laisse rattraper par le fait qu'ils ont quitté leur foyer, qu'ils se sont arrêtés dans cette ville et qu'ils y sont restés. Quelque part dans son for intérieur, elle n'a jamais cru que c'était vraiment arrivé.

Ben a beau être épuisé, il n'arrive pas à s'endormir cette nuit. La lente cadence des vers de son poème favori – *La Route que je n'ai pas prise* de Robert Frost – passe et repasse dans ses pensées. Il l'avait récité lors d'un concours de talents quand il était en sixième. Il n'avait rien gagné. D'une voix forte et déchirante, la fille qui était montée après lui sur la scène en avait déclamé un qui s'intitulait *Le Cri d'une épouse indienne*. Ben avait détesté sa diction irréprochable et la gestuelle théâtrale de ses mains, mais les juges avaient adoré sa performance.

Un jour, il a choisi une autre route, qui les a menés ici. À quoi ressemblerait leur vie s'il était resté sur la voie principale au lieu de courir après le souvenir de son paternel ?

Amérie se réveille souvent la nuit en appelant sa mère. Elle soutient qu'il y a dans sa chambre quelque chose qui fait du bruit, comme si ça remuait dans les murs. Des fois, la porte de son placard s'ouvre d'elle-même. Beth et Ben ne trouvent rien. Ben explique à sa fille que c'est la maison qui est neuve et qui se tasse, c'est tout. Qu'elle n'a pas besoin de les réveiller pour si peu. Qu'elle est grande maintenant.

La vérité, c'est qu'ils ont tous remarqué la même chose : drôles de bruits sourds ou métalliques, portes qui s'ouvrent et se ferment toutes seules ; mais qu'ils ne veulent pas alarmer Amérie, et encore moins eux-mêmes.

Bien que Beth se range à contre-cœur du côté de Ben, secrètement, elle voudrait consoler son enfant dans l'espoir de resserrer leur lien. Amérie est tellement distante à présent. Elle ne parle presque plus depuis la nuit de leur arrivée à River Meadows. Tout ce que Beth sait de ce qui se passe dans sa tête, c'est qu'elle aime les animaux. Ces jours-ci, elle passe plus de temps dehors qu'à la maison, errant pendant des heures à la poursuite d'un chat quand elle n'examine pas les insectes, couchée à plat ventre, et rentre avec les cheveux emmêlés et des taches d'herbe sur ses jeans.

Quand elle était plus jeune, Amérie faisait des cauchemars affreux où il était surtout question de sorcières. Beth la prenait dans ses bras et lui disait de ne rien craindre : elle savait de source sûre que la dernière sorcière était morte il y a très très longtemps, qu'elle s'était dissipée tout bonnement, comme la brume, et qu'on ne l'avait jamais revue parce que plus personne n'y croyait.

Mais qu'est-ce qui se passerait si je la faisais revenir en y croyant ? lui avait demandé la petite une nuit où un rêve l'avait réveillée. Assise à côté d'elle sur le lit, Beth lui caressait les cheveux.

Tu n'es qu'une seule petite fille, avait-elle répondu. Une fille formidable, mais quand même. Ça ne fait pas assez de foi pour ramener une sorcière au complet. Peut-être juste un de ses petits doigts. Mais toi, tu peux lui marcher dessus. Paf ! Fais de l'air, auriculaire de sorcière !

Amérie avait répété les paroles de Beth en riant : *fais de l'air, auriculaire de sorcière !*

Pendant des années, c'était devenu leur devise à elles pour faire face aux problèmes, petits ou grands, que l'une des deux n'arrivait pas à régler toute seule.

Amérie s'était enfouie sous les couvertures. Beth lui avait souhaité bonne nuit, puis s'était levée pour sortir. Devant la porte de la chambre, elle s'était retournée et avait eu la vision d'une jeune et belle sorcière, aux longs cheveux couleur de lune, qui les regardait par la fenêtre.

Le week-end, Amérie s'aventure dans le bois voisin de leur maison, flanquée d'Alex, qui obéit à la volonté de sa mère. Avec beaucoup de sérieux, elle commence à griffonner dans un carnet la description des insectes, des oiseaux et des plantes qu'elle découvre, accompagnée de dessins qui ne sont pas mauvais, Alex doit l'admettre. Ben et Beth voient d'un œil positif ce nouveau passe-temps qui pourrait très bien se transformer en carrière pour leur fille si studieuse, si passionnée. La gestion forestière revêt une importance majeure dans cette région où les feux de forêt peuvent entraîner l'évacuation de villes entières.

Lancé à la suite d'Amérie dans une de ses expéditions, Alex se demande où se trouve exactement la ligne de démarcation entre la ville et la nature sauvage qui l'entoure. Convaincu de l'existence de cette limite même s'il ne sait jamais à quel moment ils la franchissent, il se dit que s'ils restent du côté civilisé, les ours ne peuvent pas les attaquer.

On n'a qu'à s'éloigner de quelques pas des rues goudronnées pour se diriger vers la forêt, mais quand est-ce qu'on y arrive vraiment ? Autour de la ville, le terrain boisé est parcouru de sentiers qui semblent anciens et très fréquentés, sans compter bien sûr les véhicules abandonnés, les lignes électriques, les routes avoisinantes et autres signes de la présence humaine. Peut-on vraiment qualifier cette région de sauvage ? Alex trouve même cela étrange de dire qu'on entre *dans* le bois. Comme si, obscurément, l'extérieur était aussi un intérieur.

Mais la ville n'est pas non plus entièrement urbanisée. Vivre à River Meadows, c'est un peu comme habiter une maison aux portes et aux fenêtres grand ouvertes. Le soir, les cerfs broutent les pelouses ; les coyotes menacent constamment les animaux domestiques du quartier. Un été, on a entendu parler d'une femelle puma qui avait élu domicile sous l'une des caravanes du parc de maisons mobiles et s'était mise à chasser les chiens pour nourrir ses petits.

Sans parler d'Amérie elle-même. Avec son regard perdu dans le lointain et l'aisance avec laquelle elle passe des heures dehors, dans la chaleur ou sous la pluie, on dirait que c'est là qu'elle vit maintenant, à la frontière invisible, si elle ne l'a pas déjà franchie.

Une nuit où les enfants dorment chacun chez un de leurs camarades, Ben entre dans la chambre avec désinvolture, muni de la caméra. Tout en la braquant sur Beth, il mentionne que pour arrondir facilement leurs fins de mois, il leur suffirait de tourner un film porno maison. Celle-ci, allongée sur le lit en soutien-gorge et petite culotte, lui lance à la tête le roman policier qu'elle lisait en criant *sors-moi ce truc d'ici.* Même si tout le monde lui répète qu'elle est photogénique, elle n'a jamais aimé se faire prendre en photo. Peu après la naissance de son premier enfant, elle a coupé ses longs cheveux noirs et ne les a jamais laissés reprendre la longueur que Ben aimait tant.

Il obéit et s'en va, mais revient au bout de quelques minutes, débarrassé de l'appareil et de ses vêtements. Beth et lui font l'amour bruyamment, passionnément, tendrement, pour la première fois depuis des semaines.

Beth est une photographe amatrice accomplie. En plus de plusieurs mentions honorables, elle a remporté deux fois le deuxième prix dans des concours de photos nationaux. Quelques-uns de ses meilleurs clichés encadrés, le plus souvent pris sur le vif lors de soirées en famille, ornent les murs de la maison. Un portrait d'Alex et Amérie au festival de musique local, en train de mordre dans deux énormes bouquets de barbe à papa rose, trône au-dessus de la petite table de l'entrée où on dépose les clefs.

La salle de bains du rez-de-chaussée de leur nouvelle maison a des comptoirs en formica lavande et deux grands lavabos de porcelaine ; c'est la première fois qu'ils peuvent s'offrir ce luxe. Au-dessus du porte-serviettes, ils ont accroché une œuvre d'art sur écorce qui représente une scène de la forêt boréale, un cadeau de noces d'un parent quelconque, ni Ben ni Beth ne se rappellent qui. Un jour, Alex était assis sur le siège des toilettes au moment d'une trébuche et il a cru voir, dans l'obscure masse enchevêtrée du bosquet miniature, une silhouette sombre avançant dans sa direction.

Ben voudrait bien acheter un spa et l'installer dans le jardin, là où se dresse actuellement un cerisier de Nankin chétif. Beth lui objecte que ce serait au-dessus de leurs moyens, même aujourd'hui. La vérité, c'est qu'elle n'y voit que de l'ostentation insensée.

À côté du portillon de la clôture blanche de la cour, Ben a bâti une remise en bois au toit de bardeaux en pente douce. Alex aime grimper là-haut et y passer seul ses après-midi d'été, à dessiner des BD de son cru sur les super-héros d'une grande cité futuriste baptisée Mégapolis. Titanium. Hélion. Le Rapace. Torpillo. Et leurs ennemis, les super-méchants : Docteur Chaos. Le Peintre en châtiment.

Virulex. Le Babouin. Ce qu'il aime encore plus que représenter leurs aventures, c'est inventer l'histoire de leurs origines et dresser le tableau de leurs pouvoirs, avec leur classement relatif selon la force, la vitesse, l'endurance, l'intelligence ou la capacité de manipuler la réalité. Estimer à l'aide de diagrammes et d'une paire de dés qui remporterait un affrontement contre qui, plutôt que de se donner tout le mal d'illustrer leur combat.

En ce moment, il travaille sur un acolyte pour ses héros : Kid Quantum. Le jeune Cyril Callender acquiert la faculté d'arrêter le temps, de bondir instantanément entre deux points éloignés, et autres dons épatants qu'Alex s'ingénie encore à mettre au point. Le problème, c'est que l'adolescent, encore inexpérimenté, n'a pas fini d'apprendre à contrôler ses pouvoirs extraordinaires de sorte qu'ils ne causent pas plus de mal que de bien. Mais comment Cyril les a-t-il obtenus ? Quelle est l'histoire de sa genèse ? Alex se remémore la sphère flamboyante entrevue dans le labo, là où son père travaille. Cyril pourrait vivre à River Meadows. Ce qui arrive à Cyril pourrait être ce qu'a ressenti Alex au snack-bar. En pire. Ou en mieux.

Sauf que les superhéros n'habitent pas dans des endroits comme celui-ci.

Quelle chaleur, il n'a pas plu depuis des semaines et Ben vient d'installer le tourniquet d'arrosage devant la maison, où la pelouse visiblement assoiffée se dessèche par endroits. Il s'attendait à ce que les enfants enfilent leur maillot de bain et viennent sauter à travers le jet d'eau pendant qu'il le ferait marcher. Mais Alex ne sort pas de sa chambre et Amérie, qui était encore à la maison il y a une minute, est partie Dieu sait où, sans doute rouler au hasard à vélo dans le quartier. Seule, comme d'habitude. Ben se souvient de l'époque où, les après-midi d'été, il ne leur fallait pas plus qu'un jet d'eau et un esquimau pour les contenter. Il les revoit bondir dans le jet crépitant avec des cris et des éclats de rire.

Assis sur les marches du perron, Ben minute l'appareil et le déplace de temps en temps pour couvrir tout le terrain. Beth surgit avec un plateau chargé de gobelets en plastique et d'une grande carafe de limonade qui étincelle au soleil.

Où est passée Amérie ?

Elle était là à l'instant.

En tout cas, j'ai fait de la limonade pour ceux qui en veulent.

Quand Beth se penche pour déposer le plateau sur la table pliante à côté de lui, Ben glisse un œil dans le décolleté de sa chemise, admirant comme toujours ce qu'il y entrevoit. Ils se sont rencontrés à la fête des diplômés de son école à lui, sur la plage de Kitsilano. Beth Leitner. Elle accompagnait un gars d'une autre école, mais elle avait fini la soirée avec lui ; ils s'étaient éloignés du feu de joie et promenés au bord de l'eau en discutant de ce qu'ils voulaient faire de leur vie. Enfin, c'est surtout elle qui avait parlé. Elle souhaitait devenir photographe, parcourir le monde, immortaliser des gens, des endroits. À l'époque, il ne savait pas du tout ce qu'il voulait devenir, n'ayant jamais réfléchi plus loin que l'atelier de carrosserie de son oncle où il bidouillait des moteurs. Mais ça, il ne pouvait pas l'avouer à cette jolie fille pleine d'entrain qui marchait si près de lui ; alors, levant les yeux vers le ciel nocturne et les rares étoiles visibles, il lui avait raconté qu'il voulait devenir pilote un jour, peut-être même astronaute, sans savoir d'où ça lui était venu. Et il avait espéré que la question ne revienne jamais sur le tapis. Quelques sorties plus tard, il s'était retrouvé en train de déboutonner le chemisier de Beth sur la banquette arrière de sa vieille Mustang. De défaire pour la première fois de sa vie les boutons d'un chemisier, à vrai dire.

Ben sourit en se rappelant à quel point il avait frôlé les larmes ce soir-là, de joie comme de terreur. Le jour où on découvre quelque chose qui va tout changer.

Beth retourne à l'intérieur et quelques minutes après, Ben entend la porte d'entrée se rouvrir.

À sa grande surprise, c'est Alex. Son fils se perche au sommet de l'escalier pour scruter la rue.

Tu viens respirer un peu d'air frais ? lui demande Ben, prenant conscience en les entendant du ton forcé, maladroit, de ses paroles.

M'man veut que j'aille chercher Amérie, répond Alex d'un ton boudeur.

Ah. Laisse-lui quelques minutes, fait Ben en haussant les épaules. Elle va revenir.

Il tapote la marche à côté de lui.

Assieds-toi en l'attendant.

Après une longue pause, Alex s'assoit.

Il y a de la limonade.

Non merci.

Alors, reprend Ben en se demandant quoi dire d'autre. Tu travailles sur un nouveau jeu ?

Ouais.

Sur quel thème ?

Les voyages dans le temps.

Cool. Super cool. Un peu comme *Retour vers le futur* ?

Pas vraiment.

Ah bon. Pas de convecteur temporel ni rien de ce genre, alors.

Alex se lève.

Faudrait que je trouve Amérie.

D'accord, capitule Ben. Puis, comme il ne peut pas dire ce qu'il voudrait vraiment exprimer, il ajoute : Bonne chance.

Alex va chercher son vélo là où il est garé, près de la porte du garage, et s'éloigne dans la rue. Ben le regarde pédaler.

Un après-midi de janvier, au supermarché flambant neuf, Beth cherche dans les emballages de poitrines de poulet celui qui les nourrira tous les quatre sans faire exploser le budget de la semaine, quand elle se rappelle qu'ils ont de l'argent maintenant.

Elle peut s'offrir tout ce qu'elle veut dans ce magasin. Enfin, dans les limites du raisonnable, mais quand même, la sensation nouvelle d'un tel pouvoir d'achat la fait reculer d'un pas, époustouflée. Elle parcourt du regard le rayon boucherie où s'étale une profusion de chairs roses, rouges et blanches. Bœuf, jambon, porc, poulet, dinde, veau, agneau, saumon, thon, crabe, homard. Tournedos, poitrines, côtelettes, pilons, cuisses, langues, jarrets, longes, filets.

Elle choisit le morceau le plus gros, le plus cher qu'elle puisse trouver : un gigantesque pavé de bœuf Wagyu dont le prix fait battre son cœur un peu plus vite. Résistant à l'impulsion de laisser tomber le paquet et de s'éloigner avant qu'on la remarque, elle le serre encore plus fort. Sous la cellophane, la viande aux marbrures exquises scintille comme si la rosée du matin venait de s'y déposer. De quelle partie de ces vaches provient-elle ? Beth a entendu dire qu'on attribue la délicatesse de leur chair à la bière ou au lait qu'on leur donne, un peu comme le régime engraissant des lutteurs de sumo, peut-être. Elle se demande ce que dirait Ben si elle lui servait ce régal. Avec les heures supplémentaires qu'il accepte chaque fois qu'on les lui propose, il est tellement occupé par son travail en ce moment qu'elle se demande s'il s'en apercevrait.

Un tremblement dans l'air. Beth arrive à les ignorer la plupart du temps, ils ne veulent rien dire, mais pendant un instant, elle se sent comme un arbre fauché par un grand vent.

La décohérence est passée.

Elle achète le steak et l'apporte à la maison. Ce n'est qu'après avoir sorti la viande de sa barquette et l'avoir posée, rose et crue, sur la planche à découper de la cuisine, qu'elle se demande ce qui a bien pu lui passer par la tête. On est en plein hiver, il doit faire moins vingt dehors, alors que cette tranche-là est faite pour griller lentement sur un barbecue par un après-midi d'été. Comment s'imaginait-elle s'y prendre pour la préparer ?

Tandis qu'elle l'examine à nouveau, elle voit s'abattre dans son esprit une scie électrique dont la lame s'enfonce dans une poitrine de chair suspendue qui s'écarte comme une porte.

Début d'automne, un samedi après-midi. Alex et Amérie marchent le long des rails à la lisière de la ville. Alex en a assez de servir de garde du corps à sa sœur, mais leur mère n'en démord pas. S'il ne fait rien avec ses amis, il doit veiller sur la rebelle de la famille. C'est la loi.

Alex aperçoit quelque chose dans les arbres qui bordent la voie ferrée.

Eh, regarde, lance-t-il.

Il se met à courir, dévale le fossé, remonte de l'autre côté et entre dans un bosquet de peupliers, Amérie sur les talons.

Ce qu'il a repéré, c'est une voiture abandonnée, à moitié enfouie sous l'herbe haute, qui a sans doute déjà été verte alors qu'aujourd'hui, elle est presque entièrement oxydée. Trouvant qu'elle ressemble à une énorme crotte métallique déposée là par un robot géant brun rouille, il met cette idée de côté pour la ressortir dans l'une de ses BD maison. Des robots capables de digérer le métal et de chier de la ferraille.

Les vitres de l'auto sont pour la plupart cassées. Il manque deux portières. Les pneus sont à plat ou manquants, les banquettes déchirées ; leur rembourrage jaune s'en échappe, comme les entrailles d'insectes monstrueux.

Alex s'installe sur le siège du conducteur. Amérie, après quelques hésitations, grimpe de l'autre côté.

Une étrange odeur règne dans l'habitacle. Pas tout à fait désagréable. Juste… bizarre. Comme de vieilles guenilles moisies saupoudrées de cannelle.

Pour s'amuser, Alex propose de faire semblant d'être en vacances et pour une fois, Amérie entre dans le jeu. Ils se mettent à bondir sur les ressorts qui grincent, tendent le doigt par la fenêtre et poussent des exclamations à la vue de paysages imaginaires, bêtes comme des touristes ; c'est à qui en rajoutera le plus. Ooh, regarde, le Grand Canyon. J'aperçois la tour Eiffel. Là-bas, ça serait pas le Taj Mahal ?

Alex imite un conducteur en état d'ivresse, il bredouille et il a du mal à garder la tête droite.

Qu'est-ce que tu fais ? lui demande Amérie d'un ton vraiment inquiet qui fait peut-être partie du jeu. La plupart du temps, c'est difficile de savoir ce qu'elle pense.

Je conduis, que veux-tu que je fasse d'autre ? Tais-toi maintenant, arrête de me distraire avant que je nous jette en bas de la falaise. Non, tu sais quoi, je vais nous jeter en bas de la falaise. Tu m'entends ? J'en ai assez de cette vie, j'en ai assez de toi, je vais mettre fin à tout ça.

Alex braque le volant.

C'est parti…

Amérie sursaute. Alex se dit qu'elle se prend vraiment au jeu avant de voir l'abeille. Attention, crie-t-il en se ratatinant sur la banquette. L'insecte tourne autour de leurs têtes et se cogne contre le toit avec un vrombissement affolé avant de filer par l'une des fenêtres sans vitre et de disparaître.

Merde, s'exclame Alex.

À part ce sursaut, Amérie n'a pas réagi.

Attends, souffle-t-elle. Écoute.

Un bourdonnement sort de quelque part. Étouffé, mais Alex reconnaît le grondement courroucé d'un essaim tout entier.

D'où ça vient ? s'étonne-t-il.

Il sait ce qu'Amérie va faire avant même qu'elle tende la main vers le loquet. Il essaie de l'arrêter d'un cri, mais trop tard.

La boîte à gants fourmille, grouille, pullule d'abeilles. En un instant, Alex s'extrait de la voiture et prend ses jambes à son cou. Puis il s'arrête et regarde derrière lui.

Amérie est toujours dans l'auto. Elle n'a pas bougé.

Assis dans la cabine du camion par un bel après-midi, Ben est en train de transporter un chargement de minerai de la carrière quand le martèlement commence. Il croit d'abord qu'il provient de l'autre côté des vitres incassables, mais c'est son cœur qui cogne pour sortir. Il arrive à freiner juste avant qu'une chose énorme le plaque sur son siège et l'empêche de bouger, de respirer. Une planète obscure roule sur la terre et le vide, avec tout ce qui l'entoure, de son air et de sa lumière.

Il est presque perdu mais une pensée le retient. Les enfants. Il les revoit comme quand ils étaient petits et après un instant, se rend compte que sa main fait le geste de leur caresser les cheveux à l'issue d'un cauchemar. C'est ainsi qu'il passe à travers. Quand c'est fini, peu importe ce que c'était, il parvient enfin à répondre à la voix qui disjoncte à la radio, inventant une histoire de tableau de bord détraqué, de voyants lumineux affolés, un vrai sapin de Noël. Le camion entre au garage et on lui fait passer tous les tests imaginables. Évidemment, on ne trouve rien. Ils ont dû brancher la mauvaise pièce d'équipement au moniteur.

Il est au moins sûr d'une chose : ce n'était pas une décohérence. Cela n'y ressemblait en rien et de toute manière, les trébuches ne se produisent jamais sur les sites d'excavation. En ville, certains y voient la preuve que les décohérences n'ont rien à voir avec l'extraction du minerai fantôme, à quoi les écologistes répondent par une analogie avec l'œil du cyclone.

Ce que ça peut bien être, d'où ça peut bien venir, il voudrait bien le savoir, et aussi pourquoi ça lui tombe dessus maintenant. Les choses vont bien. Il gagne un salaire suffisant et même plus. Même beaucoup plus. Beth travaille à temps partiel au bureau municipal. Ils ne se demandent ni l'un ni l'autre pourquoi ils s'échinent ainsi. Pour qui.

Il est papa. Un homme ne peut rien espérer de mieux dans la vie, pas vrai ?

Il ne dit rien à Beth dans l'espoir que ce n'est rien qu'une anomalie isolée, un couac passager. Mais pendant trois jours, quand il se présente au travail, la peur est déjà là, toutes griffes dehors. Dès qu'il met le pied sur les échelons qui mènent à la cabine, ses genoux se dérobent. Au bout d'une heure, il est sûr d'avoir la mort perchée sur son épaule.

Le matin du quatrième jour, il se rend jusqu'au site et gare sa voiture. Mais au lieu d'aller pointer directement comme d'habitude, il fait lentement le tour du parking, les mains tremblantes, le pas saccadé comme celui d'une marionnette. À l'autre bout, non loin de la sortie, un grand type maigre adossé à une Camaro bleu ciel le voit venir et lui fait signe, comme s'il l'attendait. Même si Ben ne l'a jamais rencontré, il le connaît de réputation. Certains membres de l'équipe surnomment ce coin du parking « la confiserie ». Encore plus facile que de commander une pizza.

Hé, lance le type. Je pense que je viens de voir un ours.

Un ours ?

Le type désigne de la tête les arbres qui poussent avec indifférence à la lisière du gravier, drapés dans leur feuillage, comme si ce matin n'avait rien d'extraordinaire.

Là-dedans, *man*. Un ours énorme. Je sais pas, peut-être un grizzly. Juste là.

Qu'est-ce qu'il fait, tu crois ? lui demande Ben en plissant les yeux, la main levée pour les abriter du soleil. Il s'efforce vraiment de repérer cet ours. Il faut qu'il le voie.

Sans doute en train de chier, laisse tomber le type. C'est pas ça qu'ils font dans les bois ?

Ben émet un rire, mais on dirait qu'il descend une côte au pas de course.

Le type ouvre de grands yeux. Houlà, c'est une journée comme ça, hein ?

Ouais, comme ça. C'est toi, Jarod Sawchuk ?

En personne.

OK, répond Ben.

OK, en effet, reprend Jarod Sawchuk. Qu'est-ce que je peux faire pour toi ?

Ben se tourne vers la Camaro. Puis vers les arbres. Il lève une main.

Tu sais quoi, laisse tomber. J'ai besoin de rien.

J'en suis pas si sûr, moi.

Ben se dirige vers la sortie. Dans la cour de triage, il va trouver Dylan Chaudière, le contremaître de quart, et lui annonce qu'il doit avoir attrapé la gastro ou quelque chose dans ce genre-là. Un regard sur son teint crayeux et son front en sueur suffisent à Dylan pour lui ordonner, avec un mouvement de recul, de rentrer chez lui au plus vite.

Il rentre à la maison et n'en sort plus, passe les trois quarts de travail suivants sur le divan et prend une expression nauséeuse chaque fois que Beth le regarde. Elle finit par comprendre qu'il se passe quelque chose et que ce n'est pas qu'un simple virus.

Il est en train de se verser un bol de céréales à deux heures de l'après-midi quand elle finit par lui faire face.

Il faut qu'on se parle, lance-t-elle.

De quoi ?

Elle baisse les yeux vers le peignoir crasseux qu'il porte.

Si quelque chose ne va pas... dis-moi, est-ce que c'est au travail ? Tu fais beaucoup d'heures supplémentaires en ce moment.

C'est pas les heures supplémentaires.

Mais il y a quelque chose qui ne va pas.

Je gère.

Vraiment ? Je veux t'aider. Laisse-moi m'occuper de toi.

Beth finit par convaincre Ben de consulter son médecin, qui l'écoute sans poser beaucoup de questions, comme s'il avait déjà entendu la même histoire, puis lui demande s'il a pensé à trouver un autre emploi.

Non, en fait. Le docteur lui prescrit quelque chose qui devrait soulager son anxiété. Ben va chercher le médicament, mais n'ouvre jamais le flacon. La question du médecin lui a fait voir une porte dont il ne s'était pas aperçu qu'elle était toujours ouverte.

Il en parle à certains des collègues qu'il a rencontrés et qui travaillent ailleurs chez Northfire. En décembre dernier, à l'occasion de la fête de Noël de la compagnie, Ben a fait connaissance avec Luc Beauregard et ils se sont découvert une passion commune pour les vieux westerns ; c'est lui qui est responsable des inspections d'entretien et de sécurité de l'extracteur n° 2. Un soir, Ben l'emmène boire une bière et évoque la possibilité de changer de poste, que Luc accueille avec enthousiasme : il y aura justement une ouverture au sein de son équipe la semaine prochaine. Pour commencer, Ben devrait se contenter d'un salaire moins élevé que ce qu'il gagne en ce moment, mais après quelques mois, avec une ou deux formations supplémentaires en poche, rien ne l'empêcherait d'être promu à un poste de superviseur.

Ben et Beth restent debout tard dans la nuit pour en discuter.

Le lendemain matin, Ben remet sa démission à Dylan Chaudière.

Parfois, il pense que c'était l'ampleur même de tout ça qui l'agressait. L'étendue des ravages causés à la terre. La combustion de millions d'années pour éclairer nos villes pendant une journée. La transformation du passé en combustible pour nous propulser à pleins gaz vers l'avenir. *C'est pas vrai*, se disait-il certains jours tandis que son camion dévalait le cratère comme le caillou tombé de l'espace qui avait supprimé les dinosaures. *Ça ne peut pas être vrai.* C'était peut-être impossible à englober pour son esprit, tel un gamin qui joue avec des allumettes et s'aperçoit qu'il a mis le feu à toute la forêt. Sans parler du sentiment de petitesse que lui donnait tout ce qui l'entourait, des monstrueuses excavatrices robotisées aux pneus géants de son camion, en passant par la mine semblable à un fond marin asséché. Même le montant exorbitant inscrit sur son chèque de paie y contribuait. Une somme aussi énorme ne pouvait rien avoir à faire avec lui.

L'extracteur nº 2 est colossal, lui aussi, avec sa masse de tuyaux, de passerelles et de colonnes de ventilation qui montent jusqu'au ciel. Mais ici, rien ne l'oblige à tout embrasser d'un coup. Il se penche pour lire de près les jauges du panneau de contrôle qu'il examine ; leurs aiguilles palpitent doucement. C'est ici que l'on transmute le minerai en énergie et en richesse, ici que l'on suit de près les petites choses qui dénotent ce qui se passe ailleurs, du côté des grandes choses.

Pendant leur troisième été à River Meadows, les Hewitt se joignent à la famille Beauregard pour aller camper dans les montagnes Rocheuses. Amérie et Hélène Beauregard ont à peu près le même âge. Beth et Monique Beauregard, qui s'attendaient à ce que les filles se lient rapidement d'amitié pendant ce voyage, sont déçues et déconcertées de s'être trompées. En effet, Hélène et Amérie refusent de faire bon ménage en dépit des encouragements discrets de leurs mères, qui font tout pour leur inventer des activités à pratiquer ensemble.

Alex entend Hélène se plaindre à sa mère sur les marches de leur camping-car flambant neuf et deux fois plus gros que la roulotte des Hewitt : Elle est bizarre, maman.

C'est de la timidité, ma chérie.

Non, c'est pas ça. Elle est pas normale. Elle fait des bruits d'oiseaux.

Des bruits d'oiseaux ?

Quand elle les entend chanter, elle leur répond.

C'est la vérité, Alex le sait. Il a déjà surpris Amérie en train de siffler et de pépier comme si elle bavardait avec des oiseaux. Ça le fâche, à la fois qu'elle fasse quelque chose de si débile et que quelqu'un d'autre s'en soit rendu compte. Et aussi qu'on parle de sa famille en ces termes.

Amérie semble enfin remarquer qu'elle échoue à accomplir ce que tout le monde attend d'elle. Le lendemain matin, elle est redevenue loquace et pleine d'entrain, comme l'Amérie d'avant leur arrivée à River Meadows. Alex se demande si les autres s'aperçoivent de la quantité d'efforts que cela lui coûte.

Si on escaladait une montagne aujourd'hui ? lance-t-elle à Hélène pendant que tout le monde attaque les œufs et les saucisses que Ben a préparés pour déjeuner. Je parie qu'on arrive au sommet, facile.

Quelle bonne idée ! s'exclame Beth en décochant un grand sourire à Amérie. Partons tous en randonnée.

Vraiment ? s'étonne Ben, incrédule.

Allez, on le fait, renchérit Luc Beauregard, le poing brandi.

Je ne sais pas trop, balbutie Monique.

On n'est pas obligés de monter jusqu'en haut, nuance Beth, l'index braqué vers le toit de la roulotte. Il y a un sentier qui monte vers la crête, de ce côté-là. Je l'ai vu sur le tableau d'affichage quand on est arrivés. Ça prend environ une heure et ce n'est pas trop abrupt.

Les voilà donc partis gravir une montagne. Au début, Alex est furax – lui qui avait prévu de passer la journée à l'intérieur de la roulotte avec ses BD et son bloc à dessin sans voir personne –, mais assez vite, il commence à prendre plaisir à cette sensation d'aventure. D'inconnu qui ne demande qu'à être découvert au prochain tournant du sentier ou derrière le coteau suivant. Il a lu tant de romans fantastiques, joué avec ses amis à tant de jeux campés dans un décor qui, dans son imagination, ressemblait fort à celui-ci. Emplissant ses poumons de l'air vivifiant des montagnes, il hume l'arôme chaud et ensoleillé des sapins et des genévriers. Entre les branches, il aperçoit, tout en bas, leur campement au bord de la rivière et dans le lointain, l'éclat du soleil sur les voitures et les caravanes qui roulent au pas sur l'autoroute. Lorsqu'au détour du chemin, ils s'arrêtent pour reprendre leur souffle sur un banc offrant un joli point de vue, il ferme les yeux pour écouter s'approcher le vent surgi des contrebas après avoir traversé des kilomètres et des kilomètres de pins et d'épicéas.

Amérie ne cesse de babiller – à propos de son école, des autres enfants de sa classe, de ses émissions de télé préférées – et Hélène n'est pas en reste. Mais Amérie finit par se lasser et dès l'instant où elle se tait enfin, Hélène l'imite. Bientôt elles ne marchent plus côte à côte, mais à bonne distance l'une de l'autre.

Ils émergent dans une prairie en pente, verdoyante et fleurie, surplombée d'une paroi rocheuse sur laquelle ruisselle une fine cascade blanche dont le son ne leur parvient pas à cause de la distance et du rugissement du vent. Ici s'arrête le sentier. Alex est déçu que leur ascension soit terminée. Il voudrait continuer à monter dans le vent et la lumière.

Comme c'est paisible ici, soupire Beth.

Alex devine ce qu'elle veut vraiment dire : il n'y a pas de trébuches. Les choses sont ce qu'elles sont et rien d'autre.

Ils sortent le pique-nique que Ben et Luc transportaient dans leur sac à dos. Les deux familles s'assoient un peu à l'écart l'une de l'autre ; personne ne dit grand-chose. Amérie se lève et s'en va faire un tour. Hélène ne la suit pas.

Ils lézardent un instant au soleil, ensommeillés par l'air chaud. Avant que quiconque s'en rende compte, une masse de nuages gris et menaçants avance sa proue par-dessus la falaise qui se dresse derrière eux. Le vent fraîchit et quelques gouttelettes acérées leur picotent la nuque et les avant-bras.

Bon, une averse, comme par hasard, observe Ben. En montagne, si tu n'aimes pas le temps qu'il fait, attends cinq minutes.

Il faudrait peut-être rentrer, suggère Monique en entourant Hélène de son bras.

Les gouttes de pluie grossissent, s'abattent sur leur tête et leurs épaules tandis qu'ils plient bagage en toute hâte. Lorsqu'Alex la cherche des yeux, il aperçoit Amérie à l'orée du bois, le regard plongé dans ses profondeurs vert sombre. Il court la rejoindre.

Allez, viens, lui dit-il sans parvenir à dissimuler son irritation. Pour une raison qu'il ignore, il voudrait lui reprocher ce revirement de la météo.

Elle se retourne, le dévisage.

Je reviendrai ici, déclare-t-elle d'une voix convaincue, sans la moindre trace de mélancolie.

Qu'est-ce que tu veux dire ?

Je vais revenir ici. Escalader cette montagne.

Ouais, OK. Comme tu veux. Demain ?

Non. Dans très longtemps.

Si tu restais ici tout bonnement, réplique-t-il avec désinvolture. Personne veut de toi de toute façon.

Il s'éloigne sans attendre de voir si ses paroles ont porté leur coup.

Si Alex se souvient bien, ils ne sont jamais repartis camper avec les Beauregard.

Deux semaines après leur retour des Rocheuses, ils sont attablés autour du repas du soir quand un choc étouffé leur parvient de l'étage supérieur, suivi d'un autre.

Quand une porte se ferme, soupire Ben avec un haussement d'épaules désabusé, il y en a une autre qui s'ouvre. Il ne rate pas une occasion.

Personne ne rit. Sa blague douteuse est déjà éculée.

J'ai rien entendu, moi, prétend Alex.

Allons bon, se récrie Ben. Ce qu'on vient d'entendre, c'était l'armoire à linge et juste avant, la porte de la chambre de ta petite sœur. Tu peux aller vérifier si tu veux.

Beth prend une grande respiration, les yeux fixés sur son assiette. Ça n'a pas d'importance, dit-elle d'une voix douce.

Au contraire, se hérisse Ben. Il faut noter tout ça, Beth. Tu le sais très bien. On a acheté cette maison en s'appuyant sur l'hypothèse raisonnable qu'on doit en avoir pour notre argent. On a payé pour de la bonne qualité. Pour du savoir-faire. Après, on s'aperçoit que cette baraque semble avoir été bâclée par des incompétents.

Ce n'est peut-être pas la maison… souffle Beth.

Ah non ? Ça a commencé par le soulèvement du parquet de l'entrée. Après, il y a eu ces odeurs mystérieuses. Et maintenant, oh, quel mécanisme ingénieux : des portes autonomes. C'est pour ça qu'il faut tout noter. Tenir un registre précis et détaillé de tout ce qui cloche dans cette maison, jusqu'au moindre craquement du plancher, parce que j'ai de plus en plus l'impression que ce maudit constructeur, on n'aura pas d'autre choix que de le traîner en justice.

Visiblement de très mauvaise humeur, il a élevé la voix. Les questions d'argent lui pèsent plus aujourd'hui qu'à l'époque où ils n'en avaient pas. Quand il est comme ça, Alex doit lutter contre l'impulsion de se lever de table et de sortir. Il a beau savoir d'expérience que cela ne ferait qu'empirer les choses, il lui arrive de souhaiter que tout éclate. Ce soir, quelque chose de tendu dans le ton de sa mère le retient. Contrarier son père, on dirait que c'est plus fort que lui. Contrarier sa mère, c'est un interdit absolu.

On dirait que les gens ne tirent plus aucune fierté de leur travail, poursuit Ben. Il y a toujours quelqu'un pour essayer de t'arnaquer, de t'escroquer, et tout le monde se laisse faire en se disant *que veux-tu, c'est la vie.* Eh bien, la vie n'a pas toujours été comme ça et elle n'aurait jamais dû le devenir.

C'était pas la mienne, fait remarquer Amérie.

Qu'est-ce que tu dis, ma belle ? lui demande Beth. Entendre la voix d'Amérie à table, c'est encore plus rare que de voir Ben se mettre en colère.

C'était pas ma porte, précise la fillette. C'était celle d'Alex.

Quelle connerie, glousse celui-ci.

Alex ! proteste Beth.

Ben quoi, elle se trompe.

Pas du tout. Je fais très bien la différence.

Alex doit admettre qu'elle dit sans doute vrai, mais il ne va quand même pas lui donner raison. De toute évidence, Amérie est beaucoup plus sensible à ces choses-là que le reste de la famille. Ce qui est tout à fait logique si les incidents qui se produisent dans leur maison sont liés aux décohérences.

On pourrait revenir à nos moutons ? lance Ben au luminaire qui éclaire la table. Comme si elle n'attendait que cela, celle-ci se met à clignoter.

Une trébuche passe, épisode si familier que personne ne juge bon de le souligner.

L'entrepreneur est censé venir jeter un coup d'œil la semaine prochaine, reprend Beth. D'ici là, on ne peut rien y faire. Alors pourquoi ne pas…

Moi, je vois très bien quoi faire, gronde Ben en repoussant son assiette. Ça a rapport avec mon pied et le gros cul d'un certain constructeur.

C'est une belle maison, insiste Beth en se frottant les yeux. On va la faire remettre en état.

Elle ne voulait pas s'installer ici, pense Alex. Qu'est-ce qui lui prend de défendre cet endroit ?

Ray, l'entrepreneur, passe sa main sur le mur de la cuisine, puis se met à cogner doucement dessus, l'oreille tendue pour mieux entendre.

Ah ouais, murmure-t-il en hochant la tête.

Ouais, quoi ? lui demande Beth.

Ça arrive avec certaines constructions neuves, lui explique Ray. Du jour au lendemain. Sans aucune raison apparente pour que ce soit une bâtisse plutôt qu'une autre.

C'est dû aux décohérences, alors ?

Difficile de le dire avec certitude. Je suis pas expert là-dedans. Peut-être juste le sol qui remue.

Est-ce qu'on peut faire quelque chose ?

Ray approche son oreille du mur, donne des petits coups dessus, écoute.

Bien sûr, vous avez encore plein de temps, proclame-t-il. On s'en est aperçu assez tôt.

Tant mieux, s'anime Beth. Ça veut dire que c'est réparable, alors ?

Je peux faire venir mon équipe dans environ… trois à six semaines. Faut que je vérifie mon calendrier. Mais ne vous en faites pas, on va arranger ça. *No problemo.*

Il tapote le cadre de porte.

Cette maison, on va la rendre comme neuve.

Elle *est* neuve, rétorque Beth.

C'est vrai, pouffe Ray en lui faisant un clin d'œil. Mieux que neuve.

Par un samedi après-midi frisquet du début du printemps, alors que des bancs de neige sale s'accrochent encore au bord des pelouses, le silence règne dans la maison quand Beth revient de l'épicerie. Elle monte à l'étage et trouve vide la chambre d'Amérie. Alex est dans la sienne, occupé comme d'habitude à dessiner une BD.

Où est ta sœur ?

Je sais pas.

Comment ça, tu sais pas ?

J'ai fini de la suivre partout, m'man. C'est plus un bébé, pourquoi il faudrait que je fasse la nounou ? C'est pas juste. J'ai des choses à faire, moi.

Chacun soutient le regard de l'autre sans faiblir. Ravalant une réplique cinglante, Beth tourne les talons. Les cris d'Alex la pourchassent dans l'escalier.

T'inquiète pas pour elle ! Elle est dans son élément là-bas ! Tu le sais très bien !

Beth dort mal. Toute la famille aussi. Enfin, sauf Ben qui n'a jamais eu de problème à s'assoupir, peu importent les circonstances.

Il reste des tranches de concombre, mais pas de cheddar. Que du fromage fondu emballé. Ce n'est pas celui que Ben préfère, mais elle a oublié d'en acheter du bon en faisant les courses hier soir. Elle entend Alex hurler à Amérie de se dépêcher à travers la porte de la salle de bains.

Je vais faire des heures supplémentaires au bureau aujourd'hui, annonce Beth à Ben, qui est plongé dans la *Gazette de River Meadows.* Il lit à table, exactement ce qu'il interdit à Alex de faire.

Ah ouais ? Ça va, toi ? T'as l'air fatiguée.

Ça va.

Ben replie son journal en hochant la tête, se lève, lui pose une main sur l'épaule.

Je t'appelle à midi.

D'accord.

En haut, la porte s'ouvre et elle entend Alex s'écrier : *Purée, il était temps.*

Amérie descend à la cuisine, va chercher un bol et une cuiller, les apporte à table et se verse des céréales. Beth l'observe sans en avoir l'air. Amérie n'a pas dit un mot depuis des semaines à propos des bruits inquiétants ou des portes qui s'ouvrent toutes seules. Elle s'y est peut-être enfin habituée. Elle n'aura sans doute pas le choix si l'entrepreneur ne revient jamais. Mais Beth a l'impression que cela ne se limite pas aux phénomènes étranges qui affectent la maison. Dans tout ce qu'elle fait, Amérie est si calme, si posée ces jours-ci… Rien ne semble la perturber. L'autre soir est survenu un orage qui ébranlait les fenêtres et les faisait pratiquement bondir jusqu'au plafond à chaque *crac* assourdissant. À l'exception d'Amérie, que le tonnerre terrorisait autrefois.

Ben est parti travailler. Maintenant ce sont les enfants qui déjeunent. Demi-journée aujourd'hui, se rappelle Beth. Ils devront passer tout l'après-midi seuls à la maison.

Y avait-il une présence dans la chambre la nuit dernière ? A-t-elle rêvé ? Un léger scintillement nébuleux dans l'obscurité, un remuement ou peut-être simplement l'explosion minuscule de phosphènes dans ses yeux, ces cercles de points rouges qu'elle voit parfois vibrer dans la pénombre partout où son regard se tourne, quand elle reste couchée tard dans la nuit sans pouvoir fermer l'œil et qu'elle sait qu'elle n'arrivera pas à dormir.

Se rappelant où elle se trouve, Beth lève les yeux. Amérie regarde par la fenêtre, comme elle le fait souvent ces jours-ci. Puis elle se retourne et braque sur sa mère un long regard fixe, indéchiffrable. Beth sent monter la furieuse envie de crier à sa fille : *Tu ne pourrais pas être normale une fois de temps en temps ?* Elle se contente de sourire.

Alors vous deux, lance-t-elle d'un ton jovial, qu'avez-vous prévu pour votre demi-journée de liberté ?

Surpris par cette question à brûle-pourpoint, Alex lève le nez de son bol de Cybercrounche, hausse les épaules et regarde sa mère avec méfiance. On dirait qu'il s'attend à ce qu'elle le charge d'une corvée qui engloutirait tout son après-midi. Aucune idée, finit-il par répondre. Dessiner ou quelque chose du genre.

Et de ton côté ? demande Beth, toujours guillerette, à Amérie. Mais elle entend sa voix trembler. Elle n'a quand même pas peur de sa propre enfant ?

Amérie affiche un sourire, spectacle troublant entre tous, avant d'annoncer :

Ça se peut que j'aille chez Sandra. Si tu n'y vois pas d'inconvénient.

C'est faux, elles le savent toutes les deux.

L'après-midi est déjà bien entamé. Dans sa chambre, Alex travaille sur sa nouvelle BD de Kid Quantum quand Amérie apparaît dans l'embrasure. Il s'étonne : elle était partie depuis des heures à l'endroit inconnu où elle va ces jours-ci. D'habitude, elle rentre de ses expéditions sans que personne s'en rende compte. Ils s'aperçoivent brusquement de sa présence, dans sa chambre ou ailleurs, comme si elle n'était jamais sortie.

Amérie reste plantée là sans rien dire.

Qu'est-ce qui se passe ?

Y a quelque chose… j'aimerais que tu viennes voir.

Voir quoi ?

C'est juste… je te montrerai. Là-bas, dans le bois.

Dans le bois, évidemment.

J'ai besoin que tu m'aides. S'il te plaît.

Une demi-heure plus tard, ils atteignent le bord du ruisseau. Derrière eux, ils entendent River Meadows et son doux murmure lointain de ville industrielle. On n'est qu'à la fin mai, mais à cause d'un printemps sec, le cours d'eau n'est plus qu'un mince filet. Ils le franchissent sur le petit pont de bois que quelqu'un a construit il y a sans doute longtemps. Sur l'autre rive, ils traversent un bosquet de peupliers qui débouche sur une longue zone dégagée rectiligne, comme une bande défrichée, mais plus étroite que celles qu'Alex a vues l'hiver où Ben a essayé de l'intéresser à la randonnée en raquettes.

Ce corridor étrange à travers la forêt est semé d'herbes qui leur montent jusqu'aux genoux, pour la plupart flétries et décolorées par l'hiver, d'arbustes épineux qui s'accrochent à leurs vêtements, égratignant leurs membres nus, et de grands poteaux en métal rouillé numérotés, séparés par de longs intervalles, qui doivent avoir un rapport avec l'industrie de l'extraction, pense Alex. Il est déjà venu deux ou trois fois explorer le coin et se défouler avec ses copains. Ils y trouvaient des cartouches de chasse vides, des mégots de cigarettes, des bouteilles de bière. Mais ils ne restaient jamais longtemps. Une atmosphère sinistre plane sur cet endroit qui sent vaguement le caoutchouc brûlé, ou les fils électriques fondus. Il y a déjà senti d'étranges fourmillements lui parcourir la nuque et les bras. Sans compter la fois où ses amis et lui ont entendu un bourdonnement grave, rappelant l'électricité statique, qui semblait surgir du sol.

Où on va ? demande-t-il à sa sœur pour la quatrième fois au moins. Elle n'a toujours pas répondu.

Ils marchent encore quelques minutes jusqu'à un énorme pin déraciné qui leur barre le chemin. Ses branches sont toujours pleines d'aiguilles, mais elles ont bruni.

Amérie s'immobilise.

Alex regarde autour de lui.

C'est pour me montrer un arbre mort que tu m'as fait venir jusqu'ici ?

Non, chuchote-t-elle en désignant le pin du doigt. *Là. Regarde là.*

Il plisse les yeux. À moitié dissimulé dans les ombres qui s'enchevêtrent sous les branches repose un animal. Alex est si interloqué qu'il manque faire un bond en arrière. C'est un petit chien, croit-il d'abord, avant de remarquer le ton rouille foncé de la fourrure, les oreilles triangulaires bordées de noir et le museau pointu qui l'incitent à conclure qu'il doit s'agir d'un renard.

Tendu, braqué vers l'avant, il semble s'être figé sur place au moment de se mettre à courir. Le vent soulève des touffes éparses de ses poils. Ses yeux, pâles joyaux d'ambre, regardent fixement droit devant lui.

Alex sent une frénésie de fourmis lui ramper sur la nuque. On ne voit jamais d'animaux sauvages rester ainsi immobiles en présence d'êtres humains. Dès qu'ils en aperçoivent un, ils décampent. Il y a ici quelque chose qui ne tourne pas rond du tout.

Il est coincé, laisse tomber Amérie d'un ton neutre, décrivant simplement les faits tels qu'ils sont. Elle ne paraît ni effrayée, ni bouleversée, ni rien. Dans le ventre d'Alex se love une peur glacée, de l'animal ou de sa sœur, il ne sait trop.

Qu'est-ce que tu veux dire par coincé ?

Il est pris au piège.

J'en vois pas, de piège.

On le voit pas, mais il est là.

Ne comprenant pas de quoi elle parle, il examine le sol et finit par trouver une branche morte aussi longue que son bras, assez fine pour être saisie facilement, mais bien massive, bien solide. Brandissant son bâton, il ose faire un autre pas en direction du renard, puis un autre, Amérie sur les talons.

Non, c'est un animal empaillé ou quelque chose comme ça, chuchote Alex. Pas une bête vivante. Quelqu'un nous joue un tour. Ou alors c'est toi ?

Il est vivant, affirme Amérie. Regarde sa tête.

Alex s'approche encore. Le museau du renard est parcouru d'un léger tremblement qu'il arrive tout juste à distinguer. Après l'avoir observé attentivement pendant un instant, il voit le même frisson à peine perceptible agiter ses pattes avant. Les côtes saillantes sous la peau tendue montent et descendent au rythme rapide du souffle.

On dirait qu'il meurt de faim, remarque Alex. Ça doit faire longtemps qu'il est bloqué ici.

Il a mal, répond Amérie. Il souffre beaucoup.

Comment tu le sais ?

À ses yeux.

Il a peur de nous, réplique-t-il. C'est tout. Il a une frousse bleue parce qu'il comprend pas pourquoi il arrive pas à remuer.

Non, rétorque Amérie, il est en train de mourir parce qu'il peut pas s'échapper. Il faut qu'on l'aide.

Alex se tourne vers elle.

Si on s'approche de ce truc, il va nous mordre, c'est sûr. Il doit avoir la rage. Et moi, je veux pas me retrouver coincé comme ça.

Ça t'arrivera pas, assure Amérie.

Comment tu fais pour le savoir ?

Je suis restée bloquée ici, moi aussi.

Quoi ?

La dernière fois que je suis venue ici. Quand je suis arrivée devant l'arbre, j'ai senti quelque chose m'agripper les bras, les jambes. Quelque chose d'invisible. J'ai tiré très fort et je me suis libérée. Je pense que ce piège n'est pas assez puissant pour attraper des animaux aussi gros que nous.

On n'est pas des animaux.

Mais si.

Pas question que je touche cette chose-là, reprend-il.

Il faut faire quelque chose.

Alex baisse les yeux vers le bâton qu'il tient.

J'ai une idée, chuchote-t-il.

Amérie regarde la branche, puis son frère.

Fais pas ça, dit-elle et pour la première fois depuis longtemps, il entend une émotion dans sa voix, il la voit dans ses yeux. Ce n'est ni de la peur ni de la stupéfaction. Elle est plutôt déçue de lui.

Il se souvient de la maisonnette où ils ont passé quelque temps à leur arrivée ici, de la fourmilière, du bout de bois avec lequel il l'avait détruite sans le moindre remords. Le cœur empli de honte et de colère envers sa sœur, il comprend qu'une part de son être a hâte de faire ce qu'il s'apprête à commettre.

T'as une meilleure suggestion ?

Elle secoue la tête.

Il se dirige lentement vers le renard, brandissant la branche devant lui. Quand il n'est plus qu'à un ou deux pas, il s'arrête. Il sent son odeur maintenant, une âcre puanteur évoquant le chien mouillé et les feuilles en décomposition, mêlée d'une forte senteur métallique qui lui rappelle l'odeur de son propre sang.

Il se retourne vers Amérie, dont le visage est redevenu inexpressif. Elle ne détourne pas le regard.

Beth écoute la radio en rentrant du travail. Deux animateurs antipathiques et tapageurs se lancent dans une blague. *Toc Toc ! Qui est là ? Alphonse. Alphonse qui ? Alphonse chez Banquet International et ne manque pas le spécial vingt-quatre-heures-pour-te-remplir-la-panse !*

Elle a l'impression que son corps est une pierre lancée du haut d'un pont. Elle a si mal aux yeux qu'elle arrive à peine à battre des cils. Elle doit lutter pour rester concentrée sur la route et les autres véhicules qui la pressent de tous côtés, manœuvrant impatiemment pour avancer. Elle jette un coup d'œil aux conducteurs qui la dépassent : certains manient leur volant avec flegme, d'autres mollement, d'autres encore rageusement. Pour emprunter la bretelle qui mène à leur quartier, elle doit se rabattre sur la voie de droite ; c'est un peu serré, mais elle y arrive. Une petite auto sport bleu pastel la dépasse à toute allure pour s'y glisser avant elle. Elle lit sa plaque d'immatriculation : ARGENT9.

Sur la route de Foxhaven, le convoi des travailleurs qui rentrent chez eux progresse à pas de tortue. Elle ne l'a jamais vue encombrée comme cela. Une voie d'évitement va bientôt se présenter. Elle ne l'utilise jamais, mais c'est un itinéraire de rechange pour regagner sa rue. Dans la voiture qui avance peu à peu, elle se demande si elle va la prendre ou non. Elle n'a pas l'air aussi embouteillée, et de loin.

L'air frémit autour d'elle, la radio se tait un instant, puis repart… *ne manquez pas nos ailes désossées à volonté !* Cela se produit parfois lors d'une trébuche ; les appareils électroniques ont des ratés. Sauf qu'elle est bizarre, celle-ci :

l'espace d'un instant, elle aurait juré entendre la voix de Ben lui souffler *tourne ici* derrière le verbiage des animateurs.

Lorsqu'elle atteint enfin la voie d'évitement, Beth s'y engage et poursuit sa route, échappant à l'embouteillage.

La radio monopolise toujours son attention. Elle l'éteint, mais des phrases vides de sens tournent encore dans sa tête. *Combien de filles parviennent à porter leur tête dans leurs mains ? On part quand-quand ? Je te dirai quand-quand. Il est complètement toc-toc, le type sur la banquête a ri hier.*

Sa cervelle est comme une enveloppe déchirée, vidée de tout ce qu'elle contenait d'important. Il ne lui reste que ce qui est écrit sur l'enveloppe. C'est-à-dire son nom et son adresse. Comme si cette lettre lui avait été retournée.

Quand Beth arrive enfin à la maison, le silence règne. Amérie est assise sur la pelouse du jardin, le dos tourné à la maison. De la cuisine, Beth ne voit pas ce qu'elle fait, si tant est qu'elle fasse quoi que ce soit. Il lui arrive encore d'avoir des passages à vide et de rester comme ça sans bouger pendant plusieurs minutes d'affilée. La porte d'Alex est fermée ; elle suppose qu'il est là. A-t-il commencé à *faire ça* ? se demande-t-elle pour la énième fois.

Sans doute : il a quinze ans. C'est normal, c'est même très bien, quoiqu'elle préfère ne pas y penser.

Non, vraiment, quelque chose ne va pas. Un de ses enfants a beau passer tout son temps dans sa chambre et l'autre n'ouvrir pratiquement jamais la bouche, il y a un abîme entre le calme habituel et ce degré-ci de silence. Comme un invisible rayonnement dans l'atmosphère. Il faudrait qu'elle leur parle à tous les deux, qu'elle leur tire doucement les vers du nez si elle peut, mais elle est si fatiguée. Elle va se verser un verre de vin avant de se mettre à cuisiner en attendant qu'ils viennent se confier, ce qu'ils feront tôt ou tard. Comme toujours. Enfin, comme dans le bon vieux temps. Quand Amérie venait lui dire sa petite phrase qui signifiait que quelque chose n'allait pas. Il y a si longtemps que Beth ne l'a pas entendue. *Fais de l'air, auriculaire de sorcière.*

Installée dans le solarium avec un verre de shiraz, Beth profite des derniers rayons du soleil qui se couche sur les toits de Foxhaven. Dès septembre, il se met à faire noir tellement tôt. Elle ne s'y est jamais habituée. Quand elle a fini son vin, elle soupire, se lève, passe à la cuisine et met un mélange de grands succès sur le système de son. Puis elle commence à laver et à couper des légumes pour un plat de chili en accompagnant de la voix les vieilles chansons qu'elle aime tant. *Quand on partait sur les chemins, à bicyclette…* Elle revoit Ben éclater de rire dans l'allée en aidant maladroitement Amérie à pédaler sur son tricycle.

Lui aussi, il est distant ces temps-ci, comme sa fille. A-t-il toujours des problèmes au travail, même après avoir changé de poste ? Il lui a dit qu'il était content maintenant, mais en vérité, ils n'ont pas reparlé de ce qui lui était arrivé, pas depuis la première fois. Avant, ils discutaient toujours de tout, histoire de rester au courant de la vie de l'autre. On dirait qu'ils n'ont jamais le temps à présent. Ou alors c'est elle qui ne veut plus savoir comment il va ; elle est peut-être encore fâchée contre lui de les avoir amenés ici. S'il trouve ça dur lui aussi, eh bien ça lui apprendra ce que ça fait de voir sa vie bouleversée, déracinée.

C'est injuste. Elle entend encore sa mère se plaindre de son père, de ses idées saugrenues, de son manque de sens pratique. Elle s'était juré de ne pas devenir ce genre d'épouse.

Elle s'absente longtemps dans un souvenir de son père, quand il rentrait de Caméras & Lentilles Leitner, son magasin d'appareils photo qui battait de l'aile ; quand elle grimpait sur ses genoux pour fouiller dans ses poches après qu'il s'était écroulé dans son fauteuil. Parfois – la plupart du temps –, elle trouvait une boule de gomme ou un bonbon qu'il y cachait pour elle seule. Si la « poche magique » était vide, il secouait tristement la tête. *Désolé, coccinelle.* Coccinelle. Un des nombreux surnoms qu'il lui donnait. *Beth à bon Dieu. Lizzy-bellule.*

C'est vrai qu'il était idéaliste, distrait, rêveur, qu'il traversait la vie à tâtons – sa mère n'avait pas tort –, mais Beth ne l'en aimait que plus. La fois où, ayant entrepris d'accrocher au mur un grand portrait de famille, il avait reculé d'un pas afin de vérifier le trou qu'il venait de percer pour y fixer le crochet et enfoncé son pied en plein dans le cadre !

Tout en rinçant des carottes sous le robinet, Beth se met à rire. *Oh, papa.*

Elle se souvient de leurs vacances sur l'île de Vancouver, l'été de ses treize ans, des sapins immenses de Cathedral Grove, de son père planté le nez en l'air, éperdu d'admiration. *Quelle planète que la nôtre*, s'émerveille-t-il, les poings sur les hanches. *Mais quelle planète.* Sans remarquer l'adolescent d'une autre famille de touristes qui ne la quitte pas du regard, plutôt que les arbres, comme si c'était elle, la merveille.

Elle revient à elle-même, s'aperçoit qu'elle est toujours en train de couper des légumes et qu'elle aurait facilement pu se blesser. Une chance. Après avoir posé la grosse casserole sur le poêle, elle y verse un filet d'huile d'olive, allume le feu et passe en revue les ingrédients qu'elle a disposés sur le comptoir. Ça devrait suffire. Juste à temps pour un deuxième verre de vin. Tout en le remplissant, elle entend des pneus crisser dans l'entrée du garage et regarde par la fenêtre, surprise que Ben rentre aussi tôt.

Ce véhicule n'est pas la camionnette de Ben. C'est une voiture de police.

Beth sent ses bras et ses jambes se glacer comme si elle venait de les plonger dans de l'eau gelée. Son cœur se contracte ; la douleur est telle qu'elle s'entend gémir.

Un jeune homme en uniforme descend de l'auto, jette à la maison un coup d'œil inquiet, enlève sa casquette et se passe une main dans les cheveux.

Le jour de leur premier anniversaire de mariage à River Meadows, Ben, rentré du travail plus tôt que prévu, avait annoncé à Beth qu'il l'amenait dans un endroit spécial. Elle lui avait demandé où, mais il avait répondu que c'était un secret.

Les enfants avaient l'âge d'être laissés sans surveillance. Après avoir quitté la ville, ils avaient roulé vers l'un des nouveaux sites d'excavation. Un des amis de Ben, qui assurait le service de sécurité nocturne, les avait laissés franchir le portail.

Ben avait garé la voiture en bordure de la mine et avait mis pied à terre.

Qu'est-ce qu'on fait ici ? l'avait interrogé Beth. Ben lui avait répondu par le sourire de gamin qui l'avait séduite dès leur première rencontre et qu'elle n'avait pas revu depuis longtemps.

Un coucher de soleil boréal embrasait le ciel. Le cratère évoquait le trou noir d'où émanait la nuit, la nuit des temps qui précédait leur venue au monde, celle qui viendrait quand ils l'auraient quitté. Leur vie tel un bref éclair dans l'obscurité. Ben installa une table pliante, y disposa une nappe, une chandelle, une bouteille de vin et deux verres. Puis il choisit une liste de slows sur le lecteur de musique portatif, appuya sur *play*, prit Beth par la main et lui glissa un bras autour de la taille. Au bord de ce lac enténébré, l'espace d'un bref instant, ils dansèrent.

Carnet imperméable n° 25

5 sept, 20 h 49, route de Foxhaven

J'en ai vu un. Ça a commencé par un bourdonnement grave sans source apparente. Avec quelque chose de métallique, genre rasoir électrique, et ça venait de partout. Ma tête s'est mise à tournoyer lentement, j'ai dû m'agenouiller sur la chaussée. Et puis autre chose, un manque, un vide, je sais pas trop. Possible que je sois tombée dans les pommes un instant.

Tout de suite après il était là, sur la route. Il avançait vers moi d'un pas lent mais je distinguais mal sa silhouette parce que le soir tombait, et le peu de lumière qui restait l'éclairait à contre-jour. Mais j'ai reconnu sa démarche. Il venait me chercher à la fin du jour, voir ce que j'étais en train de faire et me ramener à la maison, main dans la main comme avant.

J'étais tellement sûre que c'était lui, j'ai failli crier son nom.

C'était pas lui, comme de raison.

Après il s'est dissipé. *Ça* s'est dissipé. Volatilisé, comme ces choses-là savent le faire.

Je m'ennuie de lui. Ils me manquent tous. Ça ne m'arrive pas très souvent mais ça me guette toujours. Certains jours, ça me rattrape.

Claire

Quand elle revient dans sa chambre, la grue s'est envolée.

La pluie s'abat toujours en diagonale sur le balcon vide, dans l'obscurité presque totale de ce jour sans soleil. Voilà, c'est fini, se dit Claire avec un pincement de dépit. Elle se laisse tomber sur la chaise et parcourt les notes de son journal, qu'elle était en train de transcrire à l'ordinateur avant de descendre, de sortir dans la rue et d'entrer dans le premier café, où elle est restée presque une heure. Elle s'était dit qu'il fallait leur donner toutes les chances de lui remettre le sac, au cas où ils décideraient aujourd'hui de faire une nouvelle tentative. Mais elle savait qu'elle cherchait surtout à fuir l'oiseau. La dernière chose dont elle avait envie, c'était bien de partager sa chambre avec un animal.

Le merdier phénoménal de l'année dernière, en Thaïlande, est resté gravé dans sa mémoire. Les minuscules chauves-souris. Elle en avait pris une dans le creux de ses mains, petite chose tremblante pas plus grosse qu'un bourdon, puis le passeur lui avait montré comment les dissimuler dans des rouleaux de papier hygiénique. À l'aéroport, elle avait pris le risque de les chercher en ligne : *La Kitti à nez de porc, considérée comme la plus petite espèce mammifère du monde, n'a été découverte que vers la fin du vingtième siècle par le zoologue Kitti Thonglongya, qui lui a donné son nom. La chauve-souris adulte pèse moins qu'une petite pièce de cuivre. Elle pratique le vol stationnaire, comme les colibris.*

Quand elle avait débarqué de l'avion à Dubaï, elle n'avait pas trouvé sa valise sur le carrousel. La compagnie aérienne s'était confondue en excuses et engagée à la retrouver. Elle s'était rendue à sa chambre d'hôtel où elle avait attendu en faisant les cent pas, baignée de sueur malgré la climatisation digne de l'Arctique.

Ce soir-là, quand on avait fini par lui monter ses bagages, les petites bêtes étaient toujours dans leurs tubes. Toutes mortes.

Après cela, elle avait tiré un trait sur les animaux vivants.

Occupée à boucler une phrase, elle promène distraitement son regard de l'écran au balcon quand la grue émerge de la pluie torrentielle en chancelant tel un pilote abattu en combat singulier.

Elle est revenue.

Quelque chose pend au bec du volatile. Une masse effilochée bleu pâle. La carcasse déchiquetée d'un sac Ikea, semble-t-il. Claire ne bouge pas de sa chaise, s'efforce de remuer le moins possible. Avec la lenteur délibérée d'une propriétaire exigeante cherchant le meilleur endroit où installer un meuble neuf hors de prix, la grue arpente le balcon en regardant de-ci de-là. Finissant par choisir un coin, elle commence à fouler et à modeler le matériau qu'elle a rapporté. Sa tête agitée d'un va-et-vient mécanique lacère les fibres en tirant dessus.

Elle fait son nid. Claire passe l'heure qui suit à taper, rarement, et à lever le nez, souvent, tandis que l'oiselle s'envole et se pose à plusieurs reprises, chargée de matières premières : brindilles détrempées, faisceaux de paille hirsutes, traînes asymétriques en papier journal ou en feuilles de plastique sale et un ruban de signalisation orange fluo. Piquant, perçant et tissant de son long bec ces détritus hétéroclites, elle tresse sa nouvelle maison. Cet assemblage aléatoire de couleurs et de textures a quelque chose de merveilleusement décomplexé, Claire doit l'admettre ; comme si, au lieu de céder à son instinct, l'oiseau composait une œuvre d'art.

Derrière le calme apparent de ses pensées, un filet de voix affolé commence à lui chuchoter *annule*. Tout ceci est trop bizarre. Quelqu'un aurait-il pu dresser cet oiseau à se poser précisément sur *son* balcon ? C'est insensé, mais d'un autre côté, qu'est-ce qui ne l'est pas dans un endroit pareil ? Une autre part de son esprit se contente d'observer, aussi sereine et indifférente que la grue semble l'être et bien au fait de la démesure de sa réaction paniquée, sans doute imputable au timbre. Elle prend quelques minutes pour respirer sur quatre temps, elle se verse un peu de vodka du minibar, elle attend.

Elle n'allume pas la lumière à la tombée du soir. La lueur de la ville insomniaque éclaire suffisamment la pièce obscure pour lui permettre d'y circuler aisément, sans compter qu'elle a aussi dû s'y entraîner en vue des missions l'obligeant à mener ses activités la nuit.

Claire s'assoit sur un fauteuil à proximité de la vitre. S'il y a déjà un œuf sous cette grue, alors ce qu'elle est en train de faire se nomme *couvaison*. C'est le terme exact, elle en est à peu près sûre. Elle conserve dans sa mémoire, aiguisé comme une écharde, un souvenir de sa vie à River Meadows. Elle devait avoir sept ou huit ans le jour où sa mère l'a emmenée visiter la propriété d'une vieille dame, en pleine cambrousse. Elle ne se souvient pas qu'on lui ait jamais dit qui c'était, comment elle s'appelait. Elle s'est déjà demandé si elle n'avait pas rêvé, mais c'est vraiment arrivé. Cette femme, une amie de la grand-mère de Claire, était voyante. La mère de Claire était férue d'astrologie, de tarot, de chiromancie, le genre de trucs qui horripilaient son père. C'était la raison pour laquelle elle y avait amené sa fille. Un de ses nombreux *va chier* lancés à toutes les convictions de son mari.

Au début de l'automne, à la fin du jour, environnées du frisson jaune et or des feuilles de peuplier. Des odeurs de feu de bois, d'herbe humide.

Une maison mobile délabrée, tapie au milieu d'un pré d'herbe sèche. Plantée devant la porte ouverte d'une remise vétuste, la vieille fumait une cigarette, vêtue d'une veste matelassée qui perdait son rembourrage. À l'intérieur nichaient plusieurs poules blanches et rousses, dans des caisses en contreplaqué rudimentaires coussinées de paille. Claire se souvient d'être restée bouche bée devant ces mystérieuses créatures. La femme lui avait dit *elles sont en pleine couvaison*. Ou *en pleine oraison*. Claire ne savait pas au juste. Ensuite, elle s'était débarrassée de sa cigarette et avait fait signe à Claire d'approcher, ce qu'elle avait fait. Tendant le bras, la femme l'avait prise par la main. Claire avait tenté de se libérer, mais elle la tenait d'une poigne de fer. La voyante avait tourné la paume de Claire vers le haut pour l'examiner. Elle sentait fort la fumée de tabac. *Lâchez-moi*, avait crié Claire, furieuse contre sa mère. La vieille avait relâché son étreinte, puis, levant les yeux vers sa mère, avait laissé tomber : *Bonne chance pour la tenir en cage, celle-là.*

La grue garde les yeux fermés. Sa respiration monte et descend. Contrairement aux êtres humains, se dit Claire, il est juste et bon qu'une oiselle soit mère poule. Celle-ci semble connaître une paix parfaite dans le gîte qu'elle s'est fabriqué. Comme si elle était rentrée au bercail.

Tout en l'observant, Claire se rend compte que sa peur s'est entièrement dissipée. Elle se sent vigilante, mais calme.

Vers neuf heures du soir, elle reçoit un texto d'Andros, qui veut savoir si elle a envie d'aller boire un verre en sa compagnie. Pour le guide de voyage, il faudrait qu'elle aille voir une boîte de nuit dont la réputation dangereuse est due au quartier dans lequel elle se trouve, une enfilade de bars louches et de cabarets près des quais.

Elle se dit qu'il est suffisamment tard pour ignorer son message. S'il lui en parle demain matin, elle dira qu'elle dormait déjà.

En raison des phénomènes météorologiques extrêmes et des événements sismiques soudains que peut connaître l'île, il est sage de bien se préparer. Avant le moment du départ, munissez-vous d'équipement d'urgence comprenant des vêtements thermiques et imperméables, une lampe de poche et des piles de secours ainsi qu'une trousse de premiers soins de base contenant des analgésiques, des pansements et du désinfectant. Bien que cela soit peu probable, au cas où vous recevriez l'ordre de vous mettre à l'abri dans l'un des centres d'urgence de l'île, n'oubliez pas d'emporter un passe-temps qui n'a pas besoin d'être branché, comme un livre ou un jeu d'échecs de voyage. Si vous avez des inquiétudes ou si vous ne savez pas comment réagir en cas d'événement climatique ou sismique grave, n'ayez pas peur de demander de l'aide. La population locale est amicale et d'un abord facile.

L'oiselle est toujours dans son nid le lendemain matin, tranquille masse blanche. Claire se fait monter son déjeuner dans sa chambre. La tempête a rendu le wi-fi paresseux et intermittent, mais elle parvient à rechercher les espèces d'oiseaux locales sur internet. Cela ne fait partie ni d'un de ses mandats, ni de l'autre.

Elle repère une espèce dont elle est presque sûre que c'est la bonne. *Grus poseidonis.* Son habitat s'étend de ces rivages jusqu'à l'ouest de l'Amérique du Nord. Enfin, avant. La teinte rouge de la crête, l'opale flamboyante de l'œil, le bec gris acier : rien d'autre sur le site d'identification officiel ne ressemble à ce qui se trouve sur le balcon. Si seulement l'oiseau voulait bien se relever, marcher un peu, lui donner un aperçu du trépied de caméra qui lui tient lieu de pattes, elle pourrait confirmer son hypothèse.

L'affaire, c'est que cette grue-ci est rare, rarissime même, et en danger critique d'extinction. Il pourrait n'en rester qu'un seul couple reproducteur à l'état sauvage. Uniquement ici, sur cette île. Nulle part ailleurs sur la planète.

Et la femelle se trouve sans doute ici, sur son balcon.

Elle se laisse aller à imaginer combien elle pourrait valoir aux yeux du bon acheteur.

Elle pose un pied hors de la chambre, regarde rapidement des deux côtés du couloir et accroche la pancarte NE PAS DÉRANGER sur la porte. Andros lui envoie un texto plus tard dans la matinée : *Salut, ça va ?*

Pas très bien, répond-elle. *Je sortirai pas aujourd'hui.*

T'as besoin de quelque chose ? Qu'est-ce que je peux faire ?

Ça va aller merci. Mieux vaut que tu ne t'approches pas trop. Je sais pas ce que j'ai.

D'accord. Je te réécris plus tard.

Sur un téléphone jetable, elle envoie un autre texto outre-mer. Bref, mais accompagné d'une photo. Une demi-heure plus tard, elle reçoit un message.

Réponse suit. Ne modifie pas ton itinéraire initial.

Son « itinéraire initial », c'est ce transfert de sac qui n'a toujours pas eu lieu. Au moins, ils sont prêts à lui redonner sa chance.

Elle tient le personnel d'étage, ainsi qu'Andros, à distance pendant encore douze heures. Pendant la nuit, il lui écrit qu'il se fait du souci pour elle. Qu'il ne veut pas l'ennuyer mais qu'à son avis, elle devrait penser à voir un médecin. Elle réplique qu'elle se sent mieux, qu'elle a simplement besoin d'une bonne nuit de sommeil pour être en forme demain matin.

Il est très tard lorsqu'elle entend frapper doucement à sa porte. C'est lui.

Elle entrouvre le battant.

– Je sais, c'est pas bien de me pointer comme ça, bredouille-t-il. Désolé, j'étais inquiet pour toi. Dis-moi de foutre le camp et je m'en vais.

– Je veux pas que tu foutes le camp, souffle-t-elle, mais je veux que tu t'en ailles.

Comme il est plus grand qu'elle, il n'a aucun mal à regarder par-dessus sa tête, les yeux plissés.

– Qu'est-ce que c'est que *ça* ?

– Tu as vu ça ? s'extasie Andros, accroupi près de la porte-fenêtre. Je les croyais disparues.

Il sera bientôt minuit. Claire n'a toujours rien allumé dans la chambre. L'oiselle est encore recroquevillée sur elle-même.

– Tu ne dois parler de ça à personne, le somme-t-elle.

– Mais les gens vont vouloir…

– Justement. S'il s'agit vraiment de cet oiseau-là, ça va faire beaucoup de bruit. Les médias vont rappliquer immédiatement. Ils vont la déranger, peut-être même la chasser. Ils pourraient tout faire échouer.

– Il faut mettre les organismes de conservation au courant. Ils pourraient veiller à ce que…

Elle réfléchit à toute allure.

– Je vais le faire, moi. Promis. Donne-moi juste le temps d'écrire un papier là-dessus d'abord. De l'avoir un peu pour moi toute seule avant que le branle-bas commence. Tu comprends, ça pourrait faire décoller ma carrière. Je pourrais placer un article dans *Planète Géo.*

Son regard se porte sur l'oiseau, puis sur elle. Elle lit dans ses yeux qu'il découvre un aspect d'elle dont il ne soupçonnait pas l'existence.

– Je vois. Bon, très bien.

Il se lève et contemple la galaxie de sa ville, les tourbillons de lumières chatoyantes qui scintillent dans les gouttelettes ruisselant sur les carreaux.

– Quand est-ce qu'on a bâti ce truc ? murmure-t-il.

Elle se tient juste derrière lui, mais ne veut pas lui demander ce qu'il a vu, ce qu'il ne reconnaît pas. Elle ne veut pas parler du tout, ni l'écouter parler non plus. Elle l'observe à la dérobée depuis l'instant où il est entré dans sa chambre, où elle a décidé d'aller jusqu'au bout de cette histoire de grue. Le sentiment qu'elle éprouve ne fait que croître. Ce désir brûlant lui ressemble si peu. Cette pulsion de céder. Son rôle a toujours consisté à agir rapidement, à rester en périphérie, à s'emparer de sa proie avant de s'esquiver. Pas à *se dissoudre dedans.*

– Tu peux t'approcher, l'encourage-t-elle d'un chuchotement rassurant. Jusqu'à la vitre si tu veux. Pas de problème, elle dort. Ça ne va pas la déranger.

Il fait ce qu'elle lui dit. Qu'il s'éprenne de cette grue. Qu'il s'y attache. Ensuite, il voudra la protéger. Il deviendra son complice.

– Salut, susurre Andros d'une voix chantante. Je n'aurais jamais pensé faire un jour ta connaissance.

Elle le laisse profiter de ce moment avant de lui effleurer l'épaule. Il se retourne vers elle et la regarde en clignant des paupières.

– Oh, finit-il par souffler avec un sourire. Tu crois qu'on peut… je veux dire… ça ne va pas la perturber ?

Bien après minuit, Claire ouvre les yeux et se dresse dans le lit. Quelque chose a changé. Puis elle comprend ce que c'est. La tempête a cessé. Dehors, l'air apaisé n'est plus fouetté par une furie liquide. Quel calme. Elle en est presque étourdie. La grue lève la tête elle aussi, comme si ce silence la gênait, et braque sur elle un œil sombre, insondable. La brise nocturne soulève sa crête rousse et la remet doucement à sa place.

À côté d'elle, Andros respire régulièrement.

Ça peut encore marcher, même s'il est impliqué. Ce sera difficile, mais elle est prête à tenter le coup. Si ce n'est pas possible avec l'oiselle elle-même, elle se concentrera sur ce qu'il y a dans ce nid. Le précieux objet qu'elle est sans doute déjà en train de réchauffer, de protéger sous ses plumes. L'œuf d'un tel oiseau doit valoir au moins autant que ce qu'on l'a envoyée chercher ici.

Blottis l'un contre l'autre, ils se sont presque rendormis quand son téléphone vibre. Elle tâtonne à l'aveuglette sur la table de nuit.

C'est son éditeur. Elle les confond un instant, cet homme d'une grande douceur qui passe son temps à attendre patiemment qu'elle communique avec lui et l'autre, anonyme et laconique, avec qui elle s'est entretenue brièvement avant son départ.

– Claire ? C'est Arthur. Je m'excuse pour l'heure. Comment vas-tu ?

– Ça va. Bien.

– Tu es là-bas, alors ?

– Je suis là. Oui.

– Bien, bien. On était sans nouvelles de toi. Écoute, si je t'appelle… parce qu'en fait… te mettre au courant…

– Quoi ? Excuse-moi Arthur, j'ai pas compris. Qu'est-ce que tu dis ?

– … nous informer… maison… retour…

– Pardon, quoi ? Pourrais-tu répéter ? Allô ?

Sur l'écran, aucune barre ne s'affiche. Pas de signal.

Elle retombe sur l'oreiller. Andros remue, lui passe un bras sur la hanche. Tout ce que cette conversation interrompue a réussi à faire, c'est lui mettre dans la tête une image qui refuse de disparaître : la chambre minuscule de sa mère au centre de soins. Ça fait combien de temps maintenant, six mois ? Sept. Arthur ne l'aurait pas appelée pour ça. C'est un employé du centre qui l'aurait contactée s'il s'était passé quelque chose…

Elle essaiera de composer le numéro d'Arthur dans la matinée.

À son réveil, peu avant l'aube, elle aperçoit Andros assis en tailleur au bout du lit, nu comme un ver, les yeux fixés sur l'oiseau. Et s'étonne de nouveau d'avoir ainsi abandonné toute prudence. La vieille qui l'avait agrippée par sa main d'enfant : plus jamais elle ne s'est laissé faire comme ça depuis. L'appel nocturne d'Arthur lui revient à la mémoire ; elle décide de ne pas le rappeler tout de suite.

– Il faudrait lui donner un nom, suggère Andros.

– Comme quoi ?

– Que penses-tu d'Artémis ? La déesse de la lune.

– Pourquoi la lune ?

Elle s'aperçoit du ton irrité de sa voix, de son impatience qu'il s'en aille. La pause qu'il marque avant de répondre lui indique qu'il l'a senti, lui aussi.

– Sa couleur, je crois. Et puis elle a l'air si sereine.

– Tu as déjà vu des vidéos de ces bêtes-là en train de harponner des poissons ? On se rend très bien compte qu'elles descendent des dinosaures. Je parie qu'une maman vélociraptor avait l'air aussi sereine quand elle couvait ses œufs.

Après être allé chercher leur petit déjeuner au restaurant du rez-de-chaussée, Andros doit repartir pour l'institut de recherche.

– Bonne journée, chérie, lui lance-t-il avant de sortir, imitant à merveille l'accent traînant américain.

Elle arrive à rire.

Dès qu'il s'en est allé, elle se lève, photographie l'oiseau sous différents angles et éprouve le désir soudain d'ouvrir la porte coulissante pour sortir sur le balcon. De voir sa nouvelle compagne de plus près, et non de l'autre côté d'une paroi de verre. Ce qui constituerait une entorse impardonnable de sa part. Elle ne serait pas la bienvenue pour l'oiseau, qui ne comprendrait pas pourquoi elle envahit son espace. De toute façon, elle n'en fera rien.

Elle est de nouveau penchée sur son travail quand la pièce s'inonde de lumière. Elle lève la tête en clignant des yeux. Le soleil. Il fait vraiment soleil, après si longtemps. L'oiseau est toujours blotti dans son nid. Dans la lumière éclatante, on dirait un monticule de neige à la fin du printemps.

Elle se risque à descendre dans le hall, puis à mettre le nez dehors, munie du guide de voyage. Sa liste compte encore plusieurs lieux à visiter. Musées. Galeries. Archives. Autant d'endroits publics suffisamment fréquentés pour qu'un transfert y passe inaperçu.

La vapeur monte de la chaussée mouillée ; les gens ont enlevé leur manteau, replié leur parapluie, se promènent avec le sourire au lieu de se hâter, traînent aux tables des cafés-terrasses, bavardent, rient, s'amusent. Elle trouve une chaise libre devant une buvette, commande un thé glacé, observe les passants. Rien que de très normal quand il fait beau. Elle peut bien profiter de sa journée comme tout le monde.

Non, ça ne s'en va pas. Bel effort. Ici aussi, quelque chose cloche. Tandis qu'elle remue son thé, sa cuiller flamboie. Elle lève ses yeux mi-clos vers le ciel. L'astre de feu, là-haut… on ne pense jamais à ce qu'il est vraiment, une explosion, une déflagration continue qui se perpétue depuis un milliard d'années. Ce bon vieux Roi Soleil : un cataclysme, un fléau. Un jour, ce luminaire magnifique annihilera, dévorera tout ce qui l'entoure.

Elle se lève, poursuit son chemin le long de la rue, trouve un petit parc niché entre deux tours d'obsidienne miroitante, s'assoit sur un banc à l'ombre d'un arbre, vert parasol vivant. En vain. Elle repart en direction de l'hôtel. Il faut qu'elle aille voir comment va l'oiseau. Qui sait ce qu'elle est en train de manquer. Et s'il n'attendait que ce changement de temps pour s'envoler à la recherche d'un meilleur endroit où faire son nid ?

Elle est rentrée dans sa chambre depuis une demi-heure quand son téléphone vibre. Encore un texto outre-mer.

Les deux. Feux aujourd'hui. Aux Sons. 1 heure.

Feux ? L'autocorrecteur a dû remplacer *peux* par erreur. L'auteur du message devait taper vite, sans prendre le temps de se relire, ce qui n'arrive pas souvent à ses employeurs. Ou alors c'est quelqu'un d'autre que son correspondant habituel qui lui a envoyé ce texto. Et s'il ne provenait même pas des gens qui l'ont embauchée ?

Non. Elle ne va pas commencer à remettre chaque détail en question. Ce n'est qu'une faute de frappe.

Quant à ces *Sons*, il doit s'agir de la nouvelle attraction récemment bâtie au centre-ville, tout près de la place publique où son contact l'attendait avec le sac l'autre jour. C'est sûrement ça. Donc, une deuxième tentative aura lieu aujourd'hui, dans une heure, au Théâtre des sons.

Ils ont décidé que ça valait la peine d'essayer d'écouler les deux. Elle savait qu'ils en arriveraient là, puisque c'est elle qui court le risque et non eux. Comment elle va s'arranger pour sortir de l'hôtel une immense grue furibonde sans se faire remarquer, ça reste à voir. Enfin, une chose à la fois. Pour l'instant, qu'ils s'occupent de réfléchir à la logistique de l'opération pendant qu'elle se concentre sur la réalisation de sa mission initiale. Et cette fois-ci, pas d'embrouilles.

Par souci de sécurité, la première organisation pour laquelle elle a travaillé, il y a de cela plusieurs années, donnait à chaque membre un nom de code inspiré d'une vieille BD de superhéros qu'elle n'a jamais lue. Elle détestait le sien : l'Effraie, qui donnait à croire qu'elle participait à une aventure aussi somptueuse que sexy, qui n'aurait rien à voir avec l'argent. Alors que pour elle, il s'agissait uniquement d'argent. De faire son boulot, de toucher son salaire si elle s'était bien débrouillée, puis de passer au contrat suivant. Les gens qui la payaient se fichaient bien d'elle, du moment qu'elle leur procurait ce qu'ils voulaient. Pour eux aussi, il s'agissait uniquement d'argent. Aucun malentendu possible.

Plusieurs canaux lumineux encastrés dans le plancher répandent un éclairage tamisé servant à guider les visiteurs dans la pénombre des pièces et des couloirs du Théâtre des sons. Le bâtiment est ingénieusement conçu de manière à ce que chaque son n'occupe qu'une petite zone circonscrite, une sorte de « bulle audio ». En se déplaçant de salles en vestibules, on passe à travers ces sphères sonores indiquées par un cercle lumineux peint sur le sol.

Le premier espace d'exposition que l'on traverse est la Galerie des bruits ambiants contemporains. Les bourdonnements, tintements ou grondements graves et métalliques réunis dans cette salle ne sont rien d'autre que ceux du monde extérieur que nous connaissons, sauf qu'ici, ils sont scindés et présentés indépendamment les uns des autres. Chaque son étant abordé isolément, on ne peut que s'étonner de la quantité de projectiles auditifs divers et variés composant le bombardement continuel qui nous assaille partout où nous allons.

Le Jardin zoophonique regroupe un grand nombre des bruits d'animaux qui nous sont familiers, en plus de quelques charmantes surprises telles que le glougloutement caoutchouteux des amours calmaresques ou les battements du cœur d'un chimpanzé épris de sa soigneuse. Une partie du jardin est consacrée aux microsons : crépitement des champignons telluriques, gargouillis des amibes d'un étang en pleine division cellulaire, imperceptible crissement des Démodex, ces acariens minuscules qui se taillent un chemin dans la jungle de vos sourcils.

Plus prosaïque, le Conservatoire anatomique présente des versions amplifiées des nombreux borborygmes, claquements et sifflements qui nous embarrassent tant (sans surprise, cette galerie plaît beaucoup aux enfants). L'une des plus grandes bulles audio capte et fait ressortir les bruits corporels de la personne qui y entre, même les plus légers, qui passent habituellement inaperçus. Enveloppé dans sa cacophonie personnelle – bouillonnement d'une rivière de sang dans nos veines et nos artères, tambourinement assourdissant du pompage de notre cœur, chuchotement sibyllin de nos cheveux qui poussent – on se découvre instrument de musique en chair et en os, voire orchestre tout entier.

L'Auditorium planétaire nous entraîne dans un voyage au royaume de la vie terrestre, véritable leçon d'humilité. Râles et gémissements poignants des profondeurs marines, rythmes percussifs et ululements inexplicables enregistrés dans les endroits les plus reculés du monde, murmure grésillant, inquiétant comme un complot à mi-voix, du ventre des nuages juste avant l'orage…

Sous la scintillante voûte étoilée de la Cathédrale cosmique, on entend de faibles signaux radio émanant des autres planètes et des galaxies lointaines.

Assurez-vous d'avoir assez de temps pour le Temple insonore, où vous serez enveloppé dans un schéma d'interférences acoustiques créant ce que les spécialistes s'accordent à considérer comme le silence le plus profond sur terre. Si vous cherchez à vous évader du tohu-bohu de la ville, c'est ici qu'il faut venir.

Déambulant nonchalamment d'une pièce à l'autre, Claire enfile le casque d'écoute situé devant chaque installation sans cesser de guetter l'arrivée d'un quidam portant une besace en bandoulière. Elle parcourt la totalité du circuit, y compris le Temple insonore, qui lui coupe le souffle. Dans la pénombre de cet espace conique où elle n'entend même pas le chuintement familier de l'air sur ses tympans, elle se laisse sombrer un bref instant dans l'absence complète de bruit. Ses pensées qui défilaient à toute allure s'apaisent comme si elles avaient enfin trouvé le lieu de leur repos.

Dans l'Auditorium planétaire, coiffée d'une paire d'écouteurs, elle tend l'oreille à ce qu'un panneau explicatif décrit comme le lent grincement plaintif des plaques tectoniques glissant l'une sur l'autre sous l'île.

Elle a entendu le même son dans les profondeurs de l'institut de recherche, et aussi pendant l'opéra.

Le cœur bondissant, elle s'enfuit et se retrouve dans la boutique du musée, où elle prend le temps de se calmer en examinant un par un T-shirts et souvenirs. Une toupie qui siffle l'hymne national quand on la fait tourner. Un nécessaire permettant de fabriquer son propre microphone parabolique. Une tasse portant l'inscription *À chacun* son *café.*

Les clients vont et viennent autour d'elle sans que personne s'approche. Elle traîne si longtemps qu'elle finit par attirer l'attention du personnel de la boutique. Son anxiété la reprend, non pas à cause de ce rendez-vous manqué, constate-t-elle, mais à l'idée de laisser la grue seule tout ce temps.

L'une des employées, une femme mûre à la moue sévère de bibliothécaire, vient remettre de l'ordre avec hargne dans un étalage juste à côté de Claire. Celle-ci s'empare du premier objet qui lui tombe sous la main, la Boîte à mystères sonores (*bruits du monde entier à donner la chair de poule*), qu'elle paie comptant.

Devant la porte, sous l'arche de l'oreille géante en métal, elle sursaute en se demandant si elle a bien fait d'entrer. Le transfert était peut-être censé se produire dehors. Ou alors pas au théâtre, mais complètement ailleurs. Elle s'est peut-être royalement plantée.

Non, c'était ici, ça ne pouvait pas être autre part. Et jamais ils n'auraient choisi un endroit aussi peu discret que l'entrée principale. C'est sûrement dans ces salles obscures que devait avoir lieu la rencontre.

Tout de même, cela n'explique pas pourquoi elle ne s'est pas produite.

Rien sur son téléphone. Un picotement de frayeur lui parcourt la nuque. Elle s'imagine entendre une voiture de police s'immobiliser derrière elle en crissant des pneus le long du trottoir avant de se rappeler qu'il n'est pas rare de voir annuler les transactions de ce genre à la dernière seconde, pour toutes sortes de raisons. Il suffit parfois d'une intuition, d'un pressentiment, d'un recul instinctif. Son complice aura flairé l'anguille sous roche dans le moment ou l'endroit précis, à moins qu'il ne se croie surveillé. Mieux vaut prévenir que moisir dans une cellule.

Ça doit être ça. À l'instar du premier ratage, ce n'était pas vraiment sa faute.

Dans l'ascenseur qui monte vers son étage, un texto.

Pas aujourd'hui. Reste où tu es. Bientôt.

Elle entre dans la chambre d'hôtel et la grue est toujours dans son nid. On dirait qu'elle dort. Claire a l'impression étrange qu'il s'agit d'une réplique, substituée à la vraie pendant qu'elle visitait le Théâtre des sons. Une imitation aussi réaliste que le chien thérapeutique du petit garçon vu à l'aéroport. Elle résiste à l'impulsion de sortir vérifier sur le balcon. Son reflet s'interpose entre elle et l'oiseau.

– Alors, soupire-t-elle, qu'est-ce que je vais faire de toi ?

Les archives de River Meadows

Biologie

Trois ans après avoir découvert les propriétés du minerai fantôme, Ira Salomon retourne à River Meadows, accompagné cette fois d'une équipe de trente arpenteurs. Il envisage tout d'abord d'aller voir Charlie MacKinnon à Fire Narrows, mais se ravise. Que pourrait-il lui dire, lui dont l'ancien partenaire de pêche est le principal responsable de l'arrivée ici d'encore plus d'hommes blancs, comme il l'avait prédit ?

Salomon installe son laboratoire de terrain sous la toile d'une tente dressée à bonne distance du bruit et des ordures du camp exclusivement masculin.

En l'espace de quelques jours, il se pique d'intérêt pour une meute de loups dont la tanière se trouve derrière une crête voisine et dans les rangs desquels il s'étonne de découvrir un coyote.

Avant d'entamer sa journée de travail sur les échantillons de minerai que lui prélèvent ses arpenteurs, il gravit la crête tous les matins. Bien qu'il ne soit pas venu étudier les mœurs animales, il connaît des chercheurs du département de biologie que sa découverte ne manquera pas d'intéresser. Il est aussi suffisamment avisé pour ne rien en dévoiler aux autres membres de l'équipe, qui se sentent déjà en territoire conquis et ne mettraient pas une minute à truffer de dynamite et de poison l'autre versant de la crête.

Le comportement qu'il observe au moyen de ses puissantes jumelles d'approche est inusité, Salomon en a la quasi-certitude. Une meute de loups, c'est bien connu, n'hésite pas à éliminer tout coyote empiétant sur son territoire. Bien qu'il s'agisse clairement d'un mâle adulte, celui-ci se livre à d'amusantes mimiques d'apprivoisement allant du sautillement aux fausses attaques, quand il ne se roule pas dans l'herbe. Salomon y voit des tentatives délibérées de passer pour un chiot inoffensif. Non seulement les loups tolèrent ces simagrées, mais ils semblent les apprécier et vont même parfois jusqu'à entrer dans le jeu, tout portant à croire que le coyote s'est taillé une place dans le groupe en le divertissant.

Fasciné par les pitreries du coyote, Salomon se met à tenir un journal quotidien dans lequel il lui donne le sobriquet de « Danny Boy » en hommage à l'acteur Danny Kaye, bien qu'il se répète régulièrement de ne pas le personnifier. *Ne t'attache pas*, écrit-il un jour en marge de ses notes. Tout de même, il ne peut pas s'empêcher d'imaginer ce qu'a dû être le moment où le coyote, se voyant cerné par ses ennemis, a décidé non pas de fuir ni de combattre, mais de se donner en spectacle. De désarmer en lui jouant la comédie la horde qui resserrait son étau.

Un jour où la meute abat un jeune orignal, Danny Boy attend discrètement en périphérie que les loups rassasiés abandonnent la carcasse et alors seulement, s'approche à la dérobée pour se repaître des restes. Une autre fois, un coyote inconnu surgit aux abords de l'antre principal de la tribu et Danny Boy se joint aux autres membres pour déloger l'intrus. En de tels moments, il devient évident pour Salomon que son attitude clownesque est une feinte, une stratégie employée par Danny Boy pour survivre parmi ces animaux plus grands et plus forts que lui. *Sa nature essentielle de coyote habile et circonspect ressort dans ces situations*, note Salomon avec une admiration non déguisée avant de se demander ce qui a bien pu pousser l'animal à se joindre à la meute. Sans doute s'est-il perdu ou s'est-il fait mettre au ban de sa bande, et l'instinct – ce besoin profond de faire partie d'un groupe, fût-il composé d'ennemis mortels – s'est avéré irrépressible.

Salomon l'observe, mais à distance, de peur d'effaroucher les loups et de les pousser à quitter la région. Il ne connaît pas assez leur espèce pour prédire leur réaction si jamais il les approchait de trop près. De toute façon, il a beaucoup de facilité à faire comme s'il n'était pas là. Il s'est conduit ainsi toute sa vie avec ses semblables.

Lorsqu'il était enfant et que son père l'emmenait chasser la gélinotte au bord d'un lac des Laurentides, ses moments préférés étaient ceux où ils avançaient chacun de son côté parmi les arbres, hors de portée de vue et parfois même de voix. La plupart du temps, cela se produisait par hasard, mais il lui arrivait de s'éloigner délibérément.

Lorsqu'il ne voyait ni n'entendait plus son père, il pouvait jouer à s'être perdu en pleine nature, seul et loin de tout. Il avançait le plus silencieusement possible et faisait souvent halte pour écouter les oiseaux chanter, les feuilles chuinter, ces sons qui résonnaient à la fois hors de lui et dans son for intérieur. Dans cette solitude lui venaient des pensées si étranges, si inattendues qu'elles l'arrêtaient net. Il se demandait alors s'il était en train de rêver ou si quelqu'un d'autre le rêvait. En général, c'était le claquement de la carabine de son père qui le ramenait à lui-même.

Pendant les années qui ont suivi, son travail de géologue sur le terrain s'est avéré principalement solitaire, surtout par choix. En plein air, dans la nature sauvage, il se sent très proche de n'être rien ni personne, sensation qui lui plaît de plus en plus.

Mais il sait que les loups sont conscients de sa présence. Dans son journal, il se demande si son action perturbatrice pourrait avoir amené la meute tout entière à lui jouer la comédie. Les loups ne tolèrent sans doute le coyote qu'en raison de l'inquiétude plus vive que leur inspire la visite d'un autre mammifère étranger autrement plus menaçant.

Peut-être, se dit-il, que tous les protagonistes – lui-même y compris –, tels des acteurs jouant dans un spectacle impromptu, improvisent leur rôle sans savoir comment l'histoire va se dérouler.

C'est Danny Boy, le comédien le plus manifeste, qui devient le personnage principal du journal de Salomon. En se faisant passer pour un loup au point de s'en prendre à sa propre espèce, qui sait ce qu'est devenu le coyote, ou combien de temps il parviendra à conserver son masque de bouffon grotesque avant que les seigneurs du royaume se lassent de lui.

Lorsque la femelle alpha de la meute, enceinte, se retire dans son antre pour mettre bas, Salomon s'interroge sur ce qui se produira quand ces louveteaux grandiront en compagnie d'un coyote. Danny Boy jouera-t-il auprès d'eux un rôle de grand frère ou de gardien d'enfants quand leurs parents iront chasser ? Les éthologues trouveraient sans doute intéressant de savoir si les petits, ne sachant faire la différence, l'accepteront comme un des leurs, ce qui pourrait modifier la réaction de la prochaine génération des membres de cette meute face à d'autres coyotes. Quel que soit le résultat, s'enthousiasme Salomon, il en sera l'unique témoin.

Un après-midi où il est occupé à récolter des défécations pour son analyse du régime alimentaire des loups, Salomon trouve sur le lit d'un ruisseau à sec le corps déchiqueté de Danny Boy.

Tout indique que la mise à mort, visiblement récente, est l'acte des loups. Comme il n'a pas aperçu d'autre meute ni de loup solitaire dans la région, ce doit être la meute de Danny Boy qui lui a fait cela, sans doute en réaction instinctive à l'arrivée récente des bébés sans défense qu'il n'a pas encore vus, mais qu'il entend toujours vagir dans la tanière. Ou alors les loups ont compris que c'étaient eux, leurs véritables rejetons, et non cet imposteur de carnaval. Pour Salomon, le pire est de penser que c'est peut-être sa présence – en tant qu'être humain – qui a déstabilisé la situation. Comment être sûr qu'il n'y est pour rien ?

Salomon revoit Danny Boy comme la toute première fois qu'il l'a imaginé, en train de sautiller, de cabrioler, de batifoler avec l'énergie du désespoir tandis que la horde resserrait sur lui son étau mortel. À sa grande stupéfaction, il se retrouve à genoux devant l'animal, secoué par des sanglots.

Pour un jour de printemps, il fait exceptionnellement chaud. Des sacs de nuages boursouflés s'entassent à l'horizon tandis que l'air se charge d'humidité, alourdi par la pluie qui menace. Salomon devrait rentrer au camp avant que le ciel se déchaîne, il le sait fort bien, mais il reste auprès du corps le temps de prendre des notes détaillées. Pour la postérité, ou ceux que la chose pourrait intéresser un jour.

Les fourmis ont déjà eu vent de ce pactole providentiel et bientôt les mouches, suivies des corneilles, viendront dépouiller le corps de sa substance de coyote, qui deviendra substance de fourmis, de mouches, de corneilles.

Et qu'adviendra-t-il de lui, l'être humain ? Lui aussi, il emportera quelque chose, même s'il ne sait trop quel nom lui donner.

Danny Boy, inscrit Salomon en haut de la page, avec la date. Puis il biffe le nom.

De retour à Montréal, tout en poursuivant ses recherches sur le minerai, il entreprend de rédiger à partir de ses notes sur le coyote un essai qui ne tarde pas à se changer en livre. Une méditation sur la vie animale et le lien profond, aujourd'hui perdu, qui l'unissait jadis à l'espèce humaine. Il consigne également dans son ouvrage des observations concernant le minerai fantôme et ses éventuels effets nocifs sur les tissus vivants ainsi que le monde naturel.

Le livre de Salomon exprime une stupéfaction profonde, et même une sorte d'effroi spirituel, à l'idée qu'il puisse exister dans l'univers non pas un être vivant, mais plusieurs. Malgré sa compréhension des bases génétiques de l'hérédité, il se permet de poser une hypothèse selon laquelle l'évolution des espèces repose sur un phénomène voisin du rêve. La vie, entité unique et singulière, cherche à s'exprimer sous de nouvelles formes qu'elle met au monde en les rêvant, tout comme nous vivons d'autres vies évanescentes en songe. L'être humain est l'animal qui passe le plus près du rêve lucide, c'est-à-dire de la compréhension du fait que nous sommes la Vie se rêvant sous des apparences diverses. Lorsqu'une espèce disparaît, se taisant pour toujours, cela ne nous importe peut-être pas, mais en vérité, c'est une partie de nous-mêmes que nous perdons.

Écoute les oiseaux par la fenêtre, écrit Salomon. *Leurs appels, leurs chants, que représentent-ils d'autre qu'un langage ? Une langue que nous ne comprenons pas, tout simplement. Or leur idiome et le nôtre doivent descendre d'un ancêtre commun, tout comme les oiseaux et l'humanité avant que nos parcours évolutifs bifurquent pour emprunter des voies différentes. Ce pourrait même être la langue que parlait l'univers avant la naissance de la Vie. Nous qui avons commencé à retracer l'histoire des origines de notre espèce depuis les « hommes-singes » jusqu'aux premiers êtres vivants qui forment les racines de l'arbre phylogénique, je nous crois capables de découvrir un jour cette langue primordiale et d'apprendre à la parler.*

Si cette ère arrive, nous renouerons avec la sagesse la plus ancienne ; tous les êtres vivants communiqueront ensemble dans un concert de voix et sauront qu'ils ne sont qu'Un.

Enfin publié par une petite maison d'édition new-yorkaise spécialisée en connaissances ésotériques, le livre ne trouve presque aucun lecteur, ce qui n'empêche pas les collègues universitaires de Salomon d'en entendre parler. Dans le tollé qui s'ensuit, il reçoit un blâme officiel et le doyen l'invite à prendre un congé sabbatique, ses allégations fantaisistes ayant discrédité tant l'université que sa profession. Il choisit plutôt de démissionner. Les quelques amis qui lui restent lui conseillent de se faire soigner. À leur humble avis, il a sans doute séjourné trop longtemps en pleine nature.

Bien des années plus tard, longtemps après la mort d'Ira Salomon, Amérie Hewitt déniche un exemplaire de son bouquin dans une librairie d'occasion de Pine Ridge, sur un tas de vieux livres de bibliothèque laissés pour compte. Elle l'emporte chez elle, le lit stylo en main, souligne des passages et prend des notes dans ses marges.

Michio

Le printemps qui suivit sa première année d'université, il répondit à une petite annonce du quotidien local qui demandait un arpenteur de sentiers. Il ne voyait pas trop de quoi il était question, mais comme cela l'intriguait, il avait appelé le numéro. Son interlocuteur, un homme au fort accent de Terre-Neuve, lui posa quelques questions – quel âge il avait, où il habitait, quelle était sa forme physique – avant de lui donner une adresse rurale et un rendez-vous le samedi matin suivant. Il lui demanda aussi de se munir de bonnes chaussures de randonnée.

L'endroit était situé à plusieurs kilomètres de la ville, dans un secteur forestier sans routes, à mi-chemin des sites d'extraction. La longue allée de terre semblait avoir été défrichée la veille. Michio gara la vieille camionnette de son père sur un terrain de stationnement circulaire recouvert de gravier, en face d'une cabane en bois rond inachevée ; à bien y regarder, elle tenait plus du manoir que du cabanon avec sa façade de pierre, la large véranda qui en faisait le tour et son immense fenêtre évoquant la flèche d'une cathédrale.

Il avait quelques minutes de retard car il avait pris un mauvais tournant et avait dû revenir sur ses pas. Trois autres types d'environ son âge patientaient déjà, adossés à leurs véhicules, non loin d'une niveleuse, d'une rétrocaveuse et d'une énorme débroussailleuse à direction différentielle. Une roulotte de chantier stationnait devant la maison.

Michio se présenta gauchement aux autres, qu'il n'avait jamais rencontrés : Sean et Tyler, deux amis, ainsi que Martin, un grand maigre coiffé d'une casquette de camionneur.

Un homme d'âge mûr affublé d'une calvitie et d'une panse de bière impressionnante sortit de la roulotte. Il s'agissait de Ray, l'homme avec qui Michio avait parlé au téléphone. Il s'avéra qu'il n'était pas le propriétaire, mais l'entrepreneur du projet de construction. L'immense terrain appartenait à un gros bonnet de Northfire qui se l'était offert, avec le ruisseau qui le traversait et le lac qui se trouvait au milieu, pour y bâtir un somptueux refuge estival à l'aide de matériaux presque entièrement locaux, pierre ou bois récupéré. Il voulait que tout paraisse antique, rustique et *authentique* (mais sans renoncer à de luxueuses installations de pointe, parmi lesquelles un gymnase et un jacuzzi). Il avait fait tailler grossièrement par l'équipe de Ray, avec leur machinerie lourde, un réseau de sentiers qu'il désirait maintenant faire piétiner par de jeunes gens énergiques et en pleine forme.

– Je lui ai dit que mes gars pouvaient très bien les lui aplanir, confia Ray à Michio et aux autres. Mais c'est pas ça qu'il veut. Ce qu'il veut, c'est les faire *arpenter* par des gens qui sentiront chaque mètre du sol sous leurs pieds. Donc voilà le plan. C'est ça que vous allez faire. Quand il arrivera ici, il faut que les sentiers aient l'air d'avoir toujours été là. Comme de vraies pistes indiennes, j'imagine.

– Pourquoi il demande pas à de vrais Indiens de le faire, d'abord ? demanda Tyler en lançant à Sean un sourire suffisant, comme s'il venait de dire quelque chose de très intelligent.

– J'en suis un, laissa tomber Martin.

Le sourire de Tyler s'élargit :

– Merde, excuse-moi, *man*.

– Donc c'est ça que vous allez faire, reprit Ray, ignorant leur malaise. Faut que vous soyez là tous les jours, sauf le dimanche, juste pour marcher. Pas de soirée, pas de filles, pas de boisson, pas de drogue. Juste de la marche.

– Pourquoi pas le dimanche ? voulut savoir Sean.

– Le jour du Seigneur. Il trouve ça important, j'ai l'impression.

– Bon, ajouta Michio, il vous faut des références ou… ?

Ray haussa les épaules.

– Vous êtes venus. Vous êtes engagés. C'est pas sorcier.

Pour ce qui était du salaire, il leur donna un chiffre qui battait tout ce qu'ils auraient pu toucher ailleurs cet été-là en tant que travailleurs non qualifiés. Ils se regardèrent tous les quatre comme s'ils avaient gagné le gros lot. Ray leur fit passer un formulaire de décharge de responsabilité à signer. S'ils se blessaient au travail, ils n'auraient pas le droit de poursuivre le propriétaire. Michio hésita, n'ayant toujours pas vu l'état des sentiers, mais lorsque les autres apposèrent leur signature, il fit pareil.

Le propriétaire avait donné à Ray une longue liste de règles qu'ils durent lire et signer elle aussi, après quoi il en remit un exemplaire à chacun, dans une chemise de plastique rouge qui contenait aussi une carte.

Le règlement leur imposait de marcher au moins sept heures par jour. Ils pouvaient choisir leur horaire, sauf qu'il valait mieux ne pas traîner après la tombée du soir ; ils pouvaient aller au rythme qui leur convenait, à condition de parcourir la totalité du circuit au moins une fois par jour. Seuls ou en groupe, à leur guise. Mais pas question d'amener quelqu'un qui ne ferait pas partie des travailleurs embauchés pour arpenter les sentiers. Pas d'animaux non plus, ni de vélos, ni de véhicules à moteur. La liste précisait les articles qu'ils pouvaient avoir sur eux – bâton de marche, couteau, collations, jus ou boissons gazeuses, quelque chose à lire pendant leurs pauses – mais ils devaient repartir avec tout ce qu'ils apporteraient, y compris les emballages et autres déchets. Il leur était interdit de porter une arme à feu sous aucun prétexte. Interdit également d'uriner ou de déféquer sur les sentiers ; un cabinet de toilettes portatif avait été installé sur le terrain à leur intention. Ils allaient devoir consigner la distance parcourue chaque jour. Un podomètre leur serait fourni ainsi que de l'eau en bouteille, du répulsif à moustiques, des barres protéinées et des articles de premiers soins ; tout cela serait entreposé dans la roulotte, à laquelle ils auraient accès au besoin. S'ils se heurtaient à des obstacles importants, comme des arbres morts, ils devaient en informer Ray, qui demanderait à son équipe de s'en occuper. Ils ne devaient ni déplacer, ni enlever, ni endommager un arbre ou une plante, d'aucune manière que ce soit. Il leur était interdit de se promener n'importe où ailleurs sur la propriété que sur les sentiers désignés. L'accès à la maison et à ses environs, y compris le jardin de rocaille, l'étable et l'arène équestre, leur était strictement interdit. Tout marcheur trouvé dans ces secteurs serait aussitôt congédié.

Il restait une dernière règle : *Sur votre chemin, si vous voyez quoi que ce soit dont vous pensez que le propriétaire devrait être informé, signalez-le à Ray.*

– Quelqu'un a une question ? leur demanda Ray lorsqu'ils eurent terminé de parcourir ces règles de conduite.

– Ouais, moi, lança Tyler. Qu'est-ce que ça veut dire, *quoi que ce soit dont vous pensez que le propriétaire devrait être informé* ?

– Il ne m'a pas donné de détails, admit Ray. Je crois qu'il voulait parler de grands animaux, ou de quelqu'un sur le terrain qui ne devrait pas y être. Un intrus ou quelque chose dans ce genre-là.

– De grands animaux… comme des ours ?

– Ben, il y en a par ici, c'est sûr. Des ours noirs. On en a vu, mes gars et moi. Le proprio cherche à savoir ce qu'il y a comme gibier à chasser, c'est certain. Fort probable qu'il y ait aussi des pumas, même si on n'en a pas aperçu un seul. Avec tout le bruit qu'ils vont faire, mes gars, vous n'avez pas à vous inquiéter. Mais au cas où, on vous fournit du gaz en aérosol pour éloigner les ours, et un sifflet aussi.

Ray leur en distribua à chacun, ainsi qu'une grande bouteille d'eau et un petit sac à dos pour tout transporter. Là-dessus, il fut temps de commencer. Dès son point de départ, situé à une trentaine de mètres de la maison, le premier sentier plongeait immédiatement sous les arbres. Avant de se mettre en route, ils se serrèrent tous la main, ce que Michio trouva curieux. Ce n'était pourtant pas comme s'ils se lançaient dans une mission dangereuse. Il se demanda alors pourquoi il n'avait pas vu une seule jeune femme parmi les recrues. Peut-être qu'aucune n'avait répondu à l'annonce. L'idée de se retrouver seule dans les bois suffisait sans doute à les rebuter. Ou plus vraisemblablement, celle de *ne pas* se retrouver seule dans les bois.

Sean et Tyler partirent les premiers, ensemble et à un bon rythme, comme s'il s'agissait d'un test d'aptitude physique. Ensuite ce fut Martin, seul. Michio avait envisagé de lui proposer de marcher ensemble, mais s'était retenu, se demandant quelle impression lui ferait son invitation ; ensuite il fut trop tard.

À peine plus large que ses bras écartés, le sentier était très accidenté, plus que ce à quoi il s'attendait. Racines et arbustes déchiquetés jaillissaient en maints endroits du sol jonché d'une profusion de branches cassées, de brindilles et d'autres débris végétaux que devaient avoir laissés Ray et son équipe après avoir tout broyé avec leur énorme débroussailleuse. Il régnait une atmosphère de désolation meurtrie, comme si un acte de violence avait été commis. Cela rappelait à Michio une séquence vidéo montrant une coupe à blanc de la forêt amazonienne qu'il avait vue à la télé.

Tout en marchant, il consulta sa carte. Le sentier principal, qui serpentait sur la propriété, se ramifiait en méandres plus courts dont chacun portait un numéro, mais pas de nom, ce que Michio trouva étrange. Si l'on était prêt à déployer tous ces efforts pour créer dans la forêt des pistes « authentiques », pourquoi ne pas leur attribuer des appellations anciennes donnant l'impression qu'on les empruntait depuis des siècles ? Cela viendrait peut-être plus tard, se dit-il, quand le propriétaire aurait eu l'occasion de les arpenter lui-même. Mais ces numéros qui conféraient à sa tâche un aspect logique sans équivoque plaisaient à Michio. Selon la carte, un des sentiers faisait le tour du petit lac, tandis que plusieurs ponts enjambaient le cours étroit du ruisseau là où des pistes le traversaient. Cela lui rappela les casse-têtes géométriques qu'il affectionnait enfant. *Pourras-tu franchir une seule fois chacun de ces ponts ?*

Michio resta complètement seul pendant la première demi-heure environ. Mais comme chacun des arpenteurs pouvait choisir sa manière de parcourir les sentiers, il se mit à croiser les autres de temps en temps. Ils le saluaient et poursuivaient leur chemin. Personne ne semblait vouloir s'arrêter pour discuter. On aurait dit que chacun prenait cela comme un concours, alors qu'ils recevaient tous le même salaire pour le même travail.

En cette matinée de la fin mai, le fond de l'air était frais. Le soleil se cachait derrière un nuage, puis réapparaissait brusquement comme si quelqu'un avait actionné un interrupteur. Il ne faisait pas trop chaud, ce qui était une bonne chose étant donné l'effort nécessaire pour avancer sans trébucher sur ce difficile terrain accidenté. Il fut bientôt trempé de sueur. Les moustiques n'étaient pas encore trop nombreux, mais à la moindre averse digne de ce nom, cette plaie les guettait inévitablement.

Guère plus grand qu'un étang, le petit lac était festonné de pousses de roseaux verts, et de l'autre côté flottait une bande de canards. Michio longeait la rive lorsqu'un carouge à épaulettes plongea en rase-mottes au-dessus de sa tête en le houspillant bruyamment.

Il traversa tous les ponts de bois qui enjambaient le ruisseau, sans manquer de les cocher un à un sur la carte. Non loin d'un de ceux-ci, une explosion avait creusé un vilain trou des deux côtés des berges. Michio apprit plus tard qu'à cet endroit, l'équipe de Ray avait dynamité un barrage de castor et capturé son occupant. Ils répareraient les dégâts plus tard dans l'année.

Michio boucla tous les sentiers du circuit, jusqu'au dernier méandre, en une heure trois quarts. Son podomètre lui apprit qu'il avait parcouru un peu moins de huit kilomètres, ce qui l'étonna et le déçut même légèrement. En regardant la carte, il avait cru que cela prendrait plus de temps.

Avant de repartir, il s'octroya une demi-heure de pause pour déguster le repas que son père lui avait emballé dans un bento.

Comme il était fils unique, Michio n'avait jamais eu aucun problème avec la solitude. Dans l'ambiance paisible de la forêt, il était libre de s'absorber dans ses pensées, de se plonger dans ses rêveries, d'imaginer l'avenir comme il l'avait toujours fait à la maison où ils vivaient tous les deux. Quand il était plus jeune, son père lui posait des casse-têtes logiques ou des devinettes qu'il passait la journée seul à retourner dans sa tête, examinant la question sous tous les angles, jusqu'à ce qu'il trouve la solution ou, donnant sa langue au chat, qu'il aille lui demander la réponse. *Quand j'ai quitté mon campement, j'ai parcouru cinq kilomètres vers l'est, puis vers le sud et le nord ; quand je suis revenu, j'ai trouvé un ours endormi dans ma tente. De quelle couleur était-il ?*

Il termina sa première journée d'arpenteur de sentiers convaincu d'avoir pris une bonne décision en répondant à cette annonce. Un seul détail rendait la situation assez peu idéale.

Ce soir-là, Michio appela Étienne pour lui parler de son nouveau travail. Tout comme Michio, Étienne était retourné chez ses parents à la fin du semestre afin de travailler et d'économiser pour l'année suivante. Le problème était que sa famille élevait du bétail à neuf heures de route de là, près de Longview, dans les contreforts des montagnes. Michio ne pourrait presque pas voir Étienne de l'été. Peut-être un dimanche ou deux, à condition de faire très attention. Les parents d'Étienne ne savaient pas qu'il avait un amoureux et s'ils le découvraient, cela causerait des problèmes. Ils étaient profondément catholiques et d'après ce qu'avait dit Étienne à Michio, intolérants envers pratiquement tout ce qui n'appartenait pas à leur petite bulle soigneusement entretenue, où n'entrait que ce qu'ils trouvaient juste et bon.

Étienne leur avait dépeint Michio comme son partenaire pour un projet que le prof d'informatique leur avait donné à faire pendant l'été, raison pour laquelle ils avaient tant besoin de communiquer par textos ou au téléphone. Jusqu'ici, ses parents semblaient gober cette histoire. D'après Étienne, ils avaient été ravis d'apprendre que Michio était japonais : c'était formidable, avait dit sa mère, puisque les Asiatiques ont la bosse des maths ; elle espérait seulement qu'il ne parlait pas trop mal notre langue. Étienne et Michio en avaient fait des gorges chaudes, mais ce dernier s'en était inquiété par la suite, se demandant si cela ferait une différence aux yeux de la mère d'Étienne d'apprendre qu'il était né ici et que son père fréquentait une église baptiste. De toute façon, si jamais elle découvrait la vraie nature du lien qui les unissait, le reste n'aurait plus aucune importance.

– Si seulement tu pouvais te promener ici avec moi, souffla Michio à Étienne. Ils nous ont interdit d'inviter qui que ce soit.

– Je m'arrangerais pour que personne ne me voie, répondit Étienne. Je sais me rendre invisible au besoin. Ça fait partie des stratégies de survie qu'on met au point dans une ville de cowboys.

– Je ne marche que le jour. Mes nuits sont libres. Tu pourrais venir me voir le week-end prochain.

– Je peux pas, soupira Étienne. Faut que j'aide mon père à mettre des boucles d'oreilles aux veaux.

– Celui d'après, alors.

– On verra.

Les jours de marche suivants se déroulèrent sans incident ; Michio commençait à comprendre que l'ennui et les ampoules constitueraient les principaux risques du métier. Martin partagea avec lui des bandes de moleskine qui soulagèrent ses pieds. Il connaissait de mieux en mieux chaque piste, au point de reconnaître certains arbres et d'attribuer des surnoms aux plus remarquables.

Fine Mousse. Super Bouleau. Aurore Dupin. Au village, il acheta un guide d'occasion des oiseaux de la région, dont l'auteur portait le nom très à propos de Dubois, ainsi qu'un carnet neuf à la couverture ornée d'un orignal dans lequel il se mit à consigner tous les animaux sauvages qu'il croisait, en précisant l'heure et le lieu de la rencontre. À part les canards et autres merles noirs, il repéra des martinets, des pic-bois, des gélinottes, des fauvettes, des geais bleus, des faucons et même, une fois, un grand-duc qu'il s'étonna d'apercevoir en plein jour. Parmi les écureuils qui furetaient partout, il vit détaler une souris dans le sous-bois, parallèlement au sentier. Aucun cerf, ce qui ne l'empêcha pas de tomber un après-midi sur un tas de crottes ressemblant aux grains de café enrobés de chocolat qu'il se procurait à la cantine de l'université pour s'empêcher de dormir pendant qu'il révisait ses examens. Il en parla à Ray, qui se contenta de hausser les épaules.

Et jamais un seul ours, ce qui faisait son affaire. *Un ours blanc ! Le campement était situé au pôle Nord !*

Par un bel après-midi, il déambulait distraitement, perdu dans des pensées tournant autour d'Étienne, lorsqu'il s'immobilisa soudain. Son pouls, remarqua-t-il avec surprise, s'était mis à galoper tandis que sa respiration ne lui parvenait plus que par halètements superficiels. Que faisait-il là ? Quel était cet endroit ? Et si tout – bâtiments, routes, civilisation, Étienne – avait disparu ? S'il se retrouvait entièrement seul au monde ?

Cela ne dura qu'un instant, mais par la suite, il s'efforça de se déplacer plus souvent en compagnie des autres. Martin n'était pas un mauvais bougre, mais il ne parlait pas beaucoup et ne cherchait manifestement pas à se faire des amis. Ils firent plusieurs fois le parcours ensemble et Michio apprit que Martin appartenait à la Première Nation de Fire Narrows. Il venait lui aussi d'entrer à l'université, où il commençait des études de droit afin d'appuyer les revendications territoriales de son peuple. Michio eut également plusieurs occasions de marcher avec Sean et Tyler, qui parlaient sans cesse de voitures, de camions et de leurs virées en quatre-roues dans la boue de l'arrière-pays, ce qui n'intéressait absolument pas Michio. Après deux ou trois circuits avec ces deux-là, il décida qu'il préférait suivre les sentiers seul. Quelque temps plus tard, en s'apercevant que Sean et Tyler marchaient plus souvent qu'à leur tour chacun de son côté, il se demanda s'ils avaient fini par se lasser mutuellement de leurs inepties.

Au bout de quatre semaines, l'effet de leur présence quotidienne se remarquait clairement. Les pistes avaient l'air plus tassées, piétinées, fréquentées. L'air de vrais sentiers où l'on aime flâner tranquillement dans la nature, plutôt que de bandes de broussailles à peine fauchées.

Avec le temps, s'étonna de constater Michio, ses circuits quotidiens commencèrent à faire partie intégrante de sa vie. Il se rendait compte que ces randonnées lui manqueraient quand l'été serait fini, ce qu'il avait confié à Étienne la dernière fois qu'ils s'étaient parlé. La conversation, entrecoupée de silences gênés, ne s'était pas bien passée. Étienne, qui lui avait semblé distant, avait fini par accepter de venir voir Michio le week-end suivant, puis s'était hâté de prendre congé. Michio n'avait pas trouvé le bon moment pour lui demander ce qu'il avait. Ou alors il n'avait peut-être pas envie de le savoir. C'était égoïste de sa part, il le savait, mais il ne voulait pas que leur rendez-vous soit gâché par quoi que ce soit. Étienne en serait sûrement remis quand viendrait le jour où ils se reverraient.

Le lendemain matin, un jeune couple attendait sur le parking. Lorna et Ted. Ray leur expliqua que le propriétaire, venu inspecter les sentiers le dimanche précédent, avait décidé qu'il faudrait augmenter le nombre de chaussures de marche afin qu'ils soient bien établis au début de l'automne, moment où la maison serait terminée.

– Est-ce qu'on va finir par le rencontrer ? voulut savoir Tyler lorsqu'ils eurent tous été présentés à Lorna et Ted.

– Qui ça ? demanda Ray.

– Le patron, celui à qui appartient le terrain.

– Mon gars, ton patron, c'est moi. Mettons ça au clair une fois pour toutes. Quant au propriétaire, moi-même je ne l'ai rencontré que deux fois, alors je dirais que tes chances sont plutôt minces.

L'ajout de deux arpenteurs de sentiers changeait la dynamique plus profondément que ne s'y était attendu Michio, qui avait maintenant l'impression de trouver sans cesse quelqu'un sur son chemin. Lorna et Ted, qui aimaient bavarder, s'arrêtaient souvent pour discuter avec lui lorsqu'ils se croisaient sur un sentier. Lorna ne se séparait jamais de l'édition de poche du *Seigneur des anneaux*, qu'elle lisait lorsque Ted et elle faisaient une pause.

– Il est bon, ce livre-là ? lui demanda Michio un après-midi où il s'était joint à eux.

Il n'avait pas lu le livre, ni même vu l'adaptation au cinéma. Les histoires inventées au sujet d'événements invraisemblables ne l'intéressaient pas.

Le regard de Lorna s'illumina.

– C'est le meilleur des livres, souffla-t-elle. Surtout dans un endroit comme ici. Tu me fais penser à un des personnages, tu sais. Legolas.

– Ah bon, il est asiatique ? répliqua Michio, qui se sentit aussitôt coupable de l'avoir mise mal à l'aise.

Il avait encore en tête la remarque de la mère d'Étienne. Lorna le dévisageait en battant des paupières. Il sourit pour bien lui montrer qu'il plaisantait.

– C'est un elfe, répondit-elle sans reprendre contenance. Il… il est bon marcheur, c'est tout.

La présence d'une jolie jeune femme affectait également Sean et Tyler, qui gardaient un silence inhabituel quand elle était là. Michio les avait vus la reluquer avec admiration quand Ted avait le dos tourné. Mais celui-ci, qui surprenait parfois leur manège, ne tarda visiblement pas à les prendre en grippe.

Martin avait contracté l'habitude de fredonner de vieux airs de musique *country* tout en marchant. On l'entendait venir de loin qui chantait à tue-tête des refrains de Johnny Cash ou Marty Robbins. Le refuge paisible et solitaire de Michio commençait à ressembler à n'importe quel autre endroit fréquenté par un certain nombre de gens : les faiblesses humaines – tensions, bavardages, émotions contradictoires, alternance d'attractions et de répulsions – ne tardaient pas à noyer tout le reste.

Puis, par un après-midi écrasant de chaleur, il se perdit.

Cela semblait impossible. Ces pistes lui étaient devenues aussi familières que les rues de son quartier, la maison de son enfance ou sa chambre à coucher. La nuit, il s'était mis à rêver qu'il les parcourait. Il connaissait la moindre courbe et ce qui se trouvait derrière. Chaque montée, chaque descente. Il savait où faire une très longue enjambée pour éviter une pierre qui faisait saillie sur son chemin, quand baisser la tête afin d'éviter la branche basse de la vieille épinette tordue, que Lorna avait baptisée Ent-femme après que Michio lui eut fait remarquer sa forme étrange. Où la pluie laissait des flaques de boue, où poser le pied pour les éviter. Où l'attendaient les essaims de moustiques les plus nombreux, où trouver l'ombre la plus fraîche les jours de canicule. Il aurait pu arpenter les sentiers les yeux bandés, se disait-il parfois, même s'il ne l'avait jamais essayé.

Il venait de finir de manger, assis sur une souche de pin au sommet d'une butte ensoleillée, avant de reprendre la piste qui plongeait dans un petit massif d'épicéas noirs. Mais le bosquet ne se termina pas là où il était censé le faire. Michio s'attendait à ressortir au bout de deux minutes et demie dans une clairière ensoleillée, envahie d'herbes hautes, de fleurs et du bourdonnement des abeilles, à l'endroit où l'un des ponts de bois franchissait le ruisseau murmurant. Or, au cœur du massif obscur qui se prolongeait sans fin, une piste dénuée de tout point de repère reconnaissable serpentait, montait et descendait dans la forêt, tout à fait nouvelle et différente.

Il s'immobilisa pour consulter sa montre, le cœur battant, songeant à faire demi-tour, à remonter sur la butte. La seule explication qui lui venait à l'esprit était que Ray et ses gars étaient récemment venus tracer un nouveau chemin sans avertir aucun des arpenteurs. Sauf que celui-ci ne ressemblait pas aux autres après le passage de la tondeuse avec sa grosse lame circulaire. Cette piste-là était fréquentée. Elle avait la même apparence, la même texture et jusqu'à la même odeur que celles qu'il connaissait, qu'il avait contribué à créer de ses deux pieds.

Les autres marcheurs trichaient-ils ? Foulaient-ils d'autres sentiers sans le dire à personne ? Pas possible, raisonna-t-il. Ils n'auraient pas pu réaliser tout ça sans qu'il s'en aperçoive.

Il se tut et tendit l'oreille. À cet instant précis, il aurait tout donné pour entendre Martin interpréter *El Paso*, même très faux.

Chants d'oiseaux. Rumeur des insectes. Feuilles agitées doucement par la brise. Certains jours, par temps très calme, il captait le faible grondement des gros camions qui roulaient sur l'autoroute en direction des sites d'extraction. En ce moment, pas le moindre écho ne lui en parvenait.

Michio se retourna, revint un instant sur ses pas avant de jurer dans sa barbe, de faire volte-face et de reprendre la direction qu'il suivait dans l'ombre ténébreuse des épicéas, peuplée de corneilles. Il en avait déjà aperçu sur son chemin, sans jamais y faire très attention car on les voyait partout au village. Dans les arbres, elles semblaient toutefois se trouver en plus grand nombre que d'habitude et se lancer des appels sur son passage, comme si elles s'avertissaient mutuellement de sa présence. Peut-être même qu'elles le suivaient. Chaque fois qu'il s'arrêtait et levait les yeux vers les branches noires chargées d'épines, les corneilles se taisaient. Elles ne semblaient pas le surveiller, mais avec les oiseaux, on ne sait jamais. Ils s'intéressent beaucoup à certaines choses et en ignorent d'autres, pas toujours les mêmes que les êtres humains.

Au bout de plusieurs minutes affolantes, il entendit enfin le cours d'eau et sortit du couvert juste à côté du pont. Les vingt minutes qu'il mit à retourner au parking se déroulèrent exactement comme toujours.

Il envisagea d'en glisser un mot à Ray, mais que dirait-il ? En y réfléchissant, il se rendait compte qu'il ne s'était pas égaré. Pas vraiment. Il n'avait jamais dévié de son chemin. C'était juste un chemin qu'il n'avait jamais vu.

Les deux jours qui suivirent, un vendredi et un samedi, ressemblèrent à tous les autres. Les sentiers restèrent tels qu'il les connaissait. Il en conclut que le jour où il s'était perdu, la chaleur devait lui avoir joué des tours. Il n'avait sans doute pas bu assez d'eau. Sa perception du temps et de la distance s'était embrouillée. Cela lui était déjà arrivé un soir, la première et la dernière fois qu'il avait pris une bouffée de joint pendant une fête. Lorsqu'il consulta son podomètre le vendredi en fin d'après-midi, il constata qu'il n'avait pas parcouru plus de kilomètres qu'en temps normal. Ce qui signifiait qu'il avait tout imaginé.

Michio avait passé tout l'été à rêver à ce dimanche. Pendant que son père partirait pendant trois jours pêcher au lac Thunder avec son bateau, Étienne allait enfin venir le voir à River Meadows. Ils pourraient passer le reste de la journée et toute la nuit seuls ensemble.

Le dimanche matin de bonne heure, Michio envoya à Étienne un texto lui souhaitant bon voyage. Ce dernier ne répondit pas immédiatement, ce qui était inhabituel de sa part. Michio déjeuna en tête-à-tête avec son téléphone, qui ne vibra pas une seule fois. Il en déduisit qu'Étienne était sans doute déjà en chemin, mais le rappela néanmoins un peu plus tard, sans réponse. Juste avant midi, alors qu'il commençait à s'inquiéter sérieusement, son téléphone finit par vibrer.

Je ne peux plus travailler sur ce projet avec toi. N'essaie plus de communiquer avec moi.

Le lundi matin, Michio appela Ray pour lui annoncer qu'il ne viendrait pas travailler parce qu'il avait une affaire personnelle à régler.

Il n'avait presque pas fermé l'œil depuis le texto d'Étienne. Il avait bien pensé à démissionner, mais après avoir passé deux nuits à contempler le plafond de sa chambre, il devait admettre qu'il ne lui restait plus que ces randonnées. Après avoir tapé réponse sur réponse, il n'en envoya aucune. Il ne voulait pas risquer de lui causer des ennuis avec ses parents en écrivant ce qu'il ressentait vraiment, ce qu'il avait besoin d'exprimer. Mais il n'arrivait plus à perpétuer le mensonge voulant qu'il ne s'agisse que d'un travail scolaire.

Le mardi, il se présenta très tôt au point de départ, patienta jusqu'à l'arrivée de Lorna et Ted et leur emboîta le pas lorsqu'ils se mirent en route. Si la même chose se produisait sur le sentier en leur compagnie, il aurait la certitude que ce n'était pas que dans sa tête. Il les suivait de si près qu'ils ne tardèrent pas à échanger des regards comme pour se demander *mais qu'est-ce qu'il a aujourd'hui ?*

Il finit par ralentir le pas, les laissant prendre de l'avance, les perdit vite de vue et poursuivit seul, s'efforçant de ne pas penser à Étienne mais échouant lamentablement. Malgré tous ses efforts pour les en empêcher, les mots de cet incroyable texto lui revenaient sans cesse à l'esprit. *N'essaie plus de communiquer avec moi.*

Les parents d'Étienne s'étaient sans doute penchés sur son épaule pour vérifier qu'il tapait bien ce qu'ils lui dictaient. Qu'il resterait le fils qu'ils désiraient avoir et non ce qu'il était vraiment. Ces sales connards intolérants. Était-ce de découvrir que leur fils était gay qu'ils trouvaient impardonnable, ou que son amoureux soit japonais ? Sauf qu'Étienne aurait pu leur tenir tête s'il l'avait vraiment voulu. S'ils représentaient vraiment l'un pour l'autre ce que Michio avait cru sans le moindre doute. Mais il n'avait pas résisté. Il s'était laissé faire. Comment Étienne avait-il pu leur céder la victoire ? Comment avait-il pu se résoudre à taper ces mots ? *N'essaie plus de communiquer avec moi.* Michio avait beau décortiquer cette phrase, la retourner dans tous les sens et l'observer sous toutes ses coutures comme les vieilles énigmes de son père, celle-ci n'avait pas de solution.

Il fallait que ce soit une erreur, ou alors une blague. Sauf qu'Étienne ne plaisantait jamais de cette façon. Et comment aurait-il pu taper cela par erreur ?

Non, il en était convaincu, Étienne devait avoir une raison. Une bonne raison. Michio finit par conclure que ce message cherchait en fait à le mettre en garde, que les parents d'Étienne avaient soit découvert, soit soupçonné la vérité et qu'ils avaient placé leur fils sous surveillance constante, ce qui expliquait pourquoi il n'avait pas pu écrire à Michio depuis. C'était sûrement ça. Il recevrait des nouvelles d'Étienne dès que le danger serait passé. Au moment où ses parents, croyant la partie gagnée, relâcheraient la pression. Dans quelques jours, une semaine ou peut-être même un mois, Étienne trouverait une façon de le contacter. Il dirait à Michio qu'il s'excusait, qu'il n'avait pas eu le choix, mais que rien ne les empêcherait jamais d'être ensemble. D'ici là, le mieux qu'il pouvait faire était d'attendre. Sans lui écrire. Ni essayer de communiquer avec lui. Simplement attendre et faire confiance.

Le vendredi venu, toujours rien.

Ce jour-là, Ted s'étant rendu à Edmonton pour aller voir sa mère qui avait dû retourner plusieurs fois à l'hôpital pour des troubles gastriques, Lorna vint travailler seule. Au début, elle sembla heureuse d'être accompagnée par Michio, mais il déployait tant d'efforts pour lui faire la conversation et la collait de si près qu'au bout de trois heures, elle se mit à lui lancer des regards inquiets du coin de l'œil. Lorsqu'ils s'arrêtèrent pour casser la croûte, il mangea rapidement, puis dit à Lorna qu'il allait hâter le pas jusqu'à la prochaine intersection pour essayer de battre son propre record. Lorsqu'il lui lança *à plus tard* en agitant la main, elle parut soulagée.

Michio fut bientôt perdu dans ses pensées au point de ne plus remarquer où il se trouvait. Le temps passait, mais il ne faisait pas attention à sa montre ni à la position du soleil dans le ciel. Au milieu de l'après-midi, lorsqu'il émergea enfin de la spirale de ses réflexions, il était revenu au bosquet d'épicéas noirs.

Il jeta un coup d'œil à son téléphone. Ici, la réception n'était pas très bonne, mais il réussissait parfois à envoyer des textos et à en recevoir. En dépit du faible signal détecté par l'appareil, il n'avait pas de messages.

Il prit une photo de la piste devant lui et l'envoya à son père avec la mention : *Dans la forêt sombre et profonde.* Quelques minutes plus tard, son père répondit : *Méfie-toi du grand méchant loup.*

Son père, qui savait ce qu'il était vraiment, ne lui avait jamais dit un seul mot réprobateur. Même s'il était incapable d'exprimer ouvertement qu'il aimait son fils et qu'il l'acceptait, Michio n'en avait jamais douté.

Sans raison apparente, il se mit soudain à pleurer et tomba à genoux, étouffé de sanglots. Il n'y aurait plus jamais de message d'Étienne, il le savait avec la même certitude que les solutions aux problèmes de ses cours de maths.

N'essaie plus de communiquer avec moi = 0. Aucune variable cachée.

Craignant que l'un des autres fasse irruption et le voie dans cet état, il se leva, s'essuya les yeux, se remit en mouvement, traversa le bosquet d'épicéas et franchit le ruisseau sans encombre. Il ne lui restait plus que les vingt dernières minutes, en terrain essentiellement plat et facile, pour revenir au parking et déclarer sa journée terminée. Partir tôt, rentrer à la maison, donner un coup de main à son père au jardin.

Au sortir de la courbe suivante, il aperçut la Honda Civic rouge de Sean à l'extrémité d'un tunnel d'arbres. Dix-sept minutes avant l'heure habituelle. Il consulta sa montre. Cinq heures et demie.

Lorsqu'il avait quitté Lorna, à peine quelques minutes auparavant, il était trois heures et des poussières.

Il pénétra sur le parking les jambes flageolantes ; l'air n'entrait dans ses poumons qu'avec difficulté. Sean et Tyler étaient en train de monter dans leur voiture. Sean lui envoya un doigt d'honneur hilare tandis qu'ils filaient dans une gerbe de terre et de gravier soulevée par leurs pneus. La petite Hyundai blanche de Lorna était déjà partie. Même Ray et son équipe avaient fini leur journée.

Il ouvrit la portière du conducteur de la camionnette de son père, s'assit sur la banquette et resta un instant sans bouger, puis il inséra la clé dans le contact, mais sans la faire tourner. Enfin, il retira la clé, descendit du véhicule et se planta au milieu du terrain. Le vent s'agitait et s'apaisait dans les feuilles tremblantes des peupliers, avec le vaste bruissement océanique qu'il aimait depuis toujours. Aujourd'hui, il avait l'impression que les arbres se passaient des messages décrivant leurs plans secrets.

Libre à eux. Pour sa part, il arriverait bien à résoudre cette énigme. À trouver la solution. Peu importait le temps qu'il y mettrait.

Il sortit son calepin, écrivit un message à l'intention de Ray, arracha la page et la posa sur les marches du manoir avec une pierre par-dessus. Il marcha ensuite jusqu'à la roulotte du chantier, composa le code de sécurité, puis ajouta dans son sac à dos trois bouteilles d'eau, une demi-douzaine de barres protéinées ainsi qu'une trousse de premiers soins. Au cas où il se retrouverait coincé en pleine nuit au milieu de nulle part, sans aucun abri, il prit soin de vérifier que cette dernière comprenait une couverture de secours.

Revenu au point de départ des sentiers, il y resta planté quelque temps, les yeux au ciel ; il serait peut-être judicieux, se disait-il, de s'imprégner de ce bleu sans nuages avant de plonger sous les arbres. Bien que n'ayant aucun moyen de prévoir combien de temps cela prendrait, il avait l'intention de ne s'arrêter que lorsqu'il aurait réglé la question. Une fois qu'il aurait dompté ce sentier. En ce milieu d'été nordique, il estima qu'il lui restait encore cinq bonnes heures avant le crépuscule, peut-être même plus.

Alex

– Ici, c'est bien, indique Michio au conducteur, un grand maigre avec blouson en jean et casquette de camionneur que personne n'a présenté à Alex.

Il n'a pas dit un mot depuis qu'il est venu, avant l'aube, les chercher devant l'hôtel d'Alex dans sa voiture récente mais quelconque, se contentant de fredonner à mi-voix de vieux airs de musique country et western. Michio n'a pas ouvert la bouche non plus. Ce silence est délibéré, présume Alex : moins il en saura sur les gens qui sont impliqués là-dedans, mieux ce sera pour tout le monde.

La voiture ralentit, puis se gare en bordure du chemin de terre.

– Demain, dix heures, au passage à niveau, prononce Michio.

– Passage à niveau, dix heures, confirme l'autre. N'arrivez pas en retard.

– Mais non.

– Tu dis toujours ça.

Descendus de l'auto, Alex et Michio prennent leur équipement dans le coffre. Lorsqu'ils sont prêts, Michio tapote deux fois la carrosserie et l'homme s'éloigne.

Il ne fait pas encore jour. Le monde est blême et froid, mais le bosquet de bouleaux qui pousse au bord de la voie ferrée retentit de chants d'oiseaux. Alex entend gronder et souffler dans le lointain un semi-remorque qui accélère sur la bretelle de l'autoroute.

– On entre par ici, annonce Michio.

– Mais, et la clôture ?

– Il y a une brèche. C'est Amérie qui l'a trouvée.

Le ventre des nuages commence à rougir dans la fraîcheur humide de l'air. Petit matin d'automne, fidèle au souvenir qu'a conservé Alex de ses années vécues ici. Se lever dans la pénombre, se préparer pour l'école encore à moitié sous le joug du sommeil. Sentant comme un vertige l'envahir à l'évocation des décohérences de l'époque et des effets qu'elles avaient sur lui, il ne saurait dire si cette impression lui parvient de l'extérieur, de son for intérieur ou de la réémergence d'un souvenir profondément ancré dans son système nerveux.

Avant de donner le signal du départ, Michio fait vider son sac à Alex et examine son contenu au moyen de sa lampe de poche. Lorsqu'il soupèse le pistolet qu'Alex a emporté de chez lui avec ses bagages de soute, dûment enfermé dans une boîte métallique, celui-ci voit pour la première fois une émotion bousculer le masque calme et détaché de Michio : la colère.

– Mauvaise idée.

– Ça peut toujours servir.

– Ici, les armes à feu ne servent à rien d'autre qu'à donner une fausse impression de sécurité. Il est chargé ?

– Non.

– Tu es sûr ?

– Oui.

– Laisse-le comme ça.

Michio brandit le flacon d'Ativan.

– Pas une bonne idée non plus. Tu en as pris un ?

– Pas aujourd'hui.

– N'en prends pas. Il va falloir rester aux aguets tout le temps qu'on va passer à l'intérieur. Si je te dis de bouger, tu dois pouvoir réagir sans hésitation.

Une fois l'inspection terminée, ils commencent par se frayer un chemin à travers un champ de hautes herbes détrempées, pour atteindre un mur d'épinettes et d'épicéas qui se dessine en noir sur le ciel obscur. Ici règne un profond silence, sans même les chants d'oiseaux qu'Alex entendait en bordure de route. Sa nuque le démange ; il se demande si c'est l'effet du Parc ou s'il fabrique des symptômes parce qu'il a peur.

– Tu donnes des cours de science à l'université, si j'ai bien compris, lance Alex pour se changer les idées. J'ai vu une vidéo sur YouTube.

– Moi aussi je l'ai vue, grimace Michio. Ça faisait partie de mon séminaire sur les changements climatiques et la théorie de la complexité. Je m'étais peut-être un peu éloigné de mon sujet. À mon avis, pour espérer échapper à notre bêtise, il va falloir complètement transformer notre façon de regarder ce qui nous entoure, à commencer par ce que nos théories les plus avancées décrivent comme étant réel. Ce ne sera pas facile. Impossible, peut-être.

– Tu es né à River Meadows ?

– Non, on est arrivés ici quand j'étais adolescent à cause du travail de mon père, agrochimiste pour le gouvernement. Il s'occupait d'analyser et d'améliorer l'alimentation du bétail, quelque chose dans ce genre-là. Quand il a pris sa retraite, il est retourné vivre dans le Sud, à Picture Butte. Les grands ciels de là-bas lui manquaient, la prairie à perte de vue.

C'est là que je suis né et que ma mère est morte, l'année de mes sept ans.

– Ça n'a pas dû être facile. Mon père à moi, il est mort ici, dans un accident sur un des sites d'extraction. J'avais quinze ans.

– Amérie m'en a parlé.

– J'ai longtemps cru que c'était pour ça qu'elle était revenue ici après notre déménagement. C'était peut-être la raison initiale. Je n'en sais rien.

Quelques minutes plus tard, Alex voit briller faiblement le grillage de la clôture dans la lueur naissante. Lorsqu'ils l'atteignent, Michio s'accroupit et se met à ramper le long du grillage.

– C'est là, déclare-t-il après s'être arrêté.

Alex ne voit ni brèche ni ouverture. Michio va de l'avant et après un instant, se retrouve de l'autre côté.

– Marche vers moi, souffle-t-il à Alex en le regardant à travers les mailles.

Alex obéit. Le grillage s'embrouille un instant, comme s'il était trop proche pour que ses yeux puissent faire la mise au point dessus. Il est passé à travers.

– Comment as-tu fait pour savoir que c'était là ? veut-il savoir.

– Ça s'apprend, à condition de venir assez souvent. Et de survivre.

Sous leurs pieds, le sol est moussu, spongieux. Alex sent l'humidité du matin monter de la terre. Cela lui rappelle les voyages en camping de son enfance, quand il se réveillait en pleine nature. La liberté et en même temps, une certaine appréhension. Il ne sait trop ce qu'il s'attendait à trouver de l'autre côté de la clôture. Quelque chose de plus évident, quand même ; une odeur, ou une impression lui criant de ne pas entrer.

Michio tend la main et d'une chiquenaude, chasse quelque chose du cou d'Alex.

– Ça mord, fait-il.

– Merci. J'ai pensé à apporter du chasse-moustiques. Il y en a beaucoup par ici ?

– Pas de ce côté-ci.

– Eh bien, voilà une bonne chose.

– Ah oui, vraiment ?

Alex n'est pas sûr de comprendre. Il n'a pas tellement envie d'avancer, constate-t-il.

– Reste à quelques pas derrière moi, lui ordonne Michio. Ne te laisse pas distancer. Si je lève la main, arrête-toi et attends que je te dise que tu peux te remettre en mouvement. Si tu me vois baisser la main, ça veut dire *baisse-toi*. On peut parler pour l'instant, mais à voix basse.

Alex sort son téléphone de la poche de son blouson. Il a appelé sa mère très tôt ce matin, pour lui annoncer qu'il avait trouvé de l'aide dans sa recherche d'Amérie et qu'il avait plusieurs pistes prometteuses à explorer, mais sans mentionner qu'il se préparait à entrer lui-même dans le Parc. Il se demande s'il ne devrait pas la mettre au courant maintenant pour lui confirmer qu'il fait quelque chose.

– Ici, tu n'arriveras pas à grand-chose avec ça, soupire Michio.

Alex remet le téléphone à sa place.

– Ici, on laisse de côté nos appareils, lui explique Michio. Ici on fait appel à nos sens. Tous, en permanence. La vue. L'ouïe. L'odorat. L'équilibre. La sensation des choses, sur ta peau comme dans ton ventre. Consulte-les sans arrêt. Fais-en le tour toutes les cinq minutes. Formes, couleurs, sons, odeurs… c'est facile de se laisser distraire et de ne pas remarquer que quelque chose a changé. Une variation très subtile peut-être, mais qui pourrait te coûter la vie.

Alex hoche la tête, trop décontenancé pour parler. En ce moment précis, il voudrait bondir vers la clôture. Pourrait-il même la retraverser seul ?

Michio est déjà en route.

Il doit le suivre. Il faut qu'il aille jusqu'au bout.

– Tu as déjà regardé une gélinotte se faufiler dans un sous-bois ? lui demande Michio d'un ton plus doux.

– Non.

– Ou un orignal, ou un lynx, s'immobiliser, observer et attendre de pouvoir se remettre à bouger en toute sécurité. Voilà comment on doit se déplacer ici. Comme les animaux. Comme si chaque pas était une question de vie ou de mort.

Après s'être frayé un chemin à travers un amas de chardons qui leur arrive à la poitrine, ils entrent lentement sous les arbres. Sur leur droite, le sol descend vers une longue fosse peu profonde – naturelle ou artificielle, il l'ignore –, envahie de bouquets d'herbe drue et de saules rabougris. Dans cette verdure enchevêtrée, quelque chose pourrait facilement se cacher en attendant de leur bondir dessus. Il force ses pensées à se reconcentrer sur ce que lui a dit Michio, c'est-à-dire, quelques secondes à la fois, sur ce que lui indiquent ses yeux, ses oreilles, ses narines, sa peau… Aucune différence entre ici et l'autre côté de la clôture, du moins selon la perception de ses sens. La même obscurité règne, la même odeur de résine. Dans sa tête, il revoit constamment Amérie quand elle était petite, avant River Meadows. Pleine d'allant. Heureuse, rieuse. Il s'imagine qu'elle va bondir de derrière un arbre d'un instant à l'autre en criant *Ah ! Je t'ai bien eu !*

Mais c'est inutile. Il n'arrive pas à chasser l'anxiété qui le taraude. Et qui vient de trouver son point d'attaque.

Il s'arrête net. Michio se retourne.

– Qu'est-ce qui se passe ?

– J'ai besoin de… j'y suis allé ce matin à l'hôtel avant de partir, mais…

Michio hoche la tête en regardant autour d'eux, puis lui montre un fossé non loin.

– Par ici, lui dit-il. On est encore près du périmètre. Ça devrait aller.

– Ah oui ?

– Je pourrais aussi tourner le dos, tout simplement.

– Non, je préfère descendre.

Quand il a fini, il refait l'ascension de la paroi du fossé, rouge de honte d'avoir été trahi et humilié par son corps. Ses chaussures de marche neuves, auxquelles il n'est pas habitué, glissent sur l'herbe humide et Michio doit l'aider à grimper.

– Ça va aller ? lui demande-t-il.

– Ouais. Je crois, ouais.

– Tu es sûr que tu veux continuer ?

– Oui.

Ils se remettent à marcher en silence. Alex a remarqué qu'en dépit de ses sombres exhortations à la vigilance, Michio paraît moins tendu depuis qu'ils ont traversé la clôture. Sa démarche plus aisée, son ton moins sec. Il a perdu l'habitude d'ajuster nerveusement ses lunettes et il a troqué ses impeccables vêtements à la mode – son déguisement, comprend maintenant Alex – pour un jean et un chandail vert foncé en molleton. On dirait qu'avec la chemise de coton et le pantalon chino bien repassés, il s'est aussi débarrassé du Michio qui vit de l'autre côté ; qu'ici, il peut redevenir ce qu'il est vraiment.

– Est-ce que d'autres gens entrent ici, demande Alex, ou seulement Amérie et toi ?

– Il y en a eu. Principalement des pilleurs. Des charognards. Quelques amateurs de sensations fortes qui cherchaient à se mettre au défi. Ils ont arrêté de venir au bout de quelques années.

– À cause des dangers ?

– Dans certains cas, oui. Je pense que la plupart d'entre eux se sont aperçus qu'ils n'obtiendraient pas ce qu'ils venaient chercher ici. Ou qu'ils ont trouvé quelque chose de plus important.

Sa façon d'hésiter donne à Alex une autre intuition fulgurante.

– Tu as laissé tomber, c'est ça ?

Michio le regarde par-dessus son épaule, l'air surpris qu'Alex ait deviné.

– Ma recherche en météorologie commençait à faire des progrès et il fallait que je me concentre dessus. J'ai dit à Amérie il y a presque un an que c'était terminé pour moi et j'ai arrêté d'y aller avec elle. Je me sentais coupable, comme si je la laissais tomber, et puis j'avais peur pour elle. Alors je l'ai accompagnée une dernière fois, peu de temps avant qu'elle disparaisse. J'ai tout fait pour la convaincre d'arrêter pendant qu'il en était encore temps. Le Parc avait changé, on le savait tous les deux – il était devenu moins prévisible, plus dangereux – mais elle n'a rien voulu savoir.

– Plus dangereux dans quel sens ?

– Davantage d'anomalies, mais aussi à cause de l'Église. Ils ont commencé à nous harceler voilà un an ou deux.

– L'Église de la Conjuration.

– Tu les connais ?

– Seulement d'après ce que j'ai trouvé en ligne. Les hypothèses les plus folles circulent à propos du Parc mais tu dois déjà le savoir. Je suis tombé sur un site qui tente de démontrer que ce sont les extraterrestres qui ont enfoui le minerai dans le sol il y a très longtemps, sachant très bien qu'on allait le déterrer un jour et qu'il causerait notre perte.

C'était leur plan : éliminer la concurrence avant qu'elle devienne une véritable menace. Mais cette fameuse Église… ils sont encore pires. Ils croient que le bon Dieu construit ici une sorte de sanctuaire à l'intention d'une poignée d'heureux élus, n'est-ce pas ?

– Quelque chose comme ça. Ils sont persuadés qu'après la fin du monde, Dieu établira ici son nouveau paradis terrestre spécifiquement pour eux, les vrais croyants. Comme ils tiennent à ce qu'il leur soit exclusivement réservé, ils veulent que personne d'autre ne vienne contrecarrer le plan grandiose du Tout-Puissant. Ils étaient amicaux au début, ou ils faisaient semblant de l'être. Ils nous ont approchés pour nous demander de les aider à entrer et sortir. Quand on a dit non, ils n'étaient pas contents. Maintenant, ils sont quelques-uns à venir ici par leurs propres moyens. Armés. Ils tirent sur tous les animaux qu'ils voient. C'est leur façon de chercher à nous intimider, j'imagine. À nous effrayer. Ça n'a pas marché avec Amérie.

Alex réfléchit.

– Tu crois que ce serait possible…

Il n'arrive pas à le dire.

– Je ne crois pas, répond Michio au bout d'un court silence. Ils n'en sont pas encore là. Ils ne tuent que les créatures que, d'après eux, leur dieu a mis là pour leur usage. Ou leur divertissement.

Il lève une main et s'immobilise. Alex l'imite. Michio regarde lentement autour de lui, puis se tourne vers Alex, les yeux animés d'une émotion comme celui-ci n'en a jamais vu auparavant.

– Je ne comprends rien à leur façon de penser. À ce qu'ils font. Ils croient en un créateur qui a tout façonné par amour et après, ils viennent ici assassiner tout ce qui bouge.

Alex émet un rire sec.

– Tu connais un peu l'histoire des religions ?

Ils continuent à marcher. La lumière croissante fait pâlir les nuages, qui perdent leur rougeur, et permet à Alex de voir plus loin. Ils débouchent sur ce qui a jadis été une route bordée de poteaux électriques penchés ou tombés, à l'asphalte craquelé, spongieux comme de vieux os et gâté par endroits, inégalement tapissé de touffes d'herbe, de tiges feuillues et même de quelques arbrisseaux. Le soleil s'élève au-dessus des palissades noires des conifères, annonçant une splendide journée d'automne. Alex se rappelle de faire une nouvelle fois le tour de ses perceptions. D'observer ce qui pourrait avoir changé autour de lui. La lumière. La chaleur. La rumeur des oiseaux et du vent dans les feuilles.

C'est alors qu'une idée le frappe : comme c'est paisible ici.

Il se défait de sa veste, prend une grande respiration, *sent* ses pieds fouler la terre, se remémore le monde virtuel de Sikandar, le choc inattendu de la nostalgie qu'il y a ressentie, et se dit qu'il comprend peut-être un peu mieux Amérie.

– J'ai entendu parler de fantômes, hasarde-t-il. Est-ce qu'on va en voir ?

– Ce ne sont pas des fantômes, rétorque Michio. Il n'y en a pas ici, à l'exception du minerai. Certains les appellent les Visiteurs, mais Amérie n'a jamais aimé ce nom. Elle dit que les visiteurs, ce ne sont pas eux, mais nous. Bref, ils peuvent se présenter comme des gens ou des bêtes, mais sans avoir de corps physique réel, enfin, pas comme nous. On dirait plutôt une forme d'énergie que nous ne comprenons pas encore.

– Selon certains, c'est la définition même des fantômes.

– Je n'en suis pas si sûr, en fait. Effectivement, les Visiteurs ressemblent parfois à des personnes décédées. Sauf qu'Amérie et moi, on en a vu plusieurs qui nous faisaient penser à des gens qui habitaient ici avant l'évacuation de la ville, mais qui vivaient toujours.

– C'est vrai qu'ils sont dangereux ? J'ai entendu ça quelque part. Que même si on les connaît, ils peuvent être hostiles.

– Hostile n'est pas le mot juste. En général, ils semblent errer sans but ; ils apparaissent et disparaissent assez rapidement. Mais il arrive que l'un d'entre eux fonce sur une personne, comme s'il l'avait vue et qu'il voulait lui prendre quelque chose. C'est peut-être le cas. Ou alors ils sont simplement poussés par la curiosité, sans vouloir de mal à quiconque. J'ai ma propre théorie à leur sujet.

– Et c'est ?

– Je pense que c'est nous qui les avons créés. Que les nuages déserteurs, ce sont eux.

– Tu veux parler des nuages évadés qui sont censés être intelligents.

– Ce n'est qu'une hypothèse. Même Amérie n'est pas convaincue qu'elle soit juste. Enfin, peu importe ce qu'ils sont, ceux qui s'approchent des gens sont dangereux, même s'ils n'ont pas vraiment l'intention de nuire. Il ne faut pas les laisser venir trop près, même s'ils ressemblent à quelqu'un que tu connais. Il suffit qu'ils te touchent pour que ton cœur cesse de battre.

Tout en marchant, Alex absorbe ces informations en jetant autour de lui des regards craintifs. Il a étudié la carte, mais il ne sait pas encore s'orienter.

– Amérie t'a déjà montré où était notre maison ? veut-il savoir.

– Oui, répond Michio. Comme elle ne savait pas du tout s'organiser ni retrouver quoi que ce soit, à part ce qu'elle écrivait dans ses carnets, je me suis mis à tout noter. Chaque bribe d'information recueillie, au cas où quelqu'un finirait par dégager des tendances. Je descends d'une longue lignée d'archivistes qui n'ont jamais jeté un seul papier. Je me disais qu'un jour, on arriverait à comprendre le sens de tout ça, si tant est qu'il y en ait un. Bref, sur nos cartes, nous avons donné à chaque endroit le nom des gens qui y vivaient au moment où la région a été abandonnée. La vôtre s'appelle donc la maison Hewitt. En marchant à une vitesse normale et en ligne droite, il nous faudrait peut-être une demi-heure pour y arriver. On va cheminer dans cette direction, mais on ne va avancer ni à une vitesse normale, ni en ligne droite.

– Tu as passé beaucoup de temps ici.

– J'ai commencé avant qu'ils mettent les scellés. J'ai même travaillé ici un été, à l'époque où l'industrie de l'extraction était encore florissante ; il s'agissait de fouler des sentiers dans les bois. Il se passait déjà des choses bizarres. Une fois, je me suis égaré sur une des pistes. Je les connaissais comme le fond de ma poche, mais je me suis perdu quand même.

– Combien de temps ?

– Sept jours.

– Merde C'est peut-être ça qui est arrivé à Amérie.

Michio secoue la tête.

– Non. Je sais que ce n'est pas ça. Elle et moi, on a parcouru ces sentiers de nombreuses fois depuis. Je ne sais pas ce qui s'est passé, mais ça n'est arrivé qu'à moi et seulement une fois. Jamais plus par la suite. Le truc, c'est que parfois, on dirait que cet endroit *réagit* à quelqu'un. Les énigmes, les pièges… le Parc a l'air de se défendre, comme le fait le corps humain quand un corps étranger l'envahit. Ça a l'air fou, n'est-ce pas ?

Alex se souvient du premier soir, au snack-bar Chez Stella.

– Non, souffle-t-il. Pas vraiment.

Michio s'immobilise, la main levée. Alex s'arrête net. Lentement, Michio fait un tour sur lui-même. Puis, semblant s'être assuré que tout va bien, il se remet en marche.

– On finit par apprendre qu'ici, reprend-il, même si certaines choses semblent nous suivre, s'accrocher à nous ou s'infléchir autour de nous, ce n'est *jamais* de nous qu'il s'agit. C'est le fait de ne pas comprendre ça qui rend le Parc aussi dangereux. On entre ici avec notre histoire, on ne peut pas s'en empêcher. Ce qu'on est, ce qu'on désire, ce qu'on craint. Alors tout ce qu'on voit, tout ce qui arrive, devient partie intégrante du récit qu'on s'est raconté toute sa vie, celui qui décrit qui on est et où on va. On interprète facilement ce que le Parc nous montre comme un message s'adressant personnellement à nous. C'est ainsi qu'on se met vraiment dans le pétrin. Bref, il est devenu impossible de se perdre sur ces sentiers. Juste pour m'en assurer, je les ai vérifiés l'autre jour quand je suis venu à la recherche d'Amérie. Rien trouvé d'extraordinaire. Ce n'est pas ça qui lui est arrivé, j'en suis sûr.

– Quand tu t'es perdu, comment as-tu fait pour ressortir ?

– C'est arrivé tout seul. Tout à coup, je me suis retrouvé dans le parking dont j'étais parti. J'ai eu l'impression que les sentiers en avaient tout bonnement terminé avec moi.

– Et tu as continué à revenir.

– Pas pendant longtemps. J'ai quitté la ville pour retourner étudier. Ensuite j'ai travaillé un bout de temps à Calgary, comme chargé de cours dans une fac. Il y a quelques années, un poste s'est libéré à Pine Ridge et je l'ai pris. Mon domaine, ce sont les sciences de l'atmosphère, et il se produisait des phénomènes météorologiques étranges dans la région. J'avais envie de voir ça de plus près. Je me suis mis à m'introduire dans le Parc quand je ne travaillais pas.

Surtout la nuit, ce qui était d'une bêtise incroyable. Je me demande encore ce qui m'était passé par la tête. Peu après, j'ai rencontré ta sœur. Elle était revenue, elle aussi.

– Oui, mais je ne comprends pas pourquoi. Enfin, je sais pourquoi, mais ça ne m'entre toujours pas dans la cervelle.

– Tout ce que je peux dire, c'est que ni l'un ni l'autre nous n'en avions fini avec cet endroit. Ou qu'il n'en avait pas fini avec nous. Pour ce qui est d'Amérie, elle avait à faire ici quelque chose que personne d'autre qu'elle n'était en mesure d'accomplir. Elle m'a demandé si je voulais l'aider. J'ai dit oui.

Alex boit une gorgée d'eau, puis consulte sa montre. L'anxiété recommence à le tarauder.

– Il faudrait qu'on arrête de parler, décrète Michio. J'ai besoin de me concentrer sur notre itinéraire.

Devant eux, la maison émerge de l'herbe telle une baleine remontant à la surface. La majeure partie du toit semble s'être volatilisée, ou effondrée à l'intérieur.

Alex et Michio se tiennent côte à côte devant la crevasse noire qui a pris la place de la grande baie vitrée.

Fidèle à sa parole, Michio les a amenés jusqu'ici par une série de chemins tortueux, en s'arrêtant fréquemment pour observer silencieusement avant de se remettre en marche, sans faire part à Alex de ce qu'il avait pu voir ou percevoir. Cela leur a pris plus de deux heures. À plusieurs reprises, Michio a paru entendre quelque chose qu'Alex ne captait pas, mais ils n'ont encore rien vu de ce qui fait de la zone de réhabilitation un endroit aussi dangereux. Les brusques éruptions d'air surchauffé qui ébouillantent la peau. Les nœuds de pression invisibles, parfois puissants au point de fendre les os. Les trous de mémoire qui vous embrouillent le cerveau pendant des heures, voire pour toujours. Ignorant lesquels ne sont que des rumeurs sur internet et lesquels sont vrais, il commence à se demander si ces dangers ne seraient pas exagérés afin de tenir le public à l'écart pour une autre raison gardée cachée. Jusqu'à maintenant, Michio et lui n'ont rien croisé d'autre que ce que l'on peut s'attendre à trouver dans un endroit abandonné comme celui-ci. Et si ce n'était qu'un vaste canular ? s'interroge-t-il. Un fantasme délirant auquel Michio et Amérie aimeraient jouer ? Quelles preuves a-t-il vraiment de ce que Michio lui raconte depuis le début ?

Cela fait une heure qu'il tombe un fin crachin. Sans surprise, Michio a eu la prévoyance d'apporter de légers ponchos imperméables pour eux deux.

Tandis qu'ils s'approchent de l'ancienne maison d'Alex, Michio lui glisse à mi-voix :

– Amérie campait ici de temps en temps, quand elle s'attardait et qu'elle ne pouvait pas sortir avant qu'il fasse noir. Je l'ai fouillée l'autre jour.

Alex essaie de l'imaginer dans cette ruine de leur vie passée. Toute seule ici, en pleine nuit. Comme il s'agit de sa sœur, ce n'est pas difficile. Il se souvient d'une conversation qu'ils ont eue longtemps après leur départ de River Meadows. Il venait de sortir son premier jeu de société, *Les Défenseurs du temps*, et Amérie était bel et bien venue au lancement, dans une boutique spécialisée du centre-ville de Vancouver. Ensuite, ils étaient allés manger ensemble un festin au restaurant indien – poulet au beurre, paneer tikka, rajma chawal, chur-chur naan – et Amérie, après avoir attaqué les plats comme si elle n'avait rien mangé depuis des jours, avait laissé Alex payer sans protester. Il s'était mis à évoquer la maison de Foxhaven et les objets qu'ils avaient dû abandonner au moment de l'évacuation, vélos, jouets, souvenirs qu'il était sûr de ne jamais revoir. C'est alors qu'Amérie, après lui avoir révélé qu'elle était retournée vivre à Pine Ridge, qu'elle se rendait régulièrement à River Meadows et qu'elle était déjà entrée plusieurs fois dans la zone de réhabilitation, avait proposé de lui rapporter ses affaires s'il le souhaitait. Dissimulant sa stupéfaction, il lui avait répondu de ne pas s'en soucier. Sur le coup, il n'était même pas sûr de la croire. On passe avec quelqu'un les premières années indélébiles de sa vie, puis on part chacun de son côté et quand on se revoit un jour, croyant retrouver la personne que l'on a toujours connue, on s'aperçoit que l'on discute avec une étrangère.

Cette maison te faisait peur avant, lui avait-il rappelé au restaurant, s'ingéniant à faire appel à la sœur dont il se souvenait. Au début, quand on a emménagé, tu appelais maman à grands cris presque tous les soirs.

Ouais, j'étais une petite peureuse, avait-elle laissé tomber. Jusqu'au jour où j'ai rencontré la Fille-squelette.

La Fille-squelette ?

Tu n'étais pas le seul à inventer des superhéros, lui avait-elle signalé avant de lui raconter ce qui lui était arrivé cette nuit-là.

Toujours planté devant son ancienne maison en compagnie de Michio, il ravale ses larmes. Où la Fille-squelette a-t-elle entraîné son intrépide sœurette cette fois-ci ?

– On peut entrer ? s'enquit-il à voix basse.

– On pourrait, mais prépare-toi à sortir subitement. Et ne me quitte pas d'une semelle.

Ils escaladent le béton humide, effrité, des marches du perron. Tout à coup, Alex se sent mal à l'aise en compagnie de cet homme qu'il ne connaît pas vraiment, comme lorsque, sans faire exprès, on arrive à une réception en même temps qu'un inconnu.

La porte est tapissée de mousse d'un vert éclatant. Il se rappelle avoir lu quelque part que le vert est la seule partie du spectre de la lumière que les plantes n'utilisent pas, la renvoyant vers l'extérieur. C'est cette lumière rejetée que nous percevons et que nous voyons comme la couleur même de la vie. Si les arbres absorbaient toutes les longueurs d'onde, leurs feuilles paraîtraient noires. Mais bien entendu, si la nature était faite ainsi, tout le monde trouverait cela normal.

– Que fait Amérie en général quand elle vient ici ? demande Alex.

– Attends, souffle Michio… écoute.

Incapable de déterminer si c'est une réponse à sa question ou un ordre, il décide d'obéir au cas où ce serait une commande, mais ne tarde pas à trouver cela difficile de rester sans bouger, éprouvant le besoin d'agir. Toutes ces déambulations, ces arrêts, ces attentes l'ont chargé d'une énergie nerveuse qu'il ne peut pas dépenser. Il voudrait se retrouver très loin de cet endroit, de son silence inquiétant. Il se sent envahi d'une onde de colère brûlante déchaînée contre quelque chose ou quelqu'un, et il s'aperçoit soudain qu'il s'agit d'Amérie. Elle a renoncé à tout, aux autres vies qu'elle aurait pu mener, pour revenir sans cesse ici. C'était sa responsabilité, croyait-elle. Et maintenant, c'est lui qui est responsable d'elle.

Il tend la main vers le couvercle de la boîte aux lettres rouillée.

Michio lui saisit le poignet en chuchotant :

– La dernière fois que je suis venu, il y avait quelque chose qui vivait là-dedans.

À l'idée de voir ce qui pourrait nicher dans cette boîte lui sauter à la gorge, toutes griffes et crocs dehors, Alex a un mouvement de recul. Puis il a honte de sa réaction. Comme il ne veut plus laisser voir à Michio qu'il a peur, il appuie sur la sonnette d'un index insolent. À son grand étonnement, il l'entend carillonner faiblement dans les entrailles de la maison.

– Tu n'aurais pas dû faire ça, soupire Michio.

Il ressemble tellement à un petit garçon frustré qu'Alex sent monter un fou rire fiévreux qu'il parvient à réprimer.

– Il y a toujours de l'électricité ?

– Si on veut, oui.

– Que veux-tu dire ?

Au lieu de répondre, Michio se tourne de côté et plonge son regard dans l'obscurité de la baie vitrée. Puis il s'approche de la porte qui, aux yeux d'Alex, semble être restée fermée à double tour depuis des siècles.

– On peut entrer ? souffle Alex.

– Ça devrait aller.

Guidés par le faisceau bondissant de la lampe de poche de Michio, ils traversent le salon aux meubles délabrés. La cuisine. Le corridor. Parvenus à l'escalier, ils montent voir les chambres du deuxième.

La seule porte ouverte est celle d'Amérie. Alex s'y risque avec circonspection tandis que Michio l'attend sur le palier. Une âcre odeur de moisi l'assaille. Les murs bombés s'affaissent aux endroits où l'eau a fait gonfler le gypse. Le sommier s'est renversé, le matelas repose par terre.

– C'est ici qu'elle dort quand elle y passe la nuit, je crois, lance-t-il à Michio.

– On dirait bien. Tu peux aller plus loin. C'est sans danger, je pense.

Des livres traînent sur le bureau de sa sœur avec d'autres rappels de sa vie d'avant, voilés de poussière. Un bocal de sable ramassé sur la côte ouest avant de la quitter. Une étagère peuplée d'animaux en peluche miniatures. Une photo d'Amérie à neuf ans, costumée en Petit Chaperon rouge pour une pièce à l'école. S'il est vrai qu'elle est revenue dans cette pièce à plusieurs reprises, alors elle s'est contentée de tout laisser à sa place, comme si ces souvenirs de sa vie passée ne signifiaient plus rien pour elle.

Il traverse la pièce, s'empare de la photo et l'examine soigneusement avant de la glisser dans son sac, pour sa mère.

Michio le laisse prendre le temps d'aller voir sa chambre. Son bureau semble s'être beaucoup éloigné de la porte par rapport à son souvenir, comme si la pièce avait pris de l'ampleur durant ses années d'absence. Il aperçoit le CD sur lequel il avait gravé des chansons à l'intention d'une camarade de classe qui lui plaisait. Corinne Velasco. Cadeau qu'il s'était retenu de lui offrir, convaincu qu'il était impossible qu'elle éprouve la même chose pour lui. Puis, sans crier gare, leur vie ici avait pris fin. C'était trop tard.

Il a oublié depuis longtemps quels titres il a mis sur ce CD et se sent soudain curieux de renouer avec celui qu'il était et les projets d'avenir qu'il faisait à l'époque.

À pas lents et précautionneux, il parvient au milieu de ce qui reste du tapis avant de s'arrêter net. Il avait déjà remarqué que l'espace libre en dessous de son bureau était bourré d'un enchevêtrement de papier déchiqueté, avec une cavité obscure au centre, mais il était trop absorbé par ses souvenirs pour réfléchir à ce que cela signifiait. Le frisson qui lui parcourt le dos lui apprend que ce meuble autrefois si familier, devant lequel il s'installait pour faire ses devoirs, travailler à ses bandes dessinées ou jouer à ses jeux vidéo, est devenu l'antre d'une bête.

Il s'attendait à recevoir un flot de souvenirs nostalgiques, mais cette chambre n'est plus la sienne. Ce n'est même plus vraiment une chambre.

L'esprit se précipite toujours en avant, suivi du corps qui affronte la réalité.

Après être descendus jeter un coup d'œil à la cave, où s'est formé un lac aux eaux troubles et malodorantes, Alex et Michio ressortent sur le perron. Le crachin s'est dissipé, laissant le ciel se teinter d'un bleu d'iceberg clair et net.

Michio avait tort lorsqu'il rejetait l'existence des fantômes.

Alex se souvient d'un après-midi d'été durant lequel, après avoir installé le tourniquet d'arrosage devant la maison, son père s'était assis sur le perron. Lorsqu'Alex était sorti à la recherche d'Amérie, Ben l'avait invité à s'asseoir pour bavarder. Il sait que ce n'est pas la dernière fois qu'il a parlé à son père, mais c'est l'ultime souvenir qu'il a d'un tête-à-tête avec lui.

En se retournant pour contempler une dernière fois la porte d'entrée, il réalise qu'il y a tant d'années, c'est lui qui l'a fermée avant de s'en aller. *Quand une porte se ferme*, disait son père. La vieille blague dont il ne se lassait jamais. Quelque part, Alex s'en rend compte, l'attend une autre porte laissée ouverte. Un jour, quelle que soit la distance où l'entraînera son exil, il devra la franchir.

Alex et Michio enlèvent leurs ponchos imperméables et boivent du café au goulot d'un thermos.

– Quand Amérie m'a appris que c'était du sauvetage animal qu'elle faisait ici, explique Alex, j'ai cru que ça ne durerait qu'un temps, qu'elle passerait à autre chose ensuite. Enfin, on aurait pu penser que les bêtes finiraient par apprendre à rester à l'écart pour ne pas se retrouver prises au piège.

– On ne s'attendait ni l'un ni l'autre à continuer à entrer ici après tout ce temps, avoue Michio. On se disait qu'après avoir secouru tous les animaux domestiques ou errants venus des fermes des alentours, on aurait terminé. On pensait la même chose, que l'instinct des bêtes sauvages les empêcherait d'entrer. Mais ça ne s'est pas passé comme ça. La faune avait pratiquement disparu de la région quand, il y a huit ans, avant qu'on commence à venir, Amérie et moi, un nuage déserteur s'est arrêté longtemps au-dessus du Parc.

– Tu en as bel et bien vu ici, alors.

Michio souffle doucement sur la vapeur qui monte du thermos.

– C'est à cause de ça que je suis revenu dans la région. Les scientifiques cherchent à rétablir la communication avec les nuages, mais on ne s'y prend pas de la bonne façon. Il doit y avoir un moyen de recommencer à leur parler, mais il faudrait d'abord comprendre leur vision du monde, comment ils en font l'expérience, au lieu de s'attendre tout simplement à ce qu'ils nous obéissent.

– Tu crois vraiment que ces choses-là… pensent ?

– On pourrait débattre toute la journée du sens de ce mot. Ce qui compte, c'est qu'un nuage solitaire s'est tenu une semaine entière au-dessus du Parc et que pendant ce temps, il s'est déversé une quantité inhabituelle de pluie.

Il lève les yeux au ciel.

– Quand on dit *il pleut*, on ne se demande jamais ce qu'on entend par *il*. C'est une question qu'à l'heure actuelle, l'humanité doit se poser. Qui – ou quoi – fait tomber la pluie ? Bref, c'est peu après la disparition de ce nuage que les animaux ont commencé à revenir. Ce lieu a beau être aussi dangereux pour eux que pour nous, on en voit de plus en plus chaque année.

– Savez-vous pourquoi ?

– Amérie dit que c'est parce que personne n'habite ici, enfin, presque personne. Je pense comme elle. Enlève la population humaine d'un lieu et les animaux vont s'y installer, que ça soit dangereux ou non. Comme calamité, nous sommes pires que tout ce que la zone de réhabilitation pourrait leur infliger.

– Mais ils doivent tomber dans les pièges ou se heurter aux autres trucs, les anomalies.

– Effectivement, et il leur arrive de mourir. S'il s'agissait d'êtres humains, nous trouverions ces pertes inacceptables. Les espèces animales, elles, peuvent y survivre et même prospérer dans certains cas. Quoi qu'il en soit, aucune créature ne devrait souffrir en conséquence de nos actions. Voilà ce qui nous amène ici. S'il nous est possible d'offrir un secours quelconque à ne serait-ce qu'une poignée d'entre eux, nous le ferons.

Alex se souvient du renard. De la branche qu'il avait brandie avant de l'abattre sur le crâne de l'animal. Au premier coup, trop hésitant, le renard avait frémi un peu, peut-être même émis un son, Alex n'en était pas sûr. Après le deuxième, plus fort, ses yeux s'étaient voilés et perdus dans le vague, comme s'il sombrait doucement dans un sommeil peuplé de rêves. Le sang était venu au bout du cinquième ou sixième coup. En quantité. Le cou s'était affalé, les membres affaissés dans la mesure où le piège le leur permettait, et le renard avait cessé d'être. Son essence de renard s'était échappée, ailleurs ou nulle part. Ce n'était plus qu'une chose morte.

Il se demande si c'est cet instant-là qui a fait voir à Amérie la voie qu'elle suivrait dans la vie. Si le geste qu'il a accompli si facilement, avec plaisir même, a pu mener ici, à ce moment où sa sœur, à l'instar du renard, est tombée dans un piège auquel elle n'arrive pas à s'arracher. Parce qu'il a manqué à toutes ses obligations envers elle. Envers eux deux. Il ignore si elle a parlé de cette journée à Michio.

– J'ai lu quelque chose dans le carnet d'Amérie, reprend-il. Il était question d'oiseaux – des pies – émettant des sons qu'elle n'avait jamais entendus auparavant. Elle essayait de leur parler.

– Elle avait une théorie, répond Michio.

Alex remarque le verbe au passé. Michio aussi, apparemment. Il bat des paupières, hésite avant de poursuivre.

– Elle pense que les oiseaux sont en train de mettre au point de nouvelles façons de communiquer entre eux. De nouveaux chants. De nouveaux comportements. Que ça n'a rien à voir avec des mutations aléatoires. C'est culturel. Ce sont des *mots neufs*, dit-elle, qui se transmettent d'une génération à l'autre. Des idées neuves. Ce phénomène est le résultat des adaptations que leur impose la pression qu'ils subissent à cause de nous. Si leur langage, pourrait-on dire, devient de plus en plus élaboré, c'est pour les aider à affronter les dangers qui existent ici. Ils apprennent à dire des choses nouvelles. Et même à communiquer d'une espèce à l'autre.

– Un dialogue entre espèces différentes. Je ne sais pas trop quoi en penser.

– Les animaux le font depuis toujours, mais ce n'est que très récemment que la science en a pris conscience. Qu'elle l'a accepté. Écoute, si nous avons appris à discuter avec des gorilles ou des perroquets, pourquoi les autres espèces ne seraient-elles pas capables de communiquer entre elles ? Amérie dit qu'on s'imagine être le seul animal doué de la parole, alors que c'est notre verbiage incessant qui nous empêche d'entendre leur langage. En ce moment, cette tendance semble s'accélérer. Ici et à d'autres endroits transformés en zones interdites, où les animaux subissent un stress intense à cause de nous. Les carnets d'Amérie sont remplis de détails de ce genre. Elle a même commencé à utiliser des symboles ressemblant à de la notation musicale pour décrire les vocalisations différentes des oiseaux et leurs nouveaux gestes.

– Est-ce qu'elle en a déjà parlé ? À des scientifiques, je veux dire. Il y a des gens qui seraient ravis d'en être informés.

– Certains le sont déjà. Plusieurs chercheurs ont demandé au gouvernement de leur donner accès au Parc pour mener des études sur le terrain. Nous en avons fait entrer quelques-uns en secret. Personne n'a encore corroboré les dires d'Amérie.

C'est le moment de bouger, ils le sentent tous les deux. Au bout de l'allée, ils font une pause tandis que Michio scrute les alentours. Alex regarde derrière lui et se dit qu'il ne reviendra sans doute jamais. Mais qui sait ? Il s'imagine en train de se réinstaller dans cette maison, de l'habiter. De vivre au cœur de son petit royaume périlleux à lui tout seul, dissimulé aux yeux de tous, où il pourrait inventer des jeux mettant en scène son passé, auxquels personne ne jouerait.

– On va faire le tour du village et après on s'en ira vers le nord, annonce Michio. On pourra passer la nuit en sécurité dans un endroit que je connais. Demain matin, on ressortira du côté opposé à celui par lequel on est entrés et on retrouvera notre chauffeur près de la clôture.

La rue tourne en montant doucement, comme dans le souvenir d'Alex. L'épave, là, à laquelle il manque une partie du toit, c'était la maison des Henderson. Ici, le prétentieux manoir Fortin, comme l'appelait son père, a perdu ses grands airs. Un peu plus loin, à moitié dissimulé par un nuage de végétation, c'est là qu'habitait la famille Velasco. La mère, Reyna, était venue prendre des nouvelles d'Amérie quelques fois au fil des ans. Alex était souvent passé devant chez eux, à pied ou à vélo, en espérant croiser Corinne et avoir l'occasion de parler avec elle. Le soir, par la fenêtre du salon, il voyait son petit frère penché avec application sur le piano.

Il fait un effort pour se rappeler le nom de l'enfant avant de réaliser qu'il doit être adulte aujourd'hui.

Ils quittent la rue et Michio s'engage dans le bois, sur une piste à peine visible qui les mène à une autre route, plus large, dont Alex devine qu'il s'agit de l'ancienne autoroute menant à River Meadows.

Le crachin de ce matin a lustré l'asphalte, dont s'élèvent des volutes de vapeur.

Quand ils ont marché un certain temps, Michio s'arrête. Alex, qui avançait tête baissée en ressassant ses souvenirs, a complètement oublié d'observer la perception de ses sens ou son environnement. Il lève les yeux et voit que Michio, toujours immobile, regarde de tous côtés comme il l'a fait si souvent depuis qu'ils se trouvent ici.

Un bateau à moteur, dont la coque fissurée s'écaille, s'est échoué au bord de la route.

Alex se demande quelle heure il peut être. Début de l'après-midi, à vue de nez. Il résiste à l'envie de sortir son téléphone.

– Où on est ? demande-t-il avant de reconnaître le bâtiment à moitié enfoui sous les arbres et les broussailles. La grosse enseigne rotative est tombée de son poteau dans les hautes herbes au bord du chemin, mais sa silhouette est gravée dans sa mémoire. Le snack-bar Chez Stella, toujours flanqué du panneau publicitaire qu'il avait remarqué la nuit de leur arrivée. Mais la publicité de Northfire a disparu depuis longtemps. En travers du papier blanchi en lambeaux, quelqu'un a peint VIOLEURS DE PLANÈTE en grandes lettres rouges.

Son regard traverse la route et se heurte à une muraille vert foncé. Si le motel Lulla-Bear est toujours là après tout ce temps, il est profondément enfoui.

– On peut fouiller le snack-bar ? veut-il savoir.

– Mauvaise idée. C'est un des points chauds en ce moment.

– En ce moment ?

– Les anomalies, les zones les plus instables… elles ne restent pas tout le temps au même endroit. Elles se dilatent, se contractent, se retrouvent là où elles n'étaient pas. On ne sait pas pourquoi. Quand on a détraqué cette région, je crois que quelque chose en a profité pour s'infiltrer. Quelque chose dont on ne voit jamais les contours et qui se faufile à travers le monde, à travers nous, avec ses objectifs propres, sa propre échelle temporelle. C'est pareil partout, mais dans le Parc, on le distingue plus clairement parce qu'ici, notre réalité déjà fragile est encore plus amenuisée. Pour cette entité, nous sommes peut-être les anomalies, les brèves déviations, les petites décohérences qui vont et viennent sans signification. Et encore. Elle ignore peut-être tout de notre existence.

Alex ne sait pas quoi répondre.

– Amérie m'a mis en garde à propos du snack-bar il y a un bout de temps, ajoute Michio. Elle m'a dit qu'il suffit d'y passer quelques minutes pour souffrir d'une migraine incapacitante pendant trois jours.

– Elle ne risque pas de s'y trouver, alors.

– On peut vérifier, mais j'en doute. Elle n'a jamais trouvé un seul animal là-dedans. Eux aussi, ils l'évitent. En général, ils ont plus de bon sens que nous. Si on allait jusqu'à l'entrée ? De là, on pourra voir.

Sur les talons de Michio, Alex quitte la route et entre sur le parking du snack-bar. Les grandes fenêtres sont intactes, mais noires de saleté, et les portes grand ouvertes, distordues, ont perdu leurs carreaux. Arrivés devant celles-ci, Michio et Alex regardent à l'intérieur. Il fait trop sombre pour discerner quoi que ce soit. Un son de faible intensité émane de quelque part à l'intérieur ; on dirait le chuintement d'une radio ne captant que des bruits parasites entre deux stations.

– Qu'est-ce que c'est que ça ? demande Alex.

– Je n'en sais rien, mais Amérie dit que c'est ça qui donne mal à la tête.

Alex tend l'oreille, puis lance le nom de sa sœur. Il l'appelle encore, plus fort cette fois. Pas de réponse.

Il ferme les yeux, frappé par le souvenir de ce qu'il a toujours considéré comme le dernier après-midi de son enfance. Il se rappelle être rentré à la maison après ce qu'il avait fait à ce renard, avoir dissimulé son T-shirt taché de sang au fond d'un tiroir de sa commode en attendant de pouvoir s'en débarrasser sans danger. Puis l'agent de police à leur porte, qui leur annonçait que Ben Hewitt était mort avec plusieurs autres personnes sur le site d'extraction. Qui leur commandait – d'un ton doux mais n'admettant aucune objection – de réunir tout de suite leurs affaires indispensables et de se rendre au stade de hockey transformé en abri d'urgence. Une explosion s'était produite à l'extracteur n° 2 et comme la fuite de contaminants n'était pas encore maîtrisée, on évacuait temporairement l'agglomération pour assurer la sécurité de tous. Hébétés, en état de choc, ils firent ce qu'on leur disait, comme leurs voisins, comme tout le monde, sans réaliser pleinement ce qui se passait. Ce n'est que plus tard, dans un motel de Pine Ridge, que la mère d'Alex avait obtenu des détails au téléphone de la bouche d'une employée de l'hôpital. Au moment de l'explosion, son père traversait une passerelle proche d'une cheminée d'évacuation. Lorsqu'une vanne de décharge du pressuriseur avait éclaté et heurté sa tempe, il avait fait une chute de trois étages.

Une page se tourne, inaugurant ce qui aurait dû être la vie d'un autre, mais c'est la tienne.

Alex a compris depuis longtemps pourquoi il crée d'autres mondes, pourquoi il leur invente des règles qu'il laisse s'appliquer jusqu'au bout. Les choses doivent bien avoir un ordre au-delà des événements fortuits qui l'ont amené ici avec sa famille, qui ont tracé l'étrange voie que suit sa sœur, qui ont tué son père. Les petits univers régimentés de son invention ne lui ont jamais fourni de réponse. Cet endroit le fera peut-être.

Il ouvre les yeux et lance :

– J'y vais.

– Attends que je jette un coup d'œil d'abord.

– Non, j'ai besoin de le faire moi-même.

Il franchit le seuil et s'immobilise, laissant à ses yeux le temps de s'habituer à la pénombre. Le sol carrelé, gauchi, taché, parcouru de rides évoquant des vagues figées, est couvert de feuilles mortes, de flaques d'huile et de tessons de verre qui craquent sous ses pas. Il règne une âcre odeur de pourriture. Un filet d'eau s'écoule lentement du toit et à l'endroit où il s'abat sur le sol s'est développé un cercle de mousse vert vif, minuscule île tropicale. Les vedettes américaines disparues qui ornaient les murs ne sont plus que de pâles spectres d'elles-mêmes.

La voici. La banquette sur laquelle il s'était installé avec sa sœur en face de leurs parents, à mille lieues de se douter de ce qui allait faire dérailler leurs vies en un clin d'œil.

Il traverse le plancher. Ses chaussures de randonnée toutes neuves crissent sur le verre brisé. Il s'arrête devant la table et se glisse sur le siège, face au comptoir, à l'endroit exact où il se souvient de s'être assis il y a tant d'années. C'est comme si le temps ne s'était pas du tout écoulé.

Il laisse son regard se poser sur la banquette voisine, là où Claire Foley se rongeait les ongles, morose et solitaire.

Et Amérie. Elle chipotait dans son assiette, juste à côté de lui, quand la trébuche avait traversé leur vie et lorsqu'il avait ramené ses yeux vers sa sœur, elle s'était affalée dans ce coin, la tête contre la vitre, les yeux fermés.

Tout ce qu'ils ont perdu.

Ce qu'il a vécu dans ce restaurant ce soir-là n'a peut-être rien à voir avec Claire. Peut-être qu'ils étaient là par hasard tous les deux et que sa prémonition anticipait le moment qu'il vit en ce moment même. À nouveau assis sur cette banquette du snack-bar Chez Stella, longtemps après la mort de son père, avec une sœur disparue sans laisser de traces, il tourne la tête vers le coin où était installée Amérie. Après un instant d'ahurissement, il réalise que le siège de vinyle beige fendillé est exempt de la poussière qui jonche tout le reste. La cendreuse pellicule blafarde dont la table est couverte a été remuée, elle aussi. Là où un bras, ou un coude, pourrait avoir balayé la poussière, il remarque un espace dénudé évoquant le demi-cercle que laisserait un essuie-glace sur un pare-brise sale.

Quelqu'un s'est assis ici il n'y a pas très longtemps.

Il s'apprête à appeler Michio, mais se ravise et se glisse plutôt à la place d'Amérie. Immédiatement, le chuintement parasite s'interrompt. Le calme absolu qui l'enveloppe lui coupe le souffle.

Claire était là et Amérie, ici. Il y a des années. Ou quelques instants. Qu'est-ce qui pourrait l'avoir ramenée ici ?

Il n'a rien compris. Il n'a jamais rien compris. Amérie n'était pas assise à côté de lui. C'est lui qui était assis à côté d'elle.

Il le voit bien maintenant. Peu importe ce qui s'est passé ce soir-là, cela n'avait rien à voir avec lui. Il n'était qu'un simple spectateur.

Alex se lève de la banquette avec mille précautions et se dirige vers la porte. La lumière du soleil le fait cligner des yeux.

– Amérie était là. Elle est venue au snack-bar.

– Comment fais-tu pour le savoir ?

Une douleur aiguë vrille la tempe droite d'Alex, signe avant-coureur de la migraine prédite par Michio. Il lui décrit les traces qu'il a trouvées dans la poussière. Michio réfléchit.

– Je vais voir.

Il entre dans le snack-bar et revient une minute plus tard.

– Tu as raison. Quelqu'un s'est assis là récemment. J'ai trouvé deux empreintes qui pourraient avoir été laissées par ses chaussures. Difficile de le savoir avec certitude, ou de déterminer dans quelle direction elle est partie d'ici, s'il s'agit bien d'elle. Je vais faire le tour du bâtiment au cas où elle aurait laissé d'autres traces ou des indices. Toi, ne bouge pas. Ça peut être risqué.

– Qu'est-ce que tu veux dire par là ?

– Il vaut mieux que tu restes ici, c'est tout. Je veux dire ici *exactement*. Ne va pas te promener.

– Ce n'était pas mon intention.

– Je reviens dès que je peux.

Avançant avec sa lenteur et sa prudence habituelles, Michio ne tarde pas à disparaître derrière le restaurant.

Alex parcourt la route des yeux. De l'autre côté, quelque chose harponne son regard et le relâche avant qu'il ait même pris conscience de ce qu'il a vu. Il cherche, le cœur pantelant, et le retrouve : perché sur la branche d'un grand pin, pratiquement invisible devant son écorce d'un gris rougeâtre, un hibou l'observe. Alex ignore de quelle espèce il s'agit, mais il est très grand, avec des aigrettes proéminentes et un plumage qui se fond presque parfaitement dans la couleur de l'arbre. Seuls ses yeux – jaunes, calmes, perçants – lui ont permis de le repérer. Au moment où il réalise que c'est le premier animal qu'il aperçoit depuis leur entrée dans le Parc, le hibou quitte son perchoir, s'envole au-dessus de la cime des arbres et disparaît.

Remarquant à quel point sa bouche est sèche, Alex boit à sa bouteille d'eau, puis regarde sa montre. Il ne sait pas exactement depuis combien de temps Michio est parti. Il sent monter un sentiment de panique qu'il contient en prenant plusieurs respirations profondes et en comptant lentement, comme le lui a appris le psychologue il y a quelques années, quand ces crises d'angoisse inexplicables ont débuté.

La peur commence à s'estomper, mais il ne peut s'empêcher de se demander ce qui est arrivé à Michio. Quelque chose a pu mal se passer, le laissant seul, sans savoir comment revenir.

Je n'y arriverai jamais tout seul, a-t-il dit à Michio quand ils se sont rencontrés pour la première fois.

Pourquoi pas ? se demande-t-il maintenant. Amérie le faisait bien, elle. Le *fait* bien.

Il a besoin de bouger, de faire quelque chose d'autre que de rester planté là, impuissant. Il pourrait chercher des indices sur le parking. Il a fait un ou deux pas lorsqu'il entend bruisser quelque chose non loin. C'est Michio qui émerge d'un fouillis de buissons, de l'autre côté du snack-bar.

– Tu en as mis du temps, lance Alex, à la fois soulagé et irrité. As-tu trouvé quelque chose ?

Michio secoue la tête.

– Rien que des empreintes dans la terre, là derrière, mais je ne peux pas affirmer que ce sont les siennes.

Il scrute le visage d'Alex.

– Il s'est passé quelque chose pendant mon absence ?

– Non. Pas vraiment. J'ai vu un hibou.

– Où ça ?

Alex tend le doigt.

– Il s'est envolé par là. Il m'a fait sursauter, c'est tout. Je suis pas très doué pour attendre, en fait.

– Ici, on en prend l'habitude.

– J'imagine. Et maintenant, où on va ?

Il s'aperçoit que Michio regarde derrière lui et se retourne.

Deux personnes marchent sur la route dans leur direction. Un homme et une femme. L'homme porte une carabine en bandoulière.

– Est-ce qu'ils sont… commence-t-il.

– Laisse-moi parler, murmure Michio.

Le couple s'arrête à une dizaine de mètres d'eux. L'homme, barbu, porte une veste de chasse, un jean, des bottes de travail. À la ceinture, un gros couteau dans un étui. La femme, vêtue de la même manière, a noué en queue-de-cheval ses cheveux grisonnants. Ils sont tous les deux vers la fin de la quarantaine, estime Alex. L'homme sourit alors que la femme a les sourcils froncés.

– Eh bien, quelle surprise, jette l'homme à Michio tout en lançant un bref coup d'œil à Alex. Je pensais que vous en aviez terminé ici, professeur Amano. Que vous aviez repris vos esprits et plié bagage pour de bon. À part ça, vous n'avez pas des cours à donner, à cette époque de l'année ?

Sentant Michio se tendre en dépit du ton désinvolte de son interlocuteur, Alex se prépare à encaisser ce qui pourrait suivre.

– On s'en allait justement, laisse tomber Michio.

– Ah bon ? C'est drôle, si je me souviens bien, c'est ce que vous m'avez dit la dernière fois que nous nous sommes croisés ici. Vous vous souvenez de ce jour-là ?

– Je m'en souviens.

– Bien. Très bien. Je croyais que vous aviez peut-être oublié. Parce que nous avions conclu une entente ce jour-là, il me semble. Je me trompe ?

Michio ne dit rien.

– Et votre ami, qui est-ce ? veut savoir l'homme.

– On s'en va, réagit Michio. On vous laisse toute la place.

La femme ricane.

– Je vous ai demandé qui est votre ami, insiste l'homme sans se départir de son sourire. La politesse voudrait que vous nous présentiez.

Comme Michio ne répond pas, Alex s'avance.

– On cherche quelqu'un, admet-il tandis que Michio se raidit à son côté. Je m'appelle Alex Hewitt. Amérie, ma sœur, est entrée ici il y a une semaine ou deux et on est sans nouvelles depuis. Vous l'avez peut-être aperçue.

L'homme et la femme se consultent du regard.

– Nous savons qui elle est, déclare la femme. Nous ne l'avons pas vue. Le mieux que vous puissiez faire serait de rebrousser chemin immédiatement.

– Attends un peu, Jeanne, s'interpose l'homme. Tu sais, je crois qu'une occasion s'offre à nous. À nous tous. Alex, c'est bien ça ? Alex, vous cherchez votre sœur et nous, il y a un endroit où nous voulons nous rendre. Nous pourrions voyager ensemble, nous protéger mutuellement. Votre ami Michio connaît la région comme sa poche, après tout. Mieux que personne, dit-on.

– Ce n'est pas leur place ici, proteste la femme.

– Eh bien, cela pourrait nous donner l'occasion de le leur montrer. De bien nous faire comprendre. Qu'en dites-vous, Alex ?

– Le frère d'Amérie n'avait jamais mis les pieds ici, articule soigneusement Michio. On a terminé nos recherches et il m'incombe d'assurer sa sécurité jusqu'à la sortie du Parc.

– Ne l'appelez pas ainsi, s'indigne la femme en secouant la tête. Ce n'est pas un *parc*. Vous n'avez pas idée de ce que c'est.

– Non, sans doute, répond l'homme avec un haussement d'épaules. Mais ils n'ont pas besoin de comprendre nos activités pour nous venir en aide.

– Vous cherchez le chemin de la grange incendiée, observe Michio à voix basse. C'est votre choix si vous voulez vous y rendre. Laissez-nous en dehors de ça. On a fini, vous ne nous reverrez plus.

– Ouais… j'aimerais tant pouvoir vous croire, soupire l'homme. Le problème, c'est que j'ai une assez bonne idée de vos intentions : continuer vos recherches dès que nous aurons le dos tourné. Vous allez devoir y repenser, professeur. Je croyais que vous aviez saisi le message, contrairement à votre amie Amérie. Ce qui se passe ici, c'est à nous de le décider. Les règles, c'est nous qui les fixons. Vous ne pensiez tout de même pas que nous plaisantions ?

Michio secoue lentement la tête.

– Jeanne et moi, nous nous rendons à la grange incendiée, il nous faut un guide et justement, vous voilà. Quand nous aurons mené à bien ce que nous avons à faire, nous vous escorterons jusqu'à la clôture. Qui sait, peut-être que nous trouverons aussi Amérie et qu'elle se joindra à nous.

Alex sent la colère de Michio sur sa peau comme une sorte de rayonnement. Lui aussi est plein de rage, et d'appréhension. Il se représente son pistolet tel qu'il repose au fond de son sac, non chargé, bien rangé dans son étui. Hors d'atteinte.

Pour ce qui est de sa mère, il a fait ce qu'il pouvait. Elle ne peut pas lui en demander plus. C'est alors qu'il se souvient du renard. Du sang qui éclaboussait sa chemise, ses souliers, les branches de pin nues. De l'expression atterrée de sa sœur quand il était revenu vers elle après avoir commis ce geste.

Lentement, il lève une main qui se veut rassurante, puis fait un pas en avant.

– Je vais avec vous, dit-il à l'homme avant de se tourner vers Michio. Je ne suis pas prêt à partir. Je n'ai pas fini ce que je suis venu faire ici.

Michio ouvre des yeux incrédules.

– Tu fais une erreur, marmonne-t-il. Mais très bien. Allons-y tous ensemble.

– J'aime mieux ça, exulte l'homme. Vous, monsieur Hewitt, vous pourrez continuer à chercher votre sœur et le professeur, lui, veillera sur nous tous. Tout le monde y gagne, il me semble.

Michio assure son sac sur ses épaules et se met en marche sans un seul regard pour Alex qui lui emboîte le pas, suivi de près par l'homme et la femme.

Claire

Les langues officielles de l'île : anglais, hollandais, portugais, atlan. Elle compte une importante population d'origine asiatique, essentiellement composée de descendants des travailleurs chinois et japonais qui ont reconstruit l'ancien système de canaux au dix-neuvième siècle, sous l'égide britannique, et bâti le chemin de fer périphérique.

Les excavations réalisées en vue de ce dernier projet ont mené à la découverte d'une tombe royale renfermant les momies de quatre cents chevaux immobilisés en plein galop ; les célèbres Juments d'Amphitrite sont aujourd'hui exposées au Musée de la Mer.

La relique survivante la plus énigmatique de l'art ancien fut exhumée pendant la construction d'un barrage anti-tempête dans le port d'Astéria ; haute de 10 mètres, elle représente une femme au corps nu, à tête de taureau, tenant une hache. Baptisée la Minautorice, elle réside actuellement au Musée d'antiquités national. Des fragments de vers poétiques inscrits sur une stèle également récupérée dans le port font allusion à la Minautorice ainsi qu'à un labyrinthe au centre occupé par un monstre vorace. Que la femme-taureau soit le monstre lui-même ou bien l'héroïne qui s'aventura dans le labyrinthe pour le détruire, le mystère reste entier.

Reste où tu es, disait le message. *Bientôt.*

Bon. Ça doit pouvoir se faire. En plus d'avoir beaucoup de pain sur la planche pour terminer les mises à jour du guide, elle pourra veiller sur la grue et réfléchir à différentes possibilités. À moins qu'ils ne veuillent l'empêcher de bouger parce que l'opération est irrémédiablement compromise et qu'ils l'aient jetée aux lions. Elle serait bien en peine de nommer un seul membre haut placé de la bande qui l'a envoyée ici : elle ne connaît que leurs pseudonymes. Ils ont peut-être décidé de sauver les meubles. Dont elle ne fait pas partie.

Non. C'est seulement cet endroit, le timbre, les deux transferts manqués de peu. Elle se laisse tomber sur le lit et s'aperçoit soudain que ces dernières heures d'extrême vigilance l'ont épuisée. Elle aimerait bien se lover elle aussi dans un nid, s'y rouler en boule pour une semaine. Ou un an.

Elle se relève d'un bond lorsqu'on frappe énergiquement à sa porte.

C'est le gérant adjoint de l'hôtel, accompagné d'un homme grisonnant à l'expression maussade, en uniforme vert pâle ruisselant de pluie, qui se présente comme un enquêteur de terrain mandaté par le service national de protection de la nature.

Claire observe calmement l'augmentation de son rythme cardiaque, la légère sueur qui perle sur sa nuque. Rien à voir avec la nuit de son arrivée : elle est de nouveau face à l'abîme, mais celui-ci est familier, presque réconfortant. Depuis le temps qu'elle le fréquente.

– Pourriez-vous nous accorder un peu de votre temps ? lui demande à mi-voix le gérant adjoint, comme s'il lui proposait un sujet de discussion déplacé.

Elle s'écarte pour les laisser entrer. Le froid et l'humidité extérieurs qui émanent de l'uniforme dégoulinant de l'agent de protection de la nature rafraichissent la pièce.

– Un membre du personnel d'entretien nous a informés de la présence possible… commence le directeur avant de s'interrompre à la vue de l'oiseau.

L'agent de protection de la nature semble pétrifié d'étonnement lui aussi, mais se ressaisit, traverse rapidement la chambre et tombe à genoux devant la porte-fenêtre.

– Elle est là, souffle-t-il, embuant la vitre. Elle y est vraiment.

Après avoir photographié la grue dans son nid avec une caméra de poche, l'agent se met à griffonner frénétiquement sur un calepin qui a vu bien des intempéries.

– Vous savez ce que c'est ? demande le gérant adjoint à l'agent tout en se maintenant à une distance sécuritaire de la fenêtre.

Ce dernier nomme l'espèce que Claire avait identifiée toute seule. Elle ne s'était pas trompée. C'est bien la poule aux œufs d'or.

– Il n'y en a pas une autre ? lui demande l'agent de protection de la nature. Une deuxième grue qui aurait participé à la construction du nid ? Ou qui lui rendrait visite ?

Claire secoue la tête.

– Je n'en ai pas vu d'autre. Je me suis absentée une partie de la matinée, mais non, je crois qu'elle est seule.

L'agent frotte son menton poivre et sel, incapable de quitter l'oiseau des yeux, et murmure :

– Il doit être arrivé quelque chose à son partenaire. C'est pas bon, ça. Si elle doit s'occuper de ses œufs sans aide, c'est très dommage. Et dans un endroit pareil. Qu'est-ce qu'elle fait ici ?

Il se tourne vers le gérant adjoint.

– On ne peut pas la déplacer en ce moment. Il *faut* qu'elle reste là où elle est.

– Nous serions ravis de vous trouver une autre chambre, madame, offre le gérant à Claire.

Ce n'est que bien plus tard que celle-ci comprendrait que, même si elle ne s'en doutait nullement alors, le tournant décisif s'était produit à cet instant précis.

– Non merci, réplique-t-elle. Je suis très bien ici.

Elle est censée être venue en tant qu'autrice à la recherche de nouvelles anecdotes étonnantes à raconter à propos des lieux qu'elle visite. Personne d'autre dans cette situation ne raterait une occasion pareille. Après un coup d'œil à l'agent, elle ajoute en haussant les épaules :

– Et moi non plus, je n'aime pas qu'on me déplace.

Il la toise froidement, comme s'il cherchait un défaut de caractère irrémédiable pouvant lui servir de prétexte pour lui dire non.

– Il va falloir que j'en parle à mes supérieurs, finit-il par concéder. Je vous interdis de la déranger pendant mon absence. Compris ?

– Je ne me suis pas approchée d'elle.

– Ça veut dire ni bruit, ni musique, ni fête.

– Je ne suis pas venue ici pour faire la fête.

L'agent de protection de la nature regarde s'obscurcir la lumière de l'après-midi. Un autre orage se prépare.

– Et n'allumez pas d'éclairage non plus, lance-t-il. Je reviens très bientôt.

C'est un avertissement, comprend Claire, plutôt qu'une promesse.

Consciente du besoin de se préparer à un départ subit, elle commence à remplir son bagage à main. Tout en raflant ses affaires dans la salle de bains, elle remonte sa manche pour examiner le timbre dans le miroir.

Il a disparu. La peau est nue comme toujours, sans une marque, sans une trace indiquant qu'il ait jamais été là. Cela signifie-t-il qu'il s'est détaché bien avant l'heure ou qu'il est parvenu à la fin du processus de fusion avec son corps… pour *devenir* son corps ?

Elle n'a pas le temps de se laisser distraire par cette question. Une fois le sac rempli, elle se demande : pourquoi attendre ? Elle a encore la possibilité d'une évasion préventive, de s'extirper de cette situation, de conserver sa liberté au moins quelque temps, quitte à provoquer la fin de son entente avec ceux qui l'ont envoyée ici. Et peut-être même l'abandon de ce gagne-pain.

Claire se dirige déjà vers la porte lorsqu'elle lance un dernier regard à la grue. À sa grande surprise, celle-ci a levé la tête pour l'observer. Elle s'arrête net. Du moins, elle a l'impression qu'elle l'observe. Pas moyen de savoir ce qu'elle voit à travers la vitre, mais elle ne peut s'empêcher de penser que cet oiseau est au fait de sa présence, de ce qu'elle s'apprête à faire, et attend de voir si elle mettra son projet à exécution.

Elle revoit ses mains levées au-dessus des touches du piano, il y a tant d'années. Dans ses oreilles, la voix de sa mère :

– *Prends ton temps, Clarinette. Quand tu seras prête.*

Elle pose le sac près de la porte et retourne s'asseoir au bureau.

Plus tard, on cogne à nouveau, doucement mais avec une lenteur solennelle, faisant preuve d'un soupçon de réticence à la déranger, qui indique à Claire que l'on ne vient pas l'arrêter, finalement.

Le gérant adjoint est de retour, flanqué de l'agent de protection de la nature.

– Mon ministère va établir une cellule ici dès demain matin, annonce l'agent après avoir vérifié que la grue est toujours indemne. Il y aura beaucoup d'allées et venues. Vous devez comprendre qu'il s'agit d'un événement rarissime. Une occasion unique et précieuse. Pour notre pays tout entier. L'endroit qu'elle a choisi pour nicher, comme la désertion ou la mort de son compagnon, contribuent à la rendre extrêmement vulnérable. Tous les risques que cela entraîne, et que vous agissiez comme si vous pouviez prétendre à…

– Voilà pourquoi, l'interrompt le gérant adjoint, nous estimons préférable de vous trouver une autre chambre. Pour garantir votre confort et votre intimité. Demi-tarif, pour vous dédommager, et nous aimerions également vous régaler à nos frais au restaurant de l'hôtel demain soir.

Il n'ignore pas qu'elle travaille pour un éditeur de guides de voyages. Claire secoue la tête en souriant.

– Je reste, affirme-t-elle.

Elle sent déjà vibrer l'essaim qui se prépare à se masser dans cette chambre avant de se disperser à nouveau dans l'éther. Algorithmes, historiques de recherche, serveurs, extraction de données : un ozone d'informations venues de partout et se répandant partout, échappant à son contrôle. Mais ne l'a-t-elle pas déjà largement perdu ?

L'agent de protection de la nature s'esclaffe.

– Rester, mais pour quoi ? Si elle couve un œuf en ce moment, elle ne bougera pas avant au moins trois semaines. D'ici là, vous n'aurez pas grand-chose à voir. Ça n'a pas de sens.

– Je reste, insiste Claire.

– C'est inacceptable, réplique-t-il en fusillant du regard non pas Claire, mais le mur à proximité de son visage.

– Je comprends l'importance que vous lui accordez, puisqu'elle en a autant pour moi, plaide Claire en désignant les notes et les papiers étalés sur son bureau. Partout sur la planète, les gens vont souhaiter en être informés et c'est moi qui vais pouvoir le faire.

– Vous n'allez pas mettre ça sur internet, réagit l'agent. C'est la dernière chose dont nous avons besoin.

– Je n'ai pas dit que j'allais…

– C'est hors de question.

Il se tourne vers le gérant adjoint.

– Votre hôtel n'a pas une politique pour le cas où une chambre ne serait plus un endroit sûr ?

– Oh, euh, c'est possible, il faudrait… balbutie ce dernier.

Claire éclate de rire.

– En quoi cet endroit n'est-il plus sûr pour moi ?

– Pour *elle*, gronde l'agent de protection de la nature.

Puis, après s'être frotté le menton en marmonnant quelque chose dans sa langue, il ajoute :

– Madame, je vous suggère de vous préparer à partir.

C'est ce que je fais, se dit-elle. *J'ai fait ça toute ma vie.*

C'est un autre agent qui se présente à sa porte aux aurores, plus jeune, tiré à quatre épingles et flanqué de deux collègues subalternes. Claire vient de finir son café matinal. Elle se sent prête, plus calme et plus maîtresse de son destin qu'avant même le jour de son arrivée. Bien avant.

– Vous pouvez rester aussi longtemps que vous le souhaiterez, lui annonce le nouveau tout en s'inclinant devant elle. Nous ferons tout pour vous déranger le moins possible, la Messagère et vous. Vous n'aurez à vous occuper de rien.

– La Messagère ?

– La grue.

– C'est très gentil de votre part, souligne Claire. Merci.

– Ce n'est pas moi qu'il faut remercier. C'est l'Arahant qui vous y autorise.

Elle reconnaît le terme pour l'avoir lu dans le guide.

– Vous voulez parler de…

– Sa Sainteté. On l'a informé de ce qui s'était produit et il a déclaré que si la Messagère s'est installée ici, dans votre chambre, cela signifie que ce merveilleux événement ne s'adresse pas qu'à nous, le peuple de l'île, mais également à vous, en tant qu'invitée d'honneur de notre nation. Il a donc formulé le souhait que vous restiez.

Bien qu'immobile, Claire se sent propulsée à toute allure dans une autre dimension. Plus moyen de reculer maintenant. Trop tard pour fuir. Quoi qu'il advienne, il ne faudra pas qu'elle oublie qu'aux yeux de ses employeurs, elle n'a jamais été autre chose qu'un bien jetable après usage. Quand tout sera fini, elle risque de découvrir le véritable sens du mot *jetable*.

– Eh bien, je vous prie de remercier l'Arahant pour moi. C'est très généreux de sa part.

– Vous pourrez le lui dire vous-même, madame. Sa Sainteté va venir en personne rendre visite à la Messagère.

Le jeune agent de protection de la nature et ses collègues examinent rapidement la grue, la prennent en photo et griffonnent des notes sans cesser de converser au téléphone, avec excitation quoique à voix basse, parfois en anglais mais le plus souvent dans leur langue douce et sifflante. L'un d'eux demande à Claire la permission de la photographier. Elle refuse.

– Ce n'est pas de moi qu'il s'agit, bredouille-t-elle, étonnée de se sentir rougir.

Lorsqu'ils ont terminé, ils annoncent à Claire que l'Arahant arrivera plus tard dans la journée, s'excusant de ne pouvoir lui donner plus de précisions, l'itinéraire quotidien de Sa Sainteté étant un secret bien gardé. Les agents de protection de la nature prennent alors congé après que leur jeune supérieur s'est incliné devant Claire depuis la porte.

La religion la plus répandue est l'Eshafani (« extinction » ou plus littéralement « souffler une bougie »), réputée avoir été secrètement transmise de génération en génération depuis les premiers habitants qui vénéraient l'océan comme un dieu, à quoi s'est ajoutée l'influence syncrétique d'éléments du christianisme, de l'islam et du bouddhisme. Selon l'un de ses principaux actes de foi, tous les phénomènes sont des vagues dans l'océan infini qu'est le cosmos. Comme elles, chacune et chacun de nous surgit à la vie, et à la conscience, avant de se fondre à nouveau dans la mer qui ne cesse elle-même de déferler, sans limites et sans fin.

Des millions de personnes vénèrent le chef spirituel de cette religion, appelé Arahant (« révélateur des choses cachées ») et considéré comme l'incarnation de l'esprit de la sagesse divine.

L'arrivée suivante, en début d'après-midi, est celle d'une femme d'un certain âge en robe safran, au crâne entièrement rasé.

– Sa Sainteté m'envoie, dit-elle à Claire, préparer sa visite, qu'il aimerait effectuer dans une heure si cela vous convient.

Elle se nomme Alala et joue le rôle de secrétaire des relations publiques de l'Arahant. Il y a dans sa sérénité surnaturelle, ou dans la fermeté stoïque de son regard, quelque chose qui met Claire sur le qui-vive. Elle hésite un instant entre le combat ou la fuite, après quoi ses vieilles habitudes reprennent le dessus ; en trois grandes respirations, elle passe à un état de calme attentif.

– Il faut saluer Sa Sainteté en s'inclinant devant lui, poursuit la visiteuse, mais vous pouvez aussi lui serrer la main si vous le souhaitez. Rien ne vous oblige, à part la politesse, à attendre qu'il parle avant vous.

– Je dois l'appeler comment ? veut savoir Claire. Quand je lui adresserai la parole.

Les yeux de la secrétaire s'éclairent de la même étincelle que ceux du jeune agent.

– Comme il incarne la claire lumière qui imprègne la totalité de l'univers, il faut toujours appeler l'Arahant « Votre Sainteté ».

– *Votre Sainteté.* Bien sûr.

Elle ne voulait pas donner à cet écho un ton sceptique qui cadre mal avec sa couverture. Dans les billets qu'elle rédige pour le blog de son éditeur, elle vante le charme des lieux qu'elle visite dans une prose d'une ferveur dithyrambique. Cette voix qui ne lui ressemble en rien lui sert à cultiver une réputation fleur bleue. Qui irait soupçonner des actes qu'elle a commis une autrice capable de telles envolées ?

Les yeux toujours aussi luisants, la religieuse demande à voir la Messagère avant de s'en aller. Claire la fait entrer. Après avoir regardé la grue couver quelques instants, la visiteuse se détourne de la fenêtre avec un air sombre et tendu, comme si la vue de l'oiseau avait chargé ses épaules d'un fardeau accablant.

– Je ne savais pas qu'elle serait aussi belle, souffle-t-elle. J'ignorais…

Elle s'interrompt, les yeux pleins d'eau.

– Elle est vraiment incroyable, convient Claire.

La femme lui décoche un sourire crispé. À ses yeux, Claire n'est qu'une touriste, une étrangère comme les autres. Parfait, qu'elle continue à le penser.

– Je vais dire à Sa Sainteté que la visite peut commencer.

Ma Clarinette,

J'espère que le cadeau que voici te plaira. Je sais qu'on dirait seulement la moitié d'une pierre ronde cassée en deux, mais sur la face brisée, en regardant bien, tu verras une fine ligne verte au milieu du gris foncé. Ce fil vert est en réalité un organisme vivant : une forme de lichen qu'on appelle cryptoendolithe.

La pierre, je l'ai trouvée ici, au laboratoire principal de la station de recherche. Un principe personnel m'interdit d'extraire des spécimens des endroits que je visite, mais je l'ai enfreint pour cette fois parce qu'on m'a dit qu'elle avait déjà passé plusieurs années sur l'appui d'une fenêtre et que personne ne semblait voir d'inconvénient à ce que je la prenne.

Tu dois te demander comment j'occupe mes journées ici. En fait, je me promène par-ci par-là et je regarde les plantes, les mousses, les lichens et le reste… je prends leurs mesures et je marque leur emplacement tout en guettant les ours polaires d'un œil. Je passe mes soirées en compagnie des autres chercheurs. On joue aux échecs, au poker et au backgammon, on regarde des parties de hockey ou des émissions d'humour sur des vieilles cassettes VHS. Je suis content d'être entouré de gens, mais certains jours je me sens seul quand même. Chaque fois que je passais devant cette fenêtre, je regardais la pierre avec son brin de vie, au milieu du gris de la toundra qui s'étend à perte de vue de l'autre bord de la vitre. Elle me faisait toujours penser à toi. Tu me manques fort fort, ma chouette.

Alors, un peu de science : les lichens sont des colonies formées par la symbiose d'une algue et d'un champignon. Celui-ci diffère des autres parce qu'il vit à l'intérieur des roches.

C'est fascinant, ce don qu'a la vie pour se tailler une place, même dans les endroits les plus inhospitaliers. Les cryptoendolithes poussent juste sous la surface translucide des pierres, où ils trouvent assez de lumière et d'humidité emprisonnée pour permettre la photosynthèse. Quand le climat se détériore, la colonie entre en animation suspendue, littéralement figée, parfois pendant des siècles, jusqu'à ce que les conditions redeviennent favorables à l'épanouissement de la vie.

On pense aujourd'hui que c'est comme ça que la vie a survécu pendant son premier milliard d'années sur terre. Dissimulées dans des cheminées hydrothermiques sous-marines, très loin de l'atmosphère toxique de la surface, les premiers amas de cellules vivantes ont attendu pendant des siècles et des siècles que les conditions aient changé suffisamment pour s'en échapper, commencer à coloniser la planète et, un jour, prendre forme humaine.

Le cryptoendolithe demande peu de soins. Tu n'as qu'à le laisser sur ta table de nuit ou sur une étagère. Il puisera son humidité dans l'air ambiant. Cette pierre est beaucoup plus patiente que moi. J'ai tellement hâte de te revoir.

Embrasse ta maman de ma part.

Plein d'amour,

Papa

Avant, elle emportait cette lettre en voyage, mais à force de la déplier tant de fois pour la lire, elle est devenue trop fragile. De toute façon, elle connaît son contenu par cœur. Elle mettait aussi la pierre dans ses bagages, la tenait sous une lumière et contemplait le mince ruban d'émeraude en pensant à toute la distance parcourue par ce lichen. Tout comme elle, il était loin de son lieu de naissance mais toujours vivant, toujours bien portant. Il ne manquait de rien. Et puis, un jour, elle avait rangé la lettre et la pierre avec le reste de ses affaires. Quand on fait ce genre de travail, on ne peut pas se permettre de s'émouvoir pour un peu de verdure.

L'Arahant, la première personne u'Yoi qu'elle rencontre, est un adolescent d'environ seize ans (les détails qu'a découverts Claire sur sa naissance en l'attendant sont entourés de mystère : on l'a trouvé enfant dans la rue, où il survivait seul, et ses parents ne se sont jamais manifestés). Il a la tête rasée comme Alala, la peau très pâle, presque albinique, et une robe de la même teinte rousse que la crête biscornue de la grue. Son menton potelé, duveteux, s'orne d'un bouton bien mûr.

Elle trouve qu'il ressemble énormément à la vedette du spectacle de l'autre soir. Aphro-quelque chose. Impossible. Ou pas ? Une pensée terrifiante lui traverse l'esprit : la représentation continue depuis ce temps, se poursuit tout autour d'elle, elle vient juste de comprendre qu'elle fait partie des acteurs.

La religieuse, Alala, accompagne l'Arahant ainsi que deux autres personnes vêtues de la même manière, un vieux monsieur et une très jeune femme aux beaux yeux placides, au visage défiguré par des brûlures atroces. L'Arahant adresse à Claire un sourire lumineux et s'incline à son tour, sans parvenir à empêcher son attention de divaguer vers la merveille qui l'attend derrière la porte-fenêtre du balcon.

– Je peux ? demande-t-il en anglais avant même d'avoir franchi la porte, avec un accent plus prononcé que tous les gens qu'elle a rencontrés jusqu'ici.

– Je vous en prie, Votre Sainteté.

Elle s'aperçoit que tout ce cirque l'amuse beaucoup plus que de raison. D'un autre côté, elle a jeté la raison aux orties il y a un bout de temps.

L'Arahant se rend à la fenêtre d'un pas étonnamment vif et agile pour un gamin en robe longue. Sa suite se poste à quelques pas derrière lui. Après avoir passé un long moment à regarder couver la grue sans dire un mot, le jeune homme s'incline lentement devant elle, aussi bas que devant Claire. Quand le regard de celle-ci croise celui, d'un calme inébranlable, d'Alala, son signal d'alarme interne se déclenche à nouveau, mais elle comprend maintenant à quoi elle réagit. Cette femme est prête à donner sa vie pour protéger l'Arahant. Et aussi, très probablement, à tuer pour lui.

– La messagère blanche comme neige, chuchote celui-ci. La lune resplendissant dans l'eau sombre.

Il se tourne à nouveau vers Claire. Ce n'est plus qu'un adolescent cherchant péniblement ses mots.

– Merci, miss Claire, finit-il par énoncer avec difficulté, avant de s'incliner de nouveau. De… d'être là. La première à accueillir la Messagère. Quelqu'un d'autre aurait pu l'effrayer, la faire fuir ou pire.

– Je suis ravie d'avoir pu l'aider, Votre Sainteté.

– Mon pays traverse une période difficile. Nous sommes impuissants à endiguer ce que nous voyons venir. Beaucoup de choses sont en train de changer et il semble que ce ne soit pas pour le mieux. Le peuple perdait espoir. Que la Messagère arrive maintenant… c'est une bénédiction. Miss Claire, votre… votre délicatesse nous…

Il semble avoir du mal avec son anglais limité.

– Je n'ai rien fait du tout, se hâte de répondre Claire. Votre Sainteté, c'est moi qui devrais vous remercier. Vous êtes… vous… bafouille-t-elle à son tour.

À sa grande surprise, le jeune homme éclate de rire.

– Écoutez-nous ! s'écrie-t-il avant de pouffer encore. Des fois, les mots se mettent en travers du chemin, je trouve. Quand j'apprenais l'anglais, je lisais beaucoup. Mes professeurs me donnaient des bandes dessinées américaines pour m'exercer. *Scoubidou. Archie. Les Cabots de l'espace.* Des livres pour enfants aussi. *Le Petit Prince* était mon préféré parce que les mots n'étaient pas difficiles. Le renard qui parle dans ce livre, c'était idiot de ma part, mais je rêvais de l'avoir pour ami. J'aurais voulu qu'il soit réel. J'avais tant d'obligations et tellement à apprendre. Je pouvais me réfugier quelque temps dans ces histoires.

Il lance aux gens de sa suite une grimace pour rire.

– Maintenant, ils ne me laissent plus lire. Mais Alala m'a lu un de vos billets de blog, miss Claire. Vous écrivez bien. Si vous rédigez quelque chose à propos de la Messagère, je suis sûr que vous lui rendrez justice.

– Merci, souffle Claire.

Étrangement, elle sent se relâcher quelque chose en même temps que son pouls s'accélère, comme si elle venait de passer un examen décisif, peut-être même une affaire de vie ou de mort.

– Que va-t-il arriver maintenant, Votre Sainteté ? lui demande-t-elle. À la grue, je veux dire.

– Dans les plus anciennes histoires de notre peuple, la Messagère vient de la lointaine contrée des oiseaux, au-delà de la Montagne tournoyante, près du lieu où le ciel s'unit à la terre, pour nous offrir un don. Cela, nous n'y croyons plus. Ou plus de la même façon. Mais nous continuons d'espérer qu'elle nous donnera… quelque chose de longtemps désiré. Et qu'elle seule peut nous offrir.

– Quelque chose… ?

Claire ne voit pas de quoi veut parler l'adolescent. Sans doute une forme de jargon religieux. Alala s'approche de l'Arahant et lui murmure à l'oreille. Il l'écoute, puis hoche la tête.

– Alala m'apprend que je ne m'exprime pas clairement. Toutes mes excuses. Nous attendons avec espoir que la Messagère accomplisse ce qu'elle est venue faire ici. Les chercheurs qui connaissent ces choses-là me disent que c'est possible. À condition qu'on la laisse tranquille. Vous comprenez, miss Claire ?

– Oui, je vois. Comme elle couve, ce que vous espérez...

– Voilà. Elle est très précieuse, miss Claire. C'est peut-être la dernière représentante de son espèce. Et le temps presse. Elle nous rappelle que tout le monde, chaque être qui... respire sur cette planète, est aussi précieux, une créature dont la vie...

Il s'interrompt, cherchant ses mots.

– Dont l'existence ne peut être celle de personne d'autre.

Claire ignore si l'émotion qu'elle sent monter en elle émane d'elle-même ou de la personne que croit voir en elle ce jeune homme, qui l'examine maintenant avec le même calme troublant que son acolyte. On dirait qu'il regarde *en* elle, comme à travers une fenêtre, un bouillonnement chaotique et sans nom qu'il semble néanmoins reconnaître.

Il se tourne vers sa suite.

– J'aimerais m'entretenir seul à seule avec miss Claire, je vous prie, réclame-t-il brusquement d'un ton autoritaire. Et Alala...

La religieuse lui tend une pièce d'étoffe brodée repliée sur elle-même. Non, Claire comprend maintenant qu'il s'agit d'un livre à la couverture en tissu vert d'eau, orné de spirales et de personnages flottants qu'elle ne reconnaît pas. Après un instant de malaise et d'hésitation, les trois accompagnateurs s'inclinent, puis quittent la pièce et ferment la porte derrière eux. Une idée la frappe un instant : ça y est, ils la tiennent... ce jeune homme au visage de bébé joufflu, c'est son ennemi juré, l'agent chargé de l'arrêter, dont l'orbite a commencé à se resserrer autour d'elle dès l'instant où elle a mis le pied sur l'île.

– Le voyez-vous, miss Claire ? chuchote ardemment l'Arahant, ce qui la met encore plus sur le qui-vive.

– Qu'est-ce que je suis censée voir ?

Elle croit une seconde qu'il parle d'un objet concret caché dans la pièce, comme un micro ou une caméra. Elle réalise qu'elle a oublié de lui donner son titre honorifique, encore que l'aspect officiel de la situation semble s'être dissipé avec la question de l'adolescent. Ils occupent maintenant un espace différent qui déboussole Claire, comme une pièce dont le toit se serait envolé au ciel sans crier gare.

– Elle est chez elle ici, observe le jeune homme. Elle ne s'en ira pas. Telle est sa liberté. Nous n'avons pas de chez-nous. Plus maintenant. Plus personne d'entre nous. Telle est notre liberté, même si cela ne se voit pas.

– Je ne comprends pas.

– Nous n'avons plus beaucoup de temps, poursuit l'adolescent.

Elle ne sait pas s'il parle d'eux deux, ou bien de l'île. L'un et l'autre, peut-être.

– C'est pour *elle* que vous êtes ici. C'est elle que vous êtes venue chercher. Le voyez-vous ?

Sans savoir pourquoi, Claire pense au trafiquant dont elle a pris la relève quand elle s'est engagée sur ce chemin, l'homme plus âgé qu'elle considère comme son mentor et qui lui disait : *Un jour, tu te trouveras dans une situation où ta vie dépendra de ce que tu feras dans les cinq prochaines secondes. Tu peux parier là-dessus. Si tu as vraiment de la chance et que le moment est propice, quelque chose se mettra en place tout seul. Ça sera comme si tu venais de placer le dernier morceau d'un casse-tête que tu cherchais à résoudre sans même le savoir. Sauf que ce casse-tête… c'est toi. OK ? C'est toi. Tout le reste se détachera de toi et tu verras. Les choses pourraient mal tourner quand même, hein, ce n'est pas une garantie magique contre les gaffes, mais pour la première fois, tu comprendras de quoi tu es vraiment capable.*

Pendant chaque contrat, elle a toujours attendu cet instant, espérant le ravir aux circonstances, décrivant des courbes serrées sur une glace hyper mince, s'appuyant sur les facteurs de risque comme on asticote un nid de guêpes avec un bâton. Dans ses pires moments ça-passe-ou-ça-casse, elle a même cru qu'elle y était, mais sans jamais en être sûre.

Enfin, comme l'avait prédit le trafiquant, elle sait.

Elle revoit son chien s'acharner sur un bout de cuir, sortir du jardin à toute allure derrière cette satanée balle insignifiante comme si elle représentait pour lui l'unique, la totalité. Tout ça parce qu'elle l'avait lancée trop fort exprès, pour voir ce qui arriverait. En tout cas, elle a vu.

Un autre souvenir se projette sur son écran intérieur ; il date de deux ou trois ans plus tard, dans ce snack-bar ouvert toute la nuit sur la grand-route. Il se faisait tard, elle était seule, elle ne voulait pas rentrer à la maison parce que sa mère assurait le quart de nuit à l'hôpital et qu'il n'y aurait que Ray. Dès qu'elle franchirait le seuil, elle savait qu'il tapoterait le divan avec une désinvolture soigneusement étudiée pour l'inviter à s'asseoir et à regarder la partie de hockey à côté de lui. Dès qu'elle serait installée, il commencerait à s'approcher, faisant parfois mine de s'étirer en bâillant pour mieux la frôler comme par accident. Il n'avait pas osé aller plus loin. Pas encore.

Non, pas question de rentrer, mais elle n'avait nulle part d'autre où aller.

Une famille était venue s'asseoir autour de la table d'en face. Un garçon d'environ son âge – il fréquentait la même école secondaire, mais son nom lui échappe – et une fille, sans doute sa petite sœur. C'est alors qu'une décohérence avait déferlé sur toute chose comme une vague ; pendant un instant, la fillette avait disparu et les autres avec. Il ne restait qu'une femme assise seule sur cette banquette, une jeune femme aux longs cheveux blond platine, comme la petite fille. Non, *c'était* la petite fille. Plus vieille, ou quand elle le serait devenue. Claire n'était certaine que d'une chose : elle aussi se dirigeait, quoi qu'elle fasse, vers ce lieu - non, ce *temps* - où la jeune femme l'attendait déjà. En espérant quelque chose d'elle ? Non, mais en s'étonnant de la voir, en se demandant qui elle était et ce qui l'amenait. Claire comprit qu'elle aurait beau fuir jusqu'au bout du monde - comme en ce moment, soyons honnêtes -, partout où elle irait, son chemin l'y mènerait.

Puis cela prit fin. La fillette redevint une gamine affalée dans un coin de la banquette de sa famille, les yeux fermés. Son jeune voisin, plongeant ses yeux écarquillés dans les siens, la dévisageait comme si sa vie dépendait de ce qu'elle ferait ensuite. Elle ne le connaissait pas et n'en avait pas la moindre envie. Ce qu'elle venait de voir n'avait aucune importance. Ça ne voulait rien dire. Elle ne laisserait personne la piéger ni lui mettre le grappin dessus. Elle s'était levée, elle était sortie du snack-bar et en arrivant à la maison, voyant Ray ivre mort sur le divan, elle avait cherché son portefeuille et y avait pris un billet de cinquante, sachant que même s'il la soupçonnait, il ne dirait pas un mot, car elle pouvait retourner la situation contre lui aux yeux de sa mère à tout moment. Un billet usé, qui avait beaucoup circulé. Le tout premier dépôt dans le bas de laine de sa liberté.

Elle était partie à fond de train. Comme cet imbécile de chien, comme si c'était une affaire de vie ou de mort. Depuis, elle ne s'est pas arrêtée. Elle mène ce simulacre d'existence qui ne tient qu'à un fil pour punir ceux qui étaient censés la protéger et l'aimer plus que tout, et non la laisser tomber. Peut-être aussi pour se punir elle-même en se jetant sous les roues effrénées qui finiront par la broyer un jour.

– La Messagère est venue pour nous tous, poursuit l'Arahant lorsqu'elle laisse sa question sans réponse. Y compris vous, miss Claire. Mais il y en a qui ne veulent pas d'elle sur cette île. Qui cherchent à lui nuire à cause de ce qu'elle est. Ce qu'elle représente. Et d'autres qui espèrent en tirer profit. Je n'ai jamais compris ces gens-là ni leur façon de penser, mais ils constituent un danger pour elle. Nous avons tellement à perdre. Tout est si… fragile. Alors je vous demande votre aide.

– Que puis-je faire ? demande Claire à sa grande surprise.

– Vous pourrez rester dans cette chambre, dans notre pays, autant de temps qu'il en faudra à la Messagère pour achever sa tâche. J'ai pris les dispositions nécessaires pour que personne ne vous dérange. Mais si quelque chose se passait mal, si la Messagère se voyait obligée de fuir…

Percevant son incompréhension, il sourit.

– Ce que je cherche à dire, c'est que le don qu'elle apporte, nous voulons que ce soit vous qui le preniez. Si les choses en venaient là. Et que vous l'emportiez avec vous. Il existe un endroit sûr, qui n'est pas sur cette île, où un autre membre de son espèce est tenu caché. C'est sans doute l'unique voie. La seule manière d'assurer, un jour, à d'autres que nous, le retour de sa pareille. Porteuse du message qu'ils auront besoin d'entendre.

Claire ferme les yeux. Elle n'est plus dans la pièce. Elle n'est plus nulle part. Ailleurs, la pluie tombe d'un ciel sans fond sur un bouillonnement de vagues grises. Elle rouvre les yeux.

– Votre Sainteté, il faut que je vous dise quelque chose. Si je suis venue ici, c'est pour…

L'adolescent se penche en avant.

– Oui, je sais ce que vous êtes venue faire sur notre île. Et que vous avez des… *compétences* qui pourraient nous être utiles.

Il lui met dans les mains le livre dont s'élève un chaleureux arôme de bois de santal et d'autre chose, un parfum subtil de vent du large qui s'évanouit avant qu'elle puisse l'appeler par son nom.

– C'est pour vous, déclare-t-il. Une dernière tromperie est nécessaire, malheureusement. Ce coffret a été créé à l'image de notre plus vieux texte sacré. À la vue de mon sceau, on ne vous posera pas de questions. Personne ne vous le prendra ou n'osera l'ouvrir tant que vous séjournerez dans ce pays. Le livre dissimulera et protégera le don avant votre départ. Jusqu'à ce que vous le transmettiez à ceux qui l'attendent.

Claire jette un coup d'œil sur la porte. Elle sait que de l'autre côté, Alala est prête à se précipiter dans la chambre au moindre signe.

– Vous ne pourriez pas trouver quelqu'un d'autre ? Pourquoi moi ?

– Si nous faisions cela, répond l'Arahant, vous ne recevriez jamais la réponse à cette question.

– Ces gens qui m'attendent. Comment les trouver ?

– Ils vous trouveront.

Après le départ du jeune homme et de sa suite, elle ouvre le livre, creux à l'intérieur, comme elle l'avait deviné. Une alvéole capitonnée, moelleuse, invitante. Un lieu sûr où dormir, où rêver. Elle se demande quelle différence cela peut faire de sauver la vie d'un seul animal quand des espèces entières disparaissent chaque jour. Puis elle se dit qu'elle aussi n'a qu'une vie, qui vaut sans doute la peine d'être sauvée.

Andros lui écrit d'en bas ce soir-là pour lui demander s'il peut monter la voir. Elle ignore longtemps ce texto. Si longtemps qu'un nouveau message de lui fait vibrer son téléphone.

Comment va-t-elle ?

Elle hésite, finit par répondre.

Très bien.

Et toi ? J'ai entendu parler de la visite de l'Arahant. Wow. On dirait que t'as eu une grosse journée.

En effet.

Ça va si je monte ?

Elle réfléchit un instant. Ouvre l'arrière du téléphone dont elle se servait pour communiquer avec lui, détache la carte, la jette dans la cuvette et tire la chasse d'eau. Après quoi elle se déshabille, ne gardant que sa culotte et son soutien-gorge, et s'assoit au bout du lit pour observer l'oiseau. Comme les lampes de la chambre sont éteintes depuis un certain temps, ses yeux sont déjà bien habitués à l'obscurité.

Cette nuit-là, alors qu'elle vient de calmer suffisamment son tremblement intérieur pour sombrer dans quelque chose qui ressemble au sommeil, des piaillements affolés la font lever d'un bond. Titubant jusqu'à la fenêtre, elle fait glisser la porte du balcon en clignant des yeux pour en chasser le brouillard, juste à temps pour discerner deux événements simultanés : la grue qui s'envole dans un rideau de pluie en battant frénétiquement des ailes et un drone muni d'une caméra qui s'éloigne dans la direction opposée, essuyant un vent contraire, puis franchissant différentes couches d'air instable pour s'abîmer par à-coups dans le chaos liquide des lumières de la ville.

Dans le nid, il reste quelques plumes immaculées ainsi qu'un gros œuf d'une blancheur parfaite.

Claire émerge complètement sur le balcon, s'accroupit dans l'air agité, chargé d'odeurs saumâtres, et glisse prudemment une main dans la construction complexe. L'œuf est là, au cœur du nid, mais n'étant pas encore prête à toucher son nouveau protégé, Claire laisse plutôt sa main reposer sur le fond douillet et absorber la chaleur animale qui se dissipe déjà.

Reyna

Les bagages gisent éparpillés sur toute la prairie. La plupart des valises sont grand ouvertes et leur contenu, répandu dans l'herbe. Reyna les ignore. Elle ne s'arrête que pour s'accroupir devant celles qui sont encore intactes, ouvre leur fermeture à glissière ou leurs loquets, les vide de leurs vêtements, babioles et accessoires de toilettes, fouille jusqu'au fond et dans toutes les poches jusqu'à ce qu'elles soient vides.

Certaines d'entre elles ferment avec un cadenas. D'autres sont en plastique rigide. Celles qu'elle n'arrive pas à ouvrir, elle pose une oreille dessus et écoute, les yeux fermés. Après quelques instants, elle se relève et passe au bagage suivant.

Ce n'est qu'en marchant de l'un à l'autre qu'elle lève les yeux. De l'autre côté de la route, dans un champ de tournesols déjà hauts, se dessine une vaste silhouette déchiquetée qu'elle s'interdit de regarder directement. Plusieurs personnes s'activent autour, dont quelques-unes portent un gilet marqué d'un X jaune qui resplendit quand le soleil tape dessus. Alors que les habitudes de toute une vie la poussent à courir leur offrir son aide, elle se dit que ce qu'ils font ne la regarde pas et se contente d'observer les gens qui passent le plus près d'elle, se frayant un chemin parmi les tournesols, portant des gerbes de bâtons surmontés de rubans blancs effrangés qui claquent dans le vent comme des oriflammes.

Ils gardent constamment la tête baissée vers la terre, comme les bonzes philippins qui pratiquaient la marche méditative dans les rues de son enfance. Elle entend encore, après toutes ces années, la voix douce du moine qui, le jour du décès de sa mère, était venu lui expliquer que lorsqu'un être cher nous quitte, on a parfois l'impression qu'il joue à cache-cache avec nous. Qu'en cherchant bien, on va le retrouver. Et que c'était peut-être possible, à condition de savoir où chercher. Ou comment.

De temps en temps, l'un de ces lents promeneurs ancre dans le sol un bâton coiffé d'un ruban blanc et poursuit son chemin.

Ils ne l'ont toujours pas aperçue. Ils se dirigent dans sa direction, mais n'ont pas encore porté leur attention aussi loin devant. Ils doivent terminer le champ de tournesols avant de traverser la rue pour entamer la prairie.

Elle vide une autre valise, se lève, se hâte vers la suivante. C'est si calme ici. Quelle paix. Le bourdonnement chaleureux, paresseux des abeilles. Ce foisonnement d'herbes et de fleurs, cette profusion de parfums d'êtres vivants. Elle en est reconnaissante. La puanteur de l'incendie lui parvient à peine. Non loin, un bosquet aux petites feuilles rondes et frémissantes murmure quand le vent le traverse, imitant la pluie fine de son pays natal.

Le nom de ce pays-ci, elle l'a entendu, petite, à l'école, voilà des années. Avant de partir vivre au Canada. La maîtresse avait projeté un vieux film devant la classe. La steppe enrubannée de grandes rivières. Des églises aux couleurs vives, coiffées de dômes, comme le palais du sultan dans les *Mille et une nuits*. Des champs de blé agités par le vent sous un ciel gigantesque. Si étrange pour elle à l'époque. Une contrée de contes de fées, et non un endroit réel où des gens existeraient vraiment.

Quand la porte-parole de la compagnie aérienne lui a annoncé que le vol avait été abattu dans cette région, au-dessus de ce pays lointain, ces images lui sont revenues. Le dôme de l'église, la mer de céréales et ses vagues dorées, un avion s'y posant doucement, tel un oiseau las. Avec un petit trou dans l'aile. Un tout petit trou d'où s'échappait un mince filet de fumée et puis, au loin, un homme armé d'une carabine, accompagné d'un chien. Une erreur. C'est ce qu'on lui disait. L'avion était tombé, cela, elle le comprenait, mais tout s'arrangerait bientôt et il ne tarderait pas à rentrer à la maison.

Les gens et leurs bâtons s'approchent toujours. Il faut qu'elle se dépêche si elle veut examiner tous les bagages. La dernière fois qu'il l'a appelée, il lui a dit qu'il avait dû acheter, d'occasion, une deuxième valise où ranger les cadeaux qu'il rapportait pour tout le monde. Elle n'a pas pensé à lui demander quel modèle, quelle couleur. Il pourrait s'agir de n'importe laquelle.

La suivante est remplie de vêtements hors de prix. Un veston de soie grise, une cravate bordeaux. Des souliers cirés noirs. *Tu ne me verras jamais en costume de pingouin*, disait-il souvent. Enfin, il n'avait pas protesté quand elle lui avait acheté une nouvelle chemise et un pantalon chic pour ce voyage. Pour qu'il fasse bonne impression en arrivant à l'école. Et aussi un manteau bien chaud, parce qu'elle avait entendu dire qu'au nord de ce pays, il faisait presque aussi froid qu'au Canada. Elle avait hâte de s'asseoir sur la galerie avec lui après son retour, comme avant, le soir ; il lui parlerait de ses aventures, des gens qu'il aurait rencontrés, des choses qu'il aurait vues. Ses yeux lumineux, ses gestes vifs. Son rire à elle. Devant eux, un rideau de pluie fine.

Le vent est de retour, les petites feuilles rondes frémissent.

Elle vide la valise et passe à la prochaine, puis à la suivante, déballant les espoirs, les secrets qu'on leur a si soigneusement confiés. Sous-vêtements féminins de dentelle. Animaux en peluche. Piluliers, médicaments d'ordonnance. L'infirmière en elle s'inquiète de tous ces gens qui ne pourront pas prendre leurs remèdes à temps. Puis elle se rappelle qu'ils n'en auront plus besoin. Bien sûr, elle ne devrait pas toucher ces choses-là, mais elle le fait quand même, sachant que leurs propriétaires comprendraient. Qu'ils auraient fait pareil à sa place. Quelqu'un qui lui tenait compagnie après qu'elle eut appris la nouvelle avait souligné la présence de médecins à bord de l'avion, comme si ça devait lui donner espoir. Des disciples d'Esculape qui se rendaient à un congrès. Un docteur était aussi venu la voir, lui administrer une piqûre, la tenir par la main, lui dire de se reposer. Ça se passait quand, déjà ? Juste avant qu'elle arrive sur cette prairie, sauf qu'elle ne sait plus comment elle est venue…

Le plus bizarre, c'est que tout de suite après, elle se retrouve à Pine Ridge, au lit, dans la maison où ils s'étaient installés après avoir été obligés de quitter River Meadows. Il pleut dehors, son mari et sa fille sont à côté d'elle, elle leur dit qu'elle doit y retourner, qu'elle n'a pas encore fini, et sa fille en pleurs lui répond : *Non, non, maman, cet avion est à l'autre bout du monde. Toi, tu es ici avec nous.* Elle voudrait leur dire qu'ils se trompent, qu'elle a trouvé comment se rendre là où il est, mais ils ont disparu, la pluie aussi, et elle est de retour dans le pré.

Reprenant sa tâche là où elle l'avait laissée, elle vide encore une valise de son contenu, puis celle qui est posée tout près.

Puis elle lève les yeux et s'arrête net. Les bâtonniers émergent du champ de tournesols et se rejoignent sur la route. Plusieurs d'entre eux fument. Elle pense qu'ils ne peuvent pas la voir, mais s'accroupit quand même. Un homme de haute taille décrit avec ses bras de lents gestes larges englobant la prairie, qui sera bientôt hérissée de bâtons elle aussi.

Il reste tellement de valises. Elle aurait dû mieux les identifier, il aurait fallu qu'elle adopte un ordre quelconque. Elle n'a plus le temps.

Elle décrit un cercle une fois, deux fois, trois fois, puis elle l'aperçoit. Une forme rectangulaire à l'écart des autres, dans une dépression, près de l'abri qu'offrent les arbres. Elle ne l'avait pas distinguée jusqu'à maintenant parce que sa teinte brun pâle se confond avec leur ombre irrégulière. Comme si elle n'était pas tombée du ciel, mais avait poussé là.

Quelques secouristes avancent droit vers elle. Gardant la tête baissée, elle se précipite vers la valise et tombe à genoux devant.

Elle est grosse. Sans doute plus que toutes les autres. Mais entière. Rien ne l'a touchée. Elle n'a rien de cassé ni d'arraché.

Une imposante libellule bleue est perchée sur l'un des loquets, immobile. Doucement, elle balaie d'une main l'insecte, qui s'éloigne en vrombissant.

La valise n'est pas verrouillée. Les loquets s'ouvrent sans difficulté. Elle soulève le couvercle.

D'abord, un tissu écarlate moucheté d'or aux plis chatoyants. Le drapeau du pays où il était parti étudier la musique.

Elle écarte la mince étoffe fraîche au toucher. Et le voilà.

C'est lui.

Là où il devait se trouver depuis le début.

Recroquevillé avec ses écouteurs, son lecteur de musique à la main. Il a les yeux fermés et un léger sourire, comme s'il était plongé dans un beau rêve. Elle entend monter et descendre une légère vibration de cordes métalliques. La musique lente et majestueuse d'une autre époque, d'un peuple qui l'a attiré si loin de chez lui.

Quand il était petit, il se cachait dans les endroits les plus cocasses. Armoires. Tiroirs. Le fond du panier à linge. Comme il était petit pour son âge, il pouvait se blottir presque partout. C'était leur jeu favori. Son cri étouffé : *Maman, viens me trouver !* Il ne bougeait pas tant qu'elle n'avait pas réussi. Voilà comment, cette fois-ci, elle a su où le chercher, où il aurait l'idée de se tapir quand l'avion a décroché du ciel. Elle s'est dit qu'il penserait à elle et qu'il aurait l'idée de rester caché, sachant qu'elle fouillerait jusqu'à ce qu'elle le découvre.

Il l'a attendue, comme toujours, mais elle a mis si longtemps à le trouver, cette fois-ci, qu'il s'est endormi.

Elle tend doucement la main, lui effleure l'épaule. Il bat des paupières et dès qu'il la reconnaît, tout son visage s'éclaire du sourire en coin matinal qu'elle connaît si bien. Puis ses sourcils se froncent, signe de confusion, et elle devine qu'il se demande s'il rêve encore.

Elle lui prend le bras pour l'aider à s'extirper en chancelant de cet espace exigu, et c'est presque drôle parce qu'il est tellement plus grand qu'elle maintenant, tellement plus fort. Il a même encore grandi, constate-t-elle, depuis son départ de la maison. Il regarde autour de lui, ne sachant trop ce qui se passe ni où ils se trouvent, il fallait s'y attendre ; mais il sourit toujours. *Tu m'as trouvé.* Elle voudrait lui parler, entendre sa voix, son rire, mais ils auront le temps plus tard, que du bon temps, quand ils seront partis de cet endroit et rentrés à la maison. Il faut s'en aller tout de suite, avant que ceux-là débarquent en écartant l'herbe avec leurs bâtons. Ceux qui cherchent des corps, ceux qui en découvrent, ceux qui ne trouvent que des corps et des morceaux de corps.

Elle lui prend la main et ils se mettent à marcher ensemble dans les hautes graminées vers le son de la pluie, tournant le dos à la forme obscure et aux secouristes.

Le soir tombe ; la plupart des secouristes sont rentrés chez eux lorsqu'entre dans le pré un homme d'un village voisin, qui a versé à une personne bien placée une somme importante – qu'il n'a lui-même reçue que la veille – en échange d'un laissez-passer, d'une veste d'intervenant d'urgence et de l'assurance que personne ne lui poserait de questions. Il porte un sac à dos, contrairement aux autres sauveteurs.

Il traverse lentement la prairie, s'arrêtant de temps en temps pour se pencher sur divers bagages et les examiner. Il ne met pas longtemps du tout à trouver ce qu'il cherche : une large besace en toile vert forêt au rabat déchiré par l'accident. Il s'accroupit devant le sac et l'ouvre. L'intérieur est vide. Il fait courir ses doigts sur la doublure interne si particulière, dont le bleu sombre iridescent et l'étrange texture mouchetée correspondent exactement à ce qu'on lui a dit de rechercher.

L'homme jette des coups d'œil à la ronde. Aucun des rares secouristes encore présents sur le site à cette heure tardive ne regardent dans sa direction. Même si c'était le cas, cela ne les concerne pas. L'avion s'est malheureusement retrouvé entre les feux croisés d'un conflit qui n'a rien à voir avec ce que cet homme est venu récupérer. Ce qu'on lui a dit, c'est que l'épave qui fume encore, là-bas, n'est que la plus récente bévue d'une opération qui a déjà subi plusieurs ratés importants. Le pauvre type qui s'est retrouvé à bord de ce vol n'était qu'un remplaçant, recruté à la dernière minute pour mener la mission à bien quand la messagère initiale, prenant le mors aux dents, avait disparu avec un objet beaucoup plus précieux que celui qui gît sur ce sol. Qui qu'elle soit, elle a déjoué la Camarde, mais elle a intérêt à ce que leur employeur commun ne la rattrape pas.

L'homme se défait de son sac à dos et le dépose à côté de lui.

À l'aide d'un grand couteau à lame rétractable, il entreprend de tailler la besace en lambeaux. Lorsqu'il a terminé, il roule soigneusement chaque morceau et l'enfourne dans son sac, sans oublier la bandoulière et ses boucles. Il se lève, regarde autour de lui et repart comme il est venu, refermant sa veste en jean pour se protéger du vent frais qui se lève alors que tombe la nuit. Dissimulée par la pente douce du terrain, une voiture l'attend un peu plus loin sur la route pour le ramener au village.

Alex

Au fond d'un cul-de-sac, dans ce qui était le quartier le plus aisé de Foxhaven, trois maisons à pignons, aux façades de pierre, les regardent à travers les orbites vides de leurs fenêtres. Derrière les résidences abandonnées s'élève un bois principalement composé de sombres épicéas hirsutes et d'épinettes bleu acier. C'est la forêt boréale originelle, celle qui était là avant la ville, avant qu'on n'y taille ces nouvelles subdivisions. Celle où Amérie se lançait dans ses expéditions, où il la suivait, accablé d'ennui, écœuré de devoir surveiller sa sœur.

Michio les entraîne à sa suite sur un sentier grossièrement battu qui se glisse entre deux maisons à travers les hautes herbes. De temps en temps, il s'arrête, penche la tête et tend l'oreille.

– Je m'appelle Daniel, glisse l'homme à Alex lorsqu'ils ont marché quelque temps en silence. Tu n'es pas d'ici, j'imagine.

– On a vécu à River Meadows quand j'étais petit, répond Alex sans se retourner. Mais non, je ne suis pas d'ici.

– Moi non plus, souffle l'homme. Je suis venu chercher du travail il y a plusieurs années. J'étais rempli de colère à l'époque. Ma vie n'avait aucune direction. Aucun but. J'ai fait du mal à quelqu'un que j'aimais, quelqu'un que j'aurais dû chérir et protéger ; alors je me suis sauvé, purement et simplement. Je suis reparti dans l'Est. Mais ce n'était pas bien, alors je suis revenu voir si j'arriverais à corriger la situation. À rattraper ce que ma colère m'avait fait faire. Il s'est avéré que non. Mais ensuite, j'ai rencontré Jeanne. C'est elle qui m'a ouvert les yeux sur le prodige merveilleux qui s'opère ici. Bien sûr, au début, j'étais sceptique, comme la plupart des gens. C'est si facile de ne croire en rien. Je me suis même moqué d'elle. J'étais ignorant à ce point-là. Mais dans la vie, les choses peuvent changer. Évoluer pour le mieux quand on s'y attend le moins. L'existence m'a donné une deuxième chance et je lui en suis sincèrement reconnaissant. La grâce peut venir trouver les gens. Même ceux qui ne la méritent pas. Elle est comme ça.

Michio s'arrête subitement, se retourne, lance à Daniel :

– Il faut que vous arrêtiez de parler.

– Ah bon, pourquoi ?

– Quand on parle, on n'écoute pas. On ne fait pas attention. Si on veut sortir d'ici en un seul morceau, il faut se taire.

Daniel rit doucement.

– OK, professeur. Mais vous vous trompez sur une chose. Ici, ce n'est pas un endroit dont on veut sortir. Bon, on sait très bien que pour l'instant, il n'est pas possible d'y rester bien longtemps. On n'est pas idiots. Mais ça le sera un jour. Un jour, nous serons chez nous ici. Comme nulle part ailleurs. Mais d'accord, je veux bien coopérer avec vous là-dessus.

Il pose un doigt sur ses lèvres.

Ils se remettent en marche, Michio en tête. Daniel se tient coi. Après quelques minutes, Jeanne, qui suit Alex de près, chuchote :

– Votre père, c'était Ben Hewitt, non ?

Alex tourne la tête et sursaute en voyant que Daniel s'est dégagé de la bandoulière de sa carabine, qu'il porte maintenant dans ses bras.

– Oui, répond Alex.

– Je travaillais pour une des autres minières à cette époque-là, lui apprend Jeanne. Pas Northfire. Mais j'ai entendu parler de ce qui leur était arrivé, à lui et aux autres. Mes condoléances.

– Merci.

– C'était horrible, soupire Daniel, mais ils ne sont pas morts pour rien, vous devez le savoir, monsieur Hewitt.

– Qu'est-ce que ça veut dire ?

– Ah, le professeur veut que je me taise. Nous aurons l'occasion d'en reparler plus tard, vous et moi.

Ils escaladent une éminence en forme de dôme, puis, en redescendant, émergent de la forêt sur ce qui reste d'un chemin de gravier. Une palissade de fougères et de salicaires qui leur arrivent à la taille court entre deux profondes ornières. Ils s'arrêtent ici pour se reposer et tout le monde boit un peu d'eau, sauf Daniel qui tient toujours son arme dans les bras, comme un nourrisson.

– Où sommes-nous ? demande-t-il à Michio.

– Avant, c'était une route d'accès au site principal de Northfire, lui explique celui-ci. C'est le plus court chemin pour se rendre à la grange, mais vous allez devoir faire exactement ce que je vous dis.

Jeanne tire de l'une des poches de sa veste une barre protéinée qu'elle dépiaute avant de la casser en deux pour la partager avec Daniel. Lorsqu'ils ont fini de manger, ils penchent la tête ensemble un instant. Daniel inspire profondément.

– Une bonne journée, sourit-il avant d'adresser un signe de tête à Alex. Vous devriez vous restaurer un peu, tous les deux. Vous devez avoir apporté ce qu'il faut dans ces sacs.

– Ça va, le rassure Michio.

– Comme vous voudrez.

Michio reprend la tête de leur cortège. Ils avancent sans mot dire sur la route qui commence à grimper. Lorsqu'ils ont atteint le sommet de la montée, Michio leur impose une nouvelle halte.

– Ça donne chaud, c'est sûr, observe Daniel en portant à son front la manche de sa veste.

Michio s'est accroupi et semble examiner le sol. Alex se demande s'il a trouvé un indice en lien avec Amérie. Il est sur le point de lui poser la question quand la femme chuchote vivement *hé !*

Alex lève la tête. Elle tend le bras vers quelque chose en contrebas, de l'autre côté du talus, à gauche de la route, dans le fossé envahi d'herbes hautes qui longe la forêt. Alex cherche un instant avant de repérer ce qu'elle a aperçu. Une biche à la robe mordorée, mouchetée par l'ombre des arbres, dont la tête monte et descend : elle broute.

Daniel pose un genou à terre et lève sa carabine. Jeanne s'accroupit à côté de lui.

– Ne faites pas ça, souffle Michio.

La biche avance d'un pas en agitant les oreilles et la queue, puis, aux aguets, dresse sa tête effilée. Au même instant, l'arme tire avec une détonation qui fait bondir Alex. La biche s'affaisse, disparaît dans l'herbe.

L'écho du coup de feu s'éloigne au galop dans l'air ébranlé. Daniel se remet debout. Jeanne tend la main, lui agrippe le bras et son visage s'éclaire d'une émotion qu'Alex ne comprend pas.

– Merci, murmure Daniel en baissant la tête.

Michio se relève et vient rejoindre Alex.

– Je m'en vais maintenant, déclare-t-il, l'air déterminé. Tu viens avec moi ?

Sans laisser à Alex le temps de répondre, Daniel l'interrompt.

– Maintenant, c'est vous qui n'écoutez pas, lance-t-il en posant la crosse de la carabine par terre. Je vous l'avais dit, que les choses avaient changé. Les concessions, c'est terminé. Vous allez rester avec nous jusqu'à ce qu'on soit de retour à la clôture. Ce sont les nouvelles règles : plus personne n'entre ici sans la permission de l'Église. Alors on va continuer à avancer bien sagement et si tout va bien, on aura tous ce qu'on veut.

Michio respire bruyamment, les yeux fixés au sol.

– Vous devriez penser à votre sœur, souffle Jeanne à Alex avec une douceur qu'il ne lui connaissait pas encore. Vous savez, c'est peut-être pour ça qu'elle a disparu. Pour vous ramener ici, jusqu'à nous. Sur le coup, on ne voit pas toujours ce qu'il y a de bon dans les mauvais événements. On ne peut que croire et espérer qu'un jour, nous parviendrons à *voir*. À connaître comme nous sommes connus. Cela vous ferait peut-être du bien d'envisager les choses de cette manière.

C'est au tour d'Alex de ravaler son exaspération. De nouveau, il se représente son pistolet au fond de son sac.

Il se tourne vers Michio.

– Désolé de t'avoir mis dans ce guêpier.

– Vous n'avez pas à vous excuser, Alex, se récrie Daniel. Jeanne a raison. Dans certains cas, il faut faire acte de foi.

Michio regarde Alex dans les yeux un long moment. Puis il remonte ses lunettes sur son nez mais cette fois-ci, Alex voit ses doigts trembler.

Ils se remettent à suivre la route, qui descend. Personne ne dit mot. Lorsqu'ils atteignent l'endroit où la biche est tombée, Jeanne quitte le chemin et entre dans l'herbe, s'accroupit, disparaissant à leur vue, puis se relève avec un signe de tête affirmatif à l'intention de Daniel.

– Impeccable, lance-t-elle.

– Marque-la, répond Daniel.

– Pour quoi faire ? s'étonne Michio. Vous ne pourrez pas la sortir d'ici.

– Peut-être pas, reconnaît Daniel. Mais cela signalera aux autres que nous sommes passés par là.

Après avoir regardé autour d'elle, Jeanne casse une branche d'un saule mort, non loin, et plante son extrémité déchiquetée dans le sol. Sortant de son sac un rouleau de ruban rouge fluorescent, elle en lie une bande autour du sommet de la branche et fait un nœud dedans. Puis elle les rejoint sur la route avec un regard insolent pour Michio, comme si elle le mettait au défi d'émettre un commentaire. Michio ne dit rien.

Une demi-heure plus tard, ils s'arrêtent pour se reposer sur un pont en treillis qui enjambe le lit d'un ruisseau à sec et se perchent sur les garde-fous rouillés, Alex et Michio d'un côté de l'étroite travée à une seule voie, le couple de l'autre. La douleur qui vrille la tempe d'Alex s'est changée en aura, sombre scintillement qui danse sous son crâne ; il n'a jamais rien senti de tel auparavant. Le reflet du soleil sur le métal du pont lui matraque les yeux. Il plonge une main dans son sac, cherchant sa bouteille d'eau et le flacon d'analgésiques dont il s'est muni, quand l'homme lève la sienne.

– Un instant, Alex, fait-il. Si vous pouviez poser ça.

– Je veux juste sortir de l'eau.

– Dorénavant, nous partagerons la nôtre avec vous. Nous en avons pris beaucoup, ne vous inquiétez pas. Maintenant posez votre sac par terre. Vous aussi, professeur. Juste devant vous.

Au cas où il n'aurait pas été assez clair, il braque le canon de la carabine vers le sol.

Alex regarde Michio et lit ce qu'il pense dans ses yeux. Il n'y aura pas moyen de dissimuler le pistolet. Il dépose son sac à l'endroit indiqué par Daniel, imité ensuite par Michio.

– Cela fait partie des nouvelles règles, souligne Daniel. C'est comme ça et c'est tout. Jeanne, examine-les, s'il te plaît.

La femme se lève et vient vers Alex et Michio sans les regarder, concentrée sur les sacs. Mais Alex voit bien qu'elle est tendue, prête à tout. Elle s'empare des sacs, les emporte de l'autre côté du pont et commence par vider celui de Michio. Un réchaud de camping portatif, plusieurs paquets d'aliments déshydratés et une trousse de premiers soins font partie des objets qui s'éparpillent à terre, dont plusieurs hors de sa portée. Avec le sac d'Alex, elle fait plus attention, se penche pour palper toutes les poches et fouille minutieusement l'intérieur avant d'en retirer quoi que ce soit.

Elle montre à Daniel la photo d'Amérie qu'Alex a trouvée dans sa chambre.

– Votre fille ? lui demande-t-elle.

– Ma sœur.

– Voilà donc Amérie. Mignonne. Un vrai Petit Chaperon rouge… perdue dans la forêt.

Jeanne sort le carnet imperméable d'Amérie, dont elle scrute un instant la couverture avant de le jeter par terre.

– Qu'est-ce que c'est ? veut savoir Daniel.

– Son journal, je pense.

Daniel tend la main.

– Il faudrait le garder. Pour l'inspecter plus tard.

Il lance un regard à Alex.

– Cela pourrait être intéressant à lire.

– Vous n'avez pas le droit de prendre ça, proteste Alex.

Daniel hausse les épaules, s'excuse d'une inclinaison de la tête et glisse le calepin dans une poche intérieure de sa veste.

– J'ai bien peur que vous n'ayez pas voix au chapitre.

Poursuivant sa fouille du sac, Jeanne pousse un grognement de surprise étouffé avant d'en retirer le pistolet dans son étui avec la pochette de balles.

– Je croyais que vous n'étiez pas d'accord avec ces choses-là, lance Daniel à Michio. Vous saviez que votre petit copain en avait un ?

Jeanne retire l'arme de sa gaine, dégage habilement le magasin, tire sur la glissière, inspecte la chambre de tir. Alex se rend compte qu'elle possède une grande expérience des armes à feu. Bien plus que lui-même n'en a jamais eu ni désiré avoir. Un ami qui s'y connaît lui a choisi ce pistolet, puis lui a brièvement appris à le charger et à tirer.

– Ça aussi, nous allons le garder, décrète Daniel. Nous ne voulons pas avoir de blessés.

Jeanne charge le magasin, puis remet le pistolet dans son étui, qu'elle attache à sa ceinture.

– Allez, on s'y remet, lance Daniel en se relevant. Vos bagages restent ici. Vous pourrez les reprendre au retour.

– On ne passera pas par ici en revenant, proteste Michio.

– Vous n'avez pas voix à ce chapitre-là non plus.

– On pourrait avoir besoin de ce qu'il y a dans ces sacs. Tous autant que nous sommes. Si jamais on n'arrivait pas à sortir avant la nuit.

L'homme pousse un soupir.

– Professeur Amano, vous allez devoir apprendre à faire confiance à la puissance supérieure qui veille à tout.

– *Pas un seul moineau ne tombe à terre...* murmure Jeanne.

– Vous n'aurez pas besoin de ça, alors, réplique Michio en désignant la carabine.

– Mais si, justement, laisse tomber l'homme. Pour l'instant tout au moins. Le moment venu, une fois l'œuvre accomplie, nous pourrons nous en défaire.

Ils se remettent en marche, franchissent le pont et gravissent la pente raide du chemin. De l'autre côté, ils croisent une pancarte fixée à un poteau qui penche. Usé ou peut-être gratté, le message qui s'y lisait autrefois n'est plus qu'une série de marques ressemblant aux hiéroglyphes du monde qui suivra celui-ci.

Juste après la pancarte, Michio fait halte une fois de plus et promène son regard à la ronde en penchant la tête, comme pour s'efforcer de mieux entendre.

– Qu'est-ce qu'il y a ? s'inquiète Daniel.

De sa main levée, Michio demande le silence. Puis hume l'air. Perché dans l'un des arbres qui bordent un côté de la route, un oiseau lance une série de pépiements aigus, rapides, évoquant un tourniquet d'arrosage. Quelque part de l'autre côté, un autre lui répond par le même cri.

Michio fronce les sourcils. Pour la première fois, il semble se demander quelle stratégie adopter. Ils patientent, immobiles, l'oreille tendue, jusqu'au moment où Daniel reprend la parole, à voix basse cette fois.

– Et maintenant, professeur ?

Michio s'accroupit, pose une paume à plat sur la route et conserve cette posture un long moment avant de se relever.

– Il faut quitter le chemin, tranche-t-il.

– Vous êtes sûr ?

– Sûr et certain.

– Je l'espère. Pour vous.

– Vous voulez vous rendre à la grange ? C'est par là qu'il faut passer. Mais en prenant ce parcours, je ne pourrai peut-être pas vous emmener jusqu'au bout, je veux que vous le sachiez. Je vous accompagnerai tant que ce sera sans danger.

– Nous déciderons jusqu'où vous irez. Allons-y.

Tournant le dos à la route, ils s'enfoncent dans le bois. Le soleil est déjà haut dans le ciel et l'air, de plus en plus chaud. Les peupliers immenses offrent un peu d'ombre, mais il y fait plus humide, plus étouffant. Bientôt trempé de sueur, Alex trébuche sur le sol inégal, truffé de racines. Sous son crâne, la douleur est devenue lancinante.

Ils traversent les restes embroussaillés d'une piste en terre battue. Stationné là, un camion à plateforme rouille lentement. La portière du conducteur est restée ouverte comme s'il était juste sorti s'étirer un instant, quelque part dans les environs.

– Elle va où, cette piste ? veut savoir Daniel.

Michio ne répond pas.

– Je vous ai demandé où elle va.

Michio s'immobilise, se retourne vers lui :

– Ça n'a aucune importance. Ce n'est pas là que nous nous dirigeons.

– Il vous serait peut-être utile de comprendre ce que nous sommes venus faire ici, vous savez.

– Je me fiche de ce que vous faites ici.

Jeanne pouffe.

– Pas pour longtemps.

– Jusqu'à maintenant, vous n'avez réussi qu'à tuer des trucs.

Daniel braque sur Michio un regard de glace. Sa main se resserre sur la crosse de son arme.

– Ne vous arrêtez pas.

Ils se remettent en marche, Michio en tête, mais celui-ci avance encore plus lentement qu'avant et s'arrête fréquemment, l'oreille tendue. Durant l'une de ces haltes, Daniel se met à parler, mais Michio lève une main pour le faire taire. C'est alors qu'Alex finit par le percevoir derrière le murmure du vent dans les feuilles. Un bourdonnement grave, quasi inaudible, qui lui rappelle celui qu'il a entendu un jour où, pendant une expédition d'Amérie dans la forêt, ils étaient passés à proximité d'un pylône électrique.

– Ça se déplace, chuchote Michio. Dans notre direction, je crois. Baissez-vous, tout le monde.

– Qu'est-ce que c'est ? s'étonne Jeanne en tournoyant sur elle-même. Je ne vois rien.

– Pas un bruit. Accroupissez-vous et ne remuez plus.

Alex se tapit à côté de Michio. Jeanne fait mine de les imiter, mais constate que Daniel n'a pas bougé.

– Nous devrions sans doute… souffle-t-elle.

– Ne t'en fais pas, lui enjoint Daniel. Vas-y.

Elle s'accroupit près d'Alex. Daniel reste debout.

– *Baissez-vous*, siffle Michio à mi-voix.

Daniel lui jette un regard inexpressif, se penche légèrement et incline la tête, les mains serrées sur sa carabine, mais ne descend pas plus bas.

Alex a beau faire de son mieux pour rester parfaitement immobile, il ne peut s'empêcher de tourner la tête vers le jeu d'ombre et de lumière des feuilles, en périphérie de son champ de vision. Le bourdonnement ne semble venir d'aucun endroit particulier et d'après lui, son volume n'augmente ni ne diminue.

C'est alors que cela s'interrompt. Alex tend l'oreille.

Rien.

Michio reste encore accroupi un instant, puis se lève lentement et tourne sur lui-même avant de pousser un soupir.

– C'est parti. On peut continuer.

Alex et Jeanne se relèvent. Elle lui lance un regard de défi, mais son visage a pâli.

– Comment votre science explique-t-elle cela ? veut savoir Daniel.

– Si vous voulez vous faire tuer, grommelle Michio, ça vous regarde. Mais ne mettez pas le reste d'entre nous en danger.

– Nous refusons de nous dérober à ce qui se passe ici, déclare Daniel avec un sourire serein.

– Alors vous n'avez pas besoin de moi, rétorque Michio en s'éloignant sans laisser à Daniel le temps de répondre.

Ils le suivent en silence quelque temps, puis Daniel rit doucement. De toute évidence, il n'arrive pas à lâcher le morceau.

– Vous êtes sûr de tout connaître, n'est-ce pas, professeur, ironise-t-il. Ce lieu. Ce qu'il signifie. Vous le ridiculisez en l'appelant *parc* parce qu'il vous dépasse et que vous avez peur de ce que vous ne comprenez pas. Vous croyez qu'il suffit de mesurer quelque chose, de le changer en chiffres, pour tout savoir à son sujet. Que votre *science* a une explication pour tout. Vous passez à côté de tant d'aspects, que vous ne voyez ou n'entendez même pas. Il y a ici quelque chose qui nous parle à tous. Quelqu'un.

– *Alors ils entendirent l'Éternel qui parcourait le jardin avec la brise du soir*, souffle Jeanne. *Sa voix ressemblait au bruit des grandes eaux.*

– Vous ne pouvez pas l'entendre, il ne s'adresse pas aux gens qui ont le cœur fermé, pontifie Daniel. Vous ne saurez… jamais…

Il ne termine pas sa phrase. Les arbres ont cédé la place à une vaste prairie clairsemée d'herbe jaune. Au beau milieu, de l'autre côté d'une clôture de fil barbelé à moitié enfouie, se dresse un large bâtiment sombre dont la grande porte d'accès centrale est béante. Les longs murs, le toit pointu, les poutres et les billots, tout semble avoir été noirci par un incendie, mais tient toujours debout. Comme si la bâtisse tout entière avait été la proie de flammes qui se seraient éteintes sans rien consumer.

La grange est entourée de peupliers dont les feuilles frémissent dans l'air faiblement agité.

– Nous y sommes, Jeanne, s'étrangle Daniel. Je te l'avais bien dit.

– C'est vraiment là ?

– C'est là.

Il se défait de son sac à dos et le dépose au sol sans lâcher la carabine. Jeanne se débarrasse de son sac, elle aussi. Ils s'étreignent brièvement, puis se séparent.

– Vous nous avez bien aidés, professeur Amano, convient Daniel. Et vous aussi, Alex. Vous avez rempli vos engagements. Toutefois, nous ne pouvons pas encore vous laisser partir. Comme je le disais, nous allons rester ensemble jusqu'à ce que nous soyons de retour à la clôture.

Michio ne répond pas. Ses yeux ne se détachent pas de la grange.

– Vous m'entendez ?

Michio finit par s'arracher à la contemplation du bâtiment. Il dévisage l'homme comme si la vue d'un autre être que lui-même à cet endroit le stupéfiait.

– J'ai entendu, soupire-t-il.

– Bon, alors je veux que vous traversiez ce fil de fer, là, juste devant nous. Vous aussi, monsieur Hewitt. N'allez pas trop loin. Juste de l'autre côté du fil de fer. Nous vous suivrons de près.

– Alex peut très bien rester ici, plaide Michio. Nous n'avez pas besoin de nous deux.

– En réalité, nous n'avons besoin ni de lui ni de vous. Mais ce n'est pas négociable.

– Ça va aller, assure Alex. Finissons-en.

Après une brève hésitation, Michio marche jusqu'à la clôture et passe par-dessus le fil de fer affaissé, tordu, qui lui arrive aux genoux. Alex lui emboîte le pas, suivi de l'homme et de la femme. La grange lui paraît maintenant beaucoup plus proche. Il estime qu'elle se trouve à moins de trente mètres. Elle a l'air vide, mais il lui est difficile d'en être certain. Tout ce qu'il distingue à l'intérieur, ce sont des lamelles de lumière, là où le soleil brille entre les lattes verticales du mur du fond. Colonnes et madriers calcinés, toiture, tout est parfaitement juste et droit, comme si la grange avait été bâtie hier. Comme si le feu qui a ravagé sa membrure n'avait fait que la durcir, la raffermir.

Quelque chose qui n'a pas de nom est venu au monde ici. Une présence invisible mais très forte s'est installée autour de ce bâtiment, à moins que ce ne soit la bâtisse elle-même, à croire que cette grange n'est pas due à la main de l'homme, qu'elle a toujours été là, bien avant les herbes, les arbres, la terre elle-même, attendant de toute éternité leur arrivée à tous les quatre. Alex serait bien en peine de dire lequel de ses sens le lui révèle. C'en est peut-être un dont il n'avait jamais soupçonné l'existence jusqu'à ce que cet endroit suscite en lui cette réaction. Impossible de mettre un nom sur les indications qui lui parviennent. Tout ce qu'il peut affirmer avec certitude, c'est que la douleur qui lui vrillait la tête a disparu, comme si le sommet de son crâne s'était ouvert au grand air.

Il repense au jour où son père lui avait montré un morceau de minerai, au labo du site d'extraction. Lorsqu'un technicien avait braqué dessus un faisceau de lumière invisible, la pépite s'était mise à émettre toutes sortes de couleurs et il estime toujours n'avoir jamais rien vu d'aussi beau. Il en est encore habité en ce moment, encore plus qu'à l'époque. Cette prairie où il n'avait jamais mis le pied est devenue le centre de tout. Ils sont parvenus, lui et les autres, là où ils devaient venir de toute éternité.

Jeanne remue les lèvres comme si elle parlait tout bas. Daniel, redressé de toute sa hauteur, lève le menton, les yeux fixés sur la grange. Jusqu'à Michio qui semble émerveillé. Ils font quelques pas de plus, puis Daniel déclare :

– Ça suffit.

Michio s'immobilise. Alex manque lui rentrer dedans. Le couple a tôt fait de les rejoindre.

– C'est ici, Jeanne, souffle Daniel. Nous avons réussi.

Jeanne se tourne vers lui, pose une main sur son bras.

– Tu es sûr, Daniel ?

– Tu ne sens rien ? C'était exactement comme ça la dernière fois que je suis venu. Je *savais* que je trouverais ce que nous cherchons.

– Bien sûr que je le sens, réplique Jeanne. Je crois qu'il faudrait attendre, c'est tout.

– Attendre ? Mais quoi ?

– Avant toute chose, il faudrait être sûrs.

Daniel secoue la tête.

– On ne peut s'assurer de rien. C'est fondamental. Tu le sais aussi bien que moi.

Les yeux scintillants de larmes, Jeanne murmure :

– *Parce que tu ne m'as rien refusé, je rendrai ta descendance aussi nombreuse que les étoiles…*

– *… et elle occupera les places fortes de tes ennemis*, complète Daniel. C'est la promesse. Si nous hésitions maintenant, si nous perdions confiance, si nous attendions de *savoir*, ce ne serait pas une véritable épreuve.

Jeanne désigne de la tête Alex et Michio.

– On pourrait commencer par les envoyer, eux. Comme premier essai, avant d'y aller.

– Non, Jeanne. Impossible. Ce n'est pas ça qu'il faut faire. Sinon, cela signifierait que nous n'avons pas la foi.

– Je sais bien. Oui. Oui, tu as raison. Mais…

Elle jette autour d'elle des regards affolés, comme si elle cherchait une porte de sortie.

– Tu as peur et ce n'est pas grave, la rassure Daniel. Je comprends. C'est ce qui m'est arrivé la dernière fois. Je me croyais prêt, mais la peur se cachait encore dans mon cœur. Ma foi n'était pas assez robuste. Mais tu es avec moi maintenant, Jeanne. Sans toi, je ne me serais jamais rendu aussi loin. C'est toi qui m'as montré la voie. Rappelle-toi toutes les prières que nous avons faites ensemble pour que ce jour advienne.

– Je m'en souviens.

– Nous avons ce que nous voulions.

– C'est vrai.

– Voilà.

Daniel la prend par la main.

– Allons-y en même temps. Toi et moi. Ensemble, nous ne pourrons pas échouer.

Jeanne secoue la tête, lui retire sa main.

– Attends, souffle-t-elle. Pas comme ça. Il faut s'arrêter et réfléchir.

Les yeux de Daniel lancent des éclairs de colère.

– Mais réfléchir à quoi ?

– Il faudrait se débarrasser des fusils, se hâte de répondre Jeanne. Pour que l'épreuve soit valable, nous ne devons pas y aller armés. C'est comme tu dis. Pour montrer que nous n'avons pas peur, laissons tout derrière nous et avançons sans crainte. Ainsi nous prouverons notre foi.

Daniel bat des paupières, baisse la tête, fixe le sol. Sa mâchoire remue. Puis il relève les yeux, cette fois vers le ciel.

– *Non par la force des armes, mais par mon Esprit.* Ça aussi, ça fait partie de la promesse. Tu as raison. Il faut tout laisser derrière nous.

– Mais on ne peut pas y aller tous les deux en laissant nos armes ici.

Daniel fronce les sourcils, décoche un regard à Alex et Michio, baisse les yeux sur sa carabine, puis les relève sur Alex et Michio. L'espace d'un horrible instant, Alex le croit parvenu à la solution la plus efficace. Il contracte ses muscles pour bondir sur le fusil lorsque Daniel hoche la tête.

– Non, tu as raison, Jeanne. Je n'avais pas réfléchi. Impossible de les emporter, impossible de les laisser.

Il lui tend la carabine.

– J'y vais le premier, décide-t-il. Et toi ensuite.

– Tu es sûr ? murmure-t-elle avec un soulagement manifeste.

– Certain. J'aurais voulu que ce soit nous deux ensemble. Mais de cette façon, je pourrai te guider. T'aider à affronter ton doute comme tu m'as aidé à surmonter le mien. Nous nous rendons mutuellement plus forts. C'est notre raison d'être.

Il se débarrasse de sa veste, la dépose dans l'herbe et reste un instant immobile, tête baissée. Puis il se met en marche vers la grange d'un pas lent, régulier, décidé, tel un homme qui avance vers l'autel le jour de ses noces.

– Nous avons oublié de prier avant, lui crie Jeanne. Reviens, prions pour demander conseil. On peut demander, il n'y a rien de mal à ça.

À quelques mètres de l'ombre acérée de la grange, Daniel s'arrête une fois de plus et se retourne, les yeux luisants, le visage rayonnant.

– Je t'aime, Jeanne, lance-t-il avant d'entrer dans l'ombre du bâtiment pour se diriger droit vers la porte ouverte.

Ils le voient passer comme une ombre devant les fins traits de lumière. Sa silhouette lève les yeux vers les chevrons du toit, les baisse sur le sol en terre battue. Il décrit lentement un tour sur lui-même, se retrouve face à la porte. Alex a l'impression qu'il ne sourit plus, mais n'arrive pas à lire l'expression de son visage.

Daniel lève une main, envoie un salut à la femme. Ils le voient mettre posément un genou en terre et courber l'échine. Il demeure un instant ainsi, puis se remet debout et reste immobile au même endroit. Aux yeux d'Alex, il semble perdre ses contours, se fondre dans l'obscurité comme s'il faisait maintenant partie de la structure elle-même, noircie par le feu mais toujours debout, immuable. Ou comme si l'intérieur de la grange venait de s'assombrir. Alex ne saurait le dire. D'une manière ou d'une autre, il n'est plus très sûr que l'homme soit encore là. La chaleur du soleil rend très attirante cette ombre épaisse. Vaguement, Alex se rend compte de son désir d'aller s'y perdre. S'y engloutir.

– Daniel, crie la femme. Ça va ?

Pas de réponse. Enfin, après un long moment, ils voient se matérialiser la forme de l'homme qui se dirige vers la porte et émerge dans la lumière du jour. Il a exactement la même apparence qu'au moment où il est entré. L'obscurité ne l'accompagne pas. Rien n'a changé.

Laissant échapper un son qui ressemble à un sanglot étouffé, Jeanne baisse le canon de la carabine, mais Michio ne bouge pas. Alex non plus.

L'homme s'immobilise juste devant la porte. Il regarde le ciel, puis tout autour de lui, comme surpris par ce qu'il découvre à l'extérieur. Son visage revêt une expression pensive, préoccupée. Puis, apercevant la femme, il ébauche un sourire.

– Daniel. Oh Daniel. Rendons-Lui grâce ! s'écrie-t-elle.

L'homme se met à avancer vers elle.

– Il y a quelque chose... murmure Michio à l'oreille d'Alex.

– Jeanne ?

C'est la voix de l'homme qui l'appelle, sauf qu'elle ne sort pas de ses lèvres. Il sourit et marche toujours en direction de la femme, mais sa bouche ne s'est pas ouverte.

– Daniel ? balbutie Jeanne.

– Jeanne, répète la voix.

Alex juge qu'elle vient de la grange. L'homme l'ignore et poursuit sa lente progression vers la femme.

– Marche arrière, glisse Michio à Alex. Tout de suite.

Levant son fusil, la femme se tourne vers eux.

– Pas un geste.

Elle se retourne vers l'homme qui s'approche.

– Comment fais-tu ça, Daniel ?

– Jeanne, je ne te vois pas. Je ne trouve plus la porte.

La voix de l'homme paraît s'amenuiser, s'éloigner.

– Moi, je te vois, Daniel, dit la femme. Je suis là, devant toi. Tout va bien. Je te vois. Continue tout droit.

Encore quelques pas et il pourra la toucher en tendant le bras. C'est alors qu'une autre silhouette surgit de l'obscurité de la grange. C'est Daniel, ou un autre Daniel, les mains tendues devant lui, qui tâtonne comme s'il ne voyait rien.

– Jeanne. Où es-tu ?

Le premier Daniel s'arrête, se retourne, considère un instant son double. Telle une vapeur exhalée, un bouillonnement chatoyant naît dans l'air qui l'entoure ; le tissu vivant qui le compose se raréfie, se contracte, s'affaisse sur lui-même à l'endroit où il se trouve et lorsque cela prend fin, il n'est plus là.

– Daniel ? *Daniel !*

L'homme apparu près de l'entrée de la grange fait quelques pas chancelants, puis s'écroule à genoux. La femme se précipite vers lui, mais s'arrête à un mètre ou deux.

– Daniel, c'est toi ?

Au son de sa voix, l'homme lève la tête et rampe jusqu'au bord de l'ombre de la grange, après quoi le peu de force qui l'a porté jusque-là semble l'abandonner. Il vacille quelque temps. Doucement, sa tête bascule et finit par se poser sur le sol. Le reste de son corps s'effondre peu à peu. Ses yeux ouverts ne voient rien. Un écu de soleil resplendissant glorifie le côté de sa figure tourné vers le ciel.

La femme émet des bruits qu'Alex n'a jamais entendus de sa vie. Elle tombe à genoux, cramponnée à elle-même.

Quelque chose plane maintenant dans l'atmosphère, une tension ou une vibration sonore. Alex ne sait trop s'il la ressent, s'il l'entend ou s'il la perçoit de quelque autre manière. Quelque chose qui s'accumule, qui enfle, qui va se montrer. Alex l'a déjà pensé à maintes reprises, mais cette fois-ci, c'est plus qu'une abstraction : il le sent dans son sang, dans ses os, c'est déjà là, en lui, dans le repos du cœur entre deux battements.

Il va mourir.

Peut-être pas ici. Ni maintenant. Mais un jour, l'être nommé Alex cessera de vivre. Ce sera la fin de tout ce qu'il est, de toute sa connaissance de lui-même. Il ne sera plus. *Rien.*

Michio atteint en quelques pas la carabine que la femme a laissé tomber et la ramasse.

– Venez avec nous, lui ordonne-t-il.

Elle lève vers lui ses yeux creux, son visage baigné de larmes.

– Il faut partir, tout de suite.

Derrière eux, quelque part dans les arbres, un oiseau pousse un cri. En l'entendant, Alex et Michio font volte-face. Lorsqu'ils se retournent, la femme a tiré de son étui le pistolet, qu'elle braque sur Michio d'une main tremblante.

– Qu'est-ce qui lui est arrivé ?

Sans lâcher la carabine, Michio écarte lentement les bras.

– Posez cette arme, souffle-t-il. On pourrait sortir d'ici tous ensemble.

– *Qu'est-ce que vous lui avez fait ?* hurle la femme, entièrement concentrée sur Michio.

Alex se prépare à bondir sur le pistolet.

– On ne peut pas rester ici. Venez avec nous, s'il vous plaît.

Le visage de la femme se décompose. Elle baisse son arme et s'effondre en sanglotant.

Michio ramasse la veste sur l'herbe, à l'endroit où l'homme s'en est débarrassé, plonge une main dans la poche intérieure, en retire le carnet d'Amérie et se tourne vers Alex.

– Partons.

Ils retournent chercher leurs bagages sur le pont. Ils ne se sont pas dit un mot depuis qu'ils ont quitté la femme. Michio est enfermé dans son mouvement, comme emporté.

Ils viennent de passer le pont lorsqu'ils entendent résonner un coup de feu au loin.

Ils se regardent. Ils attendent. Silence.

Ils continuent sans rien dire jusqu'à un endroit où le chemin de terre s'aplatit le long d'une fondrière bordée de roseaux dodelinants. La surface de l'eau est tapissée de potamots vert vif.

Michio s'arrête là, brandit la carabine au-dessus de sa tête et la jette à l'eau. Quand il se retourne vers Alex, ses yeux brûlent.

– C'est de ton arme qu'elle s'est servie, laisse-t-il tomber.

Vers la fin de l'après-midi, dans la lumière poudreuse du soleil qui filtre obliquement à travers les arbres, ils surgissent dans une clairière, face à une grande maison de pierre et de bois rond encerclée de conifères gigantesques. Malgré l'état d'épuisement dans lequel il avance et auquel s'ajoutent à nouveau ses élancements crâniens, Alex remarque ses murs en billots massifs, ses colonnes de pierre, les fenêtres à meneaux de sa façade.

Parvenu sur la vaste véranda, devant la porte d'entrée, Alex dépose son sac, se laisse choir sur l'un des billots fendus de bois poli qui tiennent lieu de bancs et réalise que ses jambes tremblent. Depuis qu'ils ont quitté la grange incendiée, il résiste à l'envie de se mettre à courir sans savoir vers quoi.

– Où sommes-nous, au juste ?

– C'est la résidence d'été que s'était fait construire un gros bonnet de Northfire, explique Michio. Il n'en a pas profité très longtemps. Il nous arrivait d'y séjourner, Amérie et moi, quand on n'arrivait pas à sortir du Parc avant la tombée du jour. Ce n'est pas ici que j'avais prévu que nous passerions la nuit tous les deux, mais nous y serons en sécurité, presque autant qu'à l'endroit que j'avais en tête. Il n'y a jamais eu beaucoup d'activité ici.

– Activité, répète Alex. Voilà comment vous appelez ça ?

Lui qui faisait de son mieux pour ne pas penser à ce qu'il avait vu se produire dans la grange. Pour ne pas se demander si la même chose était arrivée à Amérie.

– Tu as vu ce que signifie *activité*, répond Michio, qui a retrouvé son détachement tranquille. C'est pour cette raison qu'on évite certains secteurs.

– Tu savais ce que ça lui ferait ?

Michio ne répond pas.

La maison n'est presque pas meublée. L'immense salon voûté ne possède ni lampes ni sièges, qu'un plancher de bois nu et une cheminée au manteau de grosses pierres rondes. Dans la salle à manger tout aussi vaste et son coin cuisine, rien qu'une table, deux chaises en bois et une armoire vitrée, vide, où l'on devait ranger la vaisselle. Rien dans les placards sans portes, à l'exception de quelques bidons en plastique dépourvus d'eau.

Dans l'autre pièce du rez-de-chaussée, étude ou bureau, trônent deux fauteuils dont le cuir craquelé s'écaille. Alex sent l'odeur des livres avant même de se rendre compte de leur présence. D'abord accueilli par cet arôme de poussière, d'encre et de parchemin reconnaissable entre tous, il n'aperçoit qu'ensuite les murs tapissés d'étagères qui sont encore, à son grand étonnement, remplies de livres. En temps normal, ceci aurait piqué la curiosité d'Alex ; il aurait voulu examiner leur contenu, lui qui, en rêve, se retrouve souvent dans une maison peuplée d'ouvrages parmi lesquels il cherche sans succès celui qu'il voudrait lire et dont il ignore le titre. Mais à cet endroit-ci, à la fin de cette journée-là, il n'y fait pas plus attention qu'à un mur de briques. C'est peut-être ce que sont en réalité les bibliothèques. Des murs dressés entre nous et la terreur de vivre.

À travers une double porte vitrée à l'autre bout de la pièce, Alex distingue un chemin de pierre menant à une petite dépendance en planches de cèdre à moitié engloutie par des buissons de cornouiller, sans doute un sauna.

Deux matelas minces, roulés et ficelés à l'aide de cordes élastiques, sont appuyés dans un coin avec un grand sac à ordures en plastique.

– C'est ici qu'on va dormir, annonce Michio tout en appréciant le local comme s'ils venaient de prendre une chambre à l'hôtel. Ces portes-fenêtres nous serviront de sortie de secours au besoin.

Après être allé chercher son réchaud de camping portatif, il se met à cuisiner leur repas.

Incapable de rester assis sans rien faire, Alex se retrouve devant les rayons, sur lesquels il découvre des romans policiers ou à suspense, des thrillers, des recueils d'aphorismes inspirants signés par des gourous de la finance, des traités de politique et des biographies de gens célèbres. En retirant un volume sur une tablette au hasard, il constate que ses pages desséchées sont truffées de trous. D'autres créatures qu'eux trouvent ici un abri. Il remet le livre à sa place.

– L'étagère juste à ta droite, souffle Michio. Sur la vie de Churchill.

– Oui ?

– Va voir.

Alex tire sur le livre, derrière lequel se cache une petite flasque de vodka du Canada. Elle est pleine, on dirait qu'elle n'a jamais été ouverte.

– C'est Amérie qui a trouvé ça en explorant une boutique de spiritueux abandonnée. Elle n'y a jamais touché, mais elle s'est dit que ça pourrait servir un jour.

Alex dévisse le capuchon, hume et se prépare à boire une gorgée, mais s'interrompt.

– Tu ne veux pas te joindre à moi, je suppose.

Michio semble sur le point de refuser, puis hoche la tête.

– Je pense que ce jour-là, c'est aujourd'hui.

Ils mangent dans des assiettes en carton le ragoût qu'a préparé Michio avec des légumes déshydratés en sachet. Ça n'a aucun goût, mais Alex le dévore goulûment et dès qu'il a fini, regrette qu'il n'y en ait pas plus. Bien que l'alcool l'ait aidé à se calmer, il a besoin de se remplir de quelque chose pour se rappeler qu'il est toujours en vie.

Le repas terminé, Michio plie les assiettes sales et les fait disparaître dans un sac en plastique. Puis il fait bouillir de l'eau et leur verse à tous deux, dans des tasses de camping en métal, du thé qu'ils boivent assis dans les fauteuils, face aux portes-fenêtres, tels de vieux vacanciers descendus dans un paisible gîte forestier. Ils restent un moment sans parler, puis Alex ne peut s'empêcher de demander :

– La grange incendiée, tu y es déjà allé avec Amérie ?

– Non, mais elle s'y est déjà aventurée seule, lui révèle Michio. Elle dit qu'elle n'est jamais entrée dedans et je la crois. C'est un endroit particulier, habité d'un genre de pouvoir, ça a toujours été clair. On sait que si on y cède, on ne reviendra pas. Tu dois l'avoir senti.

– Effectivement. Je me demandais si elle… tu vois… si elle pouvait s'être laissé emporter.

Michio réfléchit tout en sirotant son thé.

– Pas là. Pas dans la grange. Elle est trop intelligente pour ça.

– Mais peut-être ailleurs ?

– Elle a toujours pris plus de risques que moi. Dès qu'on tombe sur quelque chose de nouveau, qu'on n'a jamais vu auparavant, elle veut tout savoir dessus. S'en approcher et le voir du même point de vue qu'un animal. Sentir le danger, ou la tentation, pour les comprendre, pour apprendre. Je lui disais toujours, si elle trouvait quoi que ce soit sans moi, de revenir m'en parler. De ne pas s'y aventurer toute seule.

– Peut-être qu'elle a découvert quelque chose dans ce genre-là. Quelque chose d'inconnu. Et qu'elle ne t'a pas attendu.

– C'est ce que je crois.

– Alors elle pourrait être vivante. En ce moment, elle pourrait être prise au piège, mais avoir encore une chance de s'en sortir. C'est déjà arrivé quand on était petits. Une fois, elle s'était retrouvée coincée dans la forêt et elle s'était libérée toute seule.

– Je sais. Elle m'a parlé de ce jour-là. Et du renard. Pour ce que ça vaut, je trouve que tu as fait ce qu'il fallait. C'était la seule chose à faire.

– Peut-être, oui. Mais je ne l'ai pas fait pour la bonne raison.

– Est-ce que c'est si important ? Je l'ai dit et répété à Amérie : on ne peut pas les sauver tous. Même elle, elle a fini par devoir l'admettre.

– C'est juste que… je crois que sans moi, elle ne serait pas du tout revenue ici.

Le soleil va bientôt se coucher. Michio quitte le bureau et revient avec un miroir sur pied encadré de chêne, au verre fêlé dans un coin et entièrement moucheté de taches noires.

– On va le garder ici pour la nuit, explique-t-il en l'appuyant contre le mur, juste à l'entrée de la pièce, face au coin salle à manger. Les miroirs semblent dérouter les Visiteurs. Ils prennent racine devant ; peut-être qu'ils se regardent, je ne sais pas. Parfois, ils restent là jusqu'à disparaître.

Après avoir déroulé les matelas par terre, il étale dessus des draps blancs qu'il prend dans le grand sac à ordures, avec une couverture de laine rouge délavée chacun. Alex tire de son sac une lanterne de camping à piles.

– Il ne faut rien allumer après la tombée du soir, l'avertit Michio. La lumière attire les Visiteurs.

– Comme les papillons de nuit.

– Ou les êtres humains.

– Allons-nous monter la garde à tour de rôle ?

– C'est ce qu'on faisait toujours, Amérie et moi, quand on venait ici ensemble. Je vais rester debout pendant les premières heures. Repose-toi.

Après ce dont ils ont été témoins aujourd'hui, Alex ne s'attend pas à dormir. Mais il doit s'être assoupi puisque soudain, réveillé en sursaut, il constate qu'il fait nuit.

Il est couché sur le côté, la joue enfoncée dans le tissu, et sent un froid humide sur son visage, son bras qu'il lève, sa main pleine d'une poudre blanche et cristalline qui lui brûle la paume. Ce n'est pas son drap. C'est de la neige.

Il est allongé sur la neige, quelque part à l'extérieur, dans le noir. Il ne voit plus de murs, ne distingue pas d'horizon. Que des tourbillons de neige grisâtre avec laquelle un vent impétueux sculpte des crêtes et des corniches. Comment est-il arrivé là ? Et il n'a pas pu tomber toute cette neige. Pas cette quantité-là en si peu de temps. Aucune trace de la maison en bois rond. Aucun indice de la direction à prendre.

Il scrute l'obscurité. Au loin, une minuscule silhouette floue avance péniblement vers lui.

Il se lève en chancelant, abrite ses yeux, parvient maintenant à voir un peu mieux. C'est quelqu'un de tout petit qui s'approche et dont les pieds soulèvent de vagues panaches blancs. Non, c'est plutôt une personne de taille normale, mais si éloignée au début qu'il l'a crue microscopique. Cette personne trébuche, se casse la figure, se relève et poursuit tant bien que mal son chemin ; chaque pas la rapproche de lui.

C'est un petit garçon. Après avoir escaladé laborieusement une crête aiguisée comme une lame, il se jette à quatre pattes. Cette fois-ci, il ne se relève pas avant d'avoir redressé la tête et aperçu Alex dans le lointain. Alors il se remet péniblement debout, puis se dirige vers lui. Lorsqu'il est assez proche, il s'arrête et dévisage Alex, la mine perplexe, comme s'il s'attendait à ce qu'il soit quelqu'un d'autre.

Cet enfant est perdu, tout comme lui. Cela, Alex le comprend même s'il ignore complètement qui est ce garçon et d'où il vient.

Il ne faut pas rester là, lui dit Alex. Ce n'est pas un bon endroit.

Aussitôt, le garçonnet s'agrippe au dos d'Alex, qui se fraie un chemin dans la neige avec son si léger fardeau, battant des cils pour se protéger des flocons qui affluent. Cela fait peut-être un instant qu'ils marchent, ou très longtemps, Alex ne sait plus. Tout ce qu'il sait, c'est qu'il doit le faire.

Alors l'enfant lui dit à l'oreille :

Par là. C'est là que je dois me rendre.

Plissant les yeux sous la neige persistante, Alex distingue à peine les branches nues d'un arbre déraciné. Et au-dessus, il ne sait quoi d'autre. Quelque chose qui palpite, comme une lueur dans l'obscurité, qui avance vers eux à travers la neige tourbillonnante. Un petit oiseau noir et blanc.

C'est un rêve, prononce-t-il.

Il se tient au milieu de la salle aux murs tapissés de livres, dans la maison de bois rond.

Il est somnambule. Jamais de sa vie il ne s'est levé ainsi de son lit. D'un autre côté, le Parc ne ressemble à aucun autre endroit de sa connaissance. Qui sait quels effets il peut avoir sur lui ? Et cet enfant, qui était-ce ? Il a beau savoir que ce n'était qu'un rêve, il ne peut s'empêcher de se demander s'il est parvenu en lieu sûr.

Michio n'est pas dans la pièce. Le miroir n'a pas bougé de l'endroit où il l'a mis, dans l'entrée. Et si quelque chose l'avait emporté ? Il avait dit qu'il ne dormirait pas. Il aurait sûrement vu ou senti venir quoi que ce soit. Michio doit être quelque part dans la maison, conclut Alex, ou bien dehors, en train de vérifier le périmètre, comme au snack-bar.

Un choc étouffé lui parvient de l'extérieur. Puis un autre. Accroupi, muselant sa peur, Alex se glisse avec lenteur, le plus silencieusement possible, vers les portes vitrées. Après s'être approché, il aperçoit, tout près de lui, une vague silhouette d'un gris blanchâtre. Un œil.

Il a un brusque mouvement de recul. Un peu en contrebas sur le terrain en pente douce, un animal broute la mousse épaisse qui tapisse les pierres du muret de soutènement bordant la maison. Un orignal ? Non, plus petit que ça, avec un jabot blanc et des bois qui s'étirent vers le ciel comme des mains tendues.

Un renne.

Autour du chalet, la clairière est baignée de lune. Le ruminant ne s'est pas aperçu de sa présence. Tête baissée, il s'applique à se nourrir. C'est sans doute sa ramure, en heurtant un côté de la maison, qui a fait le bruit qu'il a entendu.

Le mercure doit avoir chuté au cours des dernières heures. Le souffle du mammifère jaillit par ses narines, panaches d'un blanc fantomatique dans la fraîcheur automnale. Alex regarde ces galaxies éphémères naître, virevolter brièvement puis s'évanouir sans trahir le moindre agencement révélateur.

Il se demande si cet animal est réel ou s'il fait partie des Visiteurs. Écho ou copie.

C'est alors qu'il aperçoit le reste de la harde, blottie près du bord du terrain. Six ou sept formes spectrales, imprécises, dont le cou descend jusqu'à l'herbe et remonte.

Des rennes des bois. Il les a étudiés au cours de biologie, à l'école secondaire. Espèce menacée d'extinction, même à l'époque. La prof en parlait d'un ton résigné, à croire qu'ils étaient condamnés sans espoir, que leur avenir était déjà tracé, terminé. C'était toujours la même histoire. Un habitat et des sources de nourriture trop gravement perturbés par les activités humaines.

Et puis les humains, en vidant les lieux, les avaient laissés tranquilles.

Tout en regardant brouter les rennes, il se demande comment ils font pour vivre ici. De la même manière que les animaux se sont toujours arrangés pour cohabiter avec nous, bien sûr. En subissant tout sans rien escompter. À leurs yeux, cet endroit terrifiant n'a rien de nouveau ni de différent ; ce n'est qu'une autre des funestes énigmes engendrées par les humains et qu'il faut endurer. Pour eux, le Parc et nous, c'est du pareil au même : une réalité inexplicable, inarrêtable. Une brèche crevant le cœur du monde et qui ne s'en ira jamais.

Le renne s'éloigne de la fenêtre, alléché par une autre plaque de mousse. Pour ne pas le perdre de vue, Alex change de position lui aussi. L'animal doit l'avoir vu ou senti remuer : relevant brusquement la tête, il s'enfuit et disparaît d'un bond dans la nuit, suivi par les autres. Doux tonnerre vite estompé.

C'est à ce moment qu'il comprend, sans savoir pourquoi, qu'il ne reverra jamais sa sœur.

Il entend un bruit, fait volte-face. Michio est de retour dans la pièce.

– Une onde vient de passer, annonce-t-il. Une grosse. Je suis sorti jeter un coup d'œil. Les plus importantes apportent parfois des Visiteurs. Et autres anomalies. Tu as rencontré notre ami cervidé ?

– Ouais, mais je l'ai fait fuir, lui et sa bande. Sans le vouloir.

– Ils n'iront pas loin. Ici, ils se débrouillent beaucoup mieux que nous.

– À mon tour de veiller pour que tu puisses dormir un peu. Je pense que j'ai mon compte pour cette nuit.

– Ça va, je vais m'asseoir avec toi. L'aube sera bientôt là.

Tenté d'argumenter, Alex se ravise. Après avoir rêvé de ce jeune garçon égaré dans un désert de neige, il a bien besoin de compagnie. Et, ce qui est rare pour lui, il désire plus que tout parler avec un autre être humain. Même s'il connaît déjà la réponse, il ne peut s'empêcher de poser la question.

– Elle ne reviendra pas, c'est ça ?

– Non. Je ne crois pas. Désolé.

Alex s'installe dans l'un des fauteuils. Michio met de l'eau à bouillir, puis, lorsqu'elle est prête, remplit deux tasses de thé, en tend une à Alex et prend place en face de lui, dans l'autre fauteuil. Ils passent un moment à savourer leur thé sans rien dire.

– Je n'ai pas été tout à fait honnête avec toi, finit par avouer Michio. Quand on s'est rencontrés, je t'ai dit qu'on était juste amis, Amérie et moi.

– Ah bon, et…

– La dernière fois qu'on est venus ici ensemble, peu avant sa disparition, on a passé la nuit à l'intérieur. J'essayais de la convaincre que c'était de la folie de continuer comme ça. Elle, elle répondait que la folie se trouvait là-bas, de l'autre côté de la clôture. *Nous menons une guerre*, disait-elle, *pour les animaux. Pour nous aussi. Pour l'avenir.* Je lui ai parlé de ma recherche sur les nuages, des progrès que j'avais faits, des choses que je découvrais et qui avaient peut-être autant d'importance. Peut-être même plus. Je soutenais qu'elle pouvait y contribuer, mais elle martelait que c'était dans le Parc qu'elle pouvait faire le plus de bien. On a discuté jusqu'à l'épuisement. On n'allait gagner le débat ni l'un ni l'autre, et je pense qu'on sentait tous les deux que c'était peut-être la dernière fois qu'on se voyait. Je crois que je le *savais* d'une certaine façon, et ça me faisait peur. Je n'avais pas envie de la perdre. Je voulais qu'elle sache à quel point je tenais à elle. Peut-être qu'elle aussi, elle avait besoin de me le signifier.

Il contemple le fond de sa tasse ; Alex sursaute à la vue des larmes qui brillent dans ses yeux.

– Cette nuit-là, nous avons dormi ensemble, conclut-il, puis il regarde Alex avec un petit rire étranglé. Aucun de nous deux ne l'avait vu venir. Le lendemain matin, je suis rentré seul à la maison.

– Et c'est la dernière fois que tu l'as vue ?

Michio hoche la tête. Alex reste sans voix.

– Sauf qu'elle n'est pas morte, finit-il par articuler. Je le sais. Je ne pourrais pas dire comment, mais je le sais. Tu ne crois pas à ça, j'imagine. L'intuition, l'instinct, les tripes, peu importe comment on appelle ça.

Michio hausse les épaules.

– Les tripes disent parfois la vérité bien avant que d'autres indices viennent la confirmer. En général, c'est quand on ne veut pas l'entendre, cette vérité. Et dans certains cas, l'espoir n'est pas qu'une façon de se raconter des mensonges. Parfois, l'espoir repose sur des faits réels.

– Voilà. Elle est vivante et je le sais. Mais pas *ici*. Les membres de cette fameuse Église, ils étaient persuadés que tout ça a un but. Je sais pas, il y a peut-être une autre force en présence.

– Qu'est-ce que tu veux dire ?

– Peut-être que quelque chose devait être accompli. Ou devra l'être. Et que seule Amérie en est capable. Ailleurs, par contre.

Michio réfléchit un instant, puis esquisse un triste sourire.

– S'il y a un besoin, c'est sûr qu'elle va essayer.

– Tu m'as bien dit que tu prenais des notes ?

– Oui, j'archive tout ce qui se passe ici.

– Dis-m'en plus.

Michio se met à parler, Alex l'écoute et une possibilité commence à miroiter dans son esprit. Il n'était pas qu'un simple spectateur au snack-bar, mais un témoin. Il l'est toujours. C'est peut-être à lui maintenant de prendre des notes. De se souvenir. Il mènera à bien son projet sur la décohérence, son jeu de cartes racontant l'histoire de River Meadows, mais ce ne sera plus un jeu. Ou il en fera plus qu'un jeu. Il va travailler avec Michio et aussi parler à l'équipe d'Aditi qui s'occupe de bâtir l'arche, afin de voir s'ils pourraient trouver dans les mondes intriqués de Sikandar une place pour River Meadows, pour ce qu'Amérie y a appris. Et il bâtira son arche à lui, une arche tissée de mots, à laquelle d'autres, un jour, pourront apporter leur fil, leurs bouts de souvenirs. Il ne voit pas encore quelle forme cela prendra, mais il sait qu'il sera question de ce qui est arrivé à sa famille et à cette région, des vies vécues ici, de la fièvre illusoire d'une croissance illimitée, des brèches ouvertes au cœur des choses, des disparitions. Cette histoire qu'il amorce, il n'en saisira sans doute jamais la totalité, mais ne la connaîtra qu'en partie, comme on appréhende un nuage ou une vie, une convergence et un éloignement qui n'ont en réalité ni commencement ni fin.

Carnet imperméable n° 25

6 sept, 13 h 30, au bord de la zone rouge de Northfire

J'ai pris une pie en filature depuis une heure. Sans doute de la nichée du couple reproducteur repéré l'été dernier. Cet oiseau ne va pas bien, je sais pas trop ce qu'il a. Il boitille clopin-clopant en tirant de la queue, près du sol. Pas pris son envol depuis que je l'ai remarqué. Est-ce qu'il s'est retrouvé pris dans un des pièges, ou bien c'est un autre animal qui lui a fait ça, pas la moindre idée.

Cette pie sait très bien que je la suis. Dès qu'elle arrête de bouger, je fais pareil. Elle attend quelques minutes, picore la terre sans conviction, puis se remet en marche. Si elle pouvait, elle se serait déjà envolée, j'en suis certaine. De temps à autre elle vocalise, un bégaiement grave que je n'avais jamais entendu jusqu'ici. Soit elle appelle des membres de son espèce, soit elle cherche à les éloigner.

14 h : L'oiseau s'était recroquevillé, à moitié dissimulé par un bosquet de bouleaux nains en bordure de la zone rouge de Northfire. Il n'avait pas bougé depuis presque vingt minutes et, le croyant épuisé ou peut-être même mort, je me suis approchée pour mieux voir, mais j'ai dû l'effaroucher. Soudain l'oiseau s'est mis à courir en battant des ailes, comme pour s'envoler. Et puis il a disparu.

Tout bonnement volatilisé. D'une seconde à l'autre.

Il faut que j'aille observer ça de plus près. Voir si j'arrive à confirmer mes observations. Il y a ici quelque chose qu'on n'a jamais vu, Michio et moi. Une présence encore plus forte qu'à la grange incendiée, je la sens sur ma peau. Jusque dans mes os. C'est elle qui a emporté la pie, mais où, difficile à dire.

Je sais ce que Michio ferait à ma place. Le choix raisonnable. En bon scientifique, il me dirait que je ne peux plus rien faire pour cet oiseau. Que sa blessure était sans doute un phénomène naturel, que ça fait partie de la vie des animaux. Il avait mal, il avait peur et dans sa souffrance, il a commis une erreur en s'échappant vers quelque chose que normalement, il aurait dû fuir.

Mais cette erreur, c'est moi qui l'ai commise. En suivant cet oiseau, en l'effarouchant quand j'aurais dû le laisser tranquille. Ce qui s'est passé ici, c'est ma faute. Ma responsabilité.

Laisse tomber celui-là, Amérie, me conseillerait mon ami s'il était là. On ne peut pas les sauver tous.

Le livre de pluie

Note du traducteur

Ce récit m'a été livré à l'origine par un oiseau, dans la langue que les animaux nomment *Chuchotis*. La narratrice, une mère corbeau qui furetait sur le terrain de notre station de recherche en quête de nourriture pour ses petits, s'est attardée au point de finir par s'entretenir longuement avec moi. Quand je lui ai demandé si je pouvais enregistrer notre conversation, elle a exprimé son accord après que je lui ai expliqué que mon appareil audiovisuel immortaliserait ses paroles. *Comme les feuilles que marquait la Femme-squelette*, a-t-elle remarqué lorsqu'elle eut bien compris ce que cela signifiait que je copie sa voix. Je lui ai demandé qui était cette Femme-squelette, et c'est alors qu'elle s'est mise à me réciter l'épopée traduite ici par mes soins.

Je connaissais déjà ce qu'il faut de Chuchotis pour converser brièvement et simplement avec diverses espèces aviaires de la région, mais c'était la première fois qu'un oiseau me tenait des propos si longs, si élaborés. Elle se désignait elle-même comme Parleuse, car elle était surtout connue pour ce talent parmi les siens. Afin de compléter l'enregistrement, je me suis servi d'un système de notation rapide que j'avais déjà mis au point pour translittérer les modes d'expression non humains. Malgré les évidentes capacités oratoires de Parleuse, j'ai dû l'interrompre souvent et lui demander à maintes reprises de répéter certains mots ou expressions trop difficiles pour moi, ce dont elle s'acquittait non sans s'impatienter de la lenteur hésitante de mes progrès.

Le jour de sa première visite, elle n'est pas restée longtemps, car elle devait trouver à manger pour ses oisillons, son partenaire ayant récemment été défait au combat par une buse à queue rousse. L'histoire n'était pas encore très avancée lorsqu'elle s'est brusquement envolée. Le lendemain matin, à son retour, Parleuse a repris son récit exactement là où elle l'avait laissé. La troisième et dernière fois qu'elle est venue me voir, nous sommes arrivés très près, je crois, de la fin qu'elle avait en tête pour cette épopée. Elle m'avait laissé entendre qu'elle pourrait m'en dire un peu plus, mais elle n'est jamais repassée à la station. Je pense souvent à Parleuse. Je ne l'ai plus revue et j'ignore ce qui lui est arrivé par la suite.

Durant les semaines et les mois qui ont suivi ses visites, j'ai entrepris de transposer mes notes et l'enregistrement de sa voix en mots humains. Aucune traduction ne rendra vraiment justice à cette œuvre telle que je l'ai vue exécuter, j'en suis parfaitement conscient. Ces trois jours-là m'ont brièvement ouvert une fenêtre sur l'univers tel que le voient les oiseaux. Il n'y a pas de mots pour exprimer la gratitude que j'en éprouve.

Nous estimons, mes collègues et moi, que c'est la première fois qu'un animal non humain offre à un·e scientifique un récit se déroulant à l'époque de l'effondrement environnemental, que les oiseaux appellent les Années ravagées.

Durant les dernières décennies tourmentées qui ont précédé la chute de la civilisation planétaire humaine, notre espèce commençait juste à saisir toute la richesse et la complexité des communications animales. L'humanité avait à peine amorcé un effort systématique pour établir des ponts avec les autres formes de vie douées de sensibilité, à quelques rares exceptions près. Par exemple, nous avons des preuves de la mise en construction d'un projet d'*Arche éternelle* visant à réunir les mondes humain et non humain dans la compréhension mutuelle. Le fait est que nous devons la majeure partie de nos premières tentatives de dialogue inter-espèces au peu de connaissances héritées de cet antique haut fait de la quête de savoir. Une théorie récente veut que le Chuchotis ait été conçu au départ par des scientifiques humains, quelque temps avant les Années ravagées, probablement dans le cadre d'une expérience portant sur l'apprentissage animal. Ce mode de communication embryonnaire a sans doute été enseigné à plusieurs membres d'espèces particulièrement douées pour la parole, perroquets, pies ou corbeaux. À la faveur du chaos qui a suivi l'éclatement des sociétés humaines, le Chuchotis, échappant pour ainsi dire à sa captivité, s'est transmis dans les populations aviaires sauvages, d'où il a fini par gagner d'autres animaux que les oiseaux. Ce qui est assez paradoxal si l'on adhère à la théorie voulant que nos lointains ancêtres humains ont appris à parler en écoutant, puis en imitant les chants des oiseaux et leurs cris.

Parmi les populations animales décimées par les Années ravagées, comme sans doute pour nous à l'époque préhistorique, l'adoption d'une langue commune constituait vraisemblablement la stratégie d'adaptation la plus valable afin d'échapper à l'extinction. Le Chuchotis pourrait avoir servi à favoriser la cohésion du groupe, à diffuser des messages, à faire circuler des avertissements ainsi qu'à rapporter des anecdotes édifiantes d'affrontements passés avec l'ennemi commun de tous les animaux : l'homme. La conclusion qui s'impose s'avère peu flatteuse pour notre image de soi en tant qu'espèce, mais elle saute aux yeux : les animaux n'ont pas adopté une langue commune pour nous parler, mais pour nous survivre.

Parmi les conséquences de ces longs siècles de morcellement et d'isolement, citons la difficulté notoire de l'humanité à maîtriser le Chuchotis et ses dialectes apparentés, alors même que nous amorçons une reprise de notre dialogue interrompu avec les autres formes de vie qui partagent avec nous cette planète si précieuse, si fragile. Puisque l'appareil phonatoire permettant de prononcer nos phonèmes leur fait défaut, la plupart des oiseaux sont incapables de parler nos langues. Avouons-le, il n'est pas beaucoup plus facile pour un être humain de reproduire les trilles, sifflets, gazouillis, hochements de tête et secouements de plumes qui composent le Chuchotis (les mains se substituant très mal aux ailes). Mais si nous voulons collaborer avec les autres êtres vivants pour guérir ce qui demeure si profondément meurtri, c'est à nous qu'il incombe de cheminer dans leur monde. De voir avec leurs yeux, si nous en sommes capables. De parler le Chuchotis et, comme eux, de le laisser nous parler.

Les oiseaux avec qui j'ai communiqué croient que leur langue et l'univers sont nés en même temps, bien avant l'existence de l'humanité. Pour ma part, je ne vais pas débattre ici de cette assertion. Après tout, la conteuse ailée qui m'a fait don de ce récit employait également le mot *Chuchotis* pour désigner les eaux, la terre, le ciel et tout ce qu'ils contiennent. J'avais parfois du mal à établir si ce terme signifiait pour elle la langue, le cosmos ou, pourquoi pas, les deux à la fois.

Cette histoire est-elle vraie ? On peut se poser la question. Ces événements se sont-ils réellement produits tels qu'ils sont décrits par la narratrice ? Au fond, il peut s'agir d'une fable ou d'une parabole, si tant est que les oiseaux éprouvent le besoin ou le désir d'en inventer. Nous l'ignorons encore. La seule réponse possible de ma part consiste à souligner que les anciennes chroniques récemment redécouvertes, comme l'*Odyssée*, les *Pérégrinations vers l'Ouest* ou l'*Épopée de Gilgamesh*, n'ont aucun fondement factuel ; or, pour peu que l'on ait déjà goûté au pouvoir intemporel d'une histoire bien racontée, il ne viendrait jamais à l'idée de quiconque de douter des grandes vérités qu'elles véhiculent sur notre espèce. Quant à savoir *où* ces événements peuvent avoir eu lieu, nous allons devoir laisser cette question sans réponse dans l'immédiat. On sait que durant les Années ravagées, des animaux de diverses biorégions s'assemblaient dans des zones dépeuplées pour se protéger mutuellement. De toute évidence, le « bordeleau » cité dans l'histoire fait partie de ces refuges. Tout ce que l'on peut dire, c'est qu'il a pu et pourrait encore se trouver non loin à l'est des Monts étincelants, au nord-ouest de la masse continentale que l'on nomme à nouveau Île de la Tortue.

Une dernière note au sujet du nom de l'héroïne ailée de cette histoire. En Chuchotis, il suffit de combiner quasi simultanément vocalisations, inclinaisons de la tête, battements d'ailes et autres gestes ou manifestations pour énoncer des phrases compliquées avec une compacité remarquable. La pensée qu'un être humain doit formuler laborieusement, au moyen d'une longue chaîne de mots, un volatile l'exprime presque instantanément, d'une seule « rafale ». Cela s'applique particulièrement aux noms d'oiseaux, et c'est pourquoi j'ai pris le parti de rendre l'interminable chapelet de signifiants « petite-curieuse-bruyante-qui-jacasse-même-pendant-sa-toilette-et-continue-à-poser-des-questions-quand-les-adultes-veulent-dormir » par le bref vocable, infiniment plus simple, de « Piaille ».

* * *

Je suis Parleuse.
Je parle le Chuchotis.
Je le parle avec toi maintenant,
humain,
pour que tu entendes,
que tu te souviennes.

J'irai lentement.
Ouvre grand tes oreilles.

Écoute cette histoire
des Années ravagées
de la pie Piaille,
de la Femme-squelette,
de Jeune-astre
et de leur marche
vers les dents du ciel.
Cette histoire,
nos aïeules l'ont portée,
couvée,
abritée sous leur aile
tout au long des Années ravagées.
Elles nous l'ont apprise.

Elles nous ont raconté ce qu'ont fait les humains
pendant ces années-là
au Chuchotis.
Comment ils ont massacré le Chuchotis[1].

Quand ils ont vu
ce qu'ils avaient fait
les humains ont fabriqué les demi-vivants[2]
et les ont lancés au ciel.
Ils ont envoyé ces minuscules, ces invisibles
demi-vivants
dans la mer des cieux
pour y prendre forme de nuages.

Ils croyaient que ces nuées
apporteraient la pluie,
qu'elles protégeraient la terre du soleil
et guériraient le Chuchotis.

Mais les nuages se sont enfuis
pour vagabonder

1. Outre la langue des oiseaux proprement dite, Parleuse emploie ici le mot *Chuchotis* pour désigner le monde entier, la toile multiforme de la vie dans son ensemble, les eaux, l'air, la terre elle-même ; ce que certains de nos contemporains appellent la grande symphonie des biomes. Pour les oiseaux, presque tout parle et on peut lui parler, même les objets ou les phénomènes que par convention, on ne considère pas comme « vivants ».

2. Je propose « demi-vivant » comme équivalent, médiocre à mon sens, de l'expression – et de la notion – ayant trait, chez les oiseaux, aux engins fabriqués de main humaine, qui semblent posséder certaines caractéristiques du vivant sans être considérés comme des êtres pleinement conscients et éveillés. Véhicules, armes à feu, robots et appareils de communication entrent dans cette catégorie, au même titre, semble-t-il, que certains animaux et humains ignorants du Chuchotis et de leur place en son sein.

à leur guise,
refusant de sauver les humains
de ce qu'ils avaient fait.

Alors la pluie cessa de tomber.
La terre brûla.
Maints animaux périrent.
Maints êtres humains moururent.

Au bout d'un certain temps
il n'est plus resté que le bordeleau,
le dernier lieu vert,
le dernier bon lieu.

Là il y avait de l'eau,
des graines et des baies,
et des en-vies[1] qui rampent
sur la terre et en l'air.
Là, les oiseaux purent vivre.
Purent s'apparier
pour une saison
ou pour la vie.
Purent pondre leurs œufs

1. Employé par les oiseaux comme un substantif, le mot « en-vie » désigne principalement les insectes et autres petits organismes vivants. Dans l'idiome des oiseaux, le terme exact est difficile à articuler en raison de nombreuses subtilités de sens, ce qui m'a obligé à me rabattre à regret sur un équivalent simpliste. Comme nous commençons à le comprendre, les formes de communication complexes propres aux animaux font appel non seulement au son mais au mouvement, au geste, au voisinage et même à l'orientation : la direction qu'indique le bec ou la queue peut changer la signification de la phrase tout entière. Autrement dit, le Chuchotis se danse autant qu'il se parle ou se chante. Sans compter la possibilité qu'il incorpore des signifiants encore plus ténus qui nous échappent complètement, car ils s'adressent à des sens dont nous ne sommes pas dotés.

et s'occuper de leurs petits.
Là, on était à l'abri
des humains
et de ce qu'ils avaient fait.

En ce lieu
en ce temps-là,
disaient nos aïeules,
la pie Piaille
est venue au monde.
Piaille qui s'est rendue
aux confins de la mort
et au-delà,
jusqu'aux dents du ciel.

Même nichée dans l'œuf
Piaille jacassait.
Quand ses parents lui ont chanté
les premières leçons
que tous les parents donnent
à leurs petits avant
qu'ils surgissent de l'œuf,
même alors, Piaille fit
ce qu'aucun oisillon n'avait fait.
Elle répondit à ses parents
du dedans de l'œuf.

Encore oiselette, Piaille
aimait jouer à des jeux
et faire des bêtises
avec ses frères et sœurs.
Elle jouait à cache-cache,
à bondir, à pourchasser

et à d'autres jeux
de son invention
comme : Qui peut s'éloigner le plus
de l'arbre au nid ?

C'était toujours Piaille
qui volait le plus loin.
Elle voulait savoir
ce qu'il y avait au-delà du bordeleau.
Son esprit s'envolait encore plus loin
que ses ailes pouvaient la porter.
Il planait, s'élevait, virevoltait.
Il atteignait
des lieux impossibles à voir.

C'est la grand-mère de Piaille
qui lui parla
des humains.
Piaille croquait ses histoires
comme des baies mûres.
Elle n'en avait jamais assez.
Elle demanda à sa grand-mère :
Les humains, où sont-ils maintenant ?
Est-ce qu'il en reste ?
Sa grand-mère lui répondit
qu'au bordeleau, pas un animal
n'avait aperçu un être humain
depuis des années.

Piaille demanda à son père
s'il avait vu des êtres humains.
Il n'en reste plus,

dit son père à Piaille.
C'étaient des imbéciles,
ils n'ont jamais appris le Chuchotis
et ils sont tous morts.

Piaille rêvait toujours
de rencontrer des êtres humains.
De jour en jour elle grandissait,
déployant ses jeunes ailes
dans les airs.
La plus petite de sa nichée,
elle s'envola du nid
la première.
Prenant des forces,
elle volait de plus en plus loin
chaque jour
jusqu'à ce qu'elle atteigne
les confins du bordeleau.
C'est là qu'elle rencontra les sternes
qui de tous les oiseaux
s'aventurent le plus loin
dans la mer des cieux.

Piaille demanda aux sternes :
avaient-elles aperçu des êtres humains
pendant leurs voyages ?
Pas un seul,
dirent-elles à Piaille.
Les humains ont laissé des objets,
des pancartes à lire
pour signifier qu'ils étaient là.
Les sternes n'avaient pas décelé de signes humains
depuis longtemps.

Ni leurs nombreuses fumées,
ni leurs chemins de terre-morte,
ni leurs rivières
chargées d'un noir poison.

S'il reste des humains,
dirent les sternes à Piaille,
n'y pense plus.
Qu'ils s'éteignent.

Piaille s'effraya
de ce que les sternes lui avaient appris
des choses humaines,
mais les histoires de sa grand-mère
avaient pris leur essor dans son esprit.
S'il vivait encore des humains
il serait bon
de savoir où ils étaient
et ce qu'ils faisaient.

Piaille voulait être
celle qui y parviendrait.
Elle pouvait voler très loin.
Elle pouvait scruter.
Elle pouvait les trouver,
ces créatures terribles,
s'il en vivait encore.

Piaille étant Piaille
ne put tenir sa langue.
Elle fit part à ses frères et sœurs
de son idée
de partir à la recherche des humains.

D'être la première
à les revoir,
à rapporter la nouvelle.

Les frères et sœurs de Piaille s'écrièrent
qu'elle avait de la merde à la place du cerveau.
Les humains, personne ne veut les voir,
lui firent-ils remarquer.
Et sautillant autour de Piaille,
ils imitèrent des bruits humains.
Ba kii kaka waa kouk.
Ils se moquèrent de Piaille.
La traitèrent de baise-frelon.
De caca-volant[1].

À cette époque,
pendant trois saisons de pousse
aucune pluie ne tomba.
Les ruisseaux, les étangs
commençaient à sécher.
Les oiseaux et les animaux
avaient soif,
avaient peur.

Si le bordeleau n'était plus
un lieu vert,
un bon lieu,
où iraient-ils ?

1. Tout subtil qu'il soit, le Chuchotis peut s'avérer un moyen de communication brutal, vulgaire ou même violent. Plusieurs de mes informateurs ailés m'ont révélé – bien que je n'en aie jamais été témoin – qu'un certain mot de Chuchotis ne peut être « prononcé » qu'en arrachant la gorge de l'autre animal.

Un baissoleil
du dernier
fredon des sauterelles[1],
les corneilles donnèrent l'alarme
d'un arbre à l'autre.
L'appel courut
parmi les oiseaux :
on avait vu des humains
non loin de là.

De tout le bordeleau
les oiseaux arrivèrent
à tire-d'aile
et se réunirent,
tous les parleurs désignés
par les tribus et les nations[2].

Ils arrivèrent
au lieu de ralliement

1. Le « baissoleil », qui désigne le couchant ou plus généralement le soir, indique également une direction, dans ce cas-ci l'ouest. L'aube, le matin et la direction Est se nomment « haussoleil ». Quant à la saison nommée « fredon des sauterelles », elle correspond grosso modo à notre mois de miestival.

2. Les oiseaux ont leur propre manière de désigner leurs populations nombreuses et variées. L'une des principales difficultés posées par la traduction du récit de Parleuse consistait à déterminer de quelle espèce elle voulait parler dans tel ou tel cas. En Chuchotis, par exemple, l'aigle à tête blanche, qui se dit approximativement « bâtisseur-des-plus-gros-nids-au-crâne-enneigé », fait partie des plus faciles à identifier par rapport à d'autres. Je ne suis pas sûr d'avoir correctement traduit dans tous les cas les mots-concepts du Chuchotis. L'expression « les tribus et les nations » n'est que mon interprétation, inévitablement anthropocentrique, de la conception propre aux oiseaux de ce qui les distingue les uns des autres.

sous le grand pin solitaire
sur la butte de terre
aux abords du marécage.

Aigle à tête blanche s'installa
sur la plus haute branche
du grand pin solitaire.
Hibou des marais
se posa tout près.
Corbeau se percha
sur une branche nue, noire.

Tous les parleurs se rendirent
au cœur du bordeleau
au grand pin solitaire,
sur la butte de terre
aux abords du marécage.

Crécerelle, faucon, hirondelle,
pluvier, barboteur, poule des neiges,
héron, grèbe, ibis,
cygne, phalarope,
pic-bois, merle noir,
geai bleu, geai gris,
sizerin flammé, viréo, pipit, engoulevent,
fauvette, cassenoix, troglodyte, merle d'eau
et tous les passereaux.

Tu me demandes, humain,
pourquoi les forts ne s'attaquaient pas
aux faibles, aux petits.
Écoute.
Quand le ralliement est sonné,

alors règne le grand traité.
Ni chasser,
ni tuer
ne sont tolérés
lorsqu'un plus grave danger menace.
L'oiseau qui rompt le traité,
on le bannit du bordeleau
et s'il revient on le tue.

Piaille et sa famille se restauraient
dans la prairie d'airelles
dans le cercle de vieux bouleaux
quand l'alarme retentit.
Les humains !
Les humains arrivent !
C'était à Piaille de guetter
le danger depuis la cime des arbres
tandis que ses parents, ses frères, ses sœurs
fourrageaient à leur pied.
Piaille n'aimait pas guetter.
Elle voulait jouer
avec ses frères et sœurs.
Elle détestait rester seule
au sommet venteux
d'un bouleau effeuillé,
aux aguets.

Quand l'alarme retentit
Piaille l'entendit.
Elle rejoignit sa famille d'un coup d'aile
pour les avertir.

Les humains !
On a vu des humains !
Ils approchent !

Cela ne nous regarde pas,
décréta le père de Piaille.
Ton oncle Réfléchit-par-deux-fois
parle au nom de notre clan.
Il va rejoindre le ralliement.
Toi, retourne guetter.

Piaille retourna se poser
sur la cime du bouleau,
secouée par le vent
qui lui ébouriffait les plumes,
qui lui agitait l'esprit.
Elle n'arrêtait pas de penser
aux humains.
Il fallait qu'elle les voie.

Une de ses sœurs volait par là.
Piaille l'appela :
Reste aux aguets, toi. Moi, j'y vais.
Et Piaille fila à tire-d'aile
jusqu'au ralliement.

Piaille arriva
au ralliement des parleurs.
Toute petite, nichée
dans l'herbe haute
qui borde la butte,
personne ne la remarqua.

C'était au tour
de la petite nyctale
Poux-en-masse
de présider au ralliement.

Poux-en-masse attendit que tout soit calme,
puis gonfla ses plumes
et prit la parole.

Les humains
n'étaient pas loin.
Il y en avait deux,
une grande et un petit.
Un animal les accompagnait,
un de ces presque-loups
dont parlent les vieux contes.

Les humains approchaient,
répéta Poux-en-masse,
et atteindraient le lieu de ralliement
quand la lune se lèverait.

Tous les oiseaux se mirent à parler
en même temps
dans une clameur de voix.
Les uns réclamaient que l'on tue
les humains
avant qu'iels fassent un pas de plus.
La meute de loups des monts rouges, envoyons-la
les mettre à mort,
s'écria une mère geai gris
qui avait eu beaucoup d'oisillons

cet été-là.
Ensuite nous dévorerons leur chair,
dit-elle,
et leur sang
nourrira la terre.

Un chœur d'oiseaux reprit son cri.
Tuons-les !
Dévorons leur chair !
Dispersons leurs os !

On débattait toujours quand
Reflet-de-Lune
la grue vénérable
sortit des roseaux,
du peu d'eau
que la chaleur n'avait pas toute évaporée[1].
Elle entra dans le cercle
des oiseaux.
Elle marchait lentement,
sans rien dire,
et tous les parleurs se taisaient,
s'écartant pour la laisser passer.
Reflet-de-Lune vivait seule
parmi les roseaux.
C'était elle la doyenne
de tout le bordeleau.

1. Au long, la grue vénérable était désignée par Parleuse comme « Pareille-à-la-blancheur-lumineuse-de-l'oiseau-des-cieux-reflétée-dans-l'eau ». Cette locution laisse également entendre que cette grue, pense-t-on, existe depuis presque autant de temps que la lune – imaginée sous forme d'oiseau – parcourt le ciel nocturne ; une manière d'honorer son grand âge, sa constance et sa sagesse.

Son regard et son chant
étaient les plus profonds
du Chuchotis.
Dans ces profondeurs
elle percevait des choses
qui n'étaient pas
mais qui seraient plus tard.

Reflet-de-Lune
n'avait pas assisté à un ralliement
depuis maintes vies d'oiseaux,
mais elle est venue ce baissoleil-là,
médusant les oiseaux.
Qu'avait-elle à dire ?

Envoyons les fouilleurs,
conseilla Reflet-de-Lune,
chercher les humains
et les ramener sains et saufs
au lieu de ralliement.

Mes petits crient de faim,
protesta la mère geai gris.
Tout le jour nous chassons,
raclons, creusons et picorons
pour si peu.
Pourquoi discuter avec les humains
quand on a des bouches à nourrir ?
Les humains ne connaissent pas
le Chuchotis aussi bien que nous,
renchérit Aile-de-travers
le pluvier.
Ils ne parlent pas le Chuchotis.

Quand ils ouvrent la bouche
il en sort de la merde.
Tout le monde le sait.

Les humains, en avez-vous déjà vu ?
demanda Reflet-de-Lune.
Leur avez-vous déjà parlé ?

La mère geai gris et le pluvier
se turent.

Les aïeules de mon aïeule
se sont transmis une histoire,
reprit Reflet-de-Lune,
qui remonte à l'époque antérieure
aux Années ravagées.

À cause de ce que les humains avaient fait
au Chuchotis
il ne restait
que deux membres de mon espèce.
Les deux seuls.
Nous, les grues, sommes passées proche
de laisser un silence planer
pour toujours
sur le Chuchotis[1].

Comme disaient mes aïeules,
c'est une humaine
nommée l'Effraie
qui nous a sauvées.

1. Image particulièrement évocatrice de l'extinction d'une espèce.

Elle a sorti notre aïeule,
la dernière de notre espèce,
de notre terre natale
avant la montée des grandes eaux
qui l'ont noyée.
Elle a sauvé les grues
du silence.
Voilà pourquoi
je voudrais laisser venir les humains ;
je leur parlerai, moi.

Quand la lune se leva
Debout-dans-l'air,
le colibri roux
repéra les humains.
Il les conduisit
au cœur du bordeleau,
là où les parleurs
attendaient.

Piaille se dissimulait toujours
dans l'herbe haute.
Elle vit arriver les humains.
Impossibles à manquer
mais difficiles à distinguer,
ils n'avaient pas d'ailes
et marchaient
comme aucun autre animal.

Il y en avait deux.
Une vieille –
sa grand-mère lui expliqua
que les humains appelaient cela une femme –

et un jeune –
ce qu'ils appelaient un garçon.
La femme avait des cheveux pâles
comme un rayon de lune dans le brouillard.
Le garçon était petit
mais il n'avait pas peur.
Il marchait devant la femme
pour la protéger.
Leur presque-loup l'accompagnait.
S'il s'éloignait
des humains
et qu'ils l'appelaient,
il accourait.

Les humains gravirent
la butte de terre.
Tous les oiseaux attendaient
en silence.

Reflet-de-Lune
sortit des roseaux
à la rencontre des humains.
Elle parla aux humains,
leur souhaita la bienvenue
au bordeleau.

Baissant la tête, la femme
répondit
à Reflet-de-Lune,
médusant les oiseaux.
Une humaine qui parlait le Chuchotis.
Elle le prononçait mal,
avec un accent étrange,

mais ses paroles, stupéfiant les oiseaux,
les contraignirent au silence.

Reflet-de-Lune
donna son nom.

La femme
donna son nom
dans sa langue à elle.
Cela ressemblait à
mrii hwitt.

Ce qu'entendant, les oiseaux
se mirent à pépier
de surprise et de ravissement.
Le nom de la femme rappelait
le cri de l'étourneau
lorsqu'il imite le chant
d'autres oiseaux.
Mriihwitt, s'écrièrent les oiseaux.
Mriihwitt. Mriihwitt.

La femme regardait autour d'elle,
ébranlée par ce vacarme.
Alors elle comprit
et dit :

Si mon nom vous amuse,
vous pouvez m'appeler Femme-squelette.
C'est mon titre
là d'où nous venons,
l'enfant de mon fils et moi.

Il signifie que je suis vieille
et que j'ai survécu à beaucoup de choses.

Niche-à-terre, qui parlait
pour les bruants à gorge blanche,
demanda à la femme :
Comment as-tu appris le Chuchotis ?

La femme répondit :
Je viens d'ailleurs.
Je suis restée longtemps perdue
dans le Chuchotis.
Vous avez déjà vu une feuille
happée par un torrent
là où l'eau tourbillonne
sur elle-même ?
Ainsi ai-je été happée
comme une feuille
dans un tourbillon d'eau,
mais ce torrent, c'était le temps.
Quand j'ai enfin réussi à me libérer,
je me suis retrouvée ici
à votre époque.

Les oiseaux ne comprenaient pas.
Comment pouvait-on se faire happer
par le temps,
qui était le nid
constamment fait et défait
du Chuchotis
engendrant toutes choses ?
Ce que disait la femme n'avait aucun sens
mais ils la laissèrent parler.

J'ai rencontré beaucoup d'oiseaux
et d'autres animaux,
dit la femme,
dans des contrées éloignées du bordeleau.
Peu à peu,
en voyageant un peu partout,
en jasant avec beaucoup d'animaux,
j'ai appris le Chuchotis.

Sourcils-de-neige, l'autour des palombes,
prit la parole :
Ce que tu aurais dû apprendre,
c'est à ne pas venir ici.
Vous avez de la chance
qu'on ne vous ait pas déjà tués
et dévorés.
La chair de l'enfant me plairait bien,
à défaut de la tienne
qui semble desséchée, coriace.
Manger l'enfant,
voilà qui terminerait à merveille
ce ralliement.

La femme répondit :
Nous sommes en chemin vers les montagnes,
les dents du ciel
comme vous les appelez, vous les oiseaux,
qui se dressent vers baissoleil.
Le père de l'enfant,
mon fils,
devait nous accompagner.
Une maladie a germé dans ses poumons.

Il est mort avant que nous soyons prêts
à partir.
Il ne reste que nous deux,
mon petit-fils et moi,
dit la femme.
Personne d'autre
n'entreprendrait ce voyage.
Nous avons appris ce que nous avons pu
de Chuchotis,
et maintenant nous souhaitons nous adresser
aux nuages
dans leur langue.
Nous sommes en quête de ces nuages
faits de minuscules demi-vivants.
Nous irons aux dents du ciel
et nous grimperons
jusqu'à la hauteur des nuages.
Si nous trouvons ces nuages demi-vivants,
s'ils veulent bien nous entendre,
nous plaiderons devant eux.
Pour les humains.
Pour tous les animaux.

Je suis vieille,
dit la femme.
Je ne sais pas
si j'accomplirai le voyage
de retour chez nous.
J'ai emmené mon petit-fils
pour qu'il apprenne.
Il n'a que treize étés
mais il est fort et vif,
il voit et entend beaucoup de choses.

On lui a donné le nom de
Mii tchii o
comme le père de son père.

Les oiseaux se remirent à pépier
en entendant le son étrange
introduit par la femme
dans le Chuchotis.

Si son nom vous amuse,
dit la femme,
vous pouvez l'appeler Jeune-astre.
Ce nom, je le lui ai donné
quand il n'était qu'un oiselet.
Il regardait là-haut
la voûte céleste,
émerveillé
et les étoiles luisaient
dans ses yeux.

Moi, je l'appelle Repas-ambulant,
laissa tomber Sourcils-de-neige,
l'autour des palombes.
Pourquoi ne parle-t-il pas le Chuchotis
comme toi ?

Je apprends parler,
intervint l'enfant.
Me l'enseigne ma grand-mère.
Pas bon comme elle encore
alors je pas parle beaucoup.

Sage décision,
répondit Sourcils-de-neige.

Brève-ombre, le martinet sombre,
prit la parole :
Vous avez un long chemin devant vous
si vous voulez vous rendre
aux dents du ciel.
Les dangers sont nombreux.
Je suis venu au bordeleau
de là-haut
dans ma jeunesse.
J'étais téméraire alors,
trop audacieux,
trop curieux.
Je me suis envolé trop loin.
J'ai laissé mon nid derrière moi,
si loin
que je n'ai pas pu revenir.
J'étais proche de la mort
quand j'ai trouvé le bordeleau.
C'était un bon lieu.
Je suis resté.
Je ne suis jamais reparti.
Mais je connais, je me rappelle
le chemin qui mène d'ici
aux dents du ciel.
Il est long
et plein de dangers.

La femme répondit :
Nous avons déjà marché
bien des jours

et affronté bien des dangers.
Nous avons mangé
presque tous les vivres
que nous avions emportés.
Mais nous devons continuer.
Je ne vois pas d'autre choix.
Si nous ne faisons rien,
les plus jeunes d'entre nous
et ceux qui les suivront
subiront la souffrance et la faim
avant de mourir
beaucoup trop tôt.
Un jour, peut-être, tous les humains
périront et le Chuchotis
les oubliera.

Qu'y aurait-il de mal à cela ?
rétorqua Sourcils-de-neige.
Combien des nôtres
se sont tus à jamais
à cause de vous, humains ?
Combien d'autres créatures
qui jadis emplissaient le Chuchotis
de leur musique
sont-elles tombées dans l'oubli ?
Il ne resterait plus un oiseau,
plus rien de vivant
si votre espèce fourmillait encore
sur la terre.
Ce n'est que justice
que vous subissiez
ce que nous avons subi.

Tonnerre-lointain,
qui parlait pour les butors,
fit un pas en avant.
Lent d'élocution,
il était sujet à des visions
de scènes horribles.

Vers baissoleil s'étendent d'étranges contrées,
dit Tonnerre-lointain,
des contrées mauvaises.
Des animaux y vivent
qui ne parlent pas le Chuchotis,
qui ignorent tout du grand traité.
Dans ces contrées mauvaises
nichent les cent morts
qui se sont abattues sur le monde
avec vous, les humains.
Pas un de nos chants
n'y fait allusion.
Nous n'y allons pas.
Nous ne pouvons y vivre.
Nous, les oiseaux, nous avons le bordeleau,
déclara Tonnerre-lointain.
Vous autres humains,
vous avez votre contrée.
Retournez-y.
Vivez tant que vous pourrez.
Affrontez l'instant de votre mort
avec le courage dont vous êtes capables.
Ce lieu, le bon lieu,
nous appartient.
C'est ici le nid
où chuchote la vie.

Il en est
et il en sera toujours ainsi.

Peut-être pas toujours,
dit la femme.
Nous, les humains, nous n'avons plus
de bordeleau.
Nous n'avons plus de lieu
où chuchote la vie.
Il y a bien longtemps,
je vivais dans un lieu comme celui-ci,
un lieu que nous appelions
havre aux renards.
Il n'est pas loin d'ici,
à quelques jours de marche pour nous.
C'était un lieu vert,
débordant de vie
jusqu'au jour où les humains l'ont détruit.
Bientôt,
je peux vous le dire,
et je parle de ce qui est,
le bordeleau pourrait cesser
d'être un lieu vert,
un bon lieu
pour les oiseaux et les autres animaux.
Nous devons y aller,
nous devons essayer,
sinon le bordeleau risque de devenir
comme ces contrées mauvaises
vers baissoleil.

Alors les oiseaux se turent.

Reflet-de-Lune prit la parole :
Maintenant que je vois les humains,
que je les entends,
je comprends la vision que j'ai eue
durant mon séjour
au ciel-d'en-bas[1]
voilà deux baissoleils.
Au ciel-d'en-bas,
j'ai vu l'endroit
où vivent les humains.
Un lieu plein de poussière,
de faim,
de mort.
Un lieu en proie au feu.
Dévorant les tiges mortes des roseaux,
les flammes jaillissaient dans la nuit.
Puis j'ai vu
traverser les roseaux
quelqu'un qui marchait
sans que le feu le touche,
sans que les flammes le brûlent.
Un humain, je pense,
petit
mais couvert de plumes.
L'humain a crié au ciel
d'une voix que je n'entendais pas.
Alors, tout à coup,
la pluie s'est mise à tomber.
Le feu s'est éteint.

1. Je propose « ciel-d'en-bas » comme équivalent du terme aviaire désignant le rêve, que les oiseaux conçoivent comme un lieu où ils vont pendant leur sommeil. Selon toute vraisemblance, c'est là que Reflet-de-Lune avait perçu « des choses qui n'étaient pas / mais qui seraient plus tard ».

Je me suis réveillée,
poursuivit Reflet-de-Lune,
avec un éperon dans la poitrine,
la douleur de connaître
une chose nouvelle,
une chose étrange.
Ces humains sont venus, je le sais,
accomplir cette chose
que je ne comprends pas
mais qui doit être accomplie
pour nous tous.

À tous les parleurs,
Reflet-de-Lune dit :
Certains d'entre vous,
trouvez des poissons.
Les autres, cueillez des noix, des baies.
Nous vous nourrirons, humains,
pour que vous puissiez marcher
jusqu'aux dents du ciel.

La femme remercia
Reflet-de-Lune.

Ce n'est pas tout,
répondit Reflet-de-Lune.
Je suis vieille.
Mes ailes
ne me portent plus.
Jamais plus je ne quitterai ces roseaux.
S'il y en a parmi vous
qui sont agiles,

qui sont jeunes et robustes,
partez avec les humains ;
vous pourrez les aider
à rester en vie
jusqu'aux dents du ciel,
à accomplir cette chose
qui doit être accomplie.
Qui veut partir ?
Qui partira ?

Au bout d'un silence,
Brève-ombre,
le martinet sombre, déclara :
Je guiderai les humains
vers les dents du ciel.

Un chœur d'oiseaux prit alors la parole.
Poux-en-masse, la petite nyctale,
gonfla ses plumes
et déclara qu'elle partirait.
Saute-ruisseau,
qui parlait pour les cincles,
annonça qu'il partait lui aussi.
Sourcils-de-neige, l'autour des palombes, lança :
si nous convenons que c'est bon,
alors c'est bon.
Vous aurez besoin d'yeux aiguisés,
de serres acérées,
alors j'y vais.

Niche-à-terre,
le bruant à gorge blanche,
ajouta qu'il partirait.

J'irai aussi, dit le pic flamboyant.
Dit aussi l'aigle.
Dit le corbeau.
Dit le grand héron.
Dit la sterne.
Dit l'hirondelle.
Dit le hibou des marais.

Quand Piaille apprit
où se rendaient les humains,
elle eut envie de retourner
dans sa famille,
dans son nid,
de se mettre la tête sous l'aile
et d'oublier ce qu'elle avait entendu.
Mais lorsque ces oiseaux prirent la parole,
le cœur de Piaille s'envola en elle,
et elle aussi prit son envol.

Elle sortit de sa cachette
et entra dans le cercle.
Voltigeant autour de la Femme-squelette
et de Jeune-astre,
elle haleta
Je pars.
Je pars moi aussi.

Les parleurs se mirent à pépier,
à se moquer d'elle.
Tout le monde la connaissait,
la petite bavarde.
Elle ne comprenait rien.
Ne faisait que jacasser.

La femme s'adressa à Piaille :
Tu me rappelles
une pie que j'ai rencontrée
il y a bien longtemps,
celle qui m'a menée
à votre monde.
Elle fut ma compagne
pendant bien des années.
C'est elle qui m'a appris
mes premiers mots
de Chuchotis
avant qu'elle y retourne.
Si tu venais avec nous,
petite,
je serais ravie.

Reflet-de-Lune dit à Piaille :
Oui, tu partiras.
Tu apprendras au garçon
à parler le Chuchotis
comme il se doit.
Toi qui aimes tant parler,
ce sera donc ta tâche.

Baissoleil touchait à sa fin.
C'était le moment de chercher refuge.
Les oiseaux s'envolèrent
vers leurs nids, leurs tanières.
La femme et l'enfant
n'avaient pas de nid, pas de tanière
où s'abriter.
Ils dormiraient par terre.

Piaille resta avec les humains
pour voir ce qu'ils feraient.

Merci de nous accompagner,
dit la femme à Piaille.

Je aussi merci, dit l'enfant.
Je content tu m'apprennes.

Piaille se taisait.
Elle était seule
avec ces humains
qui n'étaient pas comme
elle les avait imaginés.
Pour la première fois de sa vie
elle ne trouvait pas un mot
à dire.

La femme avait une poche
comme le bec du pélican
pour porter des choses.
Elle en fit sortir
un petit demi-vivant étincelant
et ce qu'elle fit avec,
Piaille ne le comprit pas.
Le demi-vivant se mit à parler,
à grésiller comme
quand la foudre met le feu
à un arbre mort.

Piaille s'éloigna d'un bond.

N'aie pas peur,
dit la femme.
On appelle ça un *tsii-tsii*[1].

C'est ça, le son que font les autres humains ?
voulut savoir Piaille.
Comme un arbre en feu ?

Ce bruit pas humain,
intervint l'enfant.
Ce bruit juste de l'air.

Les autres humains sont trop éloignés
pour qu'on puisse leur parler,
expliqua la femme.
Ce que tu entends,
c'est un orage qui gronde
loin, très loin de nous.
Dans cet autre lieu
lointain
il doit pleuvoir.
Piaille demanda :
Peux-tu parler à l'orage
à travers ce demi-vivant,
lui demander d'apporter cette pluie
au bordeleau ?

J'aimerais bien pouvoir,
soupira la femme.

1. L'histoire héritée des ancêtres de Parleuse a sans doute perdu au fil des transmissions le mot humain « radio », étrange et difficile à prononcer. J'utilise *tsii-tsii* pour rendre les syllabes dénuées de sens avec lesquelles Parleuse remplaçait le vocable humain manquant.

Dès haussoleil
la femme et son petit-fils
entamèrent leur voyage,
se mirent en route vers baissoleil,
vers les dents du ciel.

Tout un essaim d'oiseaux partirent avec eux.
Brève-ombre,
le martinet sombre,
connaissait le chemin
et prit la tête.

Ils marchèrent pendant trois jours
en direction de baissoleil.
Les oiseaux les accompagnaient.
Les plus petits, aux ailes agiles,
avançaient en éclaireurs.
Ceux-qui-montent-en-flèche planaient là-haut
pour guetter le danger
et trouver les meilleurs sentiers,
les sentiers les plus faciles à suivre
pour les humains.
Ceux-qui-chassent
trouvaient des petites en-vies
à partager avec les humains.
Pendant leurs moments de repos
Piaille racontait à l'enfant
des histoires qu'elle avait entendues
encore au nid.
Elle apprit à l'enfant
à voir beaucoup de choses

en les appelant par leur nom
en Chuchotis.

Ils marchaient parfois
sur les rivières-de-pierre
que fabriquaient les humains il y a longtemps.

Piaille demanda :
À quoi elles servent, les rivières-de-pierre ?
L'enfant lui répondit que
les humains de jadis
avaient des demi-vivants creux
qui les transportaient
là où ils voulaient aller.
Jadis, les rivières-de-pierre
fourmillaient de demi-vivants
fonçant ici et là
avec des humains dans leur ventre.
Il y avait aussi des demi-vivants
qui transportaient les humains
dans le ciel
comme des oiseaux.

Piaille n'était pas sûre de croire
à ces humains volant comme des oiseaux,
mais elle ne dit rien.

Une nuit, l'enfant demanda à Piaille :
Comment font les oiseaux pour toujours savoir
par où est haussoleil
et par où baissoleil,
même quand l'astre est caché ?

Le fleuve-du-ciel,
répondit Piaille.
On le sait grâce à lui.
Les humains ne voient pas le fleuve-du-ciel ?

L'enfant lui dit que non
et demanda à Piaille
à quoi ressemblait le fleuve-du-ciel.

À un cours d'eau,
expliqua Piaille,
de toutes sortes de couleurs.
On le voit,
on le sent.
Quand tu entres dans un ruisseau
pour boire,
tu sens l'eau
te happer,
te forcer à aller
où elle va.
C'est ainsi que nous sentons
le fleuve-du-ciel.
Haussoleil est sur une rive,
baissoleil sur l'autre.
Voilà comment nous savons toujours
où nous sommes.

À quatre jours
du bordeleau,
ils atteignirent les crêtes de sable.
Il n'y avait pas d'arbres.
Il n'y avait pas de petites en-vies
à attraper, à manger.

Ils franchirent les crêtes,
accablés par le soleil.
Alors certains oiseaux prirent peur.
Se rappelant Tonnerre-lointain
et les cent morts dont il parlait,
ils firent volte-face
et s'envolèrent vers le bordeleau.

La femme et l'enfant
poursuivirent leur chemin.
Brève-ombre, le martinet sombre,
les guidait.
Poux-en-masse, la petite nyctale,
les accompagnait.
Saute-ruisseau, le cincle, persévérait.
Sourcils-de-neige, l'autour des palombes, persévérait.
Nichc-à-terre, le bruant à gorge blanche,
persévérait.
Le pic flamboyant persévérait.
L'aigle persévérait.
La sterne, le corbeau,
le hibou des marais,
tous persévéraient.

La nuit, un froid tombait
comme au cœur de l'hiver.
Ceux qui persévéraient
s'en abritaient comme ils pouvaient
dans le noir, s'appelant
les uns les autres.
Tu es là ?
Oui je suis toujours là.

La femme et l'enfant se cachaient
de la chaleur du soleil
sous des rocs en surplomb,
sous des buissons épineux.
Piaille ne les quittait pas.
Elle bavardait avec l'enfant,
lui apprenait le Chuchotis.

Sourcils-de-neige, l'autour des palombes,
et l'aigle
s'éloignaient très haut
à la recherche
d'un miroitement liquide,
mais ne trouvaient rien.

Enfin
Saute-ruisseau, le cincle,
aperçut un filet d'eau
caché parmi les pierres.
Tout le monde alla
y boire.

À chaque baissoleil,
si le ciel était porteur de nuages,
la femme sortait des choses
de sa poche.
Ces choses, elle les unissait
pour en faire une chose plus grande,
un autre demi-vivant
comme le tsii-tsii
mais en plus gros.
Avec une face

lisse et obscure comme de la glace
dans laquelle Piaille se voyait,
et une queue
en éventail
comme la gélinotte.
Et de longues pattes
comme le héron ou la grue,
mais il en avait trois
sur lesquelles se dresser[1].

La femme dressa le demi-vivant
sur ses trois pattes.
Piaille lui demanda
si cet oiseau,
les humains l'avaient fait.
Ce demi-vivant, répondit-elle,
parle la langue
des nuages.

C'est mon garçon, dit-elle,
le père de Jeune-astre,
qui l'a fabriqué.
Son père à lui était mon ami
à l'époque d'où je viens,
quand ces nuages sont apparus.
Il les avait observés
et savait que c'était possible
de discuter avec eux.
Mon fils n'a jamais rencontré son père,

1. La description qu'en fait Parleuse n'indique pas précisément de quel type d'appareil il est question, mais, comme on peut le supposer, il doit s'agir d'une grossière ébauche de la technologie utilisée aujourd'hui pour unir nos voix à la symphonie des biomes.

mais j'ai pris soin
de lui parler de lui
et du savoir
qu'il avait glané
avant que tout s'engloutisse
dans les Années ravagées.

Mon fils est né faible
de corps,
mais vif d'esprit.
Sa pensée s'envolait
là où celle des autres
n'allait pas.
Il observait,
il glanait du savoir.
Il avait trouvé
la manière d'écouter
ces nuages demi-vivants
et de rétablir la parole avec eux
avec de la patience,
avec la volonté d'apprendre.
Ce demi-vivant,
c'est lui qui l'a fabriqué.
J'apprends maintenant à mon petit-fils
à le faire parler.

Cette nuit-là, la femme
fit voir à l'enfant
comment tapoter sur la face
du demi-vivant,
comme le pic buveur de sève tapote
sur l'écorce des arbres morts.

L'enfant tapota.
Tous attendaient.
Il tapota encore.
Alors Piaille se mit à bondir sur place
en criant : *je l'entends !*
J'entends la voix
du demi-vivant.
On dirait le fleuve-du-ciel.

La femme répondit :
Il faudrait capturer
quelques-uns de ces demi-vivants
parmi les nuages.

Pour les manger ? demanda Piaille.
Comme les humains ont mangé
tout le reste,
ajouta Sourcils-de-neige.

Pour discuter avec eux,
dit la femme.
Pour leur parler de nous.
Pour leur demander de l'aide.

La femme attendit toute la nuit.
Le demi-vivant ne trouva
aucun de ces nuages
à qui parler.

Alors elle sortit une chose
que Piaille n'avait jamais vue,
comme une foison de feuilles claires
réunies toutes ensemble.

Elle traça des marques
sur les feuilles
avec une petite branche.

Piaille lui demanda
ce que c'était.

C'est un livre,
répondit la femme.
On y met
ce qu'on apprend
sur le Chuchotis,
et tout ce qui s'est passé
en chemin.

Ces feuilles, comment peuvent-elles
attraper tout ça ?
voulut savoir Piaille.
Les feuilles, elles attrapent le soleil.
Elles attrapent la pluie.

Ces feuilles-ci ont reçu
beaucoup de soleil et de pluie,
dit la femme.
Mais elles attrapent d'autres choses aussi.
Un oiseau qui voit les traces
de pattes d'un autre oiseau
dans la neige,
sait qui est venu
et pour quoi faire.
Avec les marques que je trace
dans ce livre,

c'est pareil.
On y dépose
nos idées
comme des traces dans la neige
qui ne s'effacent pas au printemps,
pour se souvenir de ce qu'on a fait
ou dit.
On peut même conserver les pensées
de gens qui sont morts
il y a très longtemps,
avant les Années ravagées.
C'est dans les livres qu'on met
nos souvenirs
pour ne pas les oublier.

Quand baissoleil revint,
ils étaient parvenus à la fin
des crêtes de sable.

Tout en avançant,
la femme traçait des marques
dans le livre
à propos de tout ce qu'ils voyaient.
Elle demandait aux oiseaux le nom
des plantes et des arbres,
puis elle traçait leurs marques
dans son livre.
Quand un oiseau tombait en cours de route
elle lui traçait des marques.
Le nom de cet oiseau,
disait-elle,
les humains
ne l'oublieront pas.

Après beaucoup de jours
ils passèrent près d'un lieu
où vivaient jadis des humains.
La femme appelait ce lieu
une ville.
Des humains y vivaient encore,
disait la femme,
avec la peur au ventre,
ce qui les rendait dangereux.
Ils n'avaient conclu de traité
avec aucun être vivant.
Étant ignorants
du Chuchotis,
ils l'étaient aussi d'eux-mêmes
et ne faisaient que nuire.

Brève-ombre
les avait vus, ces humains,
quand il avait survolé la ville
en direction du bordeleau.
Ces humains, disait-il,
chassaient et mangeaient tout ce qui vivait,
même d'autres humains.

Ici encore, plusieurs oiseaux
refusèrent d'aller plus loin.
Effrayés,
ils firent volte-face
vers le bordeleau.

Piaille avait peur.
Elle aussi voulait y retourner.

Maintenant qu'elle était si loin
de son nid,
ses frères et sœurs lui manquaient.
Elle voulait les revoir.
Cette nuit-là, elle parla à l'enfant
et à la femme
de ses frères et sœurs,
de leurs jeux ensemble.

J'avais un frère,
dit la femme.
Lui aussi, il me manque.
Je pense souvent à lui.

Il est où ? demanda Piaille.

Il vivait il y a longtemps,
répondit la femme,
dans un lieu où il m'est impossible de retourner.
Je ne le reverrai plus jamais.

Il te ressemblait ?
voulut savoir Piaille.
Il était plutôt comme toi,
sourit la femme.
Il aimait les jeux.

Dès haussoleil
ils s'approchèrent de la ville.
Sourcils-de-neige, l'autour des palombes,
prit les devants,
planant très haut
à l'affût de ces humains.

Guidés par Brève-ombre,
la femme et l'enfant
passèrent loin au large
de la ville
pour que ces autres humains
ne les repèrent pas.

La nuit, ils marchaient
et ils dormaient pendant le jour
avec leur presque-loup.
Piaille ne les quittait pas.
Le hibou des marais veillait
avec ses yeux qui voyaient
dans le noir.

Ils marchèrent une nuit
puis une autre.
Le lieu de ces humains
était presque derrière eux.

Quand haussoleil ressurgit,
ils virent revenir Sourcils-de-neige.
Bien qu'encore haut dans le ciel,
il s'approchait.

Résonna alors un bruit
que les oiseaux n'avaient jamais entendu.

Sourcils-de-neige
tomba du ciel.
Les humains l'avaient descendu

avec leurs demi-vivants
qui prononcent le tonnerre.

Il s'abattit sur une rivière-de-pierre
où d'autres humains se tenaient,
empêchant les oiseaux d'aller
rejoindre Sourcils-de-neige.

Ignorant s'il vivait
ou s'il était retourné
au Chuchotis,
ils durent s'enfuir à tire-d'aile
avant que ces humains
ne les repèrent.

Ils persévérèrent
pendant deux jours
en direction de baissoleil.

Ils arrivèrent au lieu
où nichent les cent morts,
où les humains de jadis
avaient empoisonné la terre,
l'air, les eaux.
Il restait des choses
des Années ravagées,
des choses demi-vivantes
capables d'attraper un animal
et de lui arracher la vie.

Certains oiseaux
firent volte-face,

refusant
d'aller plus loin.

Femme-squelette et Jeune-astre
persévérèrent.
Leur presque-loup ne les quitta pas.
Brève-ombre persévéra.
Niche-à-terre persévéra.
Le corbeau persévéra.
Le hibou des marais persévéra.
Piaille avait peur
mais elle persévéra.

Tandis qu'ils traversaient
ce lieu demi-vivant,
le corbeau disparut.
Ils ne le revirent plus jamais.
S'il est retourné au Chuchotis,
nul ne le sait.

Ils parvinrent dans une forêt
d'arbres noirs, d'arbres morts.
La terre était blanche
de cendres.
Niche-à-terre,
le bruant à gorge blanche,
les arrêta.

Niche-à-terre savait bien
le Chuchotis.
Il entendait les paroles
de nombreuses choses
autres que des oiseaux.

C'était un lieu de ralliement ici,
leur apprit Niche-à-terre.
Un lieu de messages.
Ici beaucoup d'oiseaux,
beaucoup d'animaux
discutaient ensemble
avec l'eau et le vent
d'événements proches ou lointains
avant de repartir.

Il faut attendre, les prévint Niche-à-terre.
Quelque chose va bientôt
se dire ici.
Un message va venir.

Tous attendirent.

Il ne vient personne,
observa Brève-ombre.
Ou alors
nous les avons manqués.
Nous sommes arrivés trop tard.
Ou trop tôt,
suggéra Piaille.

Quelque chose voleta
entre les arbres morts
en bourdonnant.
Une petite en-vie.

Niche-à-terre happa la toute petite en-vie
dans son bec
et l'avala.

Voilà notre message,
déclara Niche-à-terre.
L'une des cent morts
n'est pas loin.
C'est une chose humaine,
un demi-vivant qui marche
dans notre direction.

Brève-ombre s'éleva très haut
et disparut de leur vue.
Puis il revint.

J'ai aperçu cette mort,
annonça Brève-ombre.
Elle marche comme un loup
mais c'est une chose humaine,
demi-vivante.

Les oiseaux ne comprenaient pas.
La femme comprit
et appela cette chose demi-vivante
par son nom
dans sa langue.

Si elle nous trouve elle nous tuera,
prédit la femme.
Cette mort, les humains l'ont fabriquée
pour chasser et tuer
d'autres humains.
Elle est faite pour quelque chose
qu'on appelait la guerre.
Les humains ont mis

un feu dedans
qui la pousse à chasser,
même si ceux qui l'ont fabriquée
ont disparu depuis longtemps.

Ton presque-loup peut combattre cette mort,
suggéra Brève-ombre.
Il peut lui arracher la gorge.

Cette mort n'a pas de gorge
qu'on puisse arracher,
expliqua la femme.
Pas de vie qu'on puisse lui enlever.
Elle nous prendra la nôtre
si nous ne la fuyons pas.

J'ai goûté le poison
que cette mort porte en elle,
déclara Niche-à-terre.
Il faisait partie du message.
Je le sens dans mon ventre
ronger ma vie.
Avant qu'elle me renvoie
au Chuchotis
je vais trouver cette mort
et l'entraîner loin d'ici.

La femme et l'enfant
ne voulaient pas que Niche-à-terre
fasse ce qu'il disait.

Ces feuilles où tu traces des marques,
dit Niche-à-terre à la femme.

Fais des marques sur les feuilles
pour moi.

Niche-à-terre s'envola
à tire-d'aile
entre les arbres.
Il disparut.

Brève-ombre,
le martinet sombre,
aida les autres
à fuir ce lieu
vers baissoleil.

Niche-à-terre ne revint pas.
De son retour au Chuchotis,
les oiseaux ne savent rien.

Ils traversaient toujours
le lieu des cent morts
quand l'enfant faiblit.
Sa peau brûlait
mais il grelottait.
Il ne pouvait plus marcher.
Il ne voulait plus manger.
Le lieu des cent morts
l'avait infecté lui aussi.

La femme trouva un creux
où s'abriter
parmi les racines
d'un arbre abattu.
Elle veilla l'enfant

allongé, frissonnant,
qui prononçait des mots épars
comme s'il avait un pied
dans le ciel-d'en-bas.
La femme chantait pour lui.

Les oiseaux décidèrent
d'aller chercher à boire et à manger.
Piaille voulait y aller elle aussi.
Les ailes déployées,
elle se mit à bondir, à crier
en les regardant s'envoler.

Reste avec moi,
lui dit l'enfant.

Je dois aller
chercher à manger moi aussi,
répondit Piaille.
Elle s'envola.

Elle chercha
avec les autres
sans rien trouver à manger,
et seulement un peu d'eau
qui n'était pas bonne à boire.

À leur retour
près de l'arbre abattu,
l'enfant gisait immobile,
profondément plongé
dans le ciel-d'en-bas.

Piaille eut peur
qu'il ne se réveille pas.

Elle demanda à la femme :
Reviendra-t-il ?
Je ne sais pas,
répondit celle-ci.

Il se passa alors
une chose étrange.
C'est Piaille qui a raconté
aux aïeules de nos aïeules
qu'elle s'était blottie
avec l'enfant
toute la nuit.
Cette fois,
pas question qu'elle s'en aille.
Elle voulait rester
comme l'enfant le lui avait demandé.
C'est ainsi qu'elle fit
ce qu'aucun oiseau de sa connaissance
n'avait fait.
Elle se rendit les yeux ouverts
au ciel-d'en-bas,
là où l'enfant
était allé.

Là, Piaille se retrouva seule
près de l'arbre abattu.
L'enfant n'y était pas.
La femme n'y était pas.
Tout autour, ce n'était
que neige et nuit.

Alors Piaille sut
qu'ici nichait
l'une des cent morts.
Qu'elle était tout près.
Que si l'enfant y était
la mort le trouverait,
la mort le prendrait.

Qu'elle prendrait aussi Piaille
si elle l'attrapait ici.

Piaille s'éleva très haut
dans l'air obscur
et se mit à voler en rond,
à appeler l'enfant.
Elle sentit la mort
frémir à son appel,
comme les oiseaux sentent l'orage
leur soulever les plumes
avant d'arriver.
La mort l'avait entendue.
La mort avançait.

Alors Piaille vit
un grand humain
venir vers elle
à grand-peine,
en trébuchant
dans la neige épaisse.

Le grand humain
avait l'enfant

sur son dos.
Il le portait.

Piaille les appela,
s'envola vers eux.
C'était comme voler
contre un vent terrible.

Elle vit alors
que l'homme avait disparu.
L'enfant resté seul
fit un pas.
Puis un autre.
Piaille vola vers lui.
L'enfant la vit
et marcha vers elle.

Alors Piaille et l'enfant
se retrouvèrent sous l'arbre
avec la femme
et le presque-loup
à haussoleil.
Ils étaient allés ensemble
au lieu obscur
et en étaient revenus.

Qui était cet humain
qui te portait ?
demanda Piaille au garçon.

Quelqu'un que je ne connais pas,
répondit l'enfant.
Il m'a sauvé.

Il m'a ramené
vers toi.

L'enfant avait repris des forces.
Il put se lever
et marcher de nouveau.
Ils traversaient toujours
le lieu
où nichent les cent morts.

Le jour suivant
ils parvinrent à une rivière
qui descendait des montagnes
et la suivirent.

Il faisait plus froid maintenant
après baissoleil.
Les aïeules-au-ciel[1]
s'allumèrent avec les étoiles.

La femme et l'enfant
avaient des peaux en plus
qu'ils pouvaient mettre
et ôter
à leur guise.
Ces peaux les réchauffaient.

La femme se fatiguait quand même.
Elle restait à la traîne.
Elle s'asseyait souvent pour se reposer.

1. L'aurore boréale.

Les autres devaient s'arrêter
pour l'attendre.

Quand haussoleil revint,
elle appela l'enfant auprès d'elle.
Continuez sans moi,
souffla-t-elle.
Je vous ralentis.

Je ne peux pas faire ça,
protesta l'enfant
en prenant sa main dans la sienne.
Il fit ce que font les humains
quand leur cœur est ému.
De l'eau coula
de ses yeux.
Il faut y aller ensemble,
insista l'enfant.
Je n'y arriverai pas
sans toi.

Le soleil était plus chaud
ce jour-là.
La femme se leva.
Elle se remit à marcher.
Elle n'avançait pas vite
et se reposait souvent.
L'enfant l'attendait.
Parfois il l'aidait à marcher.

Ils suivirent la rivière
vers baissoleil.

Une nuit, ils entendirent
l'appel d'une chouette.
Celle-là est seule,
dit le hibou des marais.
Il n'y en a pas d'autres.
Je dois la rejoindre,
décida-t-il.

Il s'envola
et ne revint pas.

Les autres continuèrent
à suivre la rivière.
Brève-ombre les guidait.
Piaille se perchait
sur l'épaule de l'enfant.

Encore un autre baissoleil
et ils parvinrent à un lieu
où la rivière s'élargissait
en longues eaux peu profondes.
De l'autre côté
se dressaient les dents du ciel,
plus hautes
qu'aucun arbre.
Leurs cimes n'étaient pas
couronnées de nuages.

Cette nuit, la femme
alluma un autre feu
non loin de l'eau

et s'assit près des flammes
avec l'enfant.

À haussoleil,
ils atteignirent les dents du ciel.
Devant eux se dressait une dent
pas aussi haute que les autres,
mais quand même un grand rocher
aux parois
couvertes d'arbres
comme autant de brins d'herbes.
La pointe de la dent
était blanche de neige.

Là, il y aura des nuages,
prédit la femme.
Ils ont apporté la neige.
Ils reviendront.

Brève-ombre prit les devants
pour trouver un chemin
et revint se poser.
Il avait trouvé une voie.

La femme et l'enfant se mirent à grimper.
Piaille ne les quitta pas,
le presque-loup ne les quitta pas.
Brève-ombre volait devant
puis revenait
leur montrer où était le chemin.

Ils grimpaient, ils se reposaient
puis ils grimpaient encore.

Le soleil grimpait lui aussi
dans le ciel.

Je vais à la recherche des nuages,
annonça Brève-ombre,
et il s'envola
vers le sommet.

Les autres grimpèrent
en attendant
le retour de Brève-ombre.
Il ne revint pas.

Ils grimpèrent encore.
La femme ressentait la fatigue.
Elle s'assit
là où l'eau jaillissait du rocher
et but un peu,
puis elle appela son petit-fils.
Je suis déjà venue ici,
j'ai grimpé ici
quand j'étais jeune,
lui dit-elle.
Je ne suis plus jeune.
Je n'irai pas plus loin.
Elle caressa la fourrure du presque-loup.
Ben va rester avec moi,
sourit-elle.
Continue avec Piaille, toi.

Elle donna à l'enfant le demi-vivant
pour qu'il l'emporte.
L'enfant refusait de s'en aller

sans sa grand-mère.
Elle lui dit de ne rien craindre.
Qu'il réussirait.
Qu'ils se reverraient
lorsqu'il redescendrait.

Avant de partir
l'enfant trouva quelques branches
et alluma un feu
pour sa grand-mère.
Je reviens bientôt,
promit-il.

Il se remit en chemin avec Piaille.

Plus ils grimpaient
plus il faisait froid.
L'enfant réchauffait Piaille
sous sa peau de plus.

Ils parvinrent à un lieu
sans aucun arbre.
Le vent se ruait
comme l'épervier
aux serres acérées.

Ils trouvèrent Brève-ombre
gisant parmi les rochers,
raide et froid.
Il était retourné
au Chuchotis.

Pars, il le faut,
dit l'enfant à Piaille.
Va retrouver ma grand-mère.
Ici il fait trop froid.

Je reste avec toi,
répondit Piaille.

Piaille et l'enfant grimpaient toujours.
Ils trouvèrent un creux
dans la roche
à l'abri du vent
où ils purent se reposer.
Il y avait un filet d'eau
bonne à boire.
Plus loin ce n'était que neige,
la pointe de la dent
et aucun nuage.

L'enfant dressa le demi-vivant
sur ses trois pattes,
retira les peaux
qui lui couvraient les mains
et tapota sur la face
du demi-vivant.
Puis il remit ses mains
dans les peaux.
Il attendit.
Il enleva encore les peaux,
tapota encore.
Puis il attendit.

Piaille attendait avec lui.
Ils se recroquevillaient tous deux
contre le vent.
Alors Piaille sentit l'air
changer,
sentit ses plumes se soulever
comme avant l'orage.

Des nuages approchent !
annonça-t-elle au garçon.

L'enfant leva les yeux.
C'était vrai.
Des nuages étincelants
comme la nouvelle neige
affleuraient derrière
la cime de la dent.
Les nuages passèrent par-dessus la dent,
puis descendirent du côté
où attendaient Piaille et l'enfant.

L'enfant tapotait sur la face
du demi-vivant.
Les nuages,
lentement, descendaient
dans leur direction.

L'un des nuages
passa au-dessus de leur tête,
les frôlant de si près
qu'ils sentirent ses gouttelettes glacées
se poser sur leur visage.

L'enfant tapota sur le demi-vivant.

Le nuage s'écarta
et poursuivit sa descente
sur le flanc de la montagne.

L'enfant tapota
et pointa la queue
du demi-vivant
dans une autre direction
vers un autre nuage.

Ce nuage-là s'éloigna lui aussi
sur le flanc de la montagne.

Il n'en restait plus
que deux ou trois petits
qui dérivaient
comme des plumes perdues,
qui s'attardaient dans les ravins
et dans les creux rocheux
où le vent les laissait
tranquilles.

Le ciel était vide une fois de plus.

Ça n'a pas marché,
observa l'enfant.
Il faut partir.
Il faut aller rejoindre
ma grand-mère.

L'enfant
replia le demi-vivant
et entama la descente.
Piaille s'abritait
sous la peau de plus de l'enfant.
Piaille ne voulait
que dormir.
Elle lança un dernier regard
dehors.

Elle vit alors
un autre nuage
tout seul.
Un petit nuage
qui flottait
non loin de là,
où l'eau cascadait
en rugissant
sur le flanc de la montagne.

À l'intérieur de ce nuage,
vit Piaille,
on aurait dit le fleuve-du-ciel.

Piaille le voyait
et le sentait aussi,
comme si l'eau d'un ruisseau
lui poussait dessus.

Elle remua.
Ses ailes battaient vite
contre la peau de plus

comme si elle était le cœur de l'enfant.
Elle s'envola de sous la peau.

Ce nuage,
dit-elle à l'enfant
en voltigeant autour de lui.
Ce nuage-là parle
comme le demi-vivant.

L'enfant s'arrêta,
sortit le demi-vivant,
retira les peaux
de ses mains
et tapa, tapota
sur le demi-vivant.

Le nuage ne quittait pas
l'eau tombante.

Il faut que j'aille là,
déclara-t-il,
où est le nuage.
Il faut que je m'approche.

L'enfant grimpa
jusqu'au bord de la gorge
où l'eau plongeait
en rugissant.
Là, les roches étaient mouillées.
L'enfant perdit l'équilibre,
s'agrippa aux rochers
et le demi-vivant glissa

de ses mains
puis s'écrasa sur le roc.

Sa face se fissura
comme de la vieille glace.

L'enfant descendit
jusqu'au roc où le demi-vivant
était tombé.
S'y agrippant
avec Piaille sur l'épaule,
il cueillit le demi-vivant
et tapota, tapota
sur sa face fêlée.

Il parle,
observa-t-il.
Il parle encore.

Le nuage restait suspendu
près de l'eau qui cascadait
en dessous,
immobile
comme s'il écoutait
l'eau.

L'enfant tapota
sur la face du demi-vivant
et attendit.

Le nuage
se mit à bouger,

à dériver vers le rebord
où l'enfant attendait.

L'enfant tapota plus vite
sur la face du demi-vivant.
Le nuage s'approchait,
il grimpait dans leur direction.

Le nuage s'éleva
par-dessus Piaille et l'enfant
puis cessa de bouger,
suspendu au-dessus de leur tête.
Ses gouttelettes glacées
se posaient sur leur visage
comme la rosée du matin.

Piaille sentait le fleuve-du-ciel
le happer
à partir du nuage,
plus fort que jamais.
Piaille se mit à bondir
sur l'épaule de l'enfant,
à appeler aussi le nuage.

L'enfant tapota encore
sur le demi-vivant.
Le nuage s'approcha,
mais sans changer de forme
comme font les nuages.
Maintenant
il restait dans l'air
au-dessus de leur tête

et l'enfant lui parlait
à travers le demi-vivant.

Il lui parlait
dans la langue du nuage.

Piaille l'a entendu, elle l'a vu.
Elle l'a dit aux aïeules
de nos aïeules.
Elle leur a dit que ça existait
vraiment.

Alors le nuage s'éleva
loin de l'enfant,
loin du flanc
de la montagne.
Tout en s'élevant
il changeait de forme.

On aurait dit un arbre,
une colline,
un oiseau
les ailes grand ouvertes.

Le nuage s'éloigna
à travers le ciel
et rapetissa
jusqu'à ce qu'on ne puisse plus
le voir.

L'enfant replia le demi-vivant.
Quittant l'eau tombante,

il se mit
à redescendre.

Tu as parlé avec le nuage ?
demanda Piaille.
Et lui, il t'a parlé ?

Je crois bien,
répondit l'enfant.
Je pense qu'il m'a dit son nom.
Mais il ne faut pas attendre
son retour.
Si nous restons ici, nous mourrons.

Piaille et l'enfant
redescendirent
sur le flanc de la montagne
et trouvèrent le lieu
où la femme était couchée.

Le feu que l'enfant avait allumé
ne brûlait plus.
Près de la femme
était blotti le presque-loup.

L'enfant se pencha
sur sa grand-mère
et l'appela par son nom.
Elle ne répondit pas.

Il toucha son visage.
Il était froid.

Elle était retournée
au Chuchotis.

L'enfant demeura
près de sa grand-mère
longtemps.

Jusqu'à ce que Piaille dise
qu'il fallait chercher un abri.
Que baissoleil allait venir.
Qu'ici il faisait trop froid.
Qu'en restant là
ils mourraient aussi.

L'enfant couvrit sa grand-mère
avec une des peaux.
Avant de partir
il prit les choses
qu'elle portait sur elle.

Il prit le livre
où elle traçait des marques.
Alors Piaille et l'enfant
descendirent la montagne.
Piaille prit les devants
pour chercher un abri.
Elle trouva un lieu creux
sous les racines d'un pin.

L'enfant alluma un feu
qui les réchauffa.
Ils s'endormirent.

Le jour suivant, dès haussoleil
ils repartirent vers le bordeleau.

Ils n'étaient plus
que trois,
l'enfant,
le presque-loup
et Piaille.
Il leur restait à parcourir un long chemin
semé de dangers
jusqu'au bordeleau.

Tandis qu'ils marchaient
une ombre obscurcit la lumière.
Ils levèrent les yeux.

Un nuage flottait au-dessus de leur tête,
immobile.
Le seul dans tout le ciel.

Où ils allaient
il allait.
Quand ils s'arrêtaient
il s'arrêtait.

Du nuage
tombèrent
des gouttes de pluie.

L'enfant tendit la main
et en attrapa quelques-unes.
Il se mit à crier

en offrant son visage
à la pluie.

Il criait au ciel.
Il dansait.

Le presque-loup bondissait
et faisait ses bruits de presque-loup.
Piaille voltigeait autour de l'enfant
en poussant des cris.

La pluie tombait,
de plus en plus de gouttes.

Puis, après un certain temps,
de moins en moins.

Il n'en tombait maintenant
que quelques-unes.

L'enfant sortit
le livre de sa grand-mère
et l'ouvrit bien grand,
puis offrit ses feuilles
à la pluie.

Sur une feuille, il happa
l'une des dernières gouttes.

Là où elle tomba
l'enfant traça des marques
avec une petite branche

et dit à Piaille qu'elles
disaient le nom de sa grand-mère.

L'enfant dit à Piaille :
Quelle que soit la distance
où l'on emportera ces feuilles,
et peu importe qui,
le livre ne l'oubliera pas.

Les autres

Quand nous aurons disparu, le temps redeviendra un océan.

Mais pour l'instant, nous sommes mercredi soir. Aujourd'hui, nous fêtons la naissance de notre pays et partout dans les villages, les gens célèbrent comme ils l'ont toujours fait, en tirant des feux d'artifice. Cette année, avec tout ce qui est allé de travers, tous ces rêves envolés, et l'espoir se faisant si rare, on ressent le besoin d'un spectacle encore plus grandiose, plus encourageant que d'habitude. On a donc prévu des effets pyrotechniques plus éclatants et éblouissants que jamais.

Dans notre petite ville, l'explosion de lumière et de bruit chasse de leur nid un nuage d'oiseaux chanteurs : geais, étourneaux et une ribambelle d'autres espèces, jaillis dans le tumulte, deviennent vite désorientés. Tandis qu'en bas on danse, on chante, on s'embrasse, les oiseaux, pour la plupart invisibles dans le noir, se heurtent aux fils électriques, aux châteaux d'eau, aux parois des édifices ; d'autres s'attaquent mutuellement dans la panique, ou sont pris en chasse par des oiseaux de proie bien plus grands qu'eux. Cette année, le feu d'artifice se prolonge plus qu'à l'ordinaire.

L'affolement des oiseaux, loin de se dissiper rapidement, gagne d'autres groupes à travers la campagne.

Le lendemain matin, on trouve dans les champs, le long des routes et dans les rues, des centaines d'oiseaux sans vie de nombreuses espèces différentes. Toute la journée, il continue à en tomber du ciel, morts d'épuisement.

Ignorant la cause de leur mort, nous en restons déconcertés, ébranlés. Nombreux y voient à coup sûr un présage, ou au moins un signe, mais de quoi au juste, personne n'arrive à se mettre d'accord.

pca
cmb
édition pré-presse
livres numériques

44400 Rezé

Achevé d'imprimer en avril 2023
sur les presses de Normandie Roto Impression s.a.s.
à Lonrai (Orne)
pour le compte des Éditions Payot & Rivages
60/62, avenue de Saxe -75015 Paris
N° d'impression : 2301662
Dépôt légal : septembre 2022

Imprimé en France